탈리아 레이서 발렌티노 로시를 기리는 뜻에서 구상한 것이지만, 자동차 경주와 길, 서킷, 인간의 운명을 결정짓는 신비로운 계기, 우정과 사랑, 꿈의 실현 등과 같후로도 부활한 예수를 알
마오》(2009), 독창적인 발
(2011)과 《새벽에 세 번》(2
바리코는 연극과 영화에
1994년 발표한 모노드라마 《노베첸토》(비채 근간)는 연극으로서도 성공을 거두었을 뿐만 아니라 1998년 주세페 토르나토레 감독의 〈피아니스트의 전설〉로 영화화되었고 한국에서도 독특한 형태의 음악극으로 만들어져 공연되었다. 1997년에는 재즈 연주를 닮은 연극 〈토템: 읽기, 소리, 수업〉을 무대에 올렸으며 2008년에는 시나리오 집필은 물론 감독까지 맡은 영화 〈스물한 번째 강의〉를 발표했다. 문예창작 교육 분야에도 남다른 관심과 열의를 쏟고 있는 그는 1994년 문우들과 함께 '홀든 학교'라는 문예창작학교를 창설, 20년 동안 젊은이들에게 서사 기법을 가르치고 있다. 또 축구 애호가이기도 해서 이탈리아 작가 축구팀 '오스발도 소리아노 축구 클럽'을 창설, 등번호 10번을 달고 미드필더로도 활약했다.

옮긴이 이세욱

1962년 태어나 서울대학교 불어교육과를 졸업하였으며 현재 전문 번역가로 활동하고 있다. 옮긴 책으로 베르나르 베르베르의 《개미》《웃음》《뇌》《제3인류》, 움베르토 에코의 《프라하의 묘지》《로아나 여왕의 신비한 불꽃》《세상의 바보들에게 웃으면서 화내는 방법》, 미셸 우엘벡의 《소립자》, 미셸 투르니에의 《황금구슬》, 장 클로드 카리에르의 《바야돌리드 논쟁》, 브뤼노 몽생종의 《리흐테르, 회고담과 음악수첩》, 에릭 오르세나의 《오래오래》《두 해 여름》, 마르셀 에메의 《벽으로 드나드는 남자》, 장크리스토프 그랑제의 《늑대의 제국》《검은 선》《미세레레》, 알레산드로 바리코의 《노베첸토》(근간) 등이 있다.

이런 이야기

Questa Storia
by Alessandro Baricco

Copyright © 2005, Alessandro Baricco
Korean translation copyright © 2014 by VICHE,
an imprint of Gimm-Young Publishers, Inc.
All rights reserved.
The Korean language edition is published by arrangement with
Alessandro Baricco c/o The Wylie Agency (UK) LTD
through Milkwood Agency, Seoul.

이런 이야기

1판 1쇄 발행 2014년 4월 28일 **굿리드에디션 발행** 2019년 1월 17일

지은이 알레산드로 바리코 **옮긴이** 이세욱
펴낸이 고세규
발행처 김영사
주소 경기도 파주시 문발로 197(문발동) 우편번호 10881
등록 1979년 5월 17일(제406-2003-036호)
구입 문의 전화 031)955-3100 **팩스** 031)955-3111
편집부 전화 02)3668-3290 **팩스** 02)745-4827 **전자우편** literature@gimmyoung.com
비채 카페 cafe.naver.com/vichebooks **인스타그램** @drviche
트위터 @vichebook **페이스북** www.facebook.com/vichebook **카카오톡** @비채책

ISBN 978-89-349-8467-2 04880 책값은 뒤표지에 있습니다.

비채는 김영사의 문학 브랜드입니다.

이런 이야기

QUESTA STORIA

Ⅰ

알레산드로 바리코 _ 이세욱 옮김

비채

|

시작하는 곳에서 끝나는 길로의 여행

파도가 엷게 밀려드는 바닷가. 아름다운 선율의 피아노 연주가 들려온다. 일상에서 빠져나와 여분의 시간으로 떠나는 여행. 한참을 걷다보면 잃어버린 나를 만나게 된다. 설렘 같기도 하고 그리움 같기도 하다. 분명한 것은 나를 마주하는 감동이 걷잡을 수 없는 파도처럼 밀려든다는 것.

'나를 마주하는 여행'. 이것이 알레산드로 바리코의 소설을 처음 접했을 때의 인상이었고, 지금도 그 여행은 계속되고 있다. 그의 작품과 처음 인연을 맺은 것은 지난 2012년, 우연한 기회에 모노드라마 《노베첸토》를 읽게 되면서였다. 버지니아 호라는 배에서 태어나 평생을 배 위에서 살았으며 세상에 존재하지 않는 자신만의 피아노를 연주한 천재 피아니스트 노베첸토의 이야기였다. 순식간에 이야기에 매료된 나는 작품을 각색해 그 해 겨울 무대에 올렸다. '최고의 피아니스트와 한 명의 배우가 들려주는 모놀로그'를 테마로 배우 두 명과 재즈 피아니스트와 클래식 피아니스트를 캐스팅해 두 가지 느낌의 무대를 연출했고, 스피커 음향 대신 모든 음악을 라이브 연주로만 구성했다. 작가이자 음악가인 바리코가 그랬듯 나 또한 음악과 이야기가 하나 되는 순간을 관객에게 선사하고 싶었다.

《이런 이야기》는 《노베첸토》와 《비단》에 이어 읽은 알레산드로 바리코와 떠나는 세 번째 여행이었다. 《노베첸토》가 바다를 항해하듯 이야기로 미끄러져 나아간다면 《이런 이야기》는 부드럽게 어루만지듯 길을 따르다가 때로는 급격하게 방향을 전환하고 다시 시원스레 내달리는 아름다운 굽잇길 같은 소설이었다. 모든 사람들이 자동차를 동경하던 20세기 초, '길'을 꿈꾼 소년 울티모의 어린 시절 이야기로 소설은 시작된다. 그는 운명처럼 길 위의 인생을 산다. 안식과 사랑이 허락되지 않는 삶이다. 세계대전 등 역사의 소용돌이를 고스란히 살아내며 울티모는 자동차 경주용 서킷을 만들기를 꿈꾸고, 실제로 그 꿈을 향해 조금씩 다가간다.

작가는 이 소설에서 창밖으로 펼쳐지는 풍경을 보라고 강요하거나 설명하지 않는다. 독자 역시 작가가 이끄는 대로 길 자체를 즐기면 된다. 자동차들이 길을 길들이는 것이 아니라 길이 자동차를 길들인다는 주인공 울티모의 믿음처럼 말이다. 울티모가 꿈꾸는 길은 반드시 시작하는 곳에서 끝나는 길이다. 아무도 상상해본 적 없는 길, 끝내 자기 자신에게로 이르는 그의 서킷은 인생을 닮아 아름답고 또한 허무하다. 길은 무한을 헤아리기 위한 유한의 수라는 대목에서는 여든여덟 개의 유한한 건반으로 자신만의 세상을 연주한 피아니스트 노베첸토의 모습이 겹쳐졌다. 울티모를 사랑한 엘리자베타는 울티모의 길을 복원해 달리고자 한다. 모든 것을 다 가진 듯한 엘리자베타가 원한 것이 아이러니하게도 잃어버린 것이었다니! 자신의 길을 달린다는 것은 얼마나 소중하고 가슴 벅찬 일인지. 에필로그에서 펼쳐지는 마지막 레이싱은 말로 형용할 수 없는 감동을 선사할 것이다.

대학시절 전라남도 해남 땅끝마을로 여행을 간 적이 있다. 그곳의 작은 토말비에 이런 글이 새겨 있었다. 이곳은 땅의 끝, 새로운 시작.《이런 이야기》를 통해 잃어버린 나의 여행, 나의 길을 다시 만나게 되었다. 곧 세상에서 가장 아름다운 여행을 떠나게 될 독자 여러분에게,

Bon Voyage!

김제민 (연출가, 극단 '거미' 대표)

QUESTA
STORIA

차
례

QUESTA
STORIA

이야기는 양탄자 같은 것이고, 그것을 직조해 하나의 그림을 완성하는 이는 작가다. 결국 글쓰기란 서사의 한 올 한 올이 생명력을 가질 수 있도록 완벽히 제어하는 작업이다.

_알레산드로 바리코

서 막

훈훈한 5월의 밤, 파리, 1903년.

십만 명에 달하는 파리 사람들이 밤잠을 설치고 몽파르나스며 생라자르 같은 기차역 쪽으로 우르르 몰려갔다.

어떤 사람들은 아예 자지 않았다. 어떤 사람들은 평소 같으면 생각조차 할 수 없는 새벽 한 시에 자명종을 맞추어놓고 깨어난 뒤에는 슬그머니 침대를 빠져나와 가만가만 세수를 하고 물건에 부딪히지 않도록 조심하면서 옷을 찾아 입었다. 더러는 한 가족 전체가 집을 나서기도 했지만, 대개는 혼자서, 논리나 상식을 들이대는 다른 식구들의 몰이해를 무릅쓰고 길을 떠났다. 부모들은 아들들이 나가는 소리를 들으며 몇 마디 말을 주고받았다. 전날, 또는 그전의 며칠이나 몇 주일 동안 토론했던 것을 되새기면서 아들들의 독립성을 두고 다시 이야기를 나누는 것이었다. 아버지는 베개를 짚고 몸을 일으켜 시계를 보았다. 새벽 두 시.

십만 명의 사람들이 새벽 두 시에 아주 별난 소음을 내고 있었다. 마치 어떤 급류가 바닥의 깊이를 알 수 없는 강으로 쏟아져 내리는 것 같았다. 사람들의 물결이 모래톱에 닿거나 조약돌에 부딪히는 일도 없이 그냥 물 위로 흘러가고 있었다. 가게의 셔터들이 내려진 텅 빈 거리로, 만상이 잠들어 있는 어둠 속으로 그들의 목소리가 퍼져 나갔다.

그들은 십만의 무리를 이루어 몽파르나스 역과 생라자르 역으로 들이닥쳤다. 그들은 베르사유 행 열차에 자리가 없을까 봐 걱정했다. 그러나 결국엔 모두가 베르사유로 가는 기차에 올라탔다. 출발 시각은 2시 13분이었다.

기차는 베르사유를 향해 빠르게 달려갔다.

베르사유 정원에서는 224대의 **자동차들**이 기다리고 있었다. 어두운 풀밭 여기저기에 멈춰 서 있는 그 모습이 아직은 그저 한가로이 풀을 뜯고 있는 동물들 같았다. 쇠로 된 뼈대에 피스톤 심장을 가진 이 동물들 위로는 기름 냄새와 영광의 냄새가 희미하게 감돌았다. 이들이 여기에 모인 것은 파리에서 마드리드까지, 안개의 도시에서 태양의 도시까지 유럽을 종단하는 대大경주에서 승부를 겨루기 위함이었다.

내가 꿈꾸는 것을 보러 가게 해줘, 속도를 느끼고 기적을 보고 싶어, 그런 슬픈 눈으로 나를 말리지 마, 오늘 밤을 거기 세상의 가장자리에서 보내게 해줘, 오늘 밤만, 그러고 나서 돌아올게……

여사님, 베르사유 정원에서 꿈의 자동차 경주가 시작된답니다, 70마력짜리 판아르 르바소르도 출전한답니다, 여사님, 포신처럼 생긴 천공 강철 실린더가 네 개 있는 자동차랍니다……

그 **자동차들**은 움푹 파인 곳이 많은 흙길에서도 시속 140킬로미터로 달릴 수 있었다. 당시로서는 일체의 논리와 상식을 거스르는 일이었다. 그 시절에는 번쩍거리는 안전한 레일 위를 달리는 기차들도 시속 120킬로미터에 도달하기가 쉽지 않았다. 그래서 사람들은 인간이 그보다 더 빨리 갈 수는 없다고 확신했다—정말 그렇게 믿었다. 시속 120킬로미터는 마지막 한계였고, 그걸 벗어나면 세상을 벗어나는 것이나 다름없었다. 바로 그런 사정 때문에 훈훈한 5월 밤에 십만 명의 사람들이 베르사유 역을 빠져나가는 일이 가능했던 것이다.

어쩌다 자동차 한 대가 들판에 난 도로를 달릴 때면, 사람들은 그 먼지구름을 맞이하러 숨이 턱에 닿도록 밀밭 한복판을 내달았다. 또 자동차가 마을에 들어올 때면 아이들처럼 가게 뒷방에서 튀어나가 성당 앞으로 자동차가 지나가는 것을 보며 고개를 끄덕이기도 했다.

그런 마당에 224대나 되는 자동차, 그것도 가장 빠르고 가장 무겁고 가장 유명한 차들을 한꺼번에 본다는 것은 그야말로 기적이었다. 자동차들은 여왕이었다. 당시는 아직 자동차를 하녀로 생각하던 시절이 아니었다. **자동차**는 여왕으로 태어났고 레이스는 자동차의 옥좌이자 왕관이었다. 그저 탈것으로만 취급되는 자동차는 아직 존재하지 않았다. 오로지 **여왕**들만이 있었다. 사람들은 그 여왕들을 보기 위해 1903년 5월의 그 훈훈한 밤에 베르사유로 몰려든 것이다.

자동차들은 날이 밝기를 기다렸다가 출발했다. 모두가 차례차례 마드리드를 향해 떠났다.

레이스의 규칙에는 자동차들이 1분 간격으로 출발하도록 되어 있었다. 전체 코스는 세 구간으로 이루어져 있었고, 각 구간의 주행 시간을 합산하여 우승자를 가리는 것이었다. 오토바이들도 참가하긴 했지만, 자동차들과는 별개였다.

먼저 출발한 차가 어디쯤 가고 있는지는 그 차가 일으킨 먼지구름으로 알 수 있다. 짙은 먼지구름 속으로 들어간 레이서는 앞이 보이지 않아도 앞차가 아주 가까이에 있음을 짐작할 수 있는 것이다. 그렇게 뿌연 먼지 속에서 달리는 일은 몇 킬로미터를 가도록 계속되기도 한다. 그러다가 마침내 앞차의 꽁무니가 눈에 들어오면 레이서는 옆으로 지나가게 해줄 것을 요구하며 앞차를 향해 소리를 지르기 시작한다. 이어서 레이서는 추월을 시도한다. 앞차와 나란히 달리다가 차의 앞머리를 쑥 내밀어 상대를 따돌리면, 먼지구름이 걷히고 시야가 확 트인다. 이제부터는 눈앞에 나타나는 모든 것이 그를 위한 것이다. 추월이라는 미친 짓을 감행한 덕분이다. 굽잇길, 다릿목, 미루나무들 사이로 곧게 뻗은 도로의 황홀경 등이 모두 그를 위한 것이다. 길가 도랑이며 경계석이며 난간이 고무 타이어 바퀴들을 스치며 지나간다. 관중의 놀란 얼굴도 스쳐간다. 믿기지 않는다는 듯한, 그러나 목숨을 잃지 않으려면 어떻게 해야 하는지 깨달은 얼굴들이다.

한편 마드리드 쪽의 에스파냐 사람들은 이튿날 새벽에 도착할 레이스 행렬을 기다리고 있었다. 그들은 정말 그 행렬이 도착할지 반신반의하면서 일단 전야를 즐기기로 했다―춤을 추면서.

나는야 수석 웨이터. 내 머리가 언덕이라면 내 머리털은 반짝반짝 빛나는 밀밭. 나는 머리털을 밀밭의 이랑처럼 멋지게 가른 차림으로 224명의 손님을 접대하기 위해 식탁을 차리고 있다. 1903년 우리 에스파냐의 왕좌에 앉아 계신 알폰소 13세의 뜻을 받들고 있는 것이다. 결승선에 꽂혀 있는 깃발을 마주하고 크리스털 잔들과 은 식기들이 번쩍거린다.

나는 크리스털 잔들을 하나하나 닦았고, 몇 시간 뒤에 오전의 습기를 제거하기 위해 다시 닦을 것이다. 나는 이 크리스털 잔들이 여왕 같은 자동차들의 부르릉거림에 호응하여 더없이 청아한 소리로 울리도록 해놓기로 약속했다. 그래서 경주로의 마지막 백 미터에 규칙적으로 물을 뿌리도록 지시했다. 내 크리스털에 먼지가 날아들지 않도록. 옴브레!*

이 크리스털에 닿을 아가씨들의 입술을 내게 주오, 이 크리스털에 김이 서리게 할 그녀들의 숨결을 내게 주오, 지금 이 순간 내가 평생토록 부러워할 에스파냐 거울들 앞에서 드레스를 입어보고 있는 그녀들의 심장박동을 내게 주오······

그 시각 선두 그룹의 자동차들은 벌써 샤르트르에 다다랐다. 자동차들은 도시에 들어서면 속도를 늦추고 자전거를 탄 경주 진행요원들의 호위를 받으며 마치 끈에 매인

---

* 놀라움을 표시하는 에스파냐어 감탄사. '사람'을 뜻하는 명사에서 나온 것.

동물처럼 느릿느릿 주택가를 통과한다. 막 중단된 경주의 흥분이 아직 가시지 않은 자동차들에는 오면서 겪은 일들의 여운이 서려 있다. 레이서들은 이때를 이용해서 무언가를 마시기도 하고 안경을 닦기도 한다. 큰 차에 정비사를 대동하고 달리는 레이서들은 정비사와 몇 마디 말을 주고받기도 한다. 시내를 벗어나 변두리에 다다르면, 진행요원들은 물러나고 자동차들은 요란한 엔진 소리를 내며 다시 들판으로 질주한다.

샤르트르에 가장 먼저 도착한 레이서는 루이 르노였다. 샤르트르에는 대성당이 있고, 이 대성당에는 스테인드글라스가, 이 스테인드글라스에는 하늘이 있었다.

물방울 하나가 길게 늘어지며 프랑스 들판을 가로질러 흘러내리고 있었고, 그 광경을 보기 위해 몰려나온 수백만 명의 인파가 마치 설탕의 자취에 달라붙은 파리 떼처럼 도로 가장자리를 가득 메우고 있었다.

가장 먼저 경주를 중단한 레이서는 밴더빌트였다. 어뢰처럼 생긴 모르스 자동차의 심장에서 실린더 하나에 균열이 생기는 탈이 난 것이었다. 그는 어느 운하 가장자리에 차를 세웠다.

벨기에의 귀족 레이서 피에르 드 카테르는 구경꾼들에

게 손을 흔들어주며 라 롱드의 세 마을을 통과한 뒤에 강을 따라 길게 뻗은 직선 도로에서 자로트와 르노를 공략했다. 그러다가 숨겨진 굽이가 있는 지점에서 진로를 왕창 이탈한 나머지 급브레이크를 밟으며 밤나무를 들이받았다. 이 나무는 수백 년 묵은 아름드리라서 메르세데스의 강철판을 갈라버렸다.

아블리스라는 마을에서는 한 여자가 30분 전부터 도로에서 나는 요란한 소리를 듣고 있다가 무슨 영문인지 알아보려고 집을 나섰다. 요리를 하려고 한 손에 들고 있던 계란 두 개를 내려놓지도 않은 채였다. 그녀는 도로 한복판에서 먼지구름을 기다렸다. 정말 그게 뭔지 알고 싶어서였다. 먼지구름은 매우 빠른 속도로 다가왔다. 여자는 자동차가 얼마나 빠른지 모르는 터라 느릿느릿 물러섰다. 레이서는 사람이 그렇게 느린 걸음으로 움직일 수도 있다는 사실을 잊고 있었다. 계란을 쥐고 있던 손에 힘이 잔뜩 들어갔다. 계란 껍데기가 으깨어지는 소리를 어떤 신은 들었으리라. 바로 그 순간, 프랑스의 레이서 모리스 파르망이 몰던 판아르 르바소르는 그녀를 몇 미터 떨어진 곳으로 튕겨 나가게 함으로써 그녀의 목숨을 앗아갔다. 그녀는 엄청난 고통을 겪다가 죽었다. 그녀가 전혀 예상하지 못한 죽음이었다.

르노 자동차 왕국을 세운 삼형제들 가운데 하나인 마르

셀 르노에 관한 소식이 들려오기 시작했다. 사고가 났다고 했다. 하지만 더 자세한 얘기는 없었다. 사람들은 차가 고장이 났나 보다, 하고 생각했다. 그러다가 마르셀 르노의 사고 장면이 레이스의 행렬을 따라 입에서 입으로 전해졌다. 마르셀 르노는 길가에 쓰러져 있었고 한 신부가 그 위로 몸을 구부리고 있었다고 했다. 다른 자동차들은 레이스의 흐름을 따라 전속력으로 지나가면서 병자성사를 먼지로 뒤덮었다. 나중에 목격자들이 전해준 바에 따르면, 마르셀 르노는 자동차가 어딘가에 부딪히면서 밖으로 튕겨 나갔고, 자동차는 통제가 되지 않는 상태에서 길 쪽으로 불룩하게 나와 있던 군중 쪽으로 돌진했다고 한다. 그런 상황에서 어떻게 대참사가 일어나지 않았는가에 대해서는 아무도 말할 수 없었다. 마르셀 르노는 척수를 다치고 혼수상태에 빠졌다가 결국 숨을 거뒀다.

바람이 불어서 리넨 식탁보가 들썩거리는 것은 성가신 일이다. 그래서 우리 웨이터들은 나중에 다시 깔기로 하고 식탁보들을 걷어내야만 했다. 그러고 나니 식탁이 전혀 달라 보인다. 식탁 한복판에는 프리지어 꽃바구니들이 놓여 있다. 빨강과 노랑, 물론 에스파냐 왕국의 색깔이다.

국외 전보를 통해 마르셀 르노의 사망 소식을 접한 에스파냐 사람들은 폐회식 때 그를 기리기 위해 1분 동안 묵념을 올려야 하리라고 생각했다. 한편으로는 그의 죽음으로 인해 레이스가 정말 레이스다워졌다는 생각을 하기도 했다. 마르셀 르노 같은 인물이 죽어 나가는 상황에서는 레이스가 아무리 고급스럽고 사치스럽다 해도 과도하거나 유치해 보이지 않을 것이었다. 그들은 그 점을 깨닫고 약간의 위안을 얻었다.

그러는 동안 마드리드의 어느 집 막내딸은 해거름까지 집에 있다가 밤이 되면 춤을 추러 가겠다고 했다. 너, 나한테 왜 그러는 거니? 하고 아버지는 물었다. 그녀는 눈이 부시도록 아름다웠다. 뒷머리에는 컬을 넣어서 모양을 냈다.

결승선의 깃발 근처에서 레이스에 관한 정보들을 제공하는 커다란 칠판이 설치되어 있었다. 정오 무렵이 되자에스파냐 전역에서 애호가들이 도착하기 시작했다. 귀족 가문의 사람들도 하나둘 모습을 드러냈다. 자녀들을 데리고 온 사람도 더러 있었다. 다수는 밤늦도록 이어질 축제에 대비해서 옷을 갈아입고 새로 단장하기 위해 오후에 집으로 돌아갈 요량을 하고 있었다.

그때 누가 말하기를, 포르테르가 몰던 울즐리가 건널목에서 충돌 사고를 내고 불길에 휩싸였다고 했다.

불길에 휩싸인 자동차를 봤어요. 잊을 수 없는 광경이에요. 내 뒤로는 다른 자동차들이 속도를 늦추지도 않고 지나가고 있었어요. 나는 우뚝 선 채로 불붙은 자동차 안에 있는 남자를 바라보았어요. 그는 두 팔을 몸에 붙이고 꼿꼿하게 앉아서 불타고 있었어요. 다만 머리가 옆으로 기울어져 있어서 그가 이미 죽었다는 것을 알 수 있었죠. 한참이 지나서 사람들이 물동이를 가지고 달려왔어요. 앞서 말했듯이 내 뒤로는 차들이 쌩쌩 달리고 있었죠. 그건 환각이 아니었어요.

레이스 통제소에서 3킬로미터 떨어진 앙굴렘 어귀에서 한 농부가 말했다. 무슨 일이 벌어지고 있든 자기와는 아무 상관이 없고 자기는 일을 해야 한다는 것이었다. 그는 자기 개에게 휘파람을 불었고, 개는 젖소 세 마리가 도로를 건너도록 몰아갔다. 리하르트는 시속 120킬로미터로 젖소들 앞에 다다랐다. 그는 브레이크를 밟으려고도 하지 않았다. 대신 두 그루의 미루나무 사이에서 광활한 벌판으로 빠져나가는 마지막 출구를 발견했다고 믿었다. 하지만 그의 메르세데스는 제대로 말을 듣지 않았고 두 미루나무의 간격은 생각보다 좁았다. 리하르트는 그 자리에서 바로 죽었다. 번들거리는 나무 핸들이 마치 하나의 검은 갈비뼈처럼 그의 갈비뼈들 사이에 박혀 있었다.

파리에서는 전보가 폭주하는 상황을 어떻게 해석해야 할지 갈피를 못 잡고 있었다. 레이스 행렬이 지나가는 곳곳에서 전보가 날아들었다. 마치 도처에서 전보의 폭탄이 터져 그 파편들이 쏟아져 들어오는 형국이었다. 사고 발생 확인. 도로 양편에 군중 운집. 바르탐 통제소 시간제 근무. 11시 46분에 발생한 사망 사고 때문. 조건을 보장하기가 불가능해짐.

그런 와중에 마드리드의 결승선에 설치된 커다란 알림판의 담당자들은 중천에 뜬 태양 아래에서 게시물을 붙였다 떼었다 하기도 하고, 분필로 칠판에 무언가를 적기도 하면서 애를 쓰고 있었다. 다른 사람들이 종이쪽지를 건네주면, 그들은 그것을 커다란 못에 꽂아놓고 그 내용을 기억한 다음 모두가 볼 수 있도록 커다란 글씨로 옮겨 적었다. 못에 쪽지가 가득 꽂히면 한 소년이 쪽지들을 빼서 휴지통에 넣었다. 하지만 레이서의 재능을 타고난 이 소년은 쪽지들을 버리지 않고 집으로 가지고 가서 이튿날 하나하나 다시 읽었다. 그 뒤로 그는 평생에 걸쳐서 문학작품을 시시하게 여기며 잘 읽지 않았다. 그가 보기에 문학이란 아이들을 위해 인간사를 단순화하는 것이거나 불필요하게 감정을 좇는 것이었다.

어쨌거나 사람들은 알림판에 적힌 '레티라도*'라는 말이 적절하다고 생각했다. 이 말은 엔진이 고장 나서 도로변에 차를 세운 레이서와 사고를 당해서 죽은 레이서를 구

---

* '물러난 사람'이라는 뜻의 에스파냐 말.

별해주지 않았다. '레티라도'들의 이름은 커다란 알림판의 아랫부분에 대문자로 적혀 있었다. 사람들은 그 명단이 점점 길어지는 것을 지켜보고 있었다. 어떤 사람들은 미소를 지으면서 생각했다. 계속 저런 식으로 나가면 끝까지 남는 사람이 몇 명이나 될까? 마드리드의 마지막 직선 도로에서 기다리고 있는 사람들은 뭘 구경하지?

내 딸의 미모를 구경하면 되지. 당신들이 볼 만한 것은 그것만 남아 있게 될 거야, 하고 그는 생각했다.

바로 그 순간, 스테드가 운전하던 드 디트리슈가 생피에르 뒤 팔레에서 제 속도에 휩쓸려 다리 난간 아래로 떨어졌다. 목격자들은 자동차가 여전히 부릉거리며 공중에서 헛바퀴를 돌다가 강바닥에 떨어져 박살이 났다고 말했다. 2킬로미터 떨어진 하류에서 빨래를 하던 여자들은 휘발유와 피 때문에 탁해진 물이 흘러가는 것을 보았다. 그녀들은 무슨 영문인지 이해할 수가 없었다.

하지만 파리에서 소식을 전해 듣고 있던 몇 사람은 이해하기 시작했다.

아직 핏물이 흐르고 있던 그 강에서 소총의 사정거리만큼 떨어진 벨라마스라는 곳에서 서른여섯 번째로 추월을 하던 프랑스인 레이서 투랑의 눈꺼풀에 피로의 안개가 내려앉았다. 그러자 그의 자동차는 천천히 도로를 벗어났다.

아이는 비명을 지르려고 입을 벌렸지만 소리가 나오지 않았다.

그때 군대에서 휴가 나온 뒤퓌이라는 병사가 자동차와 아이 사이로 몸을 던졌다. 운명의 장난으로 괴물에게서 나와 아이에게 닿으려고 하는 죽음의 선을 끊기 위해서였다. 조가비 모양의 거대한 보닛이 병사를 넝마처럼 땅에서 들어 올렸다. 뒤퓌이는 땅바닥으로 도로 떨어지기 전에 영웅으로 죽었다.

자동차는 병사를 실 끊어진 마리오네트로 만들어놓고 방향을 돌리더니 다시 도로 한복판으로 갔다. 그러고는 상처 입은 동물처럼 발광을 하며 갑자기 오른쪽으로 질러가서 구경꾼을 덮치고 닥치는 대로 들이받았다. 나중에 사람들은 한 남자가 죽었다는 사실을 알게 되었다.

하지만 아버지들은 여전히 그토록 위험한 곳으로 아이들을 데려가고 있었고, 젊은 여자들은 무리를 지어 길 가장자리로 이리저리 돌아다니면서 깔깔거렸다. 가게들의 문간에는 사람들이 몇 시간 내내 고개를 주억거리며 죽치고 있었다. 물건을 사러 온 사람들도 그들 곁에 멈춰 서서 도로를 지켜보곤 했다. 어떤 사람들은 높은 곳에서 훤히 내려다보려고 종탑에 올라가기도 했다. 하기야 이날은 모든 것이 허용되는 축제일과도 같았다.

소문에 따르면 3백만 명이나 되는 사람들이 길가에 늘어서서 경이로운 자동차들을 구경하고 그 기적에 도취했다고 한다.

파리의 관계 당국은 속속 날아드는 전보들을 바탕으로 레이스의 이미지를 그려나갔다. 그 이미지는 점차 한 마리 뱀을 닮아가고 있었다. 격한 분노와 피로에 눈이 멀어 거침없이 프랑스를 빠져나가는 기다란 뱀, 먼지와 군중의 소동에 짜증을 내듯 마구 독을 뱉어내는 뱀.

그러는 동안 마드리드의 커다란 알림판 주위에서는 여전히 쪽지를 받아서 옮겨 적는 조용하고도 깔끔한 작업이 계속되고 있었다. 그 알림판에서 추론해낼 수 있는 것은 레이스에 걸맞은 활기와 스포츠다운 에피소드들의 자랑스러운 연쇄였다. 그런 것 말고 다른 것을 읽어내는 사람은 아무도 없었다. 악단들은 태양 아래에서 취주악을 반복해서 연주하고 있었다. 사람들이 하나둘 춤을 추기 시작했다. 어린 시절에 배운 스텝을 되찾은 그들은 뜻밖의 아름다움을 발산하고 있었다. 먼지를 잔뜩 뒤집어쓴 기사들이 우리와 함께 춤을 출까? 말해봐. 나는 손수건을 가지고 있어. 이것을 그들에게 주고 싶어. 하지만 입맞춤은 따로 소중히 간직할 거야.

그 모든 일이 시작된 베르사유에서는 정원사들이 모두가 빠져나간 뒤에 서려든 괴괴한 정적 속에서 재난의 규모

를 헤아린다. 그들은 씨를 뿌려놓은 밭에 내려앉은 까마귀
들처럼 이리저리 돌아다니며 몸을 수그린 채 축제의 잔해
들을 줍는다. 한 정원사는 몸을 바로 세우며 에스파냐 쪽
을 바라본다. 무어라 말할 수 없는 회한에 사로잡혀 천천
히 돌아오는 자동차 한 대가 보이는 듯하다. 하지만 자동
차들은 돌아오지 않는다.

　프랑스 대통령은 이 사태에 대해서 어떻게 생각하느냐
는 질문을 받고 상황을 이해하기가 어렵다고 말했다. 무슨
일이 벌어지고 있는지 분명치 않다는 것이었다. 그는 자기
가 신뢰하는 뒤팽을 돌아보았다. 뒤팽은 허공에 대고 손짓
을 했다. 날아가는 새들, 총소리에 놀라 도망치기 시작한
새들을 가리키는 것 같은 손짓이었다.

　그러는 동안 보르도에 자동차들이 도착하기 시작했다.
레이스의 건조한 용어로 말하자면 선두 그룹이 첫 번째 결
승선에 다다른 것이었다. 우아한 정장 차림의 계시원들은
검은 눈금판에서 돌아가는 바늘들을 지켜보면서 시간을
나타내는 복잡한 수들의 시詩를 읊어댔다. 그러자 레이서
들은 좌석에서 내려와 마실 것을 달라고 했다. 사람들이
농담을 건네거나 등을 탁탁 치면 그들은 억지로 미소를 지
어 보였다. 그들이 이마 위로 안경을 밀어 올리자, 하얀 피

부 한복판에 환각에 사로잡힌 눈들이 나타났다. 마치 유령을 만나거나 화재를 목격한 사람들의 눈 같았다.

나는 이따금 커다란 알림판에 눈을 준다. 모름지기 수석 웨이터는 모든 것을 알아야 하고 어떤 일에도 놀라지 말아야 하기 때문이다. 예를 들어 우승한 레이서에 관한 재미난 농담을 알고 있다면, 그가 포크나 나이프를 떨어뜨릴 때 한결 고분고분한 동작으로 그것들을 주워 들 수 있다. 그런 것은 세월과 더불어 터득한 것이다. 식탁들 사이로 왔다 갔다 하며 보낸 그 기나긴 세월과 더불어. 만약 평생 웨이터로 살아온 내 발걸음을 모두 잇댄다면, 나는 파리에 다다르게 될 것이다. 나는 늘 몸을 조금 앞으로 기울인 채로 오드콜로뉴 향기를 은은히 남기며 손님들 사이를 돌아다닌다. 일종의 천사이기는 한데, 냄새의 자취를 뒤에 남기는 천사라고나 할까, 옴브레!

그는 몇 차례 노크를 하고 나서 딸의 방문을 열고는 그들이 보르도에 도착했다고 말했다. 그러나 딸아이는 대수롭지 않다는 듯 아버지를 돌아보지도 않고 그저 따분함이 잔뜩 배어 있는 목소리로 밖에 바람이 부느냐고 묻기만 했다. 아버지는 모른다고 대답했다. 아빠도 모르는구나, 하고 딸은 심드렁하게 말했다.

파리에서는 의원들이 복도에서 머리를 맞대고 의견을 나누고 있었다. 어떤 의원들은 정부의 개입을 강력하게 요구했다. 사실 전날까지만 해도 그들은 자동차가 무엇인지 제대로 모르고 있었다. 그들은 자동차를 기껏해야 지나치게 커다란 남성용 보석쯤으로 여기고 있었다. 그런데 이제 보니 자동차들이 사람을 죽이고 있었다. 그래서 그들은 마치 충직한 개에게 갑자기 물린 것처럼, 또는 아이의 못된 태도나 애인의 신의 없는 편지를 접한 것처럼 겁을 먹고 있었다.

보르도의 아수라장에서는 시곗바늘들이 프랑스의 레이서 페르낭 가브리엘이 잠정적으로 1위에 올랐음을 알려주고 있었다. 페르낭 가브리엘은 베르사유에서 출발하여 보르드에 도착하는 동안 78회의 추월을 했다고 말했다. 그는 손을 부들부들 떨고 있었다. 담배에 불을 붙일 수도 없을 정도였다. 그래서 그는 웃음을 터뜨렸고 주위 사람들도 따라 웃었다.

프랑스 대통령은 뒤팽을 바라보며 물었다. 몇 시간이 더 지나야 그들이 모두 프랑스 영토에서 사라져 에스파냐 도로들을 피로 물들이러 가느냐고. 뒤팽은 손에 들고 있던 종이를 들여다보았다.

출발선에서 271킬로미터 떨어진 지점을 달리고 있던 로렌 바로우는 갑자기 자기 팔이 남의 팔 같다고 느꼈다. 눈앞의 핸들도 낯선 물건처럼 보였다. 그는 정비사를 옆에 태우고 달리는 중이었다. 정비사는 그에게 무슨 말인가를 외치려고 했다. 하지만 그의 목구멍에서는 아무 소리도 나오지 않았다.

내가 아직 말하지 않은 것 같은데, 이 식탁에는 왕실 사람들이 와서 앉을 것이다. 내가 평소보다 차분한 모습을 보이며 더욱 조용하고 의젓하게 움직이는 이유, 이 오후의 햇살이 황금빛으로 물든 이유가 바로 거기에 있다.

정비사로 레이스에 참가하는 것은 그의 오랜 꿈이었다. 그래서 백 년 묵은 너도밤나무가 자기들에게 덤벼들 때도, 로렌 바로우의 팔이 잠들어버린 탓에 길을 잃고 헤매던 자동차를 그 너도밤나무가 삼켜버릴 때도 그는 별로 슬프지 않았다.

누가 알았으랴, 그가 에스파냐 시인이 분필로 쓴 한 줄의 시행으로 인생을 마감하게 될 줄이야. 자동차는 프랑스에서 폭발했고 피와 연기도 거기에 남았지만 마드리드의 결승선에 있는 커다란 칠판에 '레티라도 로렌 바로우'라는 한 줄의 시행, 춤추는 몸짓으로 쓴 그 한 줄의 시행으로 남게 될 줄이야……

뒤팽은 레이스가 빚어낸 광기의 목록에 새로운 것들을 추가하면서 보고를 수정했다. 한 정비사의 무참한 죽음, 계시원들의 세심함, 도로변에 늘어선 노인들의 즐거운 박수갈채, 자동차들이 다시 출발하는 것을 보겠다고 벌써부터 보르도에서 빠져나가는 길목에 집결해 있는 무수한 사람들. 대통령은 피곤한 기색으로 말했다. 레이스 때문에 몇 명이 죽었는지 다시 말해보게.

하지만 두 아이는 마치 한 몸처럼 달음박질을 친다. 들판에서 한길 쪽으로, 대경주의 행렬이 지나가는 쪽으로, 아주 어린것들이 아무도 모르게 달려간다. 뛰다가 걷고, 그러다가 다시 냅다 달린다. 한길이 눈에 들어오자 두 아이는 **소리를 지른다**. 여름날 광장의 하늘에서 노래하는 새들처럼 말이 아니라 소리를 내지른다. 이윽고 두 아이는 사람들이 모여서 기다리고 있는 곳에 다다라서 바지들 사이로 파고든다. 그렇게 맨 앞줄까지 나아가자 하얗게 뻗어나간 도로가 눈에 들어온다. 도로는 하늘과 맞닿은 언덕으로 이어지고, 그 언덕에서 기적이 튀어나온다. 먼지구름이 솟고 아이들이 한 번도 들어본 적 없는 소음이 들려온다. 두 아이는 이 일을 인생의 첫새벽으로 영원히 기억할 것이다. 그들은 가쁜 숨을 가누며 서로 눈짓을 주고받는다. 그러면서 평생의 친구가 된다.

한편, 뒤팽은 종이를 접어 호주머니에 넣고, 에스파냐에서는 돌풍이 불어 크리스털 잔들이 놓인 식탁보를 들어 올리고, 베르사유에서는 까마귀들이 미지의 종탑에서 울리는 종소리라도 들은 듯 갑자기 머리를 든다. **프랑스 대통령은 흰 손을 펴서 수도로 내려치듯 휘둘렀다. 그 멍청이들을 제지해**, 하고 그는 말했다. 수석 웨이터는 손으로 다시 식탁보를 문질러 주름을 편다. 바람은 구김살을 만들고 그는 구김살을 펴는 것이다. 온화한 뒤팽은 가볍게 고개를 숙이고 방을 나선다. 같은 시각, 마드리드에서는 4만 명의 사람들이 춤을 춘다. *이제 끝났다는* 사실을 전혀 모르는 채로.

사실 프랑스 정부는 전격적이고도 엄중한 행정명령을 통해 파리·마드리드 레이스를 중단시켰다. 괴물이 인명을 더 살상하기 전에 숨통을 끊어버린 셈이다.

프랑스인들은 에스파냐 왕 알폰소 13세의 기분을 상하게 하지 않을까 걱정했다. 알폰소 13세는 마드리드에서 성대한 잔치를 벌이며 여왕 같은 자동차들을 기다리고 있었다. 그래서 프랑스인들은 자동차들을 보르도에서 피레네 국경까지 기차로 실어다 주겠다고 제안했다. 그다음부터는 애초에 정한 마드리드의 결승선까지 에스파냐 땅에서 레이스를 재개하라는 것이었다. 그 나름으로 일리가 있는 방안이었다.

하지만 에스파냐 왕은 그 제안을 달가워하지 않았다. 그 이유를 밝히는 것은 적절치 않다고 판단했다. 왕은 희생자들을 애도하는 뜻에서 에스파냐 전역의 거물들을 맞아들이기로 되어 있던 관람석을 날이 어두워지기 전에 철거하라고 지시했다. 그날 해거름부터 사흘에 걸쳐 음악과 춤도

금지하였다. 사람들은 전기 불빛의 마법이 준비되어 있던 파란 천개들을 해체했다. 그리고 어떤 사람은 커다란 칠판에 적힌 분필 글씨들을 검은 헝겊으로 천천히 지웠다. 그럼으로써 영예로운 이름들과 시간을 다투는 레이스의 진실이 하얀 먼지가 되어 바람 속으로 날아가거나 손과 옷에 묻었다.

나는 머리를 앞으로 조금 수그린 채로 미소를 지으며 그 소식을 들었다. 나는 웨이터들에게 흰 장갑을 벗지 말라고 지시했다. 이 식탁들에 대해서는 마땅히 경의와 존중을 보여야 하기 때문이다. 이렇듯 중요한 만찬에서 서빙을 하는 경우에는 식탁을 치울 때도 다음과 같은 순서를 지켜야 한다. 크리스털 제품, 포크와 나이프 같은 식사 도구, 식기류, 냅킨. 그다음은 식탁 장식물. 마지막으로 우리는 커다란 리넨 식탁보를 걷은 다음, 리넨 천에 남아 있는 다림질 자국을 따라 일곱 번을 접을 것이다. 그럼으로써 하나의 동그라미가 닫히듯, 오늘 일어나기로 했으나 일어나지 않은 일들은 완전히 마무리될 것이고, 그 모든 일의 비밀과 깊은 의미도 동그라미 안에 갇히게 되리라. 나는 등을 꼿꼿이 세우고 담배를 피우면서 천천히 집으로 돌아갈 것이다. 한 가지 중요한 얘기를 하자면, 나는 내 크리스털 잔들에 먼지가 묻지 않았으리라는 것을 장담할 수 있다. 하지만 그것 역시 나 말고는 아무도 알아야 할 의무가 없다. 내 시트에는 간밤에 흘린 땀이 배어 있을 것이고 그 축축한 시트 속에 누우면 잠은 쉽게 찾아오지 않을 것이다. 신이여, 저를 제 고독에서 구하소서.

내 딸아, 밤의 축제가 취소되어 사람들은 이미 떠나가고 그들의 탄식만 바람으로 남아 떠도는데, 너는 어쩌자고 텅 빈 플로어에서 혼자 춤을 추는 것이냐? 느림과 자만의 병에 걸린 네 마음은 도대체 시간을 어떻게 재고 있기에 매번 이렇게 쓸모없는 시간에 오는 것이냐? 그들은 너의 아름다움을 더 기다려주지 않을 것이고, 너를 자랑스러워하는 내 마음은 궁핍을 견디지 못하고 죽게 되리라. 부디 이런 식으로 세월을 허비하는 것에 대한 형벌이 관대하기를, 그리고 우리의 고독을 살피는 천사가 다 알아서 해주시기를.

보르도에 남아 있던 자동차들은 기차역으로 견인되어 기나긴 호송 열차에 실렸다. 이 열차는 더딘 속도로 자동차들을 파리로 운반했다.

울티모의 어린 시절

첫 아이인 울티모에게 그런 이름이 붙은 데는 이유가 있었다.

"이 애는 맏이이자 막내거든."

어머니는 그를 해산하고 나서 정신이 돌아오자마자 그렇게 설명했다.

그래서 그는 첫 아이임에도 울티모가 되었다.

처음에 그는 자기가 첫 아이이자 마지막 아이라는 것을 이해하지 못하는 것처럼 보였다. 인생 초년의 첫 4년 동안 병이란 병은 다 달고 살았던 것이다. 그는 세 번이나 세례를 받았다. 아이가 죽을 고비를 맞을 때마다 찾아온 본당 신부는 이런 눈을 가진 어린것에게 어떻게 병자성사를 주겠느냐고 하면서, 그래도 성사를 행하지 않고 그냥 돌아갈 수는 없으니 병자성사 대신 세례를 주겠다고 했다.

"세례를 또 받는다고 해서 해가 될 건 없어요."

아닌 게 아니라 울티모는 매번 죽을 고비를 무사히 넘겼다. 작고 야위고 백지장처럼 핏기가 없었지만 끈질기게 살아남았다. 아버지는 아이의 심장이 튼튼한 거라고 했다. 어머니는 아이가 행운을 타고난 거라고 했다.

그리하여 울티모는 1904년 11월, 일곱 살하고도 4개월이 되었을 때 여전히 살아 있었다. 아버지는 아이를 외양간으로 데려가더니 피에몬테 토종 소인 파소네 스물여섯 마리를 가리켰다. 이 소들은 그의 전 재산이었다. 그는 아직 엄마에게는 말하면 안 된다면서 아이에게 알려주었다.

"우리는 이제 저 쇠똥 더미에서 완전히 벗어나게 될 거야."

그는 쇠똥 냄새가 진동하는 어두운 외양간 전체를 감싸 안듯 꽤나 엄숙하게 두 팔을 크게 벌리며 말했다.

"가라주 리베로 파르리."

리베르 파르리는 그의 이름이었다. '가라주'는 프랑스 말이었다. 울티모는 그때까지 그 말을 들어본 적이 없었다. 그래서 그 당장에는 '목축업'이라든가 하다못해 '우유 가공 공장'을 뜻하는 것으로 생각했다. 하지만 그 말이 새롭게 생겨난 어떤 일을 가리키는 것으로 보이지는 않았다.

아버지의 설명은 간단했다.

"우리는 자동차를 고칠 거야."

사실 '가라주'는 신종 직업과 관련된 말이었다.

어머니는 어느 날 밤, 불을 끄고 잠자리에 들어 그 얘기를 들었을 때, 이렇게 지적했다.

"여기에는 아직 자동차가 없잖아."

남편 리베로 파르리는 그녀의 잠옷 속으로 손을 밀어 넣으면서 알려주었다.

"몇 달만 지나면 자동차들이 오게 될 거야."

"애가 있잖아."

"문제없어, 녀석을 위한 일자리도 생길 거야, 일을 가르치면 돼."

"애가 있잖아, 손 빼."

"아 참."

리베로 파르리는 겨울이면 난방비를 아끼기 위해 세 식구가 한 방에서 잔다는 사실을 기억해내며 말했다.

부부는 토론을 중단한 채 잠시 그러고 있었다. 이윽고 그가 다시 말문을 열었다.

"울티모하고 얘기해봤어. 그 애는 좋대."

"울티모가?"

"그래."

"울티모는 어린애야, 이제 겨우 일곱 살에 몸무게는 21킬로그램이고 천식이 있는 애라고."

"그게 무슨 상관이야? 울티모는 특별한 애잖아."

집안에서는 모두가 울티모를 특별한 아이로 여기고 있었다. 아이가 온갖 질병을 다 앓았던 사실 때문이기도 하고 설명하기 어려운 다른 사정 때문이기도 했다.

"그보다 타린하고 얘기해보는 게 어때?"

"그 친구는 이해를 못할 거야. 다른 사람들과 마찬가지로, 땅과 가축들 생각밖에 안 하기 때문에 나보고 미쳤다고 할 거야."

"어쩌면 그 사람 생각이 맞을지도 몰라."

"뭘 보고 그런 말을 하는 거야?"

"그는 트레차테 사람이잖아."

이 고장에서 그건 반박하기 어려운 논거였다.

"그게 안 내키면 본당 신부님하고 상의해봐."

리베로 파르리가 무신론자도 사회주의자도 아닌 것은 그저 시간이 없었기 때문이었다. 만약 한두 시간을 내서 조금 알아볼 기회가 있었다면 그는 그런 부류의 사람이 되었을 터였다. 아무튼 그는 신부들을 좋아하지 않았다.

그가 물었다.

"더 충고할 말 있어?"

"그냥 해본 소리야."

"말에 뼈가 있는걸."

"뼈는 무슨, 그냥 해본 소리라니까."

그러면서 그녀는 남편의 바지 속으로 한 손을 뻗었다. 그건 그녀가 무척 좋아하는 것이었다.

리베르 파르리가 중얼거렸다.

"애가 있는데."

"아무 일도 없는 척해."

그녀의 이름은 플로랑스였다. 그녀의 아버지는 프랑스 사람이었는데 이탈리아 전역을 돌며 자기가 발명한 여자 구두를 팔았다. 사실 그가 팔고 다닌 것은 보통의 구두였다. 다만 필요한 경우에 굽을 달 수 있다는 점에서 여느 구두와 달랐다. 고무줄로 된 편리한 고정 장치가 있어서 굽을 달았다가 뗐다가 하는 것이 가능했다. 그 구두의 장점은 일할 때도 신을 수 있고 파티에 갈 때도 신을 수 있기 때문에 한 켤레로 두 켤레의 효과를 본다는 것이었다. 반면에 그의 주장에 따르면 단점은 없었다. 어느 날 그는 피렌체에 갔다가 그 도시의 매력에 흠뻑 빠지고 말았다. 그래서 첫 딸에게 그 도시의 프랑스어 이름을 붙였다. 그는 로마에서도 좋은 시간을 보냈다. 그래서 첫 아들에게는 로미오라는 이름을 지어주었다. 그 뒤로 그는 셰익스피어 예찬자로 변했고 그때부터 줄리엣이나 리처드 같은 이름들을 아이들에게 붙여주었다. 사람들이 자녀들의 이름을 어떻게 선택하는가 하는 것은 중요한 문제다. 죽는 것과 이름을 지어주는 것, 아마도 사람이 한평생을 살면서 하는 일들 가운데 그보다 진지한 일은 없을 것이다.

플로랑스는 그 간단한 밤일을 끝맺음하기 위해 이불 속으로 들어가 입으로 마무리를 했다. 보통 사람들의 생각에 비춰보면 그건 음전한 아내에게 어울리는 행위가 아니었다. 하지만 이 고장에서는 그것을 프랑스식이라 부르고 있었고, 그래서 프랑스 사람인 그녀는 자기에게만은 그런 행위가 허용되어 있는 것으로 느꼈다.

그녀가 일을 끝내자 리베로 파르리가 물었다.

"내가 소리를 내진 않았지?"

"잘은 모르지만 안 낸 것 같아."

"그랬기를 바라자고."

설령 소리를 냈다 해도 울티모는 듣지 못했을 것이었다. 아이의 몸은 방 안쪽에 놓인 침대에 있었지만, 아이의 마음은 강 쪽으로 가는 길 위에 있었기 때문이다. 2년 전, 아이는 아버지와 함께 그 길에서 무언가를 기다리고 있었다. 이른 아침이었다. 들판에는 다사로운 아침 햇살이 비치고 있었지만 발밑에서는 간밤에 내려앉은 서릿발이 아직 바스락거렸다. 아이는 집에서 가져온 사과를 먹으려고 외투 소매에 문지르고 있었다. 아버지는 담배를 피우면서 노래를 흥얼거렸다. 그들은 집에서 라벨로 삼거리까지 먼 길을 걸어와서 무언가를 기다리는 중이었다.

집을 나설 때 어머니가 물었다.

"애를 데리고 어디 가려고?"

"남자들 일이야."

아버지가 그렇게 대답했기 때문에 울티모는 더 묻지 않았다. 다섯 살 때 아버지가 그런 식으로 아이를 어딘가로 데려가면 아이는 그냥 기분이 좋은 법이다. 울티모는 라벨로 삼거리까지 아버지 뒤에서 종종걸음을 쳤다. 그때는 전혀 몰랐지만, 그는 나중에 커서 그 이미지를 자꾸자꾸 떠올리게 된다. 아침 안개를 헤치며 앞에서 성큼성큼 걸어가던 아버지의 거대한 실루엣을 말이다. 아버지는 아들을 기다리기 위해서든 아들이 계속 따라오고 있는지 확인하기 위해서든 한 번도 *뒤돌아보지* 않고 걸었다. 한 치의 의심도 배어 있지 않은 그 엄격한 태도에서 그는 아버지가 되는 법을 배웠다. 아버지가 된다는 것은 절대로 뒤돌아보지 않고 걸어갈 줄 아는 것, 어른의 큰 걸음으로 무정하게 걸어가되 아들이 이해하고 작은 걸음으로도 따라올 수 있도록 분명하고 규칙적인 걸음으로 걷는 것이다. 다시 말해서 아버지가 된다는 것은 아이의 앞에서 뒤돌아보지 않고 걸어가되 아이가 길을 잃지 않으리라는 것을 알게 하고 함께 걷는 것이 땅에 쓰여 있는 것처럼 의심할 바 없는 운명이라는 것을 알게 하는 것이다.

그렇게 기다리다가 울티모는 멀리에 먼지구름이 일어나는 것을 보았다. 아버지는 아무 말도 하지 않았다. 대신 담배를 던져버리고 아이의 어깨에 손을 얹었다. 먼지구름은 라벨로 언덕에서 도로의 굽이들을 따라 내려오고 있었다. 그와 함께 어떤 소리가 다가오고 있었다. 울티모가 들어본 적이 없는 소리였다. 마치 금속으로 된 악마가 으르렁거리는 듯한 소리였다. 울티모는 먼저 커다란 바퀴들과 거대한 라디에이터의 조롱 섞인 표정을 보았다. 그다음에는 한 남자가 눈에 들어왔다. 남자는 먼지 속에서 믿기지 않을 만큼 높은 자리에 꼿꼿하게 앉아 있었다. 남자의 눈은 엄청나게 큰 곤충의 눈이었다. 남자를 태운 괴물이 그들을 향해 엄청난 속도로 달려오고 있었다. 그 뱃속에서 터져 나오는 소음이 점점 요란하게 들려왔다. 무시무시한 광경이었다. 하지만 울티모는 겁내지 않았다. 오히려 그 순간에 자기 운명의 어떤 것을 예감했을지도 모를 일이었다. 아이는 머리, 가슴, 신경 등 그 무엇으로도 두려움을 느끼지 않았다. 공포 때문에 숨결에 변화가 생기지도 않았다. 단지 어떤 절대적인 욕구, 어서 그 먼지구름에 휩싸이고 싶은 충동을 느꼈을 뿐이다. 아이는 먼지구름이 언덕을 내려와 굉음과 함께 삼거리 쪽으로 돌진해 오는 것을 설레는 마음으로 지켜보고 있었다. 곤충 같은 눈을 하고 높다란 자리에 태연히 앉아 있는 남자, 땅바닥에 파인 구멍들 때문에 덜컹거리는 바퀴들, 바다에서 조난당한 뗏목의 어지러운 옆질. 하지만 이 뗏목은 그런 요동을 꿋꿋하게 이겨내고 삼거리로 접어들자 주저 없이 갈 길을 정하고 오른쪽으로 방향을 틀었다. 울티모는 자기 어깨에 얹힌 아버지의 손에 힘이 잔뜩 들어가는 것을 느꼈다. 그러면서 거대한 동물에 올라탄 남자가 두 손으로 핸들을 잡은 채 옆으로 몸을 기울이는 것을 보았다. 마치 남자가 오로지 그 대담한 동작 하나로 거대한 동물을 제압하고 있는 것 같았다. 울티모는 당장 그 남자처럼 해보고 싶었다. 마치 오래전부터 경험해오기라도 한 것처럼 그 동작이 거의 자기 몸에 배어 있는 기분이 들었다. 팔들의 피로, 위에서 비스듬히 내려다보는 도로의 모습, 자기를 실어가는 보이지 않는 힘, 바람을 거스르며 날아가는 것 같은 기분이 느껴졌다. 거대한 동물은 제가 선택한 길로 접어들기 위해 방향을 틀다가 마침내 제 옆구리를 드러냈다. 그러자 한 여자의 우아한 실루엣이 나타났다. 양쪽 옆구리 사이의 더 은밀하고 낮은 자리에 앉아 있기 때문에 보이지 않았던 여자가 모습을 드러낸 것이었다. 울티모의 눈에는 낮은 자리에 앉은 그 여자가 옥좌에 앉은 여왕처럼 보였다. 아마도 여자가 쓰고 있던 커다란 모자, 호박색 모슬린 스카프를 둘러 턱에 묶어놓은 그 분홍색 모자 때문이었을 것이다. 여자는 마치 굽이의 부름에 호응하기라도 하듯 고개를 옆으로 기울이고 있었다. 그 동작은 운전자의 곡예 같은 몸짓을 순순히 따라 한 것일 수도 있고 그 몸짓에 대한 의구심을 우아하게 표현할 것일 수도 있었다. 어쨌거나 울티모는 그 여자를 두고두고 잊지 못하게 될 것이었다.

거대한 동물은 강으로 가는 남쪽 길로 접어들더니 뽀얀 먼지에 휩싸인 채 이내 시야에서 사라졌다. 울티모와 아버지는 제자리에 가만히 서서 귀를 기울였다. 기계의 협주곡이 내는 희미한 음들이 미루나무들 사이로 달아나고 있었다. 그들은 공기의 냄새를 맡았다. 들판 어디에서도 맡아볼 수 없는 냄새가 감돌고 있었다. 훗날 그들의 향수가 되어 몇 해 동안 그들의 몸에 배게 될 냄새, 그들의 여자들도 차츰차츰 좋아하게 될 바로 그 냄새였다.

리베로 파르리는 공기가 다시 맑아지고 주위가 고요해지기를 기다렸다가 말했다.

"엄마한테는 아무 말도 하지 않는 거다."

"네, 안 할게요."

그렇게 울티모는 처음으로 자동차를 보았다. 더 정확히 말하면 한 자동차가 여느 길이 아니라 *굽잇길에서*, 아주 부드럽게 방향을 전환하는 모습을 자동차에 대한 첫 이미지로 기억에 아로새긴 것이다. 이 아이가 어른이 되어 미친 짓이나 다름없는 사업에 인생의 대부분을 바치게 되는 이유는 어쩌면 그 이미지로 설명될 수도 있으리라.

울티모는 아버지와 어머니가 *프랑스식* 밤일을 막 끝낸 침대에서 몇 미터 떨어진 곳에 누운 채 기다란 굽잇길을 돌아나가는 그 자동차를 다시 보고 있었다. 그러다가 어둠 속에서 스르르 잠이 들었다. 그래서 아이는 부모가 아주 나직하게 웃는 소리를 듣지 못했고, 아버지가 자리에서 일어나 다른 방으로 무언가를 찾으러 가는 것도 알아차리지 못했다. 아버지는 불을 밝힌 초 한 자루와 종이 한 장을 손에 들고 돌아왔다. 종이에는 팔레스트로 백작이 파소네 소 스물여섯 마리를 1만 6천 리라에 산다는 내용의 매매 계약이 적혀 있었다. 플로랑스 파르리는 종이를 집어 그런 내용을 읽었다. 그러고는 촛불을 불어 껐다.

그들은 이불 속에 나란히 누워 가만히 있었다.

리베로 파르리는 가슴이 두근거렸다.

이윽고 그녀가 말했다.

"리베로, 당신은 자동차의 내부가 어떻게 되어 있는지도 모르잖아."

그에게는 이미 대답이 준비되어 있었다.

"그거라면 걱정할 것 없어, 여보. 그걸 처음부터 아는 사람은 아무도 없어."

리베로 파르리와 그의 아들 울티모는 책을 보며 자동차의 내부가 어떻게 생겼는지를 배웠다. 그 책은 프랑스어로 되어 있었다(《자동차 공학》, 슈발리에 출판사). 그래서 처음 몇 해 동안, 4기통 클레망 바야르의 밑에 누워서 엔진을 살피거나 몸을 숙인 채로 24마력 피아트의 내부를 들여다보다가 모르는 것이 생길 때면, 리베로는 궁지에서 벗어나기 위해 아들에게 이렇게 말하는 버릇을 들였다.

"엄마 좀 불러오너라."

그럴 때마다 플로랑스는 빨래를 한 아름 안거나 프라이팬을 손에 든 채로 왔다. 그녀는 그 책을 한 단어 한 단어 번역해주다가 통째로 외워버린 터였다. 그래서 무엇이 문제인지 이야기를 듣고 나면 자동차에 눈길 한 번 주지 않고도 책의 어느 대목에 해답이 있는지 기억해내고 진단을 척척 내려주었다. 그러고는 다시 빨래를 안거나 프라이팬을 들고 집으로 돌아갔다. 리베로 파르리는 경탄과 짜증이 뒤섞인 목소리로 중얼거렸다.

"고마워, 여보."

그러고 나서 조금 있으면 외양간을 개조한 그 정비소에서 부르릉 하고 엔진이 되살아나는 소리가 일었다. 매번 그런 식이었다.

다만 그런 일은 아주 드물게만 일어났다. 처음 몇 해 동안 리베로 파르리 자동차 정비소는 생존하기 위해 까다롭게 굴지 않고 온갖 종류의 수리에 적응해야만 했다. 자동차는 거의 오지 않으므로 마차의 판스프링이든 무쇠 난로든 벽시계든 가릴 형편이 아니었다. 리베로 파르리는 많은 고객의 요청에 따라 그 지역의 말들에게 편자를 달아주는 서비스를 개시하지 않을 수 없었다. 혹자는 그것을 굴욕적인 패배로 여겼을 테지만 그의 생각은 달랐다. 그가 어디에서 읽은 바에 따르면, 처음으로 총기를 제작해서 돈을 번 사람들은 그 전날까지 칼을 버리면서 살았다. 어쨌거나 애초에 플로랑스가 지적했던 대로 사실상 자동차는 아직 존재하지 않았던 셈이다. 세상 어딘가에 자동차들이 존재하기는 했지만 그쪽으로는 좀처럼 오지 않았다. 그래서 어쩌다 지평선에 구세주와도 같은 먼지구름이 일고 기계의 협주곡이 들릴 때면 일대의 모든 사람들이 조롱 섞인 축하를 보냈다. 자동차가 오는 것은 너무나 드문 일이었으므로 리베로 파르리는 그때마다 자전거를 타고 아들을 데리러 학교에 갔다. 그는 모자를 벗어 들고 교실에 들어가서 그냥 이렇게만 말했다.

"급한 일이 생겨서요."

여선생님은 그 말이 무슨 뜻인지 알고 있었다. 울티모는 총알처럼 튀어 나갔고, 30분 뒤에 두 부자는 송아지만큼이나 무거운 보닛 아래에서 자기들의 생각이 틀리지 않았음을 자축하곤 했다.

그렇게 그들은 오지 않는 먼지구름을 기다리면서 고생스러운 세월을 보냈다. 무엇이든 절약했고 팔 만한 것들은 모두 팔아치웠다. 급기야 리베로 파르리는 더 어찌할 수 없다는 심정으로 넥타이를 매고 은행의 지점장과 면담을 하러 갔다. 그는 모자를 벗어 손에 들고, 급한 일이 생겨서요, 하고 말했다. 그 고장 사람들은 병적이다 싶을 만큼 자존심이 강했다. 남편이 모자를 손에 들고 은행에 갈 때면, 아내는 집에 있는 사냥총을 감추었다. 남편이 어떤 유혹에 빠지는 사태를 피하기 위해서였다. 리베로 파르리는 농장까지 담보로 잡히고 돌아왔다. 하지만 그런 날에도 그의 얼굴에서는 의심의 빛을 찾아볼 수가 없었다. 그는 저녁을 먹는 내내 농담까지 해가며 껄껄거렸다. 그는 미래가 밝다는 것과 자기야말로 미래를 두려움 없이 기다릴 수 있는 사람이라는 것을 알고 있었다. 그는 휘발유가 가득 들어 있는 양철통을 스물다섯 개나 비축해둔 터였다. 반경 백킬로미터 이내에 있는 휘발유는 오로지 그것뿐이었다. 그리고 그 마을에서 멀리 지평선에 이르기까지 실린더 머리가 무엇인지 알고 크랭크 암을 어떻게 분리하는지 아는 사람은 그밖에 없었다. 누가 뭐래도 그는 6대조 이래로 손에서 소 냄새가 나지 않는 최초의 파르리였다. 그래서 그날 저녁 리베로는 수프를 두 번이나 먹을 만큼 왕성한 식욕을 보였다. 그는 아주 맛있게 식사를 마친 다음 밖으로 나가 마당의 담에 기대어놓은 의자에 앉아 석양을 바라보았다. 옆에는 친구 타린이 있었다. 트레차테 출신의 이 친구는 혹시 무슨 일이 있지 않을까 걱정하면서 저녁 인사를 하러 온 것이었다. 하지만 그들은 리베로가 은행에 다녀온 일에 대해서는 말도 꺼내지 않았다. 리베로는 다른 생각에 빠져 있는 듯했다.

어느 순간, 그가 저녁 공기를 흐뭇이 들이마시며 말했다.

"흠, 냄새 좀 맡아봐……."

"무슨 냄새?"

타린이 묻자, 리베로는 다시 과장되게 숨을 들이마시며 대답했다.

"두엄 냄새."

타린은 두세 번 코를 킁킁거리고는 의아해하는 표정을 지었다.

"두엄 냄새 안 나는데."

"내 말이 그 말이야."

리베로는 의기양양하게 말을 맺었다.

그는 친구를 그런 식으로 놀려주는 것을 무척 좋아했다.

그날 밤, 침대에 누웠을 때 그는 뭔가 이상하다는 것을 금방 알아차렸다.

"빌어먹을, 이 밑에 뭐가 있는 거지?"

아내는 자리에서 일어나더니 매트리스 밑에 감춰두었던 사냥총을 꺼내 제자리에 가져다 놓았다. 아내가 이불 속으로 돌아오자, 리베로 파르리는 신문지 한 장을 되작이고 있다가 그녀에게 건네주며 말했다.

"당신도 이걸 보면 조금은 이해가 될 거야."

플로랑스는 기사를 읽었다. 세 이탈리아인—루이지 바르치니, 시피오네 보르게세, 에토레 주차르디—이 자동차로 베이징에서 파리까지 1만 6천 킬로미터를 주파했다는 내용이었다. 그렇게 세계를 횡단하는 데 겨우 60일이 걸렸다고 했다.

플로랑스는 덤덤하게 말했다.

"이상하네, 그들이 지나가는 것을 못 봤는데."

"난 봤어."

리베로 파르리는 흰소리를 하는 게 아니었다.

다른 사람들 눈에는 보이지 않았을지 몰라도 그는 그들이 지나가는 것을 보았다. 그는 시도 때도 없이 그들이 지나가는 것을 보고 있었다. 누가 뭐래도 그는 그렇게 믿었다. 그들은 먼지를 잔뜩 뒤집어쓴 모습으로 장갑 낀 손을 들어 그에게 인사를 건네곤 했다.

그가 꿈꾸던 미래는 걸어서 왔다. 1911년 3월, 비가 내리던 어느 날 오후의 일이었다. 리베로 파르리는 멀리서 미래가 걸어오는 것을 보았다. 오픈카를 타는 사람들이 입는 기다란 더스트 코트가 보이고 가죽 모자와 그 위로 밀어 올려놓은 커다란 안경이 눈에 보였다. 자동차는 없었지만 나머지는 다 있었다.

"됐어."

그는 자전거 바퀴를 고치고 있던 울티모에게 속삭였다. 그러고는 일체의 오해를 피하기 위해 자기가 수선하고 있던 우유 통을 감추고 타이어 더미 옆에 가서 앉았다. 그 타이어들은 최근에 브란단테 병영에서 사들인 것들이었다. 비록 헌 것들이기는 해도 한데 쌓아놓으니 아주 근사해 보였다.

더스트 코트를 입은 남자는 천천히 걸어오고 있었다. 그가 받쳐 들고 있는 커다란 초록색 우산이 약간 비현실적인 분위기를 자아냈다. 아니 예언의 분위기랄 수도 있었다. 그는 자동차 정비소 앞에서 걸음을 멈추더니 뜻 모를 표정으로 소년과 자전거를 바라보며 잠시 가만히 서 있었다. 그러다가 그는 간판을 읽었다. 마치 고대의 새김글을 해독하듯 천천히 읽었다. 그러고는 다시 울티모를 바라보았다.

"여기에 휘발유가 있다는 게 사실이냐?"

울티모는 아버지 쪽으로 몸을 돌렸다. 리베로 파르리는 타이어들을 헤아리는 척하고 있다가, 계속 똑같은 질문을 받는 것에 싫증이 난 사람의 어조로 대답했다.

"사실입니다."

더스트 코트를 입은 남자는 우산을 접고 타이어 더미 옆으로 비를 피하러 왔다.

그는 잠시 그대로 서서 빗물에 잠겨가는 주위의 들판을

바라보았다. 그러다가 리베로 파르리 쪽으로 몸을 돌렸다.

"무례하게 굴고 싶지는 않습니다만, 대관절 무슨 생각으로 이 진흙탕 한복판에 정비소를 여신 건가요?"

"들녘 한복판에서 휘발유가 떨어져 오도 가도 못하는 멍청이들을 믿고 하는 일이지요."

남자는 새삼스레 리베로 파르리를 빤히 바라보았다. 그러다가 한쪽 장갑을 벗고 손을 내밀었다.

"만나서 반갑습니다, 담브로시오 백작입니다. 헛된 기대는 하지 마십시오. 제가 보기보단 멍청하지 않거든요."

"리베르 파르리입니다, 반갑습니다. 헛된 기대는 하지 않습니다."

"좋습니다."

"좋습니다."

몇 해 뒤에 그들은 마치 한 사람이 된 것처럼 담브로시오 파르리라는 이름으로 나란히 신문에 나오게 된다. 하지만 이때는 아직 그것을 알 리가 없었다. 그들의 관계는 이제 시작일 뿐이었다.

"정말 휘발유가 있습니까?"

"원하시는 만큼 드리지요."

"뜨거운 물로 목욕도 할 수 있을까요?"

백작은 몸을 따뜻하게 하는 것으로 그치지 않고 마음을 덥히기 위해 주방의 불 앞에 앉았다. 플로랑스는 식탁에 접시 하나를 더 놓았다. 저녁식사 시간은 이야기꽃 속에서 화기애애하게 흘러갔다. 그들은 메탄올 엔진과 토리노의 자동차 공장들과 송아지 머리를 요리하는 방법에 관해서 이야기했다. 술기운이 오른 뒤에는 안달루시아 여자들과 프랑스 향수를 화제에 올렸다. 울티모가 무언가를 가지러 건너편 침실에 가 있는 동안에는 국왕을 놓고 농담을 나누기도 했다.

백작이 이제 가야겠다며 일어섰을 때는 칠흑 같은 어둠이 깔려 있었다. 백작은 더스트 코트를 걸치고 가죽 모자를 눌러쓰고 커다란 안경을 호주머니에 넣은 다음, 연극적인 동작으로 장갑을 끼면서 문 쪽으로 걸어갔다. 밖에는 비가 갠 뒤에 바람이 불고 있었다. 이 비거스렁이 때문인지 밤빛이 새로 색칠한 것처럼 맑아 보였다.

담브로시오는 문턱에서 싸한 공기를 들이마시며 말했다.
"참으로 아름다운 밤이로군요."

그는 배웅 나온 가족에게 고개를 숙여 보이고는 더 말을 보태지 않고 멀어져갔다. 자신감이 느껴지는 발걸음이었다. 그는 그렇게 걸어서 처음 왔던 방향으로 사라졌다.

리베로 파르리는 문을 닫고 식탁에 돌아와 앉았다. 그와 플로랑스와 울티모는 청백 체크무늬 식탁보에 떨어진 빵가루들을 가지고 손장난을 하면서 잠시 그대로 앉아 있었다.

이윽고 리베로 파르리가 말문을 열었다.

"아주 맛있던데, 고기 삶은 거 말이야."

"백작도 좋아하는 것 같지 않았어?"

"그이가 우산을 두고 가셨는데요."

울티모가 알려주자 리베로 파르리는 가만히 손을 내저었다. 그런 건 아무래도 상관없다는 듯한 손짓이었다. 그때 문을 두드리는 소리가 들려왔다.

담브로시오 백작은 조금 전보다 한결 쾌활해 보였다.

"죄송합니다, 한 가지 알아볼 게 있어서. 내 기억에는 여기에 올 때 분명히 자동차를 타고 왔는데."

리베로 파르리는 그날 있었던 일을 차근차근 설명해주었다. 휘발유가 떨어진 것에서 포도주를 마신 일까지.

"그래요, 일이 그렇게 되었던 것 같군요."

백작은 순순히 인정하고 나서 자기는 안락의자에서도 잘 잔다고 말했다.

그들은 백작을 울티모의 방에서 재우기로 하고, 지하실에 치워둔 야전침대를 꺼내 왔다. 촛불을 끄기 전에 백작이 울티모에게 말했다.

"내가 잠꼬대를 하더라도 신경 쓰지 마. 대개는 아무 의미 없는 헛소리거든."

"괜찮아요. 저도 잠꼬대를 하는걸요."

"잘됐구나. 그건 여자들이 좋아하는 거란다."

    그러고 나서 백작은 시골의 적막한 분위기를 놓고 자기 생각을 말했다. 하지만 어린 울티모가 분명하게 이해할 수 있는 이야기는 아니었다. 백작은 입김을 불어 촛불을 껐다. 울티모는 안녕히 주무세요 같은 인사말을 해야 하지 않을까 하고 생각했다. 그런데 바로 그 순간에 삐걱 하는 소리가 들렸다. 울티모는 백작이 한쪽 팔꿈치를 괴고 몸을 일으켰음을 알아차렸다. 백작에게는 아직 풀리지 않은 의문이 있는 것이었다.

    "벌써 자니?"

    "아뇨."

    "물어보고 싶은 게 하나 있는데."

    "뭐죠?"

    "네가 보기엔 어때? 아버지가 미치광이 같니?"

    "아뇨."

    "그래, 그게 정답이다."

    울티모는 그가 마치 근심 하나를 덜었다는 듯 침대에 편하게 눕는 소리를 들었다.

    "안녕히 주무세요, 아저씨."

    대답이 없었다.

    울티모는 조금 지나서야 백작이 혼잣말을 하듯 중얼거리는 소리를 들었다.

    "그러고 보니 잘 자라는 말을 정말 오랜만에 들어보는구

나. 몇 년 동안 아무도 나에게 그런 말을 해주지 않았어."

　이튿날은 일요일이었다. 담브로시오 백작은 자동차 연료탱크를 가득 채우고 나자, 날씨가 아주 청명하니 운전 교습을 하면 딱 좋겠다고 했다. 울티모는 타이어 더미에 올라앉아서 아버지가 커다란 안경을 쓰고 핸들에 손을 올리는 것을 보았다. 예전에도 아버지가 운전석에 앉아 핸들을 잡은 적이 있었다. 하지만 그다음에는 아버지가 입으로 엔진 소리를 내고 운전석에서 몸을 이리저리 움직이며 커브를 도는 시늉을 했을 뿐, 자동차는 제자리에 머물러 있었다. 그런데 이번에는 진짜로 운전을 하는 것이었다. 아버지는 전방의 한 지점을 응시하면서 백작의 차근차근한 설명에 귀를 기울이고 있었다. 그러다가 백작에게 무언가를 물었지만 울티모의 귀에는 그 소리가 잘 들리지 않았다.

　"바보 같은 소리 하지 말아요."

　백작은 그렇게 대답하면서도 미소를 짓고 있었다.

　얼마 동안은 아무 일도 일어나지 않았다. 리베로 파르리는 전방을 똑바로 응시하면서 여전히 꼼짝 않고 앉아 있었다. 핸들을 잡고 있는 두 손에는 힘이 잔뜩 들어가 있고, 두 팔은 뻣뻣하게 굳어 있었다. 그야말로 하나의 조각상을 보는 듯했다. 죽은 암탉을 손에 들고 문턱에 나와 있던 플로랑스는 고개를 설레설레 흔들었다.

"숨도 안 쉬는 것 같아. 네 아버지가 언제부터 저러고 있는 거니?"

울티모가 뭐라고 대답할 새도 없이 쇠붙이들이 맞부딪는 것 같은 소리가 들렸다. 그러더니 자동차가 천천히 움직이기 시작했다. 그 움직임이 더할 나위 없이 부드러웠다. 마치 당구공이 경사진 펠트 천 위로 굴러가는 것 같았다. 자동차는 오래전부터 그래 왔다는 듯 자연스럽게 도로로 접어들더니 느긋하게 들판을 가로지르며 멀어져갔다. 울티모는 들판 위로 먼지구름이 둥글게 피어오르는 것을 보았다. 문득 아주 든든한 기분이 들었다. 그 먼지구름은 아버지였고 아버지는 하느님이었다.

울티모와 어머니는 엔진 소리가 멀리 사라질 때까지 말없이 지켜보기만 했다. 그러다가 울티모가 말했다.

"아버지는 돌아오시는 거죠?"

"차를 어떻게 돌리는지 안다면 돌아오겠지."

그들 모자는 이내 리베로 파르리가 마을로 들어가고 싶어 한다는 것을 알아차렸다. 그는 백작의 반대를 무릅쓰고 일정한 속도로 마을을 가로지르며 두서없는 말들을 외쳐댔다.

"소들과 은행 지점장 얘기를 하던데. 프레티(신부님들)라는 말도 들은 것 같고."

"아니, 프레티라고 말한 적 없어."

"이상하네, 분명 프레티라는 말을 들은 것 같은데."

"프라티(목초지), 난 프라티라고 했어."

"그런데 왜 더러운 프라티야?"

"두엄을 준 목초지라는 뜻이었어."

"아, 그렇구먼."

"그 얘긴 그만하세, 백작, 자네는 이해할 수 없는 얘기
야."

그들은 어느새 서로 반말을 쓰고 있었다. 그래도 아직은
이름이 아니라 성으로 상대를 부르고 있었다.

"훌륭하게 해냈어, 파르리."

"선생님이 훌륭해서 그래."

만약 백작이 이날 오전의 운전 교습에 뭔가 빠진 것이
있음을 분명하게 느끼지 않았다면, 일은 거기에서 끝났을
것이다. 백작은 몸을 돌리다가 문득 울티모의 눈을 보았
다. 마당 한쪽 타이어 더미 위의 허공에서 무언가를 기다
리던 눈, 마치 선사시대부터 거기에 있었던 것 같은 눈, 여
전히 으르렁거리며 돌아가고 있는 엔진을 높은 곳에서 말
끄러미 내려다보던 눈.

"얘야, 너도 한 바퀴 돌고 싶니?"

울티모는 미소를 지으며 아버지에게 눈길을 돌렸다. 리
베로 파르리는 플로랑스를 흘끗 보았다. 플로랑스는 흘러

내린 머리카락을 귀 뒤로 쓸어 넘기며 말했다.

"그래요, 애가 좋아하겠어요."

그리하여 울티모는 운전석에 기어 올라가 조금이라도 더 높아지도록 엉덩이 밑에 두 손을 밀어 넣고 주먹을 꼭 쥐었다.

"어디로 가고 싶니? 학교 앞으로 가서 치사한 선생님 하고 소리쳐볼래?"

"아뇨, 저는 피아세베네 둔덕으로 가고 싶어요."

피아세베네 둔덕은 평원 한복판에 생뚱맞게 들어앉은 비탈이었다. 그 밑에 무엇이 들어 있는지는 아무도 몰랐다. 들판이 몇 킬로미터에 걸쳐 평탄하게 나아가다가 이곳에 이르러 어깨를 으쓱 추켜올리고는 다시 평온하게 나아가는 형국이었다. 들판에 나 있는 길도 그 기복을 따라 오르내렸다. 울티모 부자는 걸어서 그리로 지나갈 때면, 매번 둔덕 아래쪽에서 달음박질을 치기 시작하여 둔덕 꼭대기에 다다르면 평원을 마주하고 자기들의 이름을 큰 소리로 외치며 공중으로 펄쩍 뛰어올랐다. 그런 다음에는 마치 아무 일도 없었다는 듯 이 고장 사람들의 점잖은 발걸음을 되찾고 조용히 걸어갔다.

"그래, 타사베네 둔덕으로 가자."

"피아세베네예요."

"그래, 피아세베네."

"저리로 곧장 가면 돼요."

담브로시오 백작은 기어를 넣으면서 소년에게 무언가 특이한 점이 있다고 생각했다. 그는 전날 '가라주'라고 적힌 간판 아래에서 비를 맞으며 자전거 위로 몸을 기울이고 있던 소년의 모습을 떠올렸다. 이상하게도 그 작은 풍경 속에서 **소년이 유독 두드러져 보였다.** 나머지 요소들은 모두 한 걸음 뒤로 물러나 있는 것처럼 느껴졌다. 문득 그와 비슷한 장면을 어디선가 본 적이 있다는 생각이 들었다. 바로 성인들 또는 그리스도의 생애를 이야기하는 그림들 속에서 본 장면이었다. 그런 그림들에는 사람들이 많이 나오고 그 인물들은 저마다 범상치 않은 행동을 보여준다. 하지만 그들 속에서도 성인이나 그리스도는 금방 눈에 띈다. 애써 찾을 필요도 없다. 우리의 눈길을 가장 먼저 사로잡는 것이 성인이나 그리스도이기 때문이다. 어쩌면 나는 아기 예수를 들판으로 데려가고 있는지도 몰라, 하고 생각하면서 백작은 피식 웃었다. 그러고는 소년 쪽을 돌아보았다. 소년은 찬바람과 먼지를 아랑곳하지 않고 평온한 눈길로 전방을 똑바로 바라보고 있었다. 표정이 자못 진지했다. 고개를 돌리지도 않았다. 그때 소년이 큰 소리로 말했다.

"더 빨리 달려주세요."

담브로시오 백작은 다시 도로에 주의를 기울였다. 눈앞

에 둔덕이 보였다. 게으르게 펼쳐지던 들판에 난데없는 융기가 나타났다. 다른 때 같았으면 그는 가속 페달에서 발을 떼고 관성력을 이용하여 사뿐하게 비탈을 올라갔을 것이다. 그는 자기가 속도를 높이고 있다는 사실에 스스로 놀랐다. 마치 아이로 돌아간 것 같은 기분이 들었다.

자동차는 둔덕 꼭대기에 다다르자 땅바닥에서 떨어지며 허공으로 날아올랐다. 그 비상이 자못 우아했다. 931킬로그램이나 나가는 철제 괴물에게도 그런 우아함이 감춰져 있었던 것이다. 담브로시오 백작은 엔진이 허공에서 포효하는 소리와 헛도는 바퀴들의 날갯짓 소리를 들었다. 그는 핸들을 꽉 부여잡고 경이의 환호성을 내질렀다. 옆에 앉은 소년 역시 차분하고도 환희에 찬 표정으로 목청껏 소리를 질러댔다. 그런데 신기하게도 아이가 외쳐대는 것은 자신의 이름, 더 정확히 말하면 자신의 성과 이름이었다.

리베로 파르리는 짐마차를 몰고 자동차를 견인하러 가야만 했다. 그들은 자동차를 정비소까지 끌고 갔다. 그 뒤의 수리 작업에는 일주일이 걸렸다. 자동차가 하늘을 난 것까지는 좋았는데, 땅바닥에 떨어질 때 조금 탈이 난 것이었다.

그다음 일요일에 담브로시오 백작이 자동차를 찾으러 다시 왔을 때, 자동차는 새것처럼 번쩍거렸다. 리베로 파르리가 모처럼 솜씨를 발휘하여 광을 낸 것이었다. 그 솜

씨는 왕년에 그가 목축 박람회의 연례 경연을 위해 소들을 반짝반짝 빛나게 만들었던 경험과 무관하지 않았다. 백작은 유럽의 홍등가를 전전할 때 익힌 노련한 휘파람을 불어 경탄을 표시했다. 그러고는 밤색 가죽 가방을 꺼내어 리베로 파르리에게 내밀었다.

"열어보게."

리베로 파르리는 가방을 열었다. 안경, 가죽 모자, 장갑, 그리고 '담브로시오 파르리'라는 명찰이 달린 커다란 초록색 재킷이 들어 있었다.

"이게 무엇을 뜻하는 거지?"

"자동차 경주라고 들어본 적 없어?"

리베로 파르리가 듣기로 그건 부자들이나 하는 일이었다.

"나와 함께 경주에 참가할 정비사가 필요하네. 자네를 내 정비사로 삼고 싶은데, 자네 생각은 어때?"

리베로 파르리는 이상한 소리를 내면서 침을 삼켰다.

"하고 싶어도 시간이 없어서 못해. 난 일을 해야 하잖아."

"하루 품삯으로 40리라에다 경비를 따로 주고, 상금도 나눠 줄게."

"상금?"

"우리가 우승하면."

"우리가 우승하면."

"그렇다니까."

그러다가 두 남자는 무슨 소리에 이끌리기라도 한 듯 본능적으로 문 쪽을 돌아보았다. 문은 활짝 열려 있었지만 문턱에는 아무도 없고 그저 조용하기만 했다. 그들은 무언가를 기다리듯 잠시 그쪽에 눈길을 두고 있었다. 그때 울티모가 문간을 지나갔다. 아이는 그들이 있다는 것조차 알아차리지 못하고 팔에 안고 있는 나뭇단을 떨어뜨리지 않도록 조심하면서, 나타났을 때처럼 스르르 사라졌다.

리베로 파르리가 말했다.

"그런데 누가 플로랑스를 설득하지?"

백작은 못 들은 것 같았다.

"저 아이에게는 뭔가 특별한 것이 있어."

"누구, 울티모 말이야?"

"그래."

"있긴 뭐가 있다고 그래."

"정말이야, 무언가 있다니까."

리베로 파르리는 하늘을 올려다보았다. 당황한 기색이었다. 마치 카드놀이 도중에 속임수를 쓰다가 들킨 사람 같았다.

"아무것도 없어, 있다면 그저…… 금빛 그늘이 어려 있지."

"뭐라고?"

"이 고장 사람들이 하는 말이야. 금빛 그늘이 서려 있는 사람들이 더러 있는데, 우리 애도 그런가 봐, 그뿐이야."

"그게 무슨 뜻이지?"

"나는 잘 모르겠는데…… 분위기가 남다른가 봐. 사람들이 알아보더라고. 이 고장 사람들은 금빛 그늘이 서려 있는 사람들을 무척 좋아해."

백작은 그 말을 온전히 믿는 것 같지 않았다. 리베로 파르리는 자기 나름대로 설명을 시도했다.

"울티모는 두세 번 죽었다가 살아난 적이 있어……. 다들 더 이상 어찌해볼 도리가 없다고 생각했는데, 그때마다 살아났어. 잘은 모르지만, 그런 일을 겪고 나면 사람의 분위기가 달라지는 게 아닌가 싶어."

담브로시오 백작은 자기가 테니스와 자동차보다 좋아했던 유일한 여자를 떠올렸다. 사람들이 잔뜩 모여 있는 방에 들어설 때면, 그녀가 안에 있는지 없는지 **느낌으로** 금방 알 수 있었다. 눈으로 확인할 필요도 없었고 그녀가 오지 않았다는 얘기를 들어볼 필요도 없었다. 극장에서도 그녀를 찾아 두리번거릴 필요가 없었다. 가장 먼저 눈에 들어오는 사람이 그녀였으니까. 그녀가 특별히 아름다웠던 것은 아니다. 똑똑한 여자인지 아닌지 판단하기도 쉽지 않았다. 하지만 그녀가 있는 곳에는 빛이 어려 있었다. 그녀는 빛을 받고 있는 그림이었다. 그녀에게는 금빛 그늘이 서려 있었던 거야, 하고 백작은 생각했다.

"플로랑스를 설득하는 건 내가 맡을게."

리베로 파르리는 피식 웃었다.

"자네는 플로랑스를 몰라."

"잠깐이면 될 거야."

백작은 플로랑스와 함께 주방 식탁에 앉아 10분 동안 이야기를 나눴다. 그는 자동차 경주가 무엇인지, 어디에서 하고 왜 하는지 설명했다.

그녀의 대답은 간단했다.

"안 돼요."

그래서 백작은 사업의 세계에서 명성이 얼마나 중요한지 설명했다. 그리고 몇 달 지나면 정비소 앞에 사람들이 줄을 서게 될 거라고 장담했다.

"안 돼요."

"왜요?"

"내 남편은 몽상가예요. 당신도 마찬가지이고요. 둘 다 꿈에서 깨어나야 해요."

그러자 백작은 잠시 생각에 잠겨 있다가 말했다.

"플로랑스, 당신한테 들려주고 싶은 얘기가 있어요. 내 아버지는 아주 부유한 사람이었어요. 나보다 훨씬 부유했죠. 그는 터무니없는 꿈을 좇다가 재산을 거의 탕진했어요. 철도 사업에 모든 것을 쏟아붓는 어리석은 짓을 한 거예요. 그는 기차를 좋아했어요. 그가 땅을 팔기 시작했을 때 나는 어머니한테 가서 물었어요. 왜 아버지를 말리지 않느냐고요. 내 나이 열여섯 살 때의 일이었어요. 어머니는 내 따귀를 때렸어요. 그러고는 이런 말을 했어요. '네가 너를 사랑하는 누군가를 사랑한다면, 절대로 그의 꿈을 망가뜨리지 말아야 해. 네 아버지의 꿈들 가운데 가장 위대하고 가장 터무니없는 꿈은 바로 너야.' 플로랑스, 이제 그 말을 가슴에 새겨야 해요."

그는 대답을 기다리지도 않고 아주 정중하게 인사를 한 다음 마당으로 나왔다. 리베로 파르리는 몇 달 전에 피아데네 가도변에서 찾아낸 보닛에 망치질을 하고 있었다. 그것으로 장작더미의 덮개를 만들 참이었다.

백작은 두 손을 마주 비비면서 말했다.

"모든 게 해결되었어."

"플로랑스가 뭐라고 했는데?"

"안 된다고 하던걸."

"저런."

"다음 일요일에 시작하세. 베네치아와 브레시아 간 경주가 열리거든."

그런 다음 백작은 자동차 쪽으로 걸어갔다.

"하지만 플로랑스가 안 된다고 했으니……."

백작은 멀리서 대답했다.

"말로는 안 된다고 했지만 속으로는 좋다고 생각하고 있었어."

"그걸 자네가 어떻게 알아?"

"내가 그걸 어떻게 아느냐고?"

"그래."

백작은 걸음을 멈추고, 몇 초 동안 대답할 말을 찾았다. 하지만 적당한 말이 떠오르지 않았다. 그는 몸을 돌렸다. 플로랑스가 눈앞에 서 있었다. 그녀가 어떻게 거기에 와 있는지는 하느님만이 아시는 일이었다. 그녀는 백작만 알아듣도록 나직하게, 그러나 낱말들을 하나하나 떼어서 천천히 말했다.

"당신 아버지는 재산을 전혀 탕진하지 않았어요. 여전히 이탈리아에서 가장 부유한 사람들 가운데 하나죠. 그리고 그이는 철도 따위에는 관심을 가져본 적이 없어요. 당신 어머니가 당신의 따귀를 때렸다고 했지만, 내가 생각하기에 그분은 평생에 단 한 번도 당신을 때리지 않았을 거예요."

그녀는 잠깐 동을 두었다가 말을 이었다.

"꿈에 관한 당신의 말이 나쁘지 않다는 것은 인정해요. 하지만 그런 말들은 책 속에서만 맞아요. 실제의 삶에서는 거짓이죠. 삶은 훨씬 더 복잡해요. 내 말을 가볍게 여기시면 안 돼요."

백작은 그녀의 말을 가볍게 여기지 않는다는 뜻의 손짓을 했다.

"어쨌거나 당신 말이 맞아요. 나는 안 된다고 말했지만 속으로는 좋다고 생각했어요. 이유는 말하지 않겠어요. 설령 당신이 모든 것을 알고 싶다고 해도, 나 자신에게조차 말하지 않을 거예요. 그래야 우리 모두의 마음이 더 편할 테니까요."

백작은 빙그레 웃었다.

"내 남편을 나한테 도로 데려다주기만 하면 돼요. 당신들이 이기든 지든 나하곤 상관없어요. 당신이 알아서 내 남편을 도로 데려다주기만 하면 돼요. 고마워요."

백작은 그녀가 몸을 돌려 다시 집으로 들어가는 모습을 지켜보았다. 그녀는 아름다웠다. 그는 처음으로, 그리고 스스럼없이 그런 생각을 했다. 옷맵시가 세련되었다고 말할 수는 없었다. 하지만 그녀는 아름다웠다.

리베로 파르리가 큰 소리로 물었다.

"그래, 어떻게 됐어?"

백작은 허공에 대고 손짓을 했다. 여러 가지 뜻이 담긴 손짓이었다.

그들은 베네치아 · 브레시아 간 경주에 참가했다. 코스의 3분의 2를 시원시원하게 주파하고 팔루라는 작은 마을에 다다랐을 때, 백작이 차를 세우고 엔진을 껐다.

"여기에 토끼 요리를 기막히게 잘하는 집이 있어."

식당의 여주인은 위층에 있는 방을 손님들에게 내줌으로써 수입을 늘리고 있었다. 백작은 방에 올라가서 잠시 휴식을 취했다. 리베로는 토끼 요리를 먹는 것으로 만족했다. 아닌 게 아니라 맛이 괜찮았다.

그들이 다시 자동차에 올라탈 때, 리베로가 말했다.

"이렇게 쉬엄쉬엄 가도 나한테는 문제가 되지 않아. 경주야 어떻게 되든 일당은 버니까 말이야. 하지만 울티모한테는 뭐라고 하지?"

백작은 대답하지 않았다. 하지만 다시 빠르게 차를 몰아 알베르토 캄포스의 푀조에 바싹 따라붙었다. 알베르토 캄포스는 5개월 11일 전부터 경주에서 진 적이 없는 아르헨티나 사람이었다. 백작은 그를 놓치지 않고 따라가다가 억수같이 퍼붓는 빗속에서 앞차를 우회하여 추월하는 방법을 생각해냈다. 이 과감한 작전은 오늘날까지 그 고장 사람들의 칭송을 받고 있다.

백작은 진흙투성이가 된 채로 자동차에서 내리며 중얼거렸다.

"바로 이거야, 이걸 울티모에게 이야기해주게나."

그들은 토리노 경주에서는 3등으로 도착했고, 안코나에서는 8위를 했다. 그리고 시칠리아의 산악지대에서 열린 경주에서는 뜻밖에도 1등을 했다. 한 신문에 그들의 사진이 실렸다. 그들은 커다란 곤충처럼 보였다. 사진에는 이런 설명이 붙어 있다. **담브로시오 파르리, 타르소 고개의 굽이들을 길들인 대담한 2인조.** 울티모는 그 사진을 오려내어 자기 침대 위쪽에 붙여놓았다. 그러고는 밤마다 그것을 바라보며 굽이라는 게 뭔지 상상해보려고 애썼다. 아이는 대개 털이 길고 거동이 둔한 야수를 떠올렸다. 해발 천 미터도 넘는 고지에 사는 야생의 동물, 배가 고프면 사람을 잡아먹을 수도 있는 무서운 동물일 것 같았다. 어느 날 리베로 파르리는 종이 한 장을 가져다가 아들에게 굽이들을 그려주었다. 먼저 산을 그리고, 산꼭대기에 이르는 길을 나타냈다. 그는 산길이 얼마나 구불구불한지를 보여주기 위해 굽이들을 일일이 강조해서 그렸다. 울티모는 실망하기는커녕 그 그림에 매혹되었다. 울티모는 탁 트인 지평에 변화를 주는 것이라고는 피아세베네 둔덕밖에 없는 평원에서 자랐다. 이런 아이에게는 차가운 뱀처럼 구불거리며 산꼭대기로 올라가는 도로가 상상력을 자극하는 곡선일 수밖에 없었다. 아이는 그 곡선에 손가락을 대고 처음부터 끝까지 따라갔다.

"산 너머도 이와 비슷해. 다만 그쪽은 내리막길이지."

아버지가 설명하자 울티모는 손가락으로 구불구불한 선을 그리며 산을 내려왔다. 그러고는 아버지에게 물었다.

"처음부터 다시 올라가 볼까요?"

"그러렴."

아이는 다시 곡선을 따라 손가락을 움직였다. 이번에는 입으로 엔진 소리와 브레이크 소리를 내가면서 올라갔다. 커브를 도는 리듬에 맞춰서 머리를 이리저리 움직이기도 했다. 그때마다 아이는 원심력 때문에 엉덩이가 들썩거리고 진로를 벗어날까 싶어 핸들을 잡은 손에 힘이 잔뜩 들어가는 것을 느꼈다. 그때까지 자동차를 타고 달려본 거리는 4킬로미터 정도밖에 되지 않았지만, 아이는 그런 것들을 **익히 알고 있었다**. 진정한 재능을 타고난 사람은 질문이 아직 존재하지 않을 때도 답을 알고 있는 것이다.

그 뒤에 담브로시오는 어떤 자동차 경주에 참가했다가 토스카나 지방의 리보르노 근처에서 한 경쟁자를 따라잡던 도중 커브를 잘못 도는 바람에 손목이 부러지는 사고를 당했다. 얼마 동안 그들은 자동차 경주를 입에 올리지 않았다. 그러던 어느 일요일, 그들은 모두 만토바에 갔다. 모든 레이서들 가운데 최고라는 라퐁텐이 거기에 오기 때문이었다. 그리하여 울티모는 생애 처음이자 마지막으로 자동차 경주를 구경하게 되었다.

모두의 예상을 뒤엎고 플로랑스도 거기에 가는 것을 받아들였다.

"자동차 경주를 한 번쯤은 봐야 한다면, 당신들 두 사람이 아니라 다른 사람들이 죽는 경주를 보는 편이 낫겠네요."

백작은 출발선 앞쪽 관람석에 자리를 마련했다. 주로 커다란 모자를 쓴 부인들과 금단추 재킷을 입은 아이들이 모여 있는 관람석이었다. 리베로 파르리는 체크무늬 셔츠를 입고 평소와 달리 머리를 뒤로 빗어 넘겨 멋을 부렸는데, 그런 차림새가 어색하고 불편해서 관람석에 오르기도 전에 땀을 흘렸다. 그는 얼마 동안 흥분을 억누르며 자리에 가만히 앉아 있더니, 여기에서는 아무것도 안 보인다며 투덜거리기 시작했다. 그러더니 결국엔 울티모의 손을 잡고 관람석에서 빠져나갔다. 플로랑스는 백작에게서 자동차 경주에 관한 설명을 듣느라고 그대로 앉아 있었다. 울티모 부자는 집들 사이로 난 골목길로 접어든 다음 눈치로 방향을 잡아가며 도시를 가로질러 강가에 다다랐다. 경주에 참가한 자동차들이 지나가는 길목을 찾아낸 것이었다. 들판에서 강물을 따라 수 킬로미터를 나아온 도로가 이 길목에서 갑자기 방향을 틀어 다리를 건넌 다음, 건너편에서 다시 강변을 따라 길게 이어지며 성벽을 따라 달리고 있었다.

"여기가 좋겠어. 뭔가 볼 만한 게 있을 거야."

리베로 파르리는 사람들 사이로 길을 내며 나아갔지만 도로 가장자리에 이르기는 쉽지 않았다. 결국 그는 다리

근처의 구둣방 주인에게 5리라를 주고 의자 두 개를 얻었다. 플로랑스를 생각해서 송아지 가죽으로 만든 허리띠도 하나 샀다.

울티모가 이의를 달았다.

"허리띠가 예쁘지 않은데요."

"그런 건 생각하지 말고 이 의자에 올라가."

울티모는 구둣방 주인이 의자의 고리 방석에 꼼꼼히 깔아놓은 신문지를 보았다. 국왕과 프로이센 대사의 사진을 밟고 올라가려니 기분이 조금 이상했다. 하지만 일단 의자에 올라선 뒤에는 모든 것을 까맣게 잊었다. 한낮의 햇살을 받아 하얗게 빛나는 S자 모양의 도로와 다리가 눈에 들어왔다. 아이에게 보여주려고 일부러 그려놓은 창조주의 선물 같았다.

"참 아름다워요."

자동차는 그림자도 보이지 않고 그저 도로와 다리가 보였을 뿐이지만 아이는 참 아름답다고 말했다. 아이는 자기도 모르는 사이에 도로에 눈길을 붙박고 있었다. 어느 예술가가 세상이라는 종이에 정확한 필치로 그려놓은 것 같은 그 S자 이외에는 아무것도 눈에 들어오지 않았다. 사람들, 색깔들, 강물, 줄느런한 나무들 따위는 지워질 운명에 처한 방해물일 뿐이었다. 갖가지 소리와 냄새가 먼 메아리처럼 아이의 지각 속으로 들어오려고 애를 쓰고 있었다.

그러나 아이는 그저 도로의 춤사위만을 느끼고 있었다. 완벽한 기하학적 지식의 산물과도 같은 그 볼록 곡선과 오목 곡선의 춤사위만 보고 있었다. 그래서 하나의 예고처럼 군중 사이로 어지럽게 전율이 스쳐가고 마침내 자동차들이 나타났을 때도 아이는 그것들을 제대로 보지 못했다. 아이의 시선은 길, 오로지 길에만 쏠려 있었다. 아이는 길이 금속 괴물들을 어떻게 맞이하는지, 어떻게 괴물들의 냄새를 맡고 어떻게 삼켜버리는지 관찰하고 있었다. 길은 자동차들을 하나씩 맞아들여 자신의 부동성으로 그것들의 폭력에 맞섰다. 길은 혼돈에 맞서는 규칙, 우연을 굴복시키는 질서, 급류를 길들이는 강바닥, 무한을 헤아리기 위한 유한의 수였다. 여왕처럼 도도한 자동차들은 길에 굴복하여 먼지구름 속으로 증발하고 있었다.

아이가 보기에는 길이 자동차들을 길들이는 것이지 자동차들이 길을 길들이는 게 아니었다. 그런 이치를 터득한 아이의 마음속에는 이미 하나의 인생이 새겨져 있는 것이었다. 참으로 신기한 일이다. 인간은 어떤 사람이 되기 전에 이미 그 사람일 수도 있는 것이다.

그때 아이의 아버지는 한 여자의 작은 실루엣을 보았다. 여자는 자동차들과 반대 방향으로 길가에서 종종걸음을 치며 군중 속에서 무언가를 찾고 있었다. 위험 따위는 안중에도 없었다.

"플로랑스잖아, 저기에서 뭘 하는 거지?"

그는 모든 것을 잊고 그녀 쪽으로 달려갔다. 사람들 사이에 길을 내느라고 미친 사람처럼 팔꿈치를 내저었다. 울티모는 의자에서 뛰어내려 아버지를 쫓아 내달렸다. 그들이 플로랑스 앞에 다다르자마자 보테로가 모는 21번 란차가 그녀에게서 두 발짝쯤 떨어진 곳을 화살처럼 지나갔다.

"아니, 여기에서 뭐 하는 거야?"

먼지를 잔뜩 뒤집어쓴 플로랑스는 남편이 이끄는 대로 순순히 따라왔다. 평소답지 않게 태도가 고분고분했다. 리베로 파르리는 어찌된 영문인지 궁금했다.

"도대체 무슨 일이 있었던 거야?"

"일은 무슨 일. 그냥 당신하고 같이 있고 싶었어."

그녀의 얼굴에는 겁먹은 기색이 어려 있었다.

경주가 끝나고 군중이 뿔뿔이 흩어져 집으로 돌아가는 동안, 백작은 그들을 레이서 전용 구역으로 데리고 갔다. 샴페인을 마실 수도 있고 자동차를 가까이에서 구경할 수도 있는 곳이었다. 많은 사람들이 프랑스어로 말하고 있었다. 리베로 파르리는 플로랑스의 손을 잡은 채로 한쪽 구석에 가만히 서서 바르테스의 피아트를 구경하러 간 울티모를 멀리서 지켜보고 있었다. 이따금 정비사들이 지나가면서 그를 알아보고 손짓으로 인사를 건넸다. 그는 말을 보태지 않고 그냥 손짓으로 대답했다. 딱히 이유를 알 수는 없었지만 어서 떠나고 싶은 마음이 간절했다. 그러던 차에 문 쪽으로 씨억씨억 걸어가는 라퐁텐이 눈에 띄었다. 영락없는 자전거 핸들 모양의 콧수염 아래로 입술을 꼭 다물고 눈을 내리뜬 것으로 보아 깊은 생각에 잠겨 있는 듯했다. 사람들은 그가 지나가도록 길을 비켜주고 있었다. 가장 위대한 레이서가 지나가고 있으니 그건 당연한 일이었다. 그는 가죽 모자도 벗지 않은 채로 조금 전에 받은 우승컵을 팔에 끼고 있었는데, 그 표정은 따분해한다 싶을 만큼 심드렁해 보였다. 리베로 파르리는 그를 실제로 본 적이 없었지만 그에 관해서 모든 것을 알고 있었다. 그가 밤중에 전조등을 끄고 운전하는 것을 좋아한다는 얘기도 들었다. 그가 그런 식으로 운전할 때마다 경쟁자들은 깜짝깜짝 놀라지만, 그는 달을 방해하지 않기 위해 그러는 거라고 주장하는 모양이었다. 리베로는 그와 악수를 하고 그 이상한 하루를 의미 있는 날로 만들기 위해 몇 걸음 앞으로 나아가야 하지 않을까 하고 생각했다. 그때 라퐁텐이 문득 고개를 들어 뒤를 돌아보았다. 그러더니 한 소년을 향해 장난스럽게 거수경례를 했다. 리베로는 그가 발걸음을 돌려 소년에게 다가가는 것을 보았다. 소년은 꼼짝 않고 서서 그를 바라보고 있었다. 그는 소년 앞에 쪼그리고 앉아 뭐라고 말했다.

리베로는 그 장면을 보라고 플로랑스를 팔꿈치로 툭 치면서, 어떤 분명한 사실을 확인한 표정으로 말했다.

　　"당신 아들 좀 봐."

　　"쪼그리고 앉아 있는 사람은 누구야?"

　　"라퐁텐."

　　"가장 위대한 레이서 라퐁텐?"

　　"그래, 바로 그 사람이야."

　　"울티모가 저 사람을 알아?"

　　리베로는 어깨를 으쓱 추켜올렸다. 그렇다고 말할 수가 없었다. 하지만 그는 울티모가 라퐁텐을 스스럼없이 대하고 있다고 생각했다. 아이는 라퐁텐의 머리 위에 있는 무언가를 가리키고 있었다. 라퐁텐은 껄껄 웃으며 검은 가죽 모자 위로 밀어 올려놓았던 안경을 벗었다. 그러더니 재킷 소매에 안경을 쓱쓱 문질러 먼지를 닦아낸 다음 울티모에게 내밀었다. 울티모는 안경을 받아 들며 싱긋 웃었다. 그러자 라퐁텐은 몸을 일으키더니 무어라고 말하면서 아이의 머리를 쓰다듬어주고 발길을 돌렸다. 리베로는 그가 눈앞으로 지나가는 것을 보았지만 꼼짝 않고 서 있었다. 그에게 악수를 청하는 게 갑자기 생뚱맞게 느껴진 것이었다.

　　그날 저녁, 집으로 돌아오자 울티모는 안경을 자기 침대 위쪽의 벽에 걸어달라고 했다. 안경은 타르소 고개에서 찍은 '담브로시오 파르리'의 사진 옆에 걸렸다.

"사실 제가 갖고 싶었던 것은 안경이 아니라 가죽 모자였어요. 그런데 그이가 잘못 알아들었어요."

리베로 파르리는 웃으면서 아들에게 말했다.

"저런, 운이 나빴구나."

10월 초가 되고 길에 진창이 생겨나면서 자동차 경주의 시즌이 끝났다. 리베로 파르리는 돈을 조금 벌어서 은행의 독촉을 받지 않게 되었다. 하지만 정비소 앞에 차들이 줄지어 늘어서는 일은 생기지 않았다.

"여기가 조금 외지기는 한가 봐."

아내에게 그런 식으로 설명하기는 했지만, 그의 마음 한쪽에서는 의심이 싹트고 있었다. 자동차 경주에 참가하느라고 이탈리아 전역을 돌아다니면서 그는 현실을 깨달았다. 세상 사람들 모두가 자동차를 꿈꾸고 있는 것은 사실이었다. 하지만 실제로 자동차를 소유할 수 있는 사람들은 아주 적었다. 자동차는 아직 부자들의 장난감이었다. 그리고 그들이 헌 차를 팔고 새 차를 사는 데는 시간이 많이 걸렸다. 자동차 정비사로 일하는 것은 테니스 라켓을 파는 것과 비슷한 일이었다. 리베로 파르리는 소들을 팔아서 정비소를 차린 지 7년 만에 자기가 길을 잃고 헤매는 기분을 느꼈다.

정비사라는 직업의 미래에 관해서 무언가를 말해줄 수

있는 사람이 분명 있을 것이었다. 리베로 파르리는 가르디니 사장이 바로 그 사람이라고 생각했다. 가르디니는 천재적인 리구리아 사람이었다. 그는 리베르 파르리와 마찬가지로 미래는 자동차의 시대라는 것을 일찍부터 간파했다. 그래서 두 형제와 함께 토리노 교외에 있는 헛간을 빌려 자기 구상을 현실화하기 시작했다. 그의 구상은 일견 망상에 가까워 보였지만 어느 모로 보나 어리석은 생각은 결코 아니었다. 그는 먼저 자전거를 만들어서 약간의 성공을 거두자, 6개월 만에 새로운 개념의 자동차를 내놓았다. 자동차에 이름을 붙이는 문제가 제기되자 그는 **이탈라**를 선택했다. 당시는 자동차가 문법적으로 남성인지 여성인지를 아직 결정하지 못하고 있던 시대였다. 광고에는 오늘날과 달리 자동차를 남성 명사로 취급한 문장들이 종종 나났다. 하지만 가르디니는 남들과 다르게 생각했다. 그는 운전자의 요구에 고분고분 따르며 그 아름다움이 오로지 운전자의 전문적인 손을 통해서만 구현되는 어떤 것을 염두에 두고 있었다. 게다가 당시의 남자들이 모두 그랬듯이 그는 수치스럽게도 남성우월주의에 갇혀 있었다. 그가 보기엔 자동차는 분명 여성 명사였다. 그래서 그는 자기가 발명한 자동차에 이탈라라는 이름을 붙였다. 누가 말했듯이, 죽는 것과 이름을 지어주는 것은 아마도 사람이 평생을 살면서 하는 일 가운데 가장 진지한 일에 속할 것이다.

리베로 파르리는 베이징·파리 간 장거리 자동차 경주가 열리던 시절에 그 이름을 좋아하게 되었다. 가르디니는 그 경주를 겨냥해서 자동차를 제작했고, 이 자동차는 모두의 예상을 깨고 가장 먼저 결승선에 도달함으로써 세계 최고의 자동차 제조업자들을 당황하게 만들었다. 리베로는 이탈라의 우승 소식이 담긴 신문을 플로랑스의 면전에서 흔들어댔던 일을 아직 기억하고 있었다. 그는 자동차가 존재할 뿐만 아니라 자동차를 타고 세계를 횡단한다는 사실을 입증하고 싶었다. 비록 아내의 대답이 너무 싱겁기는 했지만, 리베로는 그때를 떠올릴 때마다 애틋한 그리움을 느꼈다. 그 뒤로 몇 해가 지나서 에밀리아로마냐 지방의 리미니에서 자동차 경주를 끝냈을 때, 백작이 한 남자를 가리켰다. 몸은 여위었지만 옷을 품위 있게 입은 신사였다. 백작은 그 신사가 바로 이탈라를 만든 가르디니라고 말했다. 리베로는 그에게 다가가 악수를 하고 잠시 이야기를 나눴다. 피에몬테 토종 소 스물여섯 마리를 팔아서 정비소를 차렸다고 했더니 가르디니는 무척 재미있어 했다. '언제 나를 찾아오게나' 하고 그는 마지막으로 말했다.

　리베로는 위령의 날에 아내와 함께 묘지에 갔을 때 그녀에게 알렸다.

　"가르디니 사장을 만나러 갈까 해."

　"그이가 누군데?"

리베로는 간단히 설명했다.

"그런데 당신이 왜 그이를 만나러 가지?"

리베로는 가르디니에게 물어볼 게 있어서 만나러 가는 거라고 대답했다. 그건 사실이었다. 그는 종합적이고도 명백한 질문을 준비했다. 산업계의 거물들은 늘 바쁘기 때문에 에둘러 말하는 것을 좋아하지 않는다는 것을 알기 때문이었다. 그가 준비한 질문은 이러했다. '가르디니 사장님, 저에게 진실을 말씀해주십시오. 피에몬테 토종 소 스물여섯 마리를 다시 사들이는 게 나을까요?'

그러나 플로랑스에게는 곧이곧대로 말하지 않았다. 그냥 가르디니가 새롭게 출시한 모델과 관련해서 그의 조언을 듣고 싶어 하는 것이라고 얼버무렸다.

플로랑스는 새로운 모델에 관해서 꼬치꼬치 캐지 않고 말했다.

"왜 울티모를 데려가지 않는 거야?"

울티모를 데려가는 것은 그가 미처 생각하지 못한 일이었다. 첫째는 돈이 문제가 되기 때문이었다. 둘째는 그가 아버지들조차 도시에 가지 않는 세계에서 자랐기 때문이었다. 아버지도 도시에 가지 않는 판이니 아들에 대해서는 더 말할 필요가 없었던 것이다.

"울티모를 데려가서 토리노를 보여줘. 애가 아주 좋아할 거야."

맞는 말이었다. 돈 문제가 남아 있기는 하지만, 틀린 말은 아니었다.

그들은 1911년 11월 21일에 타린의 짐마차를 타고 길을 떠났다. 타린의 짐마차를 타고 읍내까지 간 뒤에는 토리노까지 태워줄 사람을 찾아볼 생각이었다. 그게 뜻대로 되지 않을 경우에는 기차를 타면 되는 것이었다. 그들은 두 사람의 짐을 가방 하나에 담았다. 그 가방은 이 여행을 위해 새로 장만한 것이었다. 울티모는 라퐁텐이 준 안경까지 가방에 넣었다. 녀석은 열네 살이 되었지만 작고 야위어서 아직 초등학생처럼 보였다. 이 시골 소년이 곧 토리노를 구경할 참이었다.

플로랑스는 부자를 끌어안고 입을 맞췄다. 마치 미국으로 떠나는 사람들을 배웅하는 것 같았다. 그녀는 남편에게 집에서 만든 토마토소스를 한 병 가져가라고 고집을 부렸다. 빈손으로 가르디니 사장을 만나러 가는 건 예의가 아니라고 생각하는 것이었다. 게다가 그녀는 가르디니 사장에게 한 가지 물어볼 것이 있었다.

그녀는 리베로를 끌어안은 채로 물었다.

"그이한테 물어보고 싶은 게 하나 있는데, 그이를 만나서 나 대신 물어볼 수 있겠어?"

"무슨 질문인데?"

"우리가 피에몬테 토종 소 스물여섯 마리를 도로 사들여야 한다고 생각하는지 물어봐."

리베로는 결혼생활이라는 것이 무엇인지 문득 깨달았다.

그는 아주 진지하게 말했다.

"그래, 꼭 물어볼게."

가르디니 사장의 비서는 한쪽 다리가 나무로 된 의족이었고 발성법에 기이한 결함이 있었다. 두 가지 다 여느 비서에게서는 찾아보기 어려운 특성이었다. 그녀는 약간 형식적인 호의를 보이며 그들을 맞아들이더니, 약속을 하고 왔느냐고 물었다.

리베로가 대답했다.

"가르디니 사장님이 나한테 한번 찾아오라고 하셨어요."

"아, 그래오?"

"네, 그래요."

"그게 정학히 언제조?

그녀는 이중모음을 단모음으로 발음하는 경향*이 있었다.

"6월이었던가, 그래요 6월에…… 리미니에서 그러셨어요."

---

* 원문에 나오는 발성법의 결함은 이중자음을 하나의 자음으로 발음하는 것이다. 예컨대 esattamente를 esatamente로, ecco를 eco로 발음하는 식이다. 이런 발성법을 그대로 살려서 번역할 수는 없으므로 이중모음을 단모음으로 발음하는 경향으로 대체하였다.

"그러니까 가르디니 사장님이 한번 찾아오라고 하셨다는 거죠?"

"그래요."

비서는 충치를 때운 금 조각이 막 떨어져 나가기라도 한 것처럼 잠시 허공에 눈길을 두었다. 그러더니 잠깐만 기다리라고 한 뒤에 어딘가로 사라졌다.

리베로 파르리는 이제 자기가 무엇을 해야 하는지 정확히 알고 있었다. 사실 그가 가르디니 사장을 만나겠다고 사전에 면담을 요청했다면 결코 약속을 얻어내지 못했을 것이었다. 그래서 그는 자기 나름대로 작전을 짜두었다. 그 작전의 첫 단계는 약간 어수룩한 시골 사람처럼 구는 것이었다. 두 번째 단계로 진입하는 데는 시간이 많이 걸렸다. 비서는 무려 세 시간 동안 끊임없이 왔다 갔다 하면서 계속 사과를 하고 더 기다려달라고 하더니, 가르디니 사장이 곧 시간을 내줄 거라고 말했다.

곧 시간을 내줄 거라고? 리베로 파르리는 자리에서 일어섰다. 작전의 두 번째 단계로 진입할 때가 된 것이었다. 그는 그런 책략에 기대는 것을 좋아하지 않았다. 여느 때 같으면 그런 식으로 꾀를 부리지 않았을 것이다. 하지만 이 면담에는 아주 중요한 것이 걸려 있었다.

그는 울티모에게 말했다.

"나 잠시 나갔다 올게. 이거 가지고 여기에 꼼짝 말고 있어. 곧 돌아올 거야."

울티모는 토마토소스 병을 받아서 자기 옆에다 놓았다.

"알았어요."

리베로 파르리는 이탈라 공장을 나와 포 강까지 천천히 걸어갔다. 그런 다음 벤치에 앉아 강 건너편의 언덕들을 바라보았다. 언덕에 들어선 집들이 부유하고 우아해 보였다. 점심때가 되자 그는 작은 식당을 찾아 들어가서, 아주 맛있는 미네스트로네*와 처음 보는 밤 케이크를 먹었다. 식사를 마친 뒤에는 무정부주의자를 자처하는 우편배달부와 함께 담배를 피웠다. 우편배달부에게는 딸이 셋 있는데, 딸들의 이름이 자유, 평등, 박애라고 했다. 이름들이 멋지군요, 하고 리베로는 말했다. 진심으로 한 말이었다.

그가 오후 세 시가 되어서야 다시 비서 앞에 나타났다. 그녀는 미소 띤 얼굴로 그를 바라보았다. 계속 미소를 짓고 있는 것으로 보아 좋은 소식이 있는 게 분명했다.

"아드님은 가르디니 사장님과 함께 있습니다."

리베르 파르리는 담담한 어조로 대답했다.

"알고 있어요."

그는 그녀를 따라 공장으로 가서, 가르디니 사장과 울티

---

* 육수에 갖가지 채소를 넣어서 끓이는 이탈리아 수프의 한 가지. 재료는 지역이나 계절에 따라 다양하지만, 대개 강낭콩, 양파, 당근, 셀러리, 감자, 토마토 등을 넣으며, 거기에 파스타나 쌀을 첨가하기도 한다.

모를 만났다. 그들은 엔진을 들여다보면서 윤활 방식에 관한 이야기를 나누고 있었다.

비서가 이번에는 이중모음을 제대로 발음하면서 사장에게 알렸다.

"소년의 아버지예요."

가르디니는 리베로를 빤히 바라보았다. 표정으로 보아 헛되이 기억을 더듬고 있는 눈치였다. 하지만 리베로가 피에몬테 토종 소 스물여섯 마리에 관한 이야기를 꺼내자 지난번의 만남을 기억해냈다. 그는 영국식으로 재단한 정장을 입은 사람답게 친절하고 다정하고 활달했다.

"아드님에게 프랑스인들이 우리에게서 모방할 수 없는 게 무엇인지 보여주고 있었어요."

이어서 그들은 공장을 한 바퀴 돌았다. 그러느라 두 시간이 족히 걸렸다. 가르디니가 마치 딸 자랑 하듯 공장에 관한 얘기를 늘어놓았기 때문이다. 그는 아주 놀라운 일을 이뤄냈다. 그 공장에서만 2백 명 넘는 사람들이 일하고 있는 모양이었다. 가르디니는 그들을 모두 알고 있었고, 친근하게 그들의 이름을 부르며 인사를 보내고 있었다. 그는 이따금 그들을 리베로 파르리에게 소개했다. 리베로는 만면에 웃음을 띤 채 자신의 불안감을 감추려고 애썼다. 농부로 태어난 사람에게는 노동자가 언제나 사슬에 묶인 개처럼 보이는 것이다. 공장 견학은 피혁 작업반에서 마무리

되었다. 여기에서는 자동차의 좌석과 천장을 만들고 있었는데, 일꾼들이 모두 재단사처럼 보였다. 마지막으로 그들은 마당으로 나가 자동차들을 구경했다. 번쩍거리는 새 자동차들이 줄지어 늘어서서 먼지구름과 샴페인의 미래를 기다리고 있었다. 리베로 파르리는 그제야 자기 용건을 기억해냈다. 그래서 용기를 내어 가르디니 사장에게 개인적인 일로 잠시 이야기를 나누고 싶다고, 한 가지 여쭤볼 게 있다고 말했다.

"그럼 내 사무실로 갑시다."

가르디니는 한나절을 망칠 판인데도 여전히 친절했다.

울티모는 사장실 밖에서 아버지를 기다렸다. 아이는 고리 소파에 앉아서 비서를 살펴보기 시작한다. 그러다가 불쑥 물었다.

"어쩌다가 나무 의족을 다시게 되었나요?"

비서는 편지를 베껴 쓰다 말고 눈을 들었다. 그녀는 본능적으로 한 손을 무릎에 얹었다. 그러고는 스스로 놀랄 만큼 차분하고 부드럽게 대답했다.

"사고를 당했어. 비가 내리던 어느 날, 내가 살던 마을에서 자동차에 치인 거야."

"그 자동차가 이탈라였나요?"

그녀는 미소를 지었다.

"아니."

그녀는 그 대답이 불완전하다는 것을 즉시 알아차렸다.

"운전석에는 가르디니 사장님 동생이 앉아 있었어."

"아, 그랬군요."

울티모는 사정을 알아차리고 다시 물었다.

"의족을 단 사람들은 마치 진짜 다리가 아직 달려 있는 것처럼 가려움증 같은 것을 느낀다던데, 사실인가요?"

비서의 눈에서 눈물이 솟았다. 지난 3년 동안 그렇게 묻고 싶어 하는 사람들과 숱하게 마주쳤어도 정작 용기를 내어 물어보는 사람은 없었는데, 드디어 그런 사람을 만난 것이었다. 그녀는 일종의 해방감을 느꼈다.

"아니. 그건 그냥 지어낸 얘기야."

"그냥 지어낸 얘기로군요."

울티모는 그렇게 되뇌었다. 그 말이 그녀의 입을 통해 발음되기까지 너무나 오랜 세월이 걸렸다. 이중모음을 온전히 살려서 제대로 되뇌어볼 만했다.

리베로 파르리가 사장실에서 나왔다. 어느새 어둠이 깔려 있었다. 두 남자는 힘차게 악수를 나누었다. 많은 의미가 담긴 악수였다. 그들이 서로 끌어안지 않은 것은 그런 몸짓을 부끄럽게 여기는 북부 사람들이기 때문이었다. 가르디니 사장은 울티모에게도 악수를 청했다.

"얘야, 너에게 행운이 있을 게다."

"사장님에게도요."

"자동차를 조심해야 해. 사람을 다치게 할 수도 있거든."

"알고 있어요."

"모든 게 잘될 거야."

"네."

"어쩌면 몇 년 뒤에 이탈라의 핸들을 잡고 있는 너를 볼 수도 있겠구나. 이탈리아의 챔피언이 된 너를 말이야."

"제가 생각하고 있는 것은 그런 게 아니에요."

가르디니는 허를 찔린 기분으로 머리를 흔들었다.

"아 그래? 그럼 네가 생각하고 있는 것은 뭔데?"

그런 질문에 대답하는 것이 울티모에게는 쉬운 일이 아니었다. 아이는 자기 머릿속에 들어 있는 것에 아직 이름을 붙이지 못했다. 아이의 계획은 이제 막 숲속에서 발견한 작은 동물과도 같은 것이었다.

"모르겠어요. 설명하기가 어려워요."

"그래도 한번 해보렴."

울티모는 잠시 생각했다.

그러다가 허공에다 뱀을 그리는 것 같은 손짓을 했다.

"제가 생각하는 것은 길이에요. 저는 길을 좋아해요."

그뿐이었다. 아이는 더 말하지 않았다.

그들 부자는 손을 맞잡고 나갔다. 비서는 현관문까지 그들을 따라갔다. 그들은 마당을 건넌 뒤에 잠깐 뒤를 돌아보았다. 그녀는 아직 자리를 뜨지 않고 그들을 향해 손을 흔들고 있었다.

그날 밤의 일을 울티모는 훗날 두고두고 회상하게 된다. 그의 아버지는 행복감에 도취해 있었다. 가르디니 사장이 해준 말 때문이었다. 사장은 그의 질문에 답하는 대신 한 가지 조언을 해주었다. 아니, 조언이라기보다 제안이었다.

"파르리 씨, 당신이 사는 그곳에 자동차들이 다닐 때가 되면 우리는 둘 다 죽어서 땅에 묻혀 있을 거요. 내가 보기에 그 고장 사람들에겐 다른 것이 필요해요."

리베로는 비관적인 기분을 느끼며 지레짐작으로 말했다.

"소가 필요하다는 건가요?"

"아니오. 트럭이 필요해요. 일하는 데 도움을 주는 자동차들이 있어요. 트럭도 있고 경운기도 있고 작은 유개트럭들도 있소. 이게 당신이 꿈꾸고 있는 것만큼 시적이지 않다는 건 알아요. 하지만 그런 자동차들을 팔아서 돈을 벌 수가 있소."

사장은 그런 시골에서 자기네 트럭을 팔아줄 사람이 없다고 덧붙였다.

"이탈라 트럭이요?"

리베로는 말이 잘 떨어지지 않는다는 듯 어렵게 되물었다. 이탈라라는 이름과 트럭을 연결하는 게 왠지 상스럽게 느껴진 것이었다.

"맞아요."

30분 뒤에 리베로 파르리는 자기네 집 주위로 3백 킬로미터 이내의 지역에서 이탈라 트럭을 팔 수 있도록 허가받은 유일한 판매원이 되었다. 그는 가르디니가 내민 계약서에 서명했다. 그때 그는 자기 인생에서 두엄 냄새가 영원히 사라질 것임을 분명히 느꼈다.

그들 부자는 이제 도심 쪽으로 걸어가고 있었다. 줄곧 인생의 힘겨운 오르막길을 걸어온 끝에 더 편안한 길로 접어들게 된 것을 자축하기로 한 것이었다. 그들은 거대한 광장에 다다랐다. 그게 카스텔로 광장이려니 생각하고 거기에서 왕궁을 찾느라고 적지 않은 시간을 허비했다. 그들은 왕궁을 찾아내지 못했다. 거기에 있지 않으니 눈에 보일 리가 없었다. 대신 갖가지 삶은 고기와 맛있는 포도주를 판다는 문구가 나붙어 있는 작은 식당과 마주치게 되었다. 울티모는 식당에서 식사를 해본 적이 없었다. 아버지가 말했다.

"농부들이야 식당에 가지 않지만, 트럭 판매원으로 인가받은 사람들은 가도 되지."

그는 식당 문을 밀었다. 나무와 유리로 된 문짝이 열리자 두 개의 음으로 된 차임벨 소리가 울렸다. 울티모에게는 그것이 크나큰 죄를 짓고 있음을 알리는 소리처럼 들렸

다. 그들은 리베로가 세 번째 포도주 잔을 비울 때까지 줄
곧 조심스럽게 굴었다. 그 뒤로는 모든 게 한결 편안하게
느껴졌다. 여종업원은 그들에게 호의를 베풀었다. 울티모
가 먹은 케이크를 계산서에 넣지 않은 것이었다. 그들은
식당을 나섰다. 발걸음이 아르헨티나 댄서들의 스텝처럼
사뿐했다. 식당 문의 차임벨이 이번에는 축제일의 종소리
처럼 들렸다. 밖으로 나와 보니, 도시가 사라지고 없었다.
안개가 도시를 삼켜버린 것이었다. 시골에서라면 이건 놀
랄 만한 일이 아니었다. 하지만 시골의 밤안개가 검은 우
유라면, 이곳의 밤안개는 가로등 불빛이 떠받치고 있는 장
엄한 베일이었다. 이따금 자동차들의 전조등 불빛이 바람
처럼 날아와 이 베일을 들어 올리곤 했다. 그들은 옷깃을
세우고 호주머니에 손을 찔러 넣은 채 이 도시의 엄한 명
령에 순순히 따랐다. 모든 것이 해산 명령을 기다리듯 가
지런하게 줄을 서 있지만 그 명령은 영원히 떨어지지 않을
것 같은 느낌을 주는 도시였다. 그들은 안개를 들이마시며
천천히 걸었다. 리베로 파르리는 갑자기 우수가 밀려오는
것을 느꼈다. 포도주의 마지막 선물이었다. 그는 고개를
숙인 채 몇몇 추억을 되새기며 말문을 열었다. 옆에서 걷
고 있는 아들의 발소리를 들으며 이야기를 하기 시작했다.
이야기야말로 아들과 이렇게 가까이 있는 시간을 길게 늘
이는 방법이었다. 그는 울티모가 태어나기 전에 돌아가신

자기 어머니 얘기를 꺼냈다. 어머니가 호두를 깰 때 아주 독특한 방법을 사용했다는 것이며 최후의 심판에 대해서 기상천외한 견해를 가지고 있었다는 것을 이야기했다. 또 어머니가 강물에 빠진 아버지를 건져 올렸던 일이며 아버지랑 다시는 자지 않겠다고 결심한 사연도 이야기해주었다. 이어서 그는 길에 관한 추억을 떠올렸다.

"옛날에는 읍내에서 우리 집으로 돌아가는 길이 두 개 있었어. 한쪽 길에서는 언제나 오디 향기가 났지. 한겨울에도 말이야. 그게 더 먼 길이었는데도 네 할아버지는 언제나 그 길로 다니셨단다. 피곤할 때도 전쟁터에 나갔다가 지고 돌아올 때도."

그의 설명이 이어졌다.

"이 세상 어느 누구도 자기가 혼자라고 생각하면 안 돼. 우리 내부에는 우리를 낳아준 분들의 피가 흐르고 있어. 그런 혈연은 태고로부터 이어져 온 거야. 그러니까 우리는 장강의 한 굽이일 뿐이야. 그 강은 아득한 곳에서 흘러와 우리 앞으로 계속 흘러갈 거야. 예를 들어 오늘날 우리는 자동차 얘기를 쉽게 하고 모든 게 그냥 갑자기 생겨난 것처럼 생각하지. 하지만 내 삼촌 중에는 이미 농사가 아닌 다른 일을 시도했던 이가 있었어. 그에 앞서 그이를 낳은 여자는 어느 마술사와 눈이 맞아서 도망치기도 했지. 그 마술사는 우리 마을 사람들 모두가 아직 기억하고 있어.

우리 마을에 자전거를 가장 먼저 가져온 사람이거든. 어찌 보면 우리가 하는 일이란 그저 남들이 다 끝내지 못하고 남겨둔 일을 마무리하는 것이거나 다른 사람들이 우리 대신 마무리할 일을 시작하는 것에 지나지 않아."

리베로 파르리는 그런 식의 이야기를 하면서 계속 걸어갔다. 자기들이 어디로 가고 있는지는 이미 안중에도 없었다. 그는 제멋대로 나아가는 발길에 이끌려 건물들의 블록을 돌기 시작했다. 길을 건너 이 블록을 벗어날 수도 있었으련만, 안개에 휩싸여 있는 탓인지 조심스런 관성 같은 것이 생겨서 그냥 가던 길로 계속 가는 것이었다. 그렇게 그는 아무 생각 없이 왼쪽으로 돈 다음 건물들을 따라 나아가다가 다시 왼쪽으로 돌았다. 마치 아들과 계속 이야기를 나눌 수 있다면 방향은 아무래도 상관없다는 식이었다. 그들이 블록을 한 바퀴 돌았을 때, 울티모는 이미 보았던 진열창 앞에 돌아와 있음을 알아차렸다. 평생 다시는 보지 못하리라고 생각했던 진열창이 눈앞에 나타나자 아이는 아연한 기분을 느꼈다. 그들은 길을 잃은 사람들이 늘 그러듯 아무 생각 없이 걸었는데, 도시가 목양견처럼 그들을 같은 장소로 데려다준 것이었다. 아버지가 태연하게 혈통이며 땅에 관한 얘기를 묵주기도처럼 되풀이하는 동안, 아이는 아버지를 따라가면서 어쩌다 그런 일이 벌어졌는지, 왜 그런 종류의 관성에 휩쓸렸는지 이해하려고 애썼다. 그건 아마도 안개나 아버지의 이야기 때문이었을 것이다. 하지만 아이는 문득 이상한 생각에 사로잡혔다. 만약 자기들이 계속 그런 식으로 걷는다면, 결국엔 가뭇없이 **사라져버릴 것만 같았다**. 자기들의 발걸음이 자기들을 삼켜버리리라는 생각이 들었다. 걷는다는 것은 대개 걸음을 더해가는 것이다. 그런데 그들 부자가 거기에서 하고 있는 것은 덧셈이 아니라 뺄셈이었다. 주기적으로 자신들을 원점으로 되돌려놓는 정확한 뺄셈이었다. 아이는 출발점으로 되돌아가는 그 도정의 순수함에 대해서 생각했다. 그리고 비록 어렴풋하게 직감한 것이긴 하지만 처음으로 깨달았다. 모든 운동은 부동성을 지향한다는 것, 그리고 오로지 자기 자신으로 이끄는 여정만이 아름답다는 것을.

몇 해 뒤에 울티모는 외국 땅에 있는 어느 비행장의 곧게 뻗은 활주로에서, 그 점을 더욱 분명하게 깨닫고 이 깨달음을 평생의 계획으로 발전시키게 된다. 그가 부조리하다 싶을 만큼 질서정연한 토리노라는 도시와 그날 밤의 안개를 영원히 잊지 못하게 된 까닭도 바로 거기에 있다. 어느 날엔가는 거기에 다시 가보려고 한 적도 있었다. 자신이 고독하다고 느끼던 시절이었다. 그 뒤로 마음이 바뀌기는 했지만, 그는 보도의 그 자리를 다시 찾아가 보고 싶었다. 그날 밤, 그들은 안개 속에서 40분 동안 걸었다. 블록의 주위를 열한 번이나 맴돈 뒤에 아버지는 우뚝 걸음을 멈추고 고개를 들었다. 그러고는 경이로운 질문을 던졌다.

"빌어먹을, 여기가 어디지?"

언젠가 울티모는 엘리자베타에게 그 일화를 들려주면서 이렇게 말했다. 그 물음에는 답이 없었어. 그게 경이로운 점이었지. 한 시간 전부터 블록 주위를 맴돌고 있는 사람이 여기가 어디냐고 묻는다고 생각해봐. 그런 물음에는 답이 없어.

엘리자베타는 울티모의 말대로 답이 없다고 생각했다. 그녀가 보기에 길들은 모두 순환적이고 공포의 안개는 너무 짙었다.

울티모 부자는 그날 밤 데세오라는 이름의 여관에서 잤다. 데세오는 에스파냐 말로 욕망이라는 뜻이다. 하지만 여관의 여주인은 에스파냐 사람이 아니라 프리울리 출신의 이탈리아인이었다. 그녀가 여관에 데세오라는 이름을 붙인 것은 자기 이름이 파우스티나 데세오이기 때문이었다.

리베로 파르리는 그 말을 듣고 이제 시詩는 없다고 생각했다.

그들은 이튿날 새벽에 토리노를 떠났다. 리베로는 기차 안에서 베네토 지방에서 낙농업을 한다는 남자를 만났다. 그는 시험 삼아 이탈라 탱크차를 팔아보고 싶었다. 꼭 팔겠다는 뜻은 아니었고 그저 차를 팔 때 해야 하는 말을 외워보자는 심산이었다.

그런데 이 우유 생산업자는 선선히 탱크차를 사겠다고 했다. 리베로는 자기 내부에서 어떤 변화가 일어나는 것을 느꼈다. 어느 날 집 밖으로 나왔다가 겨울이 끝났음을 알았을 때의 기분과 비슷했다.

여정의 마지막 구간인 기차역에서 집까지는 걸어서 갈 수밖에 없었다. 타린에게 알릴 방법이 없기 때문이었다. 찬바람이 불면서 안개가 걷히고 늦은 오후의 비낀 햇살에 들판이 반짝거렸다. 그들은 앞서거니 뒤서거니 하면서 조용히 걸어갔다. 리베로 파르리는 이따금 노래를 흥얼거렸다. 곡조는 프랑스의 국가 〈라 마르세예즈〉이었는데, 사투리로 된 가사는 내용이 전혀 달랐다. 그들은 미루나무 숲을 빠져나왔다. 그들의 집은 거기, 정겨운 들녘 한복판에, 누가 두고 간 모자처럼 덩그러니 놓여 있었다. 그들은 정비소 앞마당에 서 있는 빨간 자동차를 보았다. 몇 발짝 옆에는 외발 지지대로 받쳐놓은 오토바이 한 대가 마치 자동차의 하녀처럼 대기하고 있었다.

리베로는 신바람을 내며 말했다.

"봐라, 벌써부터 사람들이 줄을 서서 기다리고 있잖니?"

하지만 전혀 그런 게 아니었다. 집에 들어가 보니 백작이 소파에 누워서 마치 누에가 석잠 자듯 곤하게 자고 있었다.

플로랑스가 말했다.

"백작이 당신에게 보여준다고 새 자동차를 끌고 왔어."

그녀는 베이지색 드레스를 입고 있었다. 시골에서는 구경하기 어려운 옷이었다. 그녀는 변명하듯 말했다.

"백작의 선물이야. 받아달라고 어찌나 간절히 청하던지."

"당신 참 예쁘다."

진심으로 한 말이었다. 리베로 파르리는 정말 아내가 예쁘다고 생각했다.

그들은 청춘남녀로 돌아가 서로 꼭 껴안았다.

이제 남은 것은 오토바이가 와 있는 까닭을 이해하는 것이었다. 그 설명은 마침내 잠에서 깨어난 백작이 맡았다. 백작은 울티모의 손을 잡고 마당으로 데려가서 말했다.

"이거 네 거야."

울티모가 어리둥절한 표정을 짓자 백작이 설명했다.

"이건 오토바이야."

"알아요."

"이건 선물이야."

"누구한테 주는 건데요?"

"너한테."

"미치셨나 봐요."

사실 그건 플로랑스의 생각이기도 했다. 리베로도 말했다.

"자네 미쳤군."

하지만 백작은 미치지 않았다. 서른여섯 살 나이가 되도록 세상에 살아 있을 이유를 찾지 못한 가엾은 사람이기는 해도 미치광이는 아니었다. 그는 꿈이 없는 세계에서 왔다. 그 세계에서 그는 절대적인 자유라는 특권을 누렸지만, 그 대신 언젠가 느닷없이 죽음의 형벌이 떨어지리라는 예감에 매일같이 시달렸다. 그 세계에 속한 사람들이 장인처럼 공을 들여 하는 일이 있다면, 그저 누구도 피할 수 없는 묵시록적 파국을 앞서 겪는 것뿐이었다. 그들은 공허한 몸짓으로 이루어진 세련된 의식을 한없이 되풀이하면서, 그리고 거의 신비에 가까운 능숙함을 보이며 그 일을 수행했다. 그것의 다른 이름은 사치였다. 백작에게는 아이가 없었고, 아이를 갖고 싶어 하지도 않았다. 남의 자식들도 좋아하지 않았다. 아이들을 보면 쓸모도 없고 저희 부모들처럼 미래도 없다고 생각하며 냉소를 짓기가 일쑤였다. 그래도 여자는 싫어하지 않았다. 일을 복잡하게 만들지 않기 위해서 한 여자와 결혼할 생각도 있었다. 하지만 그가 무엇보다 좋아하는 것은 자기의 개들이었다. 그런 세계에 살던 그가 어느 날 우연에 이끌려 들판에 덩그러니 들어앉은 터무니없는 정비소와 맞닥뜨렸다. 그 뒤로 그는 거기에서 새로운 것들을 경험했다. 그것은 세계의 이면을 알아가는 여행과 같았다. 이곳에서는 일과 사물에 아직 어떤 의미가 있었고, 말들은 아직 사물을 정확히 가리키고 있었다. 그리고 여기에서는 매일 어떤 미지의 힘이 알곡을 겨에서 떼어내듯 진실을 거짓에서 분리해내고 있었다. 그는 이 여행에서 아무 결론을 내지 않았다. 그 모든 것을 하나의 교훈으로 받아들이자는 식으로 생각한 적도 없었다. 그의 인생은 이미 모든 의미를 잃은 채 흘러가고 있었고, 그 무엇으로도 그런 흐름을 되돌릴 수는 없었다. 그런데 이따금 시골길을 달려 그들의 집으로 가는 것은 일종의 진통제가 되었다. 그는 세상만사의 무의미함에 맞서 고통을 느낄 때마다 거기로 달려갔다. 그는 적절한 처신을 통해 그 세계의 관습에 점점 동화해갔고, 약간 이상하지만 동정을 받을 만한 일종의 불법체류자로 그들 속에 받아들여지게 되었다. 그는 그들에게 해를 끼칠 의도가 전혀 없었다. 하지만 자기 자신에게 조금 더 정직했더라면 자기가 그들에게 해를 끼칠 수밖에 없으리라는 것을 깨달았을 것이었다. 그는 그냥 거기에 있고 싶었다. 그러기 위해서라면 무엇이든 할 준비가 되어 있었다. 그 어떤 짓도 그에게는 너무 엉뚱하다거나 무분별하다고 할 수 없었다. 그러니 오토바이를 선물하는 것쯤은 결코 대수로운 일이 아니었다.

리베로 파르리는 아이의 몸무게가 42킬로그램이라는 것을 생각하면서 물었다.

"이게 무게가 얼마나 나가지?"

"별로 무겁지 않아. 엉덩이로 깔고 앉아서 속력만 내주면 아주 가볍게 몰 수 있어."

그리하여 며칠 뒤에 플로랑스는 들판을 향해 눈을 들었다가 여느 때처럼 고즈넉한 풍광을 보는 대신 기계 심장을 가진 동물이 출몰하는 놀라운 광경을 보게 되었다. 이 동물은 상식적인 물리학 법칙들을 거슬러 도저히 있을 법하지 않은 자세로 몸을 옆으로 누이며 강으로 통하는 굽잇길을 돌고 있었다. 동물의 등에는 한 소년이 달라붙어 있었다. 소년의 작은 몸뚱이가 햇볕에 말리려고 동물의 등에 널어놓은 젖은 빨래처럼 보였다. 플로랑스의 입에서 모성의 탄식이 새어 나왔다. 아들이 땅을 딛지 않고 공중에 떠있는데, 자기는 아들에게 그런 식으로 날아가는 법을 가르쳐준 적이 없기 때문이었다. 하지만 아슬아슬하게 몸을 옆으로 기울이고 있던 동물은 곧게 뻗은 길로 들어서자마자 다시 몸을 일으켰고, 젖은 빨래 같던 아이는 허공으로 날아가는 대신 고개를 살짝 치켜들며 바람에 맞섰다. 그 태도가 침착하고 의연해 보였다. 그때 아이가 핸들에서 한 손을 떼더니 인사를 보내는 듯한 손짓을 해보였다. 플로랑스는 가슴이 철렁 내려앉고 두 다리에서 힘이 쪽 빠지는 것을 느꼈다. 그녀는 털썩 무릎을 꿇으며 바닥에 주저앉았다. 눈에서 눈물이 솟았다. 그녀는 들판에서 눈길을 거두고 고개를 숙였다. 그러고는 어른들이 갑자기 세상사를 이해할 수 없게 되었을 때 그러듯이, 자기 안에 있는 무한한 존재를 관조하기 시작했다. 그녀는 자기들이 어디로 가고 있는지, 자기들이 터 잡고 살던 땅에서 얼마나 멀어졌는지 알고 싶었다. 아들이 오토바이 타는 것을 지켜보고 남편의 이름을 신문에서 읽는 것이 정말 자기의 운명인지 확인하고 싶었다. 휘발유 냄새가 들판의 냄새만큼 정결하다는 것, 자기들이 꿈꾸는 미래가 운명에 대한 배신이 아니라 당연히 따라가야 할 길이라는 것을 확신하고 싶었다. 어둠 속에서 백작의 입맞춤을 떠올리며 들뜬 마음으로 보낸 밤들이 운명을 거스른 죄에 대한 형벌인지 아니면 용기를 내어서 살았던 것에 대한 보상인지 알고 싶었다. 플로랑스는 거기 들녘 한복판에 무릎을 꿇고 앉은 채로, 자기에게 정말 죄가 없는지, 자기들 모두가 결백한지, 그리고 자기들 모두가 앞으로도 결백할 것인지 스스로에게 묻고 있었다.

울티모는 바로 어머니 앞에 오토바이를 세웠다. 어머니에게 무슨 일이 있었는지 알 리가 없었다. 아이는 엔진을 끄고 안경을 밀어 올렸다. 딱히 무슨 말을 해야 할지 알 수가 없었다. 그래서 아이는 말했다.

"이거 혼자서는 못하겠어요. 외발 지지대로 받치는 거
요."

플로랑스는 아들 쪽으로 눈을 들고, 한 손으로 눈을 훔
쳤다. 마음속의 어둠이 확 가셨다.

"내가 도와줄게."

그녀는 미소를 짓고 있었다.

내 마음아, 가벼운 내 마음아, 어린애 같은 마음아, 너
어디 갔었니?

"암, 내가 도와주고말고."

사람마다 어린 시절이 끝나는 때가 다르다. 울티모의 경
우에는 1912년 4월의 어느 일요일에 어린 시절이 끝났다.
어떤 소년들은 열다섯 살이 되도록 어린 시절을 연장시키
기도 한다. 울티모도 그런 부류에 속했다. 그렇게 어린 시
절을 연장시키자면 별난 뇌와 많은 행운이 필요하다. 울티
모에게는 그 두 가지가 다 있었다.

그날은 읍내에 처음으로 영화가 들어온 날이었다. 영화
를 들여온 사람은 읍장의 처남인 보르톨라치였다. 그는 가
정용 면제품 분야의 사업을 하면서 이탈리아 전역을 돌아
다니고 있었다. 그가 영화와 인연을 맺은 것은 우선 시트
를 팔기 때문이었다. 좋은 시트란 언제든지 영사막으로 사
용될 수 있으니 그건 누가 보기에도 분명한 인연이었다.

또 다른 인연은 밀라노에 산다는 그의 애인이었다. 그녀는 살라 룩스라는 영화관의 입장권들을 찢어 버린다고 했다. 그것이 어떻게 그를 영화의 세계로 이끌었는지는 분명하지 않았다. 어쨌거나 그가 영화를 들여온 것은 사람들을 놀라게 하는 즐거움을 얻기 위함이기도 했고 그것이 돈벌이가 된다는 것을 직감적으로 알아차렸기 때문이기도 했다. 그는 작은 트럭에 영사기와 둥그런 필름 감개들을 싣고 의기양양하게 읍내로 들어왔다. 작은 트럭은 첫 세대의 피아트였다. 영화는 마치스테라는 천하장사가 나오는 무성영화였다.

플로랑스는 그 대사건에 관심을 가지려고 하지 않았다. 그리고 리베로는 백작과 함께 거기에서 멀지 않은 곳에서 열리는 자동차 경주에 참가하기로 되어 있었다. 그래서 울티모는 혼자 영화를 보러 갔다. 아이는 영화가 무엇인지도 잘 모르고 있었다. 그리고 대단한 것을 보게 되리라 기대하지도 않았다. 하지만 높고 푸른 하늘에서 태양이 아름답게 빛나고 있었다. 그래서 가는 길에 다른 농장에 사는 친구들을 불러내어 읍내까지 함께 걸어갈 생각을 하니 기분이 좋았다. 어머니에게는 저녁시간에 맞춰서 돌아올 테니 걱정하지 말라고 말했다.

읍사무소의 행사장에는 의자들이 빼곡하게 들어차 있다. 안쪽 벽에는 시트 몇 장을 솜씨 좋게 붙여서 만든 영사막이 걸려 있었다. 영사막은 주름이 생기지 않도록 팽팽하게 당겨져 있었다. 반지빠른 보르톨라치는 간단한 사전 행사라면서 자기네 상품을 특별한 가격에 판매하는 시간을 마련해놓았다. 울티모와 친구들이 들어섰을 때, 그는 마술사 같은 동작으로 베개에 덧씌운 헝겊을 벗겨내며 영국의 면직물에 관해 일장연설을 하고 있었다. 그는 말재주가 좋았다. 하지만 사람들은 사지 않았다. 그의 장삿속을 거스르려는 마음도 없지 않았지만, 무엇보다 돈이 없기 때문이었다. 게다가 그들은 낡은 시트를 버리지 않는 사람들이었다. 노인들이 죽어 나간 시트라도 세탁만 잘하면 아무 문제가 없었다.

울티모는 빈자리를 찾아서 친구들과 함께 의자들 사이로 파고들어 갔다. 그들은 결국 행사장 한쪽 구석에 밀어놓은 궤짝들 위에 자리를 잡았다. 닭장처럼 흉해 보인다 해서 읍장의 지시로 구석에 치워놓은 궤짝들이었다. 거기에 앉아 뒤를 돌아보니 커다란 영사기가 보였다. 몇 미터 떨어진 곳에 읍내 성당에서 가져온 높다란 탁자가 놓여 있고 거기에 영사기가 올라앉아 있었다. 영사기는 법랑을 입힌 것처럼 번쩍거렸다. 모자를 쓴 남자 한 사람이 영사기에 기름칠을 하고 있었다. 그 태도가 외과수술을 하는 의사처럼 진지해 보였다. 울티모는 영사기가 마음에 들었다. 그게 자기 오토바이를 생각나게 하기 때문이었다. 영사기에는 바퀴까지 달려 있었다. 다만 두 바퀴의 위치가 이상하기는 했다. 사고가 나서 오토바이가 뒤집어지면 그런 모습이 되지 않을까 싶었다. 보르톨라치가 판촉 행사를 마치기로 하자 진심으로 고마워하는 박수갈채가 터져 나왔다. 이어서 그는 영화를 소개하겠다고 하더니, 영화는 금세기의 위대한 발명 운운하면서 또다시 일장연설을 했다. 하지만 사람들이 휘파람을 불어대는 바람에 그의 말소리가 잘 들리지 않았다. 그는 몇몇 장면이 이 고장의 관객들에게는 '고통스럽도록 자극적인 것'으로 받아들여질 수도 있다고 덧붙였다. 그러자 울티모와 친구들은 공포의 비명을 내질렀다. 그의 엄포가 조금 먹힌 것이었다. 그는 이 상영이 성사되도록 도와준 '하얀 날개'라는 회사에 감사를 표하면서 모두에게 인사를 했다. 그가 말한 '하얀 날개'는 바로 그가 운영하는 회사였다. 그다음은 본당 신부가 나설 차례였다. 그건 이를테면 당시의 문화적 관행이었다. 신부는 자리에서 일어나 성모 찬송 〈살베 레지나〉를 라틴어로 음송하도록 관객들을 이끌었다. 그런 다음 수호성인을 상징하는 색깔의 옷을 입은 복사 소년의 도움을 받아가며 영사막을 축성하고 관객들에게 축복을 내렸다. 관객들은 모두 모자를 벗어 들고 고개를 숙였다. 놀라운 장면이었다.

불이 꺼지기 직전에 울티모는 한 여자가 앞줄의 관객들 사이로 비집고 들어가는 것을 보았다. 여자는 오래도록 기억할 만한 미소를 지으면서 작은 걸음으로 나아갔다. 누가 그녀를 위해 자리를 맡아둔 모양이었다. 그 자리는 바로 울티모 앞에 있었다. 그녀는 자리에 다다르자, 자기를 기다리고 있던 남자에게 인사를 하기에 앞서 울티모에게 눈을 주더니 소년의 금빛 그늘을 감지하고 잠시 멈칫했다. 그러더니 자기도 모르게 고개를 까딱하며 안녕 하고 말했다. 울티모는 일순 온몸에서 피가 빠져나가는 기분을 느꼈다. 그녀는 몸을 돌려 자리에 앉았다. 그러고는 보일 듯 말 듯 섬세하고 미묘한 동작으로 스웨터를 어깨에서 미끄러뜨려 등받이에 걸쳐지게 했다. 그녀는 어깨와 팔을 완전히 드러내는 드레스를 입고 있었다. 시골에서는 그저 소문으로만 알고 있는 옷이었다. 멜빵이든 뭐든 어깨에 걸쳐 있는 것이 없는데, 어떻게 옷이 흘러내리지 않는지 그저 신기하기만 했다. 울티모는 앞쪽에서 젖가슴이 옷 전체를 떠받치고 있는 모습을 머릿속에 그릴 엄두가 나지 않았다. 하지만 저절로 그런 생각이 드는 것은 막을 수가 없었다. 그 바람에 입 안에 침이 고였다. 소년은 참고 참았다가 침을 꼴깍 삼켰다. 소년은 마음을 딴 데로 돌리기 위해 주위를 둘러보았다. 하지만 눈이 자꾸 그 곱디고운 목으로 돌아갔다. 머리채를 뒤통수로 올려붙여 놓아서 목덜미가 훤히 드러나 있었다. 일부러 늘어뜨린 머리카락들이 목덜미의 광채를 조금 누그러뜨리고 있었다. 울티모는 거기에 입을 맞추는 것을 상상했다. 입술에 그 피부의 감촉이 느껴졌다. 불이 꺼지고 관객들이 벅찬 감동을 다스리기 위해 소리를 지르고 박수를 쳤지만, 소년의 귀에는 아무 소리도 들리지 않았다. 다른 관객들은 모두 뜻밖의 세계가 펼쳐지는 보르톨라치의 영사막을 바라보고 있었지만, 소년은 눈을 들지 않았다. 그저 영사막의 빛을 배경으로 뚜렷한 윤곽을 드러내고 있는 목선에 눈길을 붙박고 있을 뿐이었다. 그 거뭇한 윤곽선은 여자의 오른쪽 귀에서 내려와 목을 타고 달린 다음 어깨를 따라 조금 올라가다가 어깻죽지를 돌아 팔꿈치까지 뚝 떨어진 뒤에 어둠 속으로 사라지고 있었다. 그 모습은 정말이지 '고통스럽도록 자극적'이었다. 울티모는 난생처음으로 여자의 몸이 욕망을 불러일으킬 때 그 욕망이 얼마나 고통스러울 수 있는지 깨달았다. 소년은 문득 두려움에 사로잡혔다. 아마도 그 때문이었을 테지만, 소년은 그 매끄러운 윤곽선을 다시 눈으로 따라가면서 거기에서 여성적인 것을 없애 나가기 시작했다. 그럼으로써 그 윤곽선을 더 은밀한 아름다움으로 이끌어갔다. 그리하여 피부는 단순한 선이 되고 몸은 영사막의 빛을 배경으로 돋을새김처럼 두드러져 보이는 하나의 데생이 되었다. 비로소 소년의 마음이 진정되고 있었다. 그런 아름다움은 소년에게 낯설지 않았다. 소년은 여자를 잊었다. 대신 그 순수한 선과 데생을 다시 죽 따라가면서 그것들을 자기가 오토바이를 타고 달릴 수 있는 길로 바꾸어버렸다. 그렇게 그는 자기만의 방식으로 여체의 아름다운 윤곽을 자기 것으로 만들었다. 그는 목을 따라 내려간 다음 살짝 비탈이 진 직선 도로에서 속도를 높여가다가 최대 출력으로 어깨 꼭대기에 도달한 뒤에 오른쪽으로 쭉 내려가서 팔의 부드러운 선을 따라 밖으로 빠져나왔다. 처음엔 길을 익히느라고 머릿속에서만 달렸지만, 그다음에는 실제로 여자의 몸에서 길을 느끼기 시작했다. 그리고 입으로는 조용하게 엔진 소리를 냈다. 누가 그의 모습을 보았다면 오해를 했을지도 모른다. 골반의 움직임이 뭔가 다른 것을 생각나게 했을 테니까 말이다. 하지만 오토바이는 무엇보다 먼저 엉덩이로 운전하는 것이니, 그가 골반을 이상하게 움직였다 해도 그건 그의 잘못이 아니었다. 어쨌거나 그렇게 여체의 윤곽을 길로 바꿔버리는 것은 몸을 소유하는 방식이 무수히 많다는 것, 그리고 가장 본능적인 방식이 반드시 가장 결정적인 방식은 아니라는 것을 보여주고 있었다. 울티모는 감히 그 어깨를 만지려고 하지도 않았고 만질 수도 없었을 것이다. 하지만 그는 그 어깨의 비밀들을 하나씩 발견해가면서 그 위를 달리고 있었다. 거기, 사람들 속에서 그는 한 여인의 내밀한 아름다움을 음미하고 있었다. 그녀의 어느 세련된 애인은 그런 내밀한 관계에 도달하기 위해 몇 달을 바쳐야 할지도 모를 일이었다.

어쩌면 사람들이 이 말을 믿지 않을지도 모르지만, 그때 여자는 한 손을 들어 손끝으로 자기 어깨를 살짝 문질렀다. 마치 자기가 모르는 무언가를 쫓아버리려는 듯이.

바로 여기에서 울티모의 어린 시절이 끝났다. 그 설명할 수 없는 몸짓의 마법 때문이 아니었다. 그의 어린 시절이 끝난 것은 갑자기 그를 부르는 목소리가 들려왔기 때문이다. 그건 타린의 목소리였다. 울티모는 상상 속의 오토바이에서 내려 고개를 돌렸다. 정말 타린이 울티모를 찾고 있었다. 몸을 잔뜩 수그린 채로 사람들 사이를 비집고 다니면서 그들에게 방해가 되지 않도록 나직하게 그의 이름을 부르고 있었다. 울티모는 자리에서 일어나 죄송하다는 말을 연발하면서 객석 밖으로 나갔다.

"울티모!"

"무슨 일이에요?"

"집으로 돌아가야 해."

"왜요?"

"어서 집으로 달려가, 울티모."

"영화를 봐야 하는데요."

울티모는 영화를 한 장면도 보지 않았으면서 그렇게 말했다.

"네 어머니가 빨리 집으로 돌아오라고 하셨어."

"왜요?"

표정으로 보아 타린은 이유를 알고 있었다. 하지만 그에게는 자기가 알고 있는 것을 말로 옮기는 재주가 없었다.

"어서 가, 빨리!"

그제야 울티모는 순순히 따랐다. 집으로 가는 길로 접어들어 달음박질을 쳤다. 그다음에는 걸어가다가 굽잇길에서만 다시 달렸다. 굽이가 나타날 때마다 몸을 조금 옆으로 기울이면서 입으로 엔진 소리를 냈다. 그는 아무 생각도 하지 않았다. 생각하자 해도 생각할 거리가 없었다.

집이 보이는 곳에 다다랐을 때 그는 걸음을 멈췄다. 정비소 앞에 사람들이 모여 있었다. 이웃 농장들에서 온 사람들이었다. 그가 모르는 사람들도 있었다. 그는 잠시 그대로 서서 기다렸다. 왠지 그쪽으로 가기가 꺼려졌다. 그때 누군가 그를 보았다. 그러니 더 이상 어쩔 도리가 없었다.

그들은 그를 집의 현관문 앞으로 데려갔다. 문이 닫혀 있었다.

"네 어머니가 아무도 들어오지 못하게 하셔."

그는 문을 두드렸다.

"엄마, 울티모예요."

대답이 없었다.

울티모는 문의 손잡이를 돌려 살며시 밀었다. 그런 다음 안으로 들어가서 소리 나지 않게 문을 도로 닫았다.

어머니는 벽에 기댄 채 방 한쪽 구석에 서 있었다. 등으로 소굴의 안벽을 더듬거리고 있는 동물 같았다. 어머니는 울고 있었다.

울티모는 가까이 다가가서 어머니를 끌어안았다. 어머니는 잠시 가만히 있다가 주먹으로 그의 가슴을 때리기 시작했다. 주먹은 점점 빨라지고 세어졌다. 그는 어머니가 지치기를 기다렸다가 다시 안아주었다. 어머니가 깃털처럼 가볍게 느껴졌다. 어머니의 몸에서 어머니 자신이 빠져나간 것만 같았다.

"아빠는 어디 계세요?"

그녀는 말문을 열지 못했다.

"살아 계신 거죠?"

그녀는 고개를 끄덕였다.

"모든 게 잘될 거예요, 엄마."

그녀는 다시 고개를 끄덕였다.

"일이 어떻게 된 거죠?"

그녀는 자동차가 불탄 사고에 대해서 간단히 말했다.

"그래서 아빠는 지금 어디 계세요?"

"시내 병원에."

"그럼 보러 가야죠."

하지만 그녀는 움직이지 않았다.

"제가 아빠를 보러 가야겠어요, 엄마."

"그래."

"모든 게 잘될 거예요."

"그래."

울티모는 아버지를 생각했다. 아버지가 병상에 누워 있는 모습을 상상할 수가 없었다. 불타는 자동차에서 당당히 걸어 나오는 아버지는 그럭저럭 상상할 수 있었지만, 병상에 누운 아버지는 머릿속에 그려지지 않았다. 그런 일이 벌어졌을 리가 없었다. 그런 일이 정말 벌어졌다면, 세상은 아무 논리도 없이 엉망으로 변하고 그들은 모두 망해버린 것이었다.

"사람들을 들어오게 하세요. 그냥 엄마를 도와주려고 하는 거예요."

플로랑스는 여전히 꼼짝하지 않았다.

"이리 와요."

그는 어머니의 손을 잡고 식탁 주위에 놓인 의자들 가운데 하나로 데리고 가서 앉혔다. 그녀는 손수건을 꼭 쥐고 있었다. 어찌나 힘을 주고 있는지 손마디가 하얬다. 울티모는 평소에 어머니가 얼마나 강하고 씩씩했는지 돌이켜 보면서 도대체 무슨 일이 벌어졌기에 어머니 같은 여자가 저리도 무기력해졌을까 하고 생각했다. 그는 몸을 숙여 어머니 머리에 입을 맞췄다.

"제가 빨리 아버지를 보러 가는 게 낫겠어요."

"그래."

"갔다 올게요."

"그래."

그녀는 비로소 눈을 들어 아들의 눈을 찾았다.

"아빠한테 전해줘. 나한테 이러면 안 된다고."

그녀의 말에서 평소의 씩씩한 태도가 조금 엿보였다. 울티모는 빙그레 웃었다.

"그렇게 전해 드릴게요."

그는 문 쪽으로 걸어갔다. 그러다가 문을 나서기 전에 다시 돌아서서 물었다.

"백작은요?"

플로랑스의 얼굴이 조금 일그러졌다. 그녀는 천천히 말했다.

"그이는 빠져나오지 못했어."

그러고는 잠시 입을 다물었다가 동을 달았다.

"백작은 죽었어."

그녀의 목소리에는 어떤 감정도 실려 있지 않았다. 그제야 울티모는 깨달았다. 어머니에게는 두 개의 심장이 있었고, 두 심장이 모두 그날 치명상을 입은 것이었다.

그는 문을 열어둔 채로 집을 나섰다. 사람들이 그가 알고 싶어 하는 것을 말해주었다. 자동차가 강 근처의 직선 도로에서 갑자기 미쳐버린 모양이었다. 플라타너스를 들이박고 불길에 휩싸였다고 했다. 백작은 우그러진 차체에 끼어버렸고, 아버지는 충돌 시에 차 밖으로 튕겨 나가 지금은 병원에 있다는 것이었다. 의사들은 아버지의 목숨을 구할 수 있을지 장담하지 못하고 있었다. 오늘 저녁이 고비라고 했다. 네 아버지는 고비를 넘기고 살아남을 거야, 진짜 사내잖아, 하고 누군가 말했다.

울티모는 하늘을 올려다보았다. 밤이 되기 전까지 시간이 얼마나 남아 있는지 알아보기 위해서였다. 바레티 아저씨가 이륜 짐마차로 시내까지 데려다 주겠다고 나섰다. 울티모는 고맙지만 자기 혼자 가겠다고 했다. 그런 다음 오토바이를 타러 갔다. 사람들은 그가 라퐁텐의 커다란 안경을 쓰고 신문지 한 장을 스웨터 품속에 넣는 것을 보았다. 어떤 사람은 그의 등을 토닥여주기도 했다. 그들은 소년이 그렇게 혼자 떠나는 것을 안쓰러워했다. 하지만 소년은 갑자기 어른처럼 의젓해져 있었고, 아무도 그를 말릴 수 없었다. 조심해라, 하고 한 여자가 말했다.

도시로 가는 길은 들녘 한복판으로 곧게 나 있었다. 해거름이 가까워지면서 그림자들이 길어지고 공기가 서늘해지기 시작했다. 울티모는 엔진을 최대 출력으로 가동시키면서 오토바이에 닿을 듯이 몸을 숙였다. 오토바이에게 할 말이 있고 자기 말이 오토바이에게 잘 들리기를 바라기 때문이었다. 그는 말했다. 오토바이야, 아버지가 돌아가시기 전에 도착해야 해. 네가 잘 움직여주지 않으면 그렇게 할 수 없을 거야. 이 도로를 봐. 우리를 도와주려고 이렇게 곧장 뻗어 있잖아. 곧게 뻗은 길은 비할 데 없이 아름다워. 이 직선에서 온갖 곡선과 위험한 굽이들이 갈려나가지. 그러면서 관대하고도 올바른 질서가 만들어지는 거야. 길들은 그런 것을 할 수 있지만, 인생에는 그런 것이 존재하지 않아. 사람들의 마음은 곧게 나아가지 않아. 마음의 행로에는 질서가 없어. 울티모는 말을 멈추고 한참 침묵을 지켰다. 그런 말들이 어디에서 나오는지 알 수가 없었다.

오토바이는 저녁의 허허로운 공간 속을 질주하고 있었다. 그것은 광활한 들판에서 팔딱거리는 작은 심장이었다. 오토바이는 제가 지나간 자리에 폴싹폴싹 먼지를 일으키고 맵고 싸한 향기를 남겼다. 향기는 이내 사라지고 먼지는 빛 속으로 흩어졌다. 그렇게 세상사의 순환은 계속되고, 달라진 건 아무것도 없다는 듯 사위는 그저 평온하기만 했다.

카포레토* 회상록

1917년 9월, 이탈리아 전선

그들은 세 명이었다. 그들은 참호로 돌아가는 길이었지만, 골짜기 쪽으로 조금 에돌았다. 강을 보고 싶었기 때문이다. 맑은 강물도 보고 어쩌면 사람들도 만나고 싶었으리라. 젊은 여자들도.

날씨가 맑았다.

눈이 밝은 카비리아가 무언가를 보았다. 수면에 시체가 떠오르더니 빙그르 한 바퀴를 돌고 나서 나뭇가지와 돌이 어우러져 만들어내는 소용돌이에 휩쓸렸다. 시체는 뒤통

---

* 오늘날에는 슬로베니아의 코바리드. 서부 슬로베니아, 이탈리아 국경 근처 이손초 강 상류 지역에 자리한 전략적인 요충지. 1차 세계대전 중에 이탈리아군과 오스트리아 · 독일 연합군 사이에 벌어진 카포레토 전투로 유명하다. 2차 세계대전이 끝날 때까지는 이탈리아의 영토였다.

수와 엉덩이를 파란 하늘 쪽으로 돌린 채 떠내려가고 있었다. 마치 무언가 잃어버린 것을 찾기 위해 물속을 들여다보고 있는 것만 같았다.

다른 두 병사도 시체를 보았다.

주위에는 아무도 없었다.

울티모라 불리는 병사는 배낭을 내려놓더니, 자기 군화를 보면서 이 망할 놈의 군화 하고 볼멘소리를 했다. 그런 다음 호주머니에서 무언가를 꺼내 씹기 시작했다. 셋 가운데 가장 젊은 또 다른 병사는 강가의 모래톱에 가서 쭈그리고 앉았다. 그러고는 시체 쪽으로 조약돌을 던지기 시작했다. 이따금 조약돌이 시체에 맞았다.

카비리아가 말했다.

"막내야, 그만해."

울티모는 무심한 눈길로 산을 바라보고 있었다. 집짐승처럼 순하고 조용한 산을 보고 있노라면 언제나 무어라 설명하기 어려운 신비로움이 느껴졌다. 인간들은 전쟁을 한답시고 포탄을 터뜨리거나 철조망을 치면서 산에 상처를 입히는데, 산은 인간들이 존경심도 주저도 없이 안겨대는 참화 앞에서 아무 반응을 보이지 않았다. 인간들은 산을 공동묘지로 만들려고 발악하고 있었지만 산은 인간의 죽음에 아랑곳하지 않고 의연히 자리를 지키면서 계절의 명령을 시시각각으로 수행하고 대지를 영속시키는 일에만 몰두했다. 도처에서 버섯들이 자라고 꽃눈이 움트고 있었다. 강물에서는 물고기들이 알을 낳고 나뭇가지에는 새들이 둥지를 틀고 있었다. 밤중에는 풀벌레 소리가 요란했다. 그러나 그 한결같은 초연함에 담긴 무언의 메시지를 어떻게 해석해야 할지는 여전히 분명치 않았다. 어찌 보면 인간의 보잘것없음을 일깨우는 평결 같기도 하고, 또 어찌 보면 인간의 광기 앞에서 세계가 완전히 항복했음을 시사하는 메아리 같기도 했다.

카비리아가 다시 말했다.

"그만하라니까."

"저거 독일 놈이야."

막내라 불리는 가장 젊은 병사는 변명이라도 하듯이 말했다. 사실 그의 말이 틀린 것은 아니었다. 제복으로 보건대 그건 분명 오스트리아 병사의 시신이 아니었다.

"여기엔 독일군이 없어."

말은 그렇게 했지만 카비리아의 말투에는 자신감이 없었다. 그는 더 찬찬히 살펴보았다. 제복은 정말 독일군의 것과 비슷했다. 이따금 구두 한 짝이 수면으로 떠올랐다가 다시 물에 잠기곤 했다.

"어이, 울티모, 저거 독일 사람인데."

울티모는 고개도 돌리지 않았다. 그러더니 조용히 하라는 손짓을 했다. 다른 두 사람은 하늘 쪽으로 눈을 들었다.

그러고는 손차양을 하고 눈을 찡그리며 무언가를 찾았다.

몬테 네로* 너머에서 비행기가 불쑥 나타났다. 비행기는 산꼭대기를 스칠 듯이 날더니 고도를 낮춰 계곡으로 들어갔다. 그 소리는 멀리에서 파리가 윙윙거린다 싶을 만큼 희미했다.

막내가 물었다.

"배급품을 걸고 나랑 내기할 사람?"

카비리아가 선뜻 내기에 응했다.

막내는 오스트리아 비행기라는 쪽에, 카비리아는 이탈리아 비행기라는 쪽에 걸었다.

사실 홀로 공중을 날고 있는 그 비행기는 오스트리아기일 수도 있고 이탈리아기일 수도 있었다. 그들의 위쪽으로 곧장 날아오고 있으니 기다리기만 하면 어느 쪽인지 알 수 있을 것이었다. 비행기가 다시 고도를 낮추자 막내는 모래 톱을 벗어나 나무들 쪽으로 몇 걸음을 옮겼다. 얼굴에는 아직 득의의 미소가 어려 있었지만 눈으로는 조심스럽게 하늘을 살피면서 거리와 의도를 가늠하고 있었다.

"바지에 오줌을 지리고 있구먼. 막내야, 그렇지?"

카비리아는 말끝에 걸걸한 웃음을 터뜨렸다.

막내는 그를 향해 뜻 모를 손짓을 보냈다. 그러고는 강

---

* '검은 산'이라는 뜻. 줄리안 알프스 산맥의 슬로베니아 영토에 속해 있는 산. 1947년까지는 이탈리아의 영토였다.

과 나무숲의 중간에서 걸음을 멈췄다.

당시는 비행기가 얼마나 무서운지 사람들이 아직 모르던 시절이었다. 비행기는 포대의 위치와 참호를 정탐하는 하늘의 눈이었다. 교묘한 무기이기는 하나 아직 가공할 화력은 아니었다. 죽음을 가져오기보다는 기껏해야 죽음의 징조를 보여주는 도구였고, 썩은 시체 주위를 나는 곤충처럼 성가신 존재일 뿐이었다.

한 줄기 바람이 불어와 그 목제 비행기를 흔들었다. 비행기는 조금 기우뚱하며 측면을 드러냈다. 그러자 오스트리아·헝가리 제국 군대의 검은 십자가가 보였다.

막내가 소리쳤다.

"내가 이겼으니까 배급품 내놔."

카비리아는 땅바닥에 침을 뱉고 나서 소총을 어깨에 메었다.

부연하자면, 독일인들이 비행기 앞부분에 장착한 기관총의 발사와 그 앞에 있는 프로펠러의 회전이 동시에 이루어지게 하는 장치를 개발한 것은 불과 2년 전인 1915년의 일이었다. 이 장치는 기적과도 같은 장점을 지니고 있었다. 만약 기관총의 탄알이 프로펠러에 구멍을 숭숭 낸다면 비행기가 땅으로 추락하고 말 텐데, 이 동조 장치 덕분에 탄알이 나무로 된 프로펠러 날개들 사이로 빠져나가서 멀리 있는 표적을 맞추게 된 것이었다. 그건 마치 프로펠러

자체에서 탄알이 발사되는 것 같은 불가사의한 느낌을 주었다. 비밀은 바로 그 동조 장치에 있었다. 프랑스인들과 영국인들이 그 비밀을 발견하는 데는 많은 시간이 걸렸다. 기관총과 프로펠러를 동조시키다니, 그러다가 무슨 변을 당하려고? 그건 자지와 심장을 동시에 통제하는 것과 같은 일이야. 그들은 그렇게 농담을 했다. 전쟁을 놓고 실없는 소리를 하는 것이 아직 가능하던 시절이었다.

비행기가 카비리아의 머리 위로 저공비행을 하며 지나갔다. 그는 소총을 들어 올려 두 방을 잇달아 쏜 다음 한 방을 더 쏘았다. 하지만 비행기는 이미 지나간 뒤였다.

그는 "뒈져라!" 하고 소리쳤다. 그러고는 총알 두 방이 바이올린 케이스의 나무오리에 박힌 번쩍거리는 나사못들처럼 비행기의 옆구리로 파고드는 것을 상상했다. 세 번째 총알은 높고 파란 하늘로 솟구치던 힘을 잃고 숨결처럼 가벼워졌다가 제 무게가 갑자기 사라진 것에 놀라 한순간 허공에 정지했을 것만 같았다.

비행기는 왼쪽으로 기울더니 다시 돌아오려는 듯 넓게 곡선을 그리며 선회하기 시작했다.

카비리아가 말했다.

"제기랄, 저게 뭐하는 거지?"

"돌아오고 있는데."

막내는 웃음기가 싹 가신 얼굴로 대답했다.

비행기는 산비탈에 배를 대고 미끄러지듯 낮게 날다가 그들을 과녁처럼 바로 앞에 두고서야 다시 솟구쳤다. 바람에 동체가 흔들렸다. 하지만 비행기는 자세를 조금씩 조정하며 태연히 항로를 유지하다가 다시 강하하기 시작했다.

카비리아와 막내는 욕설을 내뱉으며 나무숲 쪽으로 달음박질을 쳤다.

"울티모! 거기 있지 말고 비켜!"

그러나 울티모는 꼼짝 않고 서서 비행기를 올려다보았다. 무언가를 씹느라고 계속 입을 오물거리면서 그가 관찰 결과를 요약했다.

"포커 E1 단엽기, 9기통 100마력 엔진 장착."

"울티모! 피하라니까!"

편대를 이루어 날아가는 비행기들은 대개 동체 앞쪽에 작은 총구가 나 있다. 하지만 혼자 날아다니는 비행기는 정찰 비행을 하고 있기가 십상이다. 아마도 공중에서 사진을 찍기 위해 코닥 카메라를 갖추고 있을 것이다.

울티모는 목청을 조금 높였다.

"카비리아, 머리 좀 빗어. 사진에 네가 나올 거야."

눈이 밝은 카비리아는 비행기를 올려다보았다. 동체에서 팔 하나가 쑥 나오는 것이 보였다. 그다음에는 조종사가 머리를 내미는 게 보였다. 겨냥을 하기 위해 몸을 옆으로 기울인 것이었다. 마침내 조종사의 손에 들린 권총이 눈에 들어왔다.

카비리아는 엄폐물에서 벗어나 울티모에게 달려들었다. 두 사람 모두 땅바닥에 쓰러졌다. 카비리아는 땅을 스칠 듯이 낮게 날아가는 비행기의 엔진이 자기 등 위의 공기를 긁고 지나가는 동안 울티모를 깔고 엎드려 있었다. 눈을 감고 있어서 보지는 못했지만, 총알을 발사할 때 나는 금속성이 세 차례 들린 듯했다. 총알 하나가 머리를 스치며 지나가는 소리도 난 것 같았다.

그들은 꼼짝 않고 잠시 그대로 있었다. 카비리아는 눈을 뜨고 하늘을 올려다보았다. 비행기는 멀리에서 부릉거렸다. 울티모는 웃고 있었다.

카비리아는 여전히 그를 깔고 엎드린 채로 말했다.

"다시는 이런 짓 하지 마."

울티모는 계속 웃고 있었다. 카비리아는 다시 볼멘소리를 했다.

"멍청한 자식."

그들은 곧바로 다시 길을 떠났다. 비행기 사건 때문에 강물과 햇빛과 그 밖의 것을 즐기려던 마음이 가시고 말았다. 그들은 세로로 줄을 지어 나아갔다. 막내가 맨 앞에서 걸어가고 있었다. 시체는 나뭇가지와 돌이 어우러져 만들어내는 소용돌이에서 조금 떠내려간 자리에 그대로 머물러 있었다. 여전히 물속에서 무엇을 찾고 있는 듯했지만,

이미 모든 게 끝난 마당이었다. 그 독일인에게는 이제 삶이 없었다.

울티모가 문득 물었다.

"저 사람은 여기에서 뭘 하고 있었던 거지?"

"독일 군인이 여기에 있을 이유가 없는데."

그러자 카비리아가 말했다.

"그건 나도 마찬가지야. 나도 여기에 있을 이유가 없어."

그렇듯 함께 전쟁에 참가한 그 남자들 사이에는 **형제애**가 있었다. 그건 그들이 다시는 경험하지 못할 특별한 감정이었다. 마치 어떤 동기들이 알처럼 그들의 내면에 숨어 있다가 고통이라는 새가 품어준 덕에 부화하기라도 한 것처럼, 그들의 마음속에 그런 경이로운 감정이 싹텄다. 굳이 말로 표현하지는 않았지만 그들은 서로 돕고 사랑했다. 그들이 보기에 형제애야말로 그들 내면의 가장 훌륭한 부분이었다. 전쟁이 그것을 발현시킨 셈이었다. 어찌 보면 그들은 바로 그것을 찾아서 거기에 왔는지도 모를 일이었다. 오늘날에는 이해하기 어려운 일이지만, 그들은 저마다 자기 나름의 **기대**를 걸고 전쟁에 참가했다. 자발적으로 참전한 경우도 많았다. 그들은 모두 빈혈에 걸린 젊음에서 벗어나리라는 분명한 의지에 본능적으로 부응했다. 자기들이 지닌 가장 훌륭한 것을 되찾고 싶었던 것이다. 그들은 자기들에게 훌륭한 면모가 있지만 시詩를 상실한 시대가 그것을 볼모로 잡아두고 있다고 확신했다. 그들이 보기에 당시는 장사꾼들과 자본가들이 지배하는 시대, 관료주의의 시대였다. 혹자는 파시즘이 나타나기 전인 그 시기에 벌써 유대인들을 탓하고 있었다. 그들은 무언가 영웅적인 것, 아니 그 정도는 아니더라도 무언가 강렬한 것, 요컨대 특별한 것을 꿈꾸고 있었다. 하지만 현실은 그들의 꿈과 너무나 달랐다. 그들은 카페에 앉아 빈둥거리며 하루하루를 속절없이 보내고 있었다. 그들에게 주어진 의무는 규율을 준수하는 기계가 되어 새로운 기계들 속에서 공동의 경제적이고 사회적인 진보를 위해 일하는 것밖에 없었다. 바로 그런 사정 때문에 오늘날 우리가 그 시절의 사진들에서 도저히 믿기지 않는 장면들을 보게 되는 것이다. 카페에 앉아 있던 젊은이들이 술잔을 테이블에 남겨둔 채로 자리를 박차고 일어나 징집 사무소에 등록을 하러 달려가는 장면, 또는 전쟁 발발 소식을 전하는 신문을 흔들어대면서 담배를 입에 문 채 카메라를 향해 미소를 짓는 장면 말이다(그들은 아직 이 전쟁이 자기들을 더없이 고약하고도 체계적인 방식으로 짓찧어 대리라는 것, 이 전쟁의 지리멸렬함은 이전에 벌어진 그 어떤 전쟁의 잔혹함과도 비교할 수 없으리라는 것을 모르고 있었다). 어떤 의미에서 그들은 무한한 것을 찾고 있었다. 그 몇 해 동안의 비극을 한 마디로 요약하자면, 결국 상상력의 빈곤이 그들을 파괴한 것이라고 말할 수 있을 것이다. 당시에 그들은 심장을 더 빨리 뛰게 하는 데는 전쟁만 한 것이 없다고 생각했다. 그들은 전쟁 말고 다른 것을 상상하지 못했다.

바야흐로 눈에 덮인 그 산비탈에서 그들의 심장이 두방망이질 치고 있었다. 대위가 울부짖는다. 젠장, 다들 엄폐물을 찾아서 피해! 하지만 피할 곳이 없다. 나무 한 그루라도 있으면 좋으련만. 고작 노새들 뒤에 숨는 것 말고는 방법이 없다. 노새들은 149밀리 대포에 연결된 채로 미쳐가고 있다. 대포가 허리에 매달려 있는데 어떻게 도망을 가랴. 카비리아, 노새 뒤에 그대로 있어! 우라질, 여기에 이러고 있으면 저놈들이 우리를 다 죽이겠어. 대위님, 여기에서 빠져나가야 해요! 대위님! 서른 살 인생을 보전하고자 했던 이 장교, 전쟁이 터졌다는 소식을 듣던 날 카페에 앉아 있다가 테이블에 술잔을 남겨둔 채로 자리를 박차고 뛰어나갔던 그는 이제 '총검 돌격!'을 외치며 능선 위를 내닫고 있다. 카비리아 말이 맞아, 놈들이 우리를 쓸어버리기 전에 여기에서 빠져나가야 해. 먼저 울티모가 나가고 카비리아가 나가고 막내도 뒤를 따른다. 그들은 모두 눈밭 속에 도사리고 있는 적의 기관총 진지를 향해 올라간다. 닥치는 대로 인명을 앗아가는 총알들을 피하면서 50미터를 올라가야 한다. 격렬한 절규가 목에 턱턱 걸린다. 심장

뛰는 소리가 귀에 들리는 듯하다.

그렇게 올라가자 마침내 놈들이 눈앞에 보였다. 등을 돌린 채 달아나는 적들이 보였다. 서둘러 땅을 파내어 만든 기관총 진지에서 그들은 적군 한 명을 발견했다. 그는 총에 맞아 흐물흐물해진 한쪽 팔을 늘어뜨리고 다른 쪽 팔만 들어 올린 채 투항하겠다는 뜻을 표시하고 있었다. 마치 이렇게 묻고 있는 듯했다. 카메라트*, 내가 꼭 죽어야 되겠소?

막내는 눈밭에 앉아서 흐느껴 울고 있었다. 울티모는 막내 앞에 가서 쪼그리고 앉았다. 아무리 살펴봐도 다친 데는 전혀 없었다. 막내야, 왜 그래? 울티모는 그의 손에서 소총을 빼내어 옆에 내려놓았다. 대위는 부대가 다시 행군을 시작하도록 울부짖듯 명령을 내리고 있었다. 막내는 몸을 부들부들 떨면서 계속 흐느꼈다. 그 모습이 자못 충격적이었다. 나이가 가장 적어서 막내라 불리기는 하지만, 그는 부대원들 가운데 가장 크고 몸무게가 백 킬로그램이나 나가는 거구였다. 저녁이면 힘자랑을 하며 내기를 하기가 일쑤였다. 그는 노새 한 마리를 두 팔로 번쩍 들어 올릴 만큼 힘이 좋았다. 게다가 몇 푼만 더 쥐여주면 독일어로 노래를 부르면서 왈츠를 추어 보이기도 했다. 울티모는 그

---

* 동료, 동지, 벗을 뜻하는 독일어. 1차 세계대전 때 독일과 오스트리아의 병사들은 양손을 들어 항복할 때 '카메라트!' 하고 외쳤다고 한다.

의 눈두덩을 쓸어주었다. 그러면 심장이 더워진다는 얘기를 들었기 때문이다. 자, 막내야, 이제 가야 해. 그러나 소년 장사는 그저 도리질만 쳤다. 그래서 울티모는 그를 등에 업었다. 마치 부상자를 다루듯 했다. 사실 막내는 상처를 입은 것이었다. 그가 어디에 상처를 입었는지는 그들만이 알고 있었다.

카비리아가 말했다.

"그냥 내려놔."

"괜찮아, 업고 갈 수 있어."

"멍청한 짓 하고 있네."

카비리아는 막내의 한쪽 팔을 잡아 자기 목에 둘렀다. 그들은 그렇게 둘이서 막내를 데려갔다. 막내의 흐느낌이 멎었다.

그들 사이에는 그런 종류의 형제애가 자리하고 있었다. 그들이 전쟁터로 떠나올 때 기대했던 것이 바로 그것이었을 것이다. 그런 감정은 죽음에서, 그리고 공포에서 생겨났다. 그건 두말할 나위가 없다. 하지만 그게 전부는 아니다. 어디를 둘러봐도 아이들과 여자들이 없는 상황, 그런 초현실적인 상황이 그들의 내면에 거의 원초적인 특이한 도취 상태를 야기하기도 했을 것이다. 자식도 없고 어미도 없는 곳에서는 우리 자신이 처음도 나중도 없는 '시간' 그 자체로 변한다. 그리고 아내도 애인도 없는 곳에서 사내들은 원래의 동물로 돌아가서, 본능에 따라 그냥 그대로 존재하게 된다. 자기는 그냥 수컷일 뿐이라는 원초적인 기분—사춘기에 서로의 우정을 확인하기 위해 통과의례와 같은 의식을 치를 때나 매음굴에서 덧없는 밤을 보낼 때는 그저 살짝 스치기만 했던 어떤 것—을 그들은 느끼고 있었다. 전쟁 중에는 모든 감정이 더욱 절실해지고 더욱 온전해진다. 어쩔 수 없이 전투를 벌이다 보면 동물의 수컷이라는 느낌이 절정에 달하고, 그런 순도 높은 정체성은 완벽한 구체와 같은 견고한 형상을 그리면서 스스로 닫혀버리는 것이다. 그들은 생식의 의무에서 면제되고 그럼으로써 시간을 초월한 수컷들이었다. 그들에게 싸움이란 그저 당연한 귀결일 뿐이었다.

자기가 더없이 단순한 존재임을 그토록 순수하게 지각하는 것은 매우 드문 일이었다. 그래서 그들 가운데 다수는 그 단순한 자아 정체성에서 행복한 도취를 경험했고 뜻밖에도 자신을 대단한 존재로 여기게 되었다. 그들은 참호전의 일상적인 공포를 넘어서서 순수한 상태의 삶을 살고 있다는 느낌, 원시적인 단순함을 되찾은 인간성의 결정체가 되었다는 느낌을 공유하고 있었다. 그들은 금강석이었고 영웅이었다. 그 느낌을 제대로 설명할 수는 없었을 테지만, 저마다 마치 거울을 들여다보듯 다른 사람의 눈빛을 보면서 그 느낌을 확인했다—그럼으로써 그 느낌을 자기 것으로 만들었고, 그렇게 비밀을 공유함으로써 자기들의 형제애를 공고하게 만들었다. 그 형제애를 깨뜨릴 수 있는 것은 아무것도 없었다. 그것은 그들이 가진 가장 훌륭한 것이었기에 누구도 그것을 빼앗아갈 수 없었다.

전쟁이 끝난 뒤에 생존자들은 오랫동안 평화 시의 정상적인 삶에서 그것을 찾아보려고 했지만 끝내 찾아내지 못했다. 그래서 그들은 마치 실험을 하듯이 하나의 정치적 유토피아를 향한 동지애를 통해 그것을 다시 만들어내려고 했다. 자기들의 추억을 이데올로기로 격상시키고 평화체제와 시대정신을 군사화하면서 만인의 가장 훌륭한 면을 잔혹한 방식으로 다시 결합하려고 한 것이다. 그럼으로써 그들은 유럽의 광범한 지역에서 파시즘을 경험하게 만들었다—자기들이 전쟁 때 참호에서 배운 것을 자기네 마을 사람들에게 가르치겠다고 생각한 사람들이 많았던 셈이다. 하지만 그들은 그런 시도를 하다가 불빛에 이끌리는 나방처럼 다시 전쟁에 매혹되었다. 이것은 무엇을 말해주는가? 그들이 하나의 꿈처럼 여기던 것은 오로지 대학살의 소동 속에서만 실현될 수 있다는 것을 말해주지 않는가. 아마 그들 역시 그것을 알고 있었을 것이다. 하지만 그들은 그것을 인정하려고 하지 않았다. 전쟁의 실상을 아는 사람들이라면 어떻게 1차 세계대전이 끝난 지 21년 만에 다시 전쟁을 벌일 수 있었을까? 단 한 번의 인생에서 큰 전쟁을 두 번이나 치르는 일이 어떻게 가능했을까? 그것을 이해하려면 1차 세계대전 중에 프랑스의 솜 강 유역이나 이탈리아 북동부 카르소 고원에서 무슨 일이 벌어졌는지, 거기에서 참호전이 지루하게 전개되는 동안 생겨났던 그 원초적인 형제애라는 감정이 어떤 것이었는지 생각해봐야 할 것이다. **참된** 인간성의 전조처럼 보였던 그 감정은 너무나 찬란한 것이었다. 그래서 그들은 평화가 찾아오자 그것이 돌아오기를 기다리지 않을 수 없었을 것이다.

하지만 평화란 그리 간단한 것이 아니었다.

나 자신도 평화가 무엇을 의미하는지 모르는 채 불안한 걸음으로 종종 길을 잃어가며 평화의 시기를 지나왔다. 그래서 이 회상록을 준비하느라 지난 20년을 허비했음을 담담하게 인정한다. 비록 상황에 떠밀려 쓰는 것이긴 하지만 이제야 비로소 나는 회상록을 작성하고 있다. 나는 증언을 얻으러 다녀야 했고 사실을 이해해야만 했다. 누구나 짐작하듯이 그 일에는 엄청난 시간이 걸렸다. 실제로 겪지 않은 일에 관해서 이야기하는 것은 쉬운 일이 아니다. 그럼에도 내가 과거를 돌이키는 그 고통스러운 작업을 계속했던 것은 내 안에 아주 근원적이고도 소중한 감정이 남아 있었던 덕분이다. 그것은 또한 늙은 몸으로 가장 무의미한 시간을 보내는 지금에 이르도록 약간의 정의감이 나를 떠나지 않았던 덕이기도 하다. 그렇듯이 나는 여러 해 동안 내 직업을 수행해가면서 자유로운 시간이 생길 때마다 1차 세계대전 중의 그 며칠로 되돌아갔다. 내가 참가하지 않은 전쟁의 실상을 알아내는 것, 그것이 평화 시 내내 나의 유일한 임무였다. 나는 거의 그것을 위해서만 살았다. 그 시기에는 나의 삶과 관련해서 무언가를 결정할 때면 언제나 분명하고 선선했다. 현재의 삶에 별로 집착하지 않았기 때문이었다. 나의 그런 태도를 자랑스러워하는 것은 아니지만 그렇다고 부끄럽게 여기지도 않는다. 내가 보기에 현재란 그저 단조로운 일상의 지루한 반복이니까 말이다. 나는 현재에서 벗어나 시간을 거슬러 올라가곤 했다. 그 사람들, 특히 그들 가운데 한 사람의 자취를 찾아내어 그의 행로를 재구성하고 싶었다. 삶은 나에게 이편 아니면 저편이 되라고 요구했지만, 그런 것에 대한 나의 관심은 그저 피상적일 수밖에 없었다. 나의 에너지는 온통 전선의 참호속에 있던 병사들의 마음, 공격을 앞두고 진창에 쪼그리고 앉아 묵묵히 기다리고 있던 그들의 심정을 헤아리는 일에 집중되어 있었다. 그들은 때로 몇 시간 동안이나 그렇게 죽치고 앉아 아군의 포격으로 자기들 앞의 무인지대와 적진이 초토화하기를 기다렸다. 그건 수동적인 인내심을 키우는 초인적인 훈련이었다. 포탄들이 바람 소리를 내며 그들 위쪽으로 날아가고 있었다. 인간의 실수 때문인지 기술적 결함 때문인지 포탄이 그들의 머리 위로 떨어지는 경우도 종종 있었다. 이른바 아군의 불벼락이었다. 그렇게 아군의 포탄에 목숨을 잃기도 하는 것이었다. 모두를 충격에 빠뜨리는 아수라장 속에서 병사들은 저마다 자기만의 생각에 빠진 채, 자기들 생애의 마지막 한때가 될지도 모르는 시간을 더없이 수동적인 태도로 보내야만 했다. 그런 순간에 그들은 얼마나 아쩔한 고독감을 느꼈을까? 나는 생존자들의 증언을 들음으로써 그 마음을 조금은 이해하게 되지 않았나 싶다. 나는 생존자들에게 그런 순간을 견디기 위해 어떤 방법을 사용했는지 물어보았다. 물론 어떤 병사들은 기도를 올렸다. 하지만 어떤 병사들은 그런 순간에도 책을 읽었고, 또 어떤 병사들은 마치 어딘가로 떠나기에 앞서 정돈을 하듯 자기 소지품들을 줄느런히 늘어놓았다. 그런가 하면 그냥 울기만 한 사람들도 있었고, 눈앞의 일을 생각하지 않으려고 추억을 잇달아 떠올린 사람들도 있었다. 어떤 사람은 자기와 키스한 적이 있는 여자들을 차례차례 머릿속에 떠올렸다고 나에게 고백했다. 자기의 불안감을 억누르기 위해서 할 수 있는 일은 그것밖에 없었다는 것이다. 카비리아와 울티모는 그 잔인한 기다림의 시간을 바로 옆에서 서로를 바라보며 보냈다. 그들은 그 빈 시간을 가장 잘 채워줄 만한 생각거리를 찾아내기 위해 온갖 것을 떠올리며 효과를 시험했다. 그러나 결국 눈길을 서로 주고받는 것보다 더 효과적인 방법은 없다는 사실이 드러났다. 그들은 눈싸움이라도 하듯 서로 눈을 마주 보고 버티다 보면 둘 가운데 어느 누구도 섬광 속에서 비명을 지르거나 피를 흘리며 죽는 일은 생기지 않으리라고 내심으로 굳게 믿고 있었다. 그 방법은 효과가 있었다. 카비리아는 담배를 씹으면서, 울티모는 손가락 마디를 우두둑거리면서 저마다 눈빛으로 상대의 목숨을 지켜주었다. 서른 살 인생을 보전하고자 했던 대위는 몇 발짝 떨어진 곳에서 분을 헤아리고 폭발의 횟수를 세면서 사령부의 지시를 속으로 되뇌고 있었다. 대위는 명석하고 꼼꼼한 남자였다. 그는 수학을 공부한 사람답게 수에 대한 믿음을 가지고 있었다. 그는 전쟁을 형식적인 우아함을 지닌 숫자의 행렬로 바꾸어가면서 매일매일 그 광기에 맞서 싸웠다. 사망자, 부상자, 포탄의 구경, 고지의 높이, 전선까지의 거리, 탄약, 휴가, 현재 시각, 오늘 날짜 등 그에겐 모든 것이 수였다. 많은 병사들이 그랬던 것처럼 그는 호주머니에 편지 한 통을 지니고 있었다. 그것은 보낼 편지가 아니라 항상 몸에 지니고 다니는 **마지막 편지**였다. 만약 그들이 죽게 되면, 나중에 어머니나 어떤 처녀가 주방에 딸린 작은 식당의 미광 속에서 또는 햇빛이 턱없이 찬란한 거리에서 떨리는 손으로 그것을 뜯어볼 것이었다. 그것은 언제 죽을지 모르는 그들이 죽음 이후를 상상하며 남긴 육성이었다. 질서와 체계를 중시하는 대위의 편지에는 이런 육성이 담겨 있었다.

 아버지, 고맙습니다. 제가 전쟁터로 떠나오던 날 기차에 오를 때까지 배웅해주셔서 고맙습니다. 면도기를 선물해주셔서 고맙습니다. 함께 사냥을 나갔던 모든 날들에 대해 감사드립니다. 우리 집이 늘 따뜻했고 금이 간 접시가 없었던 것에 감사드립니다. 베르게치의 너도밤나무 아래에서 보낸 그 일요일에 대해 감사드립니다. 한 번도 언성을 높이시지 않은 것에 감사드립니다. 제가 여기에 온 뒤로 일요일마다 편지를 써주신 것에 감사드립니다. 어린 시절 제가 자러 갈 때면 늘 방문을 열어두셨던 것에 감사드립니다. 수와 숫자를 좋아하도록 가르쳐주셔서 고맙습니다. 한 번도 눈물을 보이지 않으셔서 고맙습니다. 제 교과서의 책갈피에 돈을 끼워놓으셨던 것에 감사합니다. 아버지랑 저랑 극장에 가서 왕족처럼 공연을 관람한 것에 감사합니다. 제가 학교에서 돌아올 때 구수한 밤을 건네주셨던 것에 감사합니다. 성당 신자석 뒤쪽에 선 채로 한 번도 무릎을 꿇지 않고 미사를 보았던 것에 감사합니다. 해마다 여름이 시작되는 날이면 하얀 정장을 입으셨던 것에 감사합니다. 아버지의 자긍심과 우수에 대해 감사합니다. 아버지의 아들이 되어 같은 성姓을 쓰는 것에 감사합니다. 제가 지금 꽉 붙잡고 있는 이 생명을 주신 것에 감사합니다. 앞을 보는 이 눈, 물건을 만지는 이 손, 생각하고 이해하는 이 뇌에 대해 감사합니다. 제가 살았던 세월에 대해 감사합니다. 우리가 우리였던 것이 고맙습니다. 천 번 만 번 고맙습니다. 영원토록.

　포병대가 탄막 포격을 중단했다. 대위는 수를 헤아리기 시작했다. 사령부의 지시는 4분 동안 기다렸다가 공격을 개시하라는 것이었다. 대위는 속으로 4분을 세면서 자기 병사들과 눈을 맞추고 한 사람씩 툭툭 건드렸다. 마치 시계 초침이 한 눈금 한 눈금 나아가는 것과 같았다. 이것은 그가 여기에 온 뒤로 세 번째로 감행하는 돌격이었다. 그들의 돌격이란 고함을 지르며 참호 밖으로 튀어 나가 전방의 철조망까지 내닫는 것이었다. 그다음에는 포격 때문에 뚫린 구멍을 찾아내어 철조망을 통과해야 했다. 그러고 나서 계속 달려가야 하지만 늘 그랬듯이 돌격은 그것으로 끝이었다. 또 다른 철조망이며 기관총 기지며 지뢰밭이 앞을 가로막기 때문이었다. 거기까지 가면 한바탕 아수라장이 벌어지면서 숱한 사상자가 생겨나기 일쑤였다. 첫 번째 돌격 때 대위는 중도에서 멈췄다. 앞서 가던 말린 소위가 공중으로 솟구치더니 두 다리가 잘린 채로 무어라고 소리쳤다. 대위는 우뚝 멈춰 섰다. 영원한 작별의 순간에 그와 함께 머물기 위해서였다. 이 작별에는 시간이 좀 걸렸다. 그러고 나서 대위는 토악질을 했다. 그다음 일에 대해서는 기억이 혼미했다. 두 번째와 세 번째 돌격 때는 참호에서 뛰쳐나간 지 몇 초 되지도 않아서 뒤로 돌아가야 했다. 일이 엉망으로 돌아가고 있었다. 그들이 공격에 나서자마자 이탈리아 포병대가 포격을 재개한 것이었다. 참호의 모든 아군이 그들에게 돌아오라고 아우성을 쳤다. 말이 돌격이지 대위는 단 한 번도 총을 쏘아본 기억이 없었다. 오스트리아 군인들을 만나야 총을 쏠 텐데 그들은 코빼기도 보이지 않았다. 물론 적군의 사망자들을 본 적은 있었다. 으스러질 대로 으스러진 채 무인지대에 쓰러져 있던 병사들이나 마치 빨랫줄에 사람이 걸린 것처럼 철조망에 매달려 있던 시체들을 보기는 했다. 그러나 세 차례 공격을 벌이는 동안 살아 있는 적병은 한 명도 보지 못했다. 이건 그야말로 지옥에 떨어진 것이나 진배없는 상황이었다. 헛되이 목숨을 바치는 어리석은 행위, 터무니없이 고난의 진창 속으로 빠져드는 짓거리였다.

너무 심한 말을 하는 것으로 보일지 모르지만—당시 중대의 군의관이었던 A박사의 설명에 따르면—, 이탈리아의 고위 지휘관들은 전략을 짠답시고 머리를 굴렸지만 다른 것을 생각해낼 수 있는 능력이 없었다. 병사들을 도살장으로 밀어 넣는 것이나 다름없는 그 멍청한 짓거리가 그들에게는 하나의 작전이었다. 자기들 나름대로 심사숙고해서 만들어낸 분명하고 의식적인 전술이었던 것이다. A박사는 군의관으로 참전했고 전쟁이 끝난 뒤로는 모든 것을 잊어버리려고 애썼다. 하지만 전쟁 중에는 편집증에 가까울 만큼 많은 생각을 했다. 그에게는 그것이 공포를 몰아내는 방법이었다. 그는 마치 곤충학자가 개미집을 연구하듯 군사적인 현상을 연구하는 데 몰두했다. 그는 이탈리아 사령부가 내린 명령들이 비정상적으로 잔인했다면서, 그 잔인성의 배후에 무엇이 있는지를 제대로 이해해야 한다고 말했다. 전쟁이란 으레 맹렬하고 잔인하게 마련이지만, 그 참호전의 터무니없는 잔인성은 전쟁의 그런 일반적인 속성보다는 현실을 해석할 때 나타나는 군부 특유의 굼뜬 판단에 기인한 바가 크다는 것이었다. 고위 지휘관들은 나폴레옹 전쟁에서 비롯된 하나의 전통에서 자기들의 지식을 끌어내고 있었다. 과거의 실전을 통해서 확인된 법칙들을 충실히 따르다 보면 전쟁의 일상적인 현실에서는 그토록 비극적이고 일견 우연으로 보이는 결과들이 나타날 수도 있다. 하지만 고위 지휘관들은 그런 점을 사전에 알아차릴 수 있을 만큼 똑똑하지 못했다. 그들은 마치 자기들이 신봉하는 인과법칙에 까닭 모를 이상이 생겼지만 언젠가는 현실이 법칙에 맞게 돌아가리라고 믿는 사람들처럼 전쟁 발발 이후 3년 동안 똑같은 작전을 계속 되풀이했다. 법칙에 이상이 생긴 것이 아니라 그저 현실이 달라졌음을 깨닫는 것은 그들의 능력을 벗어나는 일이었다.

중대 군의관이었던 A박사가 가르쳐준 바에 따르면, 그

들이 특히 완강하게 고수했던 것은 공격이야말로 전투의 본질이라는 생각이었다. 그들이 보기에 그것은 군대의 열의와 사기를 응집시킬 수 있는 유일한 사고방식이었다. 반면에 방어는 군대의 자연스런 성향에 반하는 부차적인 행위로 간주되었다. 실전이 벌어지는 싸움터에서는 방어 기술이 고도의 장인 정신을 느끼게 할 만큼 정교해지고 그에 따라 전투의 새로운 형태가 자연스럽게 창안될 수 있다는 사실이 드러나고 있었지만, 고위 지휘관들은 그런 상황에서도 자기들의 고정관념을 버리지 않았다. 한쪽에서 공격 기술과 관련된 한 세기 전의 도식을 고집스럽게 답습하는 동안, 다른 쪽에서는 방어 본능에서 생겨난 대응 전략을 고안했다. 그것은 효과적인 반격일 뿐만 아니라, 게임의 규칙, 나아가서는 싸움터까지 변화시키는 전략이었다. 요컨대 공격하는 군대는 게임의 규칙에 따라 똑같은 작전을 맹목적으로 되풀이하고 있었지만, 그 게임은 이미 현실이 아니었다. 중대 군의관이었던 A박사는 내게 말했다. 사태의 핵심을 이해하고 싶다면, 이것을 생각하셔야 합니다. 전쟁이 끝난 뒤에 모든 것을 뭉뚱그리는 기발한 조작을 통해 우리의 집단 기억 속에 그 전쟁의 성스러운 아이콘으로 간직되어 있는 것, 즉 참호 말입니다. 이는 전체적인 그림을 다시 그리게 하는 발상이었다. 그가 강조했다시피 기본적이고 본능적인 발상이었다.

사태의 발단은 독일 보병들이 프랑스군의 포탄에 파인 구덩이에 몸을 숨긴 것이었다. 탁 트인 싸움터의 냉혹성에 대해서는 두말할 나위가 없다. 독일 보병들은 그런 싸움터에서 살아남을 가능성을 높여주는 전투의 한 변형을 발견한 셈이었다. 그들은 땅을 파고 통로를 내서 서로 이웃한 두 구덩이를 연결시켜 보았다. 그때 그들은 하나의 시스템이 생겨나리라 예감했을 것이다. 그 기발한 임기응변이 논리적으로 발전하여 하나의 틀이 완성되리라고 내다본 사람들이 더러는 있었으리라는 얘기다. 그렇게 마치 개미들이 땅속에 아주 길고 정교한 굴을 파서 본거지를 만들듯, 인간들이 땅속으로 내려갔다. 새로운 전쟁 방식이 나타남에 따라 몇 달 만에 요새와 열린 전쟁터라는 전쟁 지리학의 두 기반이 무너졌다. 어떤 의미에서 참호는 요새와 열린 전쟁터의 특성을 아우르면서도 둘 가운데 어느 쪽도 아닌 제3의 선택이었다. 독일 보병들은 지표에 난 상처들을 서로 잇고 그물처럼 얽어놓음으로써 일종의 함정을 만든 셈이었다. 공격 부대들은 이 함정의 진정한 위험을 간파하지 못하고 있었다. 참호들의 망網은 세계의 살 속으로 전쟁의 독을 퍼뜨리는 혈관계와 같았다. 땅거죽 밑에서 아주 먼 거리에 걸쳐 이루어지는 눈에 보이지 않는 흐름이었다. 그 위쪽 지평선에는 하늘을 향해 우뚝 솟은 석조 건축물도 없었고, 농부의 낫질에 쓰러질 채비를 하고 있는 황금벌판의 밀들처럼 적의 공격을 맞아들이기 위해 질서정연하게 대오를 짓고 있는 군대도 보이지 않았다. 보병들은 텅 빈 풍광 속에서 공격을 감행하기가 일쑤였다. 그들의 눈앞에는 아무것도 없었다. 적들은 땅의 썩어가는 상처들 속으로 사라진 것이었다. 종종 죽음이 공격자들을 덮쳐왔다. 하지만 죽음이 어디에서 오는지 알 수가 없었다. 마치 그들이 애초부터 죽음을 지니고 다녔고, 그것이 제멋대로 갑자기 그들 내부에서 폭발하여 그들을 휩쓸어가는 것만 같았다. 양 진영이 서로 맞서 싸우는 분명한 대결 방식은 사라졌고, 그에 따라 수천 년 동안 영웅적인 투쟁과 희생을 영광된 것으로 만들어주었던 광채도 스러졌다. 고결한 무훈으로 칭송받던 행위는 간데없고 비천한 포복이 일상화되었다. 인간이 다시 땅의 창자 속에서 살게 된 것이었다.

그 창자 속에서 뜻밖에도 전쟁의 새로운 유형—혹자는 그것을 진지전이라고 불렀다—이 발전하였다. 하지만 그게 전부가 아니었다. 오늘날 내가 분명히 깨닫고 있는 바와 같이, 그곳은 무엇보다 집단적인 패배가 점차 완성되어간 곳이었다. 정작 당사자들은 알아차리지 못했지만, 이 패배는 근본적이고 매우 파괴적이었으며, 공간들에 관한 정의, 나아가서는 정신적인 지평과도 관련되어 있는 것이었다. 전쟁이 참호의 땅속으로 빠져들어 가는 것은 인간이 선사시대로 돌아가는 것을 받아들인다는 뜻이었다. 이를

테면 열린 공간이 다시 사지死地로 변한다는 얘기였다. 참호 위쪽으로 머리를 내밀기만 해도 눈에 보이지 않는 특등 사수들의 총탄이 즉시 날아들기 일쑤였다. 땅과 허공이 만나는 지점에서조차 목숨을 보전하기가 어려워진 것이었다. 인간이 땅속으로 들어가는 것은 동물적인 퇴행이었고, 이 퇴행은 마치 세계가 원점에서 다시 시작되기라도 하듯 생존 공간이 엄청나게 줄어드는 것으로 이어졌다. 베르 전선의 항공사진들을 보라. 이 사진들은 황막한 죽음의 땅을 보여준다. 유일한 생명의 자취인 참호들은 해부를 끝낸 뒤에 상처를 다시 꿰매놓은 시신의 봉합선처럼 보인다.

아군의 최전선과 적군의 최전선 사이에 있는 땅에서는 그 역설적인 파괴 효과가 거의 신화 수준에 도달해 있었다. 사람들은 그 중간지대를 '노맨스 랜드', 즉 무인지대라고 불렀다. 천지가 창조된 이래로 그토록 심한 궁핍 상태를 겪은 땅이 또 있었을까? 마치 세상의 모든 죽음이 거기에 응축되어 있기라도 한 것처럼 사람의 몸과 물체를 가리지 않고 만상이 시간과 공간을 벗어난 한없는 부동성 속에 놓여 있었다. 그런 묵시록적인 풍경에 **눈길을 주는 것**만으로도 숨이 막히지 않았을까 하는 생각이 들 정도이다. 하지만 우리가 잊지 말아야 할 것은 며칠이 지나고 몇 달이 지나고 몇 해가 지나는 동안, 그 풍광 속에 갇혀 있던 수백만 명의 사람들이 의식을 되찾았다는 사실이다. 그래서 그들은 비록 말로 표현할 수는 없었지만 전투가 벌어질 때마다 가슴을 옥죄어 오는 공포를 느꼈을 것이고, 인내의 한계를 넘어서는 그 공포 때문에 개개인의 죽음, 즉 자기들 자신의 죽음을 결국 부차적인 사건으로, 자연스러운 귀결로 받아들이게 되었을 것이다. 사실 그들은 이미 오래전부터 죽음 **속에** 있었고, 애초부터 죽음을 호흡하고 있었다. 그래서 결국 죽음이 닥치기도 전에 죽음에 오염되었던 것이다. 울티모도 예외가 아니었다. 다른 곳에서는 죽음이 하나의 사건이라면 전선에서는 죽음이 하나의 질병, 그것도 치유할 수 없는 질병이라는 것을 그는 알고 있었다. 우리는 여기에서 살아 나가더라도 이미 죽은 거나 다름없을 거야, 아마 영원히 그럴걸, 하고 그는 말했다. 카비리아는 말이 떨어지기가 무섭게 그의 철모가 날아갈 만큼 따귀를 세게 때렸다. 그러면서 말했다. 허튼소리 작작해, 이 바보야, 넌 생각이 너무 많아서 탈이야. 하지만 사실 카비리아는 울티모가 무엇을 말하려는지 알고 있었고 그게 사실이라는 것도 알고 있었다. 그 역시 막내가 죽던 날 그 점을 분명히 깨달았던 것이다. 그런 깨달음을 얻은 것은 막내가 죽었다는 사실 때문이 아니라 그 사건이 일어난 방식과 이후에 벌어진 일 때문이었다.

막내가 포탄의 파편에 맞은 것은 마지막 돌격이 실패로 돌아간 뒤에 그들이 모두 참호로 돌아가기 위해 달음박질을 치고 있을 때의 일이었다. 그들이 참호의 둔덕에 거의 다다랐을 때 아주 가까이에서 갑자기 포탄이 터진 것이었다. 뿌옇게 일어났던 흙먼지가 흩어지고 나자 땅바닥에 쓰러진 막내가 고개를 이상한 각도로 꺾은 채 울부짖었다. 카비리아는 뒤로 돌아갔다. 주위가 온통 지옥으로 변했다 하더라도 막내를 거기에 그냥 내버려둘 수는 없는 노릇이었다. 막내가 살아 있든 죽었든 참호로 데려가야 했다. 카비리아는 막내의 울부짖음에 아랑곳하지 않고 그의 두 다리를 잡아 참호 쪽으로 끌기 시작했다. 그가 어디를 다쳤는지 따져볼 겨를이 없었다. 아직 갈 길이 멀었다. 20미터, 아니 어쩌면 그 이상을 더 가야 하는 상황이었다. 그때 가까이에서 다른 포탄이 또 터졌다. 카비리아는 넝마 조각처럼 공중으로 붕 떠올랐다가 멀리 나가떨어졌다. 격심한 공포가 엄습해왔다. 그래서 그는 자기가 말짱하다는 것을 알아차리고도 나머지 일을 다 잊고 그저 거기에서 벗어날 생각만 했다. 어서 둔덕에 다다라 펄쩍 뛰어서 안전한 참호 속으로 들어가고 싶은 마음뿐이었다. 그는 가까스로 안전하게 몸을 피했다. 그제야 막내가 다시 생각났다. 비록 잘하는 짓은 아니었지만, 그는 막내가 어떻게 되었는지 알아보려고 둔덕 위로 머리를 내밀었다. 막내는 금방 눈에 띄었다. 어느새 철조망에 매달려 있었다. 머리는 여전히 뒤쪽으로 돌린 채 계속 울부짖고 있었다. 다른 부상자들의 신음 소리가 곳곳에서 터져 나오는 그 아비규환 속에서도 그의 울부짖음이 똑똑하게 들려왔다. 카비리아의 귀에는 오로지 그의 목소리만 들리는 듯했다. 가슴이 미어졌다. 카비리아는 위생병들이 나가서 그를 데려올 거라고 생각했다. 하지만 오스트리아군은 대포와 기관총으로 그 일대를 계속 공격하고 있었다. 기세가 정말 맹렬했다. 상황이 이러하니 위생병들은 나갈 엄두조차 내지 못했다. 그들은 나가봐야 소용이 없다고 말했다. 그러고는 오스트리아 놈들은 개자식들이라고 욕설을 내뱉었다.

내가 카비리아에게서 그 얘기를 들은 것은 그가 갇혀 있던 감방에서였다. 나는 4년 동안 그를 찾아다닌 끝에 거기에서 그를 만날 수 있었다. 그는 이야기의 그 대목에서 말문을 닫았다. 뒷이야기는 하고 싶지 않다는 것이었다. 그래서 나는 인내심을 가지고 52일 동안 매일 그를 면회하러 갔다. 그는 53일째가 되어서야 이야기를 계속하는 것에 동의했다. 그러고는 그날 울티모를 찾아 참호 속을 돌아다녔다는 얘기로 다시 말문을 열었다. 그가 울티모를 찾아다닌 것은 울티모가 무사한지 알아보기 위해서이기도 했고 막내가 변을 당한 뒤라 혼자 있는 게 싫었기 때문이기도 했다. 그러나 참호 곳곳이 아수라장으로 변해 있어서 돌아다니기가 쉽지 않았다. 그는 한참이 지나서야 울티모를 찾아냈다. 벌써 땅거미가 지고 있었다. 울티모는 작전을 나갔다가 돌아오면 한쪽 구석에 가만히 앉아 몇 시간 동안 말도 안 하고 남의 얘기도 듣지 않기가 일쑤였다. 자기만 아는 어떤 것을 놓고 몽상에 빠져 있는 게 분명했다. 그래서 그날도 카비리아는 어둠이 내린 뒤에야 그에게 말을 걸 수 있었다. 그들은 막내 얘기도 하고 그 밖의 다른 이야기도 했다. 그런 다음 둔덕으로 올라가서 귀를 기울였다. 막내는 여전히 철조망에 매달린 채 신음 소리를 내고 있었다. 힘이 다 빠져서 처음처럼 울부짖지는 못하지만, 마치 어떤 임무를 수행하기라도 하듯 규칙적인 간격으로 계속 신음을 내뱉었다. 그 소리는 밤이 새도록 이어졌다. 날이 채 밝기도 전에 오스트리아군의 포격이 다시 시작되었다. 그날은 그들이 참호 밖으로 나올 차례인 모양이었다. 그렇다면 오스트리아군 사령부의 명령을 받은 병사들은 돌격 준비를 하고 있을 것이었다. 고참 하나가 카비리아에게 말했다. 네 친구, 보내줘. 그건 막내에게 총을 쏘아야 한다는 뜻이었다. 그가 고통에 신음하고 있는데다 모두를 울적하게 만들고 있으니 그에게 안식을 주어야 한다는 뜻이었다. 카비리아는 울티모를 바라보았다. 울티모는 안 하겠다고 했다. 목소리가 차분했다. 그래서 카비리아는 소총을 집어들고 적의 시야에 너무 노출되지 않도록 조심하면서 되도록 사격하기 좋게 자리를 잡았다. 그는 겨냥을 하고 방아쇠를 당겼다. 그렇게 한 방을 쏘고 이어서 두 방을 더 쏘았

다. 그러고는 소총을 내리며 말했다. 난 못 하겠어. 그는
울음을 터뜨렸다. 하는 수 없이 그들은 특등 사수를 불렀
다. 컨디션이 좋을 때는 총알로 오스트리아 병사들의 담뱃
불도 꺼뜨릴 수 있다는 아브루초 지방 출신의 병사였다.
그들은 이따금 이 특등 사수에게 방금 카비리아가 하려고
했던 것과 같은 일을 부탁하기도 했다. 그때마다 그는 군
말 없이 일을 해냈다. 수고비는 담배 두 갑과 매음업소 이
용권 한 장이었다. 그는 딱 한 방을 쏘았다. 막내는 즉시
신음을 멈췄다. 막내에게는 한 가지 멋들어진 점이 있었
다. 아코디언을 연주할 줄 안다는 게 그것이었다. 연주도
훌륭했지만 무엇보다 연주할 때의 표정이 일품이었다. 그
들은 막내에게 그런 재주가 있다는 것을 우연히 알게 되었
다. 어느 날 치비달레 인근의 한 마을을 가로질러 가고 있
을 때였다. 어느 집 창문에서 아코디언 소리가 들려왔다.
그러자 막내는 대열에서 빠져나가 그 집으로 들어갔다. 그
러더니 이내 창가에 나타나서 모두를 향해 행군을 멈추라
고 소리쳤다. 아니, 막내야, 무슨 일이야? 그는 대답 대신
아코디언을 연주하기 시작했다. 소시지처럼 굵은 손가락
으로 그렇게 연주를 잘할 수 있다는 게 신통했다. 그뿐이
아니었다. 더욱 신기한 것은 연주할 때의 표정이었다. 그
의 눈빛이 확 달라져 있었다. 아무도 막내에게서 그런 눈
빛을 본 적이 없었다. 여느 때에 그는 눈을 조금 가늘게 뜨

는 편이었다. 마치 어떤 질문을 받고 대답을 계속 망설이고 있는 듯한 표정이었다. 그런데 아코디언이 바로 그 대답이었다. 그는 눈을 크게 뜨고 아주 먼 곳으로 시선을 보내고 있었다. 그랬던 막내가 이제 저기 철조망에 매달린 채로 눈을 감고 있었다. 아브루초 출신 특등 사수의 총알은 그의 머리를 관통했다. 외과의사가 두개골 천공을 한 것처럼 깔끔한 솜씨였다. 카비리아는 막내의 손길이 영영 닿지 못할 모든 아코디언들을 생각했다. 정말 생각할수록 애석한 일이었다. 그가 살아 있다면 그의 아코디언 반주에 맞춰 춤출 사람들, 그의 연주를 듣고 흘릴 눈물, 땅바닥을 두드리며 장단을 맞출 발들이 얼마나 많으랴. 한 사람이 죽으면 얼마나 많은 것이 함께 사라지는지 우리는 알지 못한다. 개 한 마리가 죽어도 그러할진대 사람이 죽으면 오죽하겠는가. 울티모는 걸레에 싸서 간수하던 거울 조각을 꺼내어 능숙한 손놀림으로 그것을 소총 끄트머리에 꽂았다. 그러고는 소총을 허공으로 들어 올렸다. 머리를 노출시키지 않고도 참호 가장자리 위쪽을 바라볼 수 있는 그만의 방법이었다. 그는 '무인지대'와 거기에 방치된 막내의 시신, 그리고 그 시신의 얼굴을 보았다. 그러지 않는 편이 나았을 것이다. 더 생각하지 않는 편이 나았을 것이다. 하지만 시신이 저기 코앞에 있는데 어찌 잊는단 말인가? 막내야, 안녕, 미안해. 그래도 계속 고통에 신음하는 것보단 그게 나을 거야. 울티모는 막내의 살가죽이 예전과 다른 방식으로 뼈에 달라붙어 있음을 알아차렸다. 얼굴 표정도 이상했다. 그에게서 한 번도 본 적이 없는 표정이었다. 눈을 감고 있지만 잠잘 때의 표정과는 달랐다. 노화의 흔적, 노년의 잔재 같은 것이 어려 있었다. 마치 삶이 거꾸로 되어 오랫동안 노인으로 살다가 젊은이로 죽은 것만 같았다. 정말 알다가도 모를 일이었다.

오스트리아군은 두 시간쯤 멈췄다가 다시 시작하는 식으로 포격을 계속하면서 12일 동안 그들의 발을 묶어버렸다. 적군이 내뿜는 살기가 늘 공기 중에 감돌고 있어서 하루하루가 초긴장의 연속이었고 밤에도 잠을 제대로 이룰 수가 없었다. 그런 사정 때문에 더 그랬는지 모르지만, 막내의 사건은 이루 형언할 수 없는 악몽으로 변했다. 막내의 시신을 거둬주었으면 좋으련만 참호 밖으로 나갈 수가 없었다. 그래서 그는 죽어서도 계속 죽어가고 있었다. 살이 천천히 떨어져 나가는 기나긴 죽음이었다. 처음에는 시신 여기저기가 부풀어 올랐다. 그러다가 입술이 조금씩 문드러지고 작고 하얀 이들과 뺨이 사라졌다. 이레째 되는 날에는 바로 옆에서 포탄이 터지는 바람에 시신이 두 부분으로 나뉘었다. 머리는 어깨며 내장 일부와 함께 참호 가까이로 튕겨 와서 그들 쪽으로 얼굴을 향한 채 정지했다. 눈꺼풀이 문드러지면서 드러난 두 눈이 그들을 바라보고 있었다. 마치 그의 가족이나 다름없었던 전우들을 보라고 누가 일부러 그렇게 해놓은 것만 같았다. 햇살 아래에서 매일 살이 조금씩 떨어져 나갔다. 턱뼈가 사라졌고, 눈알이 빠지면서 눈구멍이 휑하게 드러났다. 분명 막내의 얼굴인데, 이제는 어떤 동물이 잡아먹다가 무슨 일이 생기는 바람에 살을 깨끗하게 바르지 않은 채로 그냥 버려둔 것 같은 모습을 하고 있었다. 그 모습을 바라보는 것은 하나의 고문이었다. 급기야 어느 날 카비리아가 외마디 비명을 내질렀다. 칼날처럼 섬뜩한 단 한 번의 울부짖음이었다. 이어서 그는 적군을 전혀 아랑곳하지 않고 참호의 둔덕으로 올라가더니, 막내의 시신을 향해 곧장 수류탄을 던졌다. 수류탄이 시신 위에 정통으로 떨어지자 흙기둥이 솟아올랐다. 시신의 마지막 남은 부분이 산산조각 나서 사방으로 멀리 날아갔다. 일부 조각들은 참호 속으로 떨어졌다. 그들은 조각들을 손으로 집어 무인지대 쪽으로 도로 던져버려야만 했다. 그러니까 앞서 말했듯이, 카비리아는 울티모가 죽음에 관해서 듣기 싫은 말을 했을 때 그게 무엇을 뜻하는지 잘 알고 있었다. 울티모 말마따나 그들은 이미 죽었고 앞으로도 영원히 그러할 것이었다. 그 말을 그대로 믿고 싶지는 않았지만, 그게 무엇을 뜻하는지는 이해하고 있었다. 그들은 어떤 일을 겪었고, 무엇으로도 그것을 지울 수 없을 것이었다. 그들은 공포를 운반하는 밀수꾼처럼 그 일을 자기들 영혼의 이중 바닥에 숨겨서 가져갈 것이었다. 죽음은 이제 그들의 자매였다.

중대 군의관이었던 A박사의 설명에 따르면, 전황은 계속 그런 식으로 진행되었다. 그러다가 최고 사령부에 변화의 바람이 불었다. 뒤늦게 한 가지 직감이 빛을 보기 시작했다. 적진을 돌파하기 위해 그토록 애를 써왔지만, 그때까지 당연한 것으로 여겨왔던 전술은 너무나 순진한 발상에서 나온 것이었으므로 앞으로는 그와 반대되는 방식으로 적의 허를 찔러야 한다는 생각이 나타난 것이었다. 그런 지적인 곡예의 능력을 가장 먼저 보여준 쪽은 독일인들이었다. 그들은 우선 동부 전선에서 그다음에는 이손초*강 유역에서 그 전술을 시험했다. 이손초 강 유역에서는 그야말로 옛 법칙들의 시대착오적인 교만을 가장 완강하게 고수하는 듯한 두 군대, 즉 오스트리아군과 이탈리아군이 대치하고 있었다. 또한 거기에서는 싸움터의 지형이 매우 가파른 탓에 훨씬 불합리한 참호전이 벌어지고 있었다. 프랑스 전선의 참호전이 들판의 두 언덕 사이에 거미줄을 치는 일이라면, 이손초 강 유역의 산악지대에서 벌이는 참호전은 거미줄을 치는 대신 자수를 놓아야 하는 혹독한 작

---

* 줄리안 알프스 산맥에 속해 있는 슬로베니아의 트렌타 계곡에서 발원하여 슬로베니아 서부와 이탈리아 북동부를 지나 아드리아 해로 흘러드는 강(슬로베니아 말로는 소차). 길이 약 136킬로미터. 1차 세계대전 중에 이탈리아가 오스트리아-헝가리 제국에 맞서 참전한 뒤로 이손초 강 유역은 수많은 전투의 무대가 되었다(이손초 12전투).

업이었다. 방어선을 구축하기 위해 통행이 불가능한 산비탈이나 흙 대신 얼음으로 덮여 있는 고지에 참호를 파야 하기 때문이었다. 병사들의 피로와 고통은 몇 갑절이나 심했지만 그 결과는 신통치 않았다. 이손초 강 유역에서 열한 차례의 전투가 벌어지는 동안 이탈리아군은 오스트리아 전선을 돌파하기 위해 엄청난 노력을 기울였다. 그 결과는 도저히 믿기 어려운 수치로 나타났다. 국경을 15킬로미터쯤 밀어 올리기 위해 백만 명도 넘는 병사들이 죽거나 다쳐서 전장에서 사라졌다. 중대 군의관이었던 A박사의 말마따나 그건 미친 짓이었다. 그리고 만약 뜻밖의 묵시록적인 종말이 갑자기 찾아오지 않았다면, 이탈리아군도 오스트리아군도 그 미친 짓거리를 계속했을 것이었다. 부족시대의 전쟁을 방불케 하는 그런 전쟁에 종지부를 찍은 것은 독일군의 개입이었다. 영악함과 순진함의 고약한 결합에 바탕을 두고 있는 옛 전쟁의 논리를 독일군이 메스를 가해 일거에 와해시킨 것이었다. 독일군은 참을성 있고 꾀바른 작업을 통해 최전선의 배후에서 막대한 병력과 물자를 비축했다. 이탈리아 사람들은 낌새를 알아차리지 못했다. 독일군 부대들이 전열을 정비하며 활발하게 움직이고 있음을 감지하기는 했지만 그것을 대수롭게 여기지 않았다. 독일군은 마침내 작전 지휘권을 쥐게 되자 오스트리아군에게 학생의 역할을 맡겼다. 오스트리아 사람들이 할 일은 그저 배우는 것과 죽는 것이었다. 그들은 1917년 10월 24일 이손초 강 상류 지역에 자리한 카포레토에서 대대적인 공격을 개시했다. 그 지역에서는 전례를 찾아볼 수 없는 매우 불합리하고도 파괴적인 공격이었다. 중대 군의관이었던 A박사는 그것이 기습 공격이었으리라 지레짐작하지 말라고 미리 일러주었다. 그의 말대로 그것은 기습 공격이 아니었다. 이탈리아 사람들은 무수한 전조를 통해 오스트리아군의 공격이 임박했음을 알고 있었다. 그리고 자기들이 아주 적당한 간격으로 산개되어 있기 때문에 그 공격을 저지할 수 있으리라 확신하며 기다리고 있었다. 공격이 시작되기 24시간 전에 이탈리아 국왕은 육상과 해상의 모든 병력을 지휘하는 통수권자로서 방어 태세를 몸소 점검하러 왔었다. 그는 만족감을 보이며 전선을 떠나갔다. 하지만 조금 뒤에 전선에서 벌어질 일은 그들이 전혀 겪어보지 않은 일이었다. 그리고 군부의 아둔한 논리에 갇혀 있었던 탓에 그들은 그 일을 예상하기는커녕 이해조차 하지 못했다. 일이 벌어진 뒤에도 그들은 몇 해 동안 그것을 이해해보려고 애썼지만 소용이 없었다.

여기에서 한 가지 짚고 넘어갈 것이 있다. 중대 군의관이었던 A박사가 전쟁의 새로운 양상에 관해서 이야기할 때 그의 어조에서는 호의 같은 것이 느껴졌다. 내가 보기에는 적절한 태도가 아니었다. 그것은 자기가 연구하는 대상에 대해서 경탄하는 학자들의 초연한 태도와 비슷했다. 전쟁이란 죽음의 역학이고 그저 난폭한 행위일 뿐이다. 거기에서 어떤 형태의 지성을 읽어낼 수 있다는 것, 사람을 죽이는 자의 몸짓에 형식적인 우아함이 있을 수 있다고 생각하는 것을 나로서는 받아들이기가 어려웠다. 그런데 내가 불편한 심기를 드러내자, A박사는 냉정하고 퉁명스럽게 굴면서, 거친 태도로 몇 차례나 나를 몰아세웠다. 사태가 어떻게 진행되었는지 정말 알고 싶은 거냐고 묻는가 하면, 내가 스스로 떠맡은 임무를 수행할 능력이 있는지 의심스럽다고 말하기도 했다. 내 임무라 함은 내 아들을 정당하게 평가하는 일, 탈영 혐의로 사형선고를 받고 카포레토 전투 1주일 뒤인 1917년 11월 1일 저녁에 총살당한 내 아들의 명예를 회복시키는 일이다.

그때 나는 그 임무야말로 내가 하고 싶어 하는 일이고 내가 해나갈 일이라고 말했다.

또한 내 아들에 대한 기억은 나에게 남아 있는 모든 것이라고도 했다.

그러자 그는 어조를 누그러뜨리고—그 모습이 아직 기억에 생생하다—, 전쟁 교본에 따라 공격 작전을 펼칠 때 반드시 지켜야 하는 두 가지 법칙을 논했다. 첫 번째 법칙은 병법의 역사만큼이나 오래된 것이다. '승리하기 위해서는 꼭대기를 점령해야 한다'가 바로 그것이었다. 싸움터 전체를 굽어볼 수 있는 고지를 차지해야 승리할 수 있다는 얘기였다. 이것은 전략적인 원칙을 넘어서서 다른 영역에서도 두루 나타나는 하나의 통념이었다. 세계 도처에 있는 수많은 성채들이 그것을 상징한다. 성채는 높은 곳에 세워져 있고 권좌는 여기에 마련된다. 이곳에서는 인간의 모든 움직임을 통제하는 것이 가능하다. 두 번째 법칙은 반박할 수 없을 만큼 논리적이다. 소부대들이 본대에서 떨어져 나가 따로따로 전진하다 보면 물자 보급에 큰 어려움이 생기고 적의 혹독한 포위 공격을 당하여 패퇴할 염려가 있다. 따라서 되도록 전선을 넓게 유지하면서 밀집 대형으로 전진하는 것이 필요하다. 이는 기하학적인 관점에서 볼 때 논박하기 어려운 추론이다. 독일인들은 이 법칙들을 아주 잘 알고 있었다. 그들이 이 법칙들을 세우는 데 크게 이바지했다고 볼 수도 있다. 1917년 10월 24일, 그들은 하나의 전략에 의거하여 공격을 개시했다. 그 전략은 이렇게 요약될 수 있을 것이다. 법칙이 그러하니, 정반대로 나갈 것. 그들은 산꼭대기를 무시하고 적군의 방어 태세가 더 산만하고 허술한 골짜기로 나아갔다. 그것도 소규모 분견대를 이루어서 따로따로 공격에 나선 것이었다. 각 분견대는 예전 같으면 상상도 할 수 없는 명령을 받은 터였다. 적군의 전선을 돌파한 다음 멈추지 말고 계속 전진하되, 그러다가 본대와 연락이 두절되면 이동 방향과 작전을 자율적으로 결정하라는 것이 그 명령이었다. 이 전략의 발상은 흰개미들이 목조 건축물을 무너뜨리는 것에 비유할 수 있다. 목질이 가장 무른 자리를 골라 목재 속으로 침입하는 흰개미들처럼 전선을 넘어 침투한 다음 적진 내부에 길을 뚫음으로써 굳이 고지들을 점령하지 않고도 그것들이 저절로 함락되게 만드는 것, 그것이 전략의 요체였다. 그리고 이 전략은 정확하게 맞아떨어졌다.

하지만 그 전략이 아무리 절묘했다 하더라도 그런 군사적 사실만으로는 우리 병사들이 겪은 일과 내 아들이 총살당한 이유를 설명할 수 없다. 따라서 우리는 영혼과 정신의 기하학에서 진정한 해답을 찾아보아야 할 것이다. 서른 살 인생을 보전하고자 했던 대위의 생각이 바로 그러했다. 이제 총살형을 앞두고 그가 했다는 말을 들어볼 차례다.

낮게 깔린 구름이 골짜기를 덮고 있었어요. 독일 분견대들은 행군하기 쉬운 강둑길을 따라 침입하여 어느새 흰개미들처럼 우리 등 뒤에서 기어 다니고 있었지만 우리는 그들을 볼 수 없었죠. 우리는 높은 산비탈에 고립되어 있었어요. 통신이 갑자기 끊기면서 풍문만 떠돌았어요. 패배주의의 악취를 풍기는 뜬소문들이었죠. 골짜기에서 화재가 발생했음을 알리는 불빛이 올라와 구름을 벌겋게 물들이고 있는 것은 사실이었지만, 전쟁 중에 화재가 발생한다는 것은 여러 가지 의미로 해석될 수 있는 법입니다. 확실한 건 오스트리아군이 밤중에 두 시간 동안 포격을 퍼부었고 그 뒤로는 홀연 정적이 찾아왔다는 사실이에요. 그 괴괴한 정적은 영원히 잊지 못할 만큼 기이했어요. 물론 곧 총살당할 나는 다른 모든 것과 더불어 그것도 잊어버릴 테지만 말입니다. 우리는 그 정적을 뚫고 적군의 함성이 터져 나오리라 예상하고 있었어요. 하지만 적군은 공격에 나서지 않았고 그저 있을 법하지 않은 정적만 이어지고 있었죠. 기다림이 인내의 한계를 넘어서자 시간이 아무 의미도 없이 텅 빈 것처럼 느껴졌어요. 우리가 알고 있던 모든 논리가 중단되고 우리가 겪어보지 못한 시련이 임박한 느낌이었어요. 그렇게 고립된 채로 괴괴한 정적에 휩싸여 있다보니 우리는 어떤 초자연적인 사태를 가정하게 되었죠. 마치 산이 홀연 자취를 감추고 우리는 사라진 전쟁의 공허 속에서 부유하고 있는 것만 같았어요. 피로와 고독과 불안이 인간의 정신을 얼마나 혼란스럽게 만드는지 상상할 수 있겠어요? 그것을 상상할 수 없다면 나 같은 사람은 총살을 당할 수밖에 없어요. 총살당해야 마땅하죠. 그리고 그것을 상상할 수 없다면 그때 우리에게 무슨 일이 일어났는지를 이해할 수 없어요. 독일 장교 한 사람이 권총을 손에 들고 구름 속에서 튀어나온 듯 **우리 뒤에** 불쑥 나타났어요. 너덧 명의 무장한 부하들을 거느리고 골짜기에서 올라온 그가 우리에게 항복을 하라고 이탈리아어로 소리쳤어요. 그 태도가 어찌나 태연하던지 마치 범상한 작전의 당연한 결과 같은 느낌이 들었죠. 그때 우리에게 일어난 일은 아무도 이해할 수 없을 겁니다. 순전히 군사적인 관점에서만 보면 상황은 아주 분명했어요. 우리는 278명이었고 그들은 대여섯 명이었죠. 하지만 여기에서 이해해야 할 것은 정신과 영혼의 기하학입니다.

이상과 같은 대위의 증언에는 사태의 정곡을 찌르는 바가 있다. 카포레토에서 벌어진 일의 미스터리를 제대로 이해하기 위해서는 바로 거기에서 실마리를 찾아야 할 것이다. 사실 그들은 하나의 전쟁 유형에 길들여진 동물들이었다. 이 유형에서 그들이 알고 있는 기하학은 오로지 적을 **앞쪽에** 두는 것이었다. 그들은 그 유일한 도식에 너무 많은 시간과 이루 말할 수 없는 고통을 바쳤다. 급기야 그 도식은 존재의 한 형식이 되고 지각의 확고부동한 틀이 되고 말았다. 무슨 일이 벌어지든 선험적으로 주어진 그 기하학의 틀 안에서 벌어졌다. 그들이 죽을 때는 맞은편 참호에서 날아온 총탄 때문에 죽었고, 그들이 적을 죽일 때는 맞은편 참호로 총을 쏴서 죽였다. 그들은 이 엄격한 도식 안에서 매우 정제된 지식과 자기희생을 두려워하지 않는 놀라운 태도를 발전시켰다. 하지만 그들이 그렇게 외곬으로 나아가면 갈수록 그들의 머릿속에서 공간의 무한한 가능성에 관한 기억은 점차 사라져갔다. 그에 따라 적과 정면으로 마주하지 않는 움직임은 비정상적인 것으로 되어갔고, 정신적인 능력을 포함해서 그런 비정상성에 대응하는 그들의 능력도 점점 약해졌다. 그래서 적이 **뒤쪽에서** 공격해온다는 가정은 그들이 상상할 수 있는 것의 목록에서 빠지게 되었다. 완전한 고립이라는 비현실적인 맥락에서 실제로 적의 후방 공격이 벌어졌을 때, 그들이 대응할 필요를 느끼지 않은 것도 그런 이유에서였다. 그들은 아마도 그것을 전투 상황으로 해석하기보다 전투 자체가 마법적으로 중단되거나 모든 것이 갑자기 붕괴된 것으로 받아들였을 것이다.

대위의 증언을 계속 들어보자.

우리가 비겁했다고요? 문제는 거기에 있지 않았어요. 나는 대번에 그것을 알아차렸죠. 빨리 무언가를 결정해야만 했던 그 순간 내 부하들의 눈을 바라보면서, 그리고 그들이 그냥 무슨 구경이라도 난 것처럼 소총을 질질 끌면서 참호 밖으로 나가는 것을 보면서 깨달았어요. 그들은 겁을 먹고 그런 행동을 한 게 아니었어요. 그보다는 폭풍우가 그치자마자 소굴 밖으로 나가는 동물처럼 갑작스런 상황 변화에 놀랐던 것이죠. 몇몇 병사들이 먼저 두 팔을 들어 올렸어요. 그들은 미소를 짓고 있었어요. 그들의 표정에서 패배의 어두운 그늘은 찾아볼 수 없었죠. 그보다는 어렴풋하게나마 모든 게 끝났다고 느끼는 것 같았어요. 포로 생활의 악몽 따위는 안중에도 없고, 드디어 집으로 돌아가게 되리라는 터무니없는 예감에 사로잡혀 있는 듯했어요. 나는 권총을 꽉 움켜쥔 채로—대위는 이 대목에서 목청을 높였다고 한다—, 허공을 겨냥하면서 부하들에게 움직이지 말라고, 참호에 숨어 있으라고 소리쳤어요. 명령이다, 참호를 이탈하지 마라! 하지만 나는 명령을 어긴 부하들에게 총을 쏠 수 없었어요. 그 점은 부인할 수 없어요. 나는 사격할 엄두를 내지 못했어요. 병사들은 내 눈을 보며 어떤 확신을 구하고 있었어요. 그들의 눈길에 나는 그저 터무니없는 해방감을 표시하는 것으로 응답할 수밖에 없었어요. 다시 말해서 사태를 재빨리 파악해야 할 그 순간에 나는 모든 것이 멎으리라는 우스꽝스러운 희망을 내비쳤다는 것이죠. 그러는 동안 독일 장교는 나와 달리 전투의 현실적인 시간을 직조하고 있었어요. 그는 여전히 아주 차분하게 우리 쪽으로 걸어와서 항복하라고 소리쳤어요. 마침내 우리 병사들이 하나둘 소총을 땅바닥에 내려놓기 시작했어요. 어떤 병사들은 독일어 몇 단어를 지껄이면서 미소를 짓기까지 했죠. 그들은 느릿느릿 움직였어요. 그 모습은 지워지지 않는 도장 자국처럼 그 순간의 증표로 내 가슴에 남아 있어요. 꿈결에 보는 것 같던 그 느린 동작이 아직도 눈에 선해요. 병사들은 유리컵 가장자리로 넘쳐흐르는 올리브기름처럼 느릿느릿 참호를 떠났어요. 그러고는 마치 인내심이 한도에 다다라 자기들도 어쩌지 못하는 것처럼 눈 덮인 비탈을 따라 천천히 미끄러지며 독일 군인들 쪽으로 내려갔죠. 그때 나는 무엇을 했느냐고 물으신다면—이게 대위의 마지막 말이었던 모양이다—, 나는 어떤 잽싼 움직임을 곁눈으로 언뜻 보았던 것으로 기억합니다. 그 느림의 주술에서 벗어난 유일하게 빠른 움직임을 감지했죠. 느낌이 아주 분명했어요. 나는 그 동작이야말로 출구가 없는 상황에 비쳐든 유일한 서광이라고 직감했어요. 그래서 본능적으로 그것에 매달렸죠. 나는 몸을 돌렸어요. 두 병사가 보이더군요. 그들은 다시 참호 속으로 뛰어들더니 몸을 잔뜩 구부린 채 왼쪽으로 내닫기 시작했어요. 그쪽으로는 참호와 참호를 연결하는 교통호가 산의 능선을 따라 내려가며 수백 미터에 걸쳐 이어지고 있었죠. 내 주위로는 병사들이 올리브기름처럼 계속 흘러 내려가고 있었어요. 나는 장교의 특권을 포기하고 묵묵히 그 움직임에 휩쓸렸어요. 나도 모르게 그랬던 것은 아니고 나름대로 생각하는 바가 있었죠. 내가 보기에 다시 참호로 뛰어든 두 병사는 그 상황에서 유일하게 현실성을 지닌 요소였어요. 그들은 더 이상 존재하지 않는 세계에서 떨어져 나가 고집스럽게 잔존해 있는 부분이었고, 나는 여전히 그 비현실적인 세계에 속해 있었죠. 그래서 나는 일부러 몸을 감추기 위해 그 올리브기름의 물결에 휩쓸렸고, 내가 적들의 눈에 보이지 않게 되었다는 느낌이 들자 천천히 뒷걸음질을 쳤어요. 그러다가 마침내 참호 속으로 숨어들고는 두 병사가 달아난 쪽으로 냅다 달리기 시작했어요. 뒤를 돌아볼 겨를도 없었죠. 다만 뒤쪽에서 내 부하들의 목소리가 들리더군요. 처음에 누군가가 단 하나의 짤막한 문장을 말하자 이내 모두가 앞다투어 그 문장을 되뇌었어요. 여기에서 그 말을 그대로 옮기려니 마치 잃어버린 아이의 이름을 부를 때처럼 마음이 여간 짠하지 않습니다. 그들이 되뇐 문장은 이것이었습니다.

전쟁이 끝났어.

"바보 같은 소리 하지 말고 빨리 뛰어."

"울티모!"

"뛰라니까."

"전쟁이 끝났는데, 뭘!"

"그만해, 카비리아."

"우리는 지금 오스트리아 놈들의 아가리 속으로 곧장 달려가고 있어."

"이미 놈들의 아가리 속에 들어와 있는걸."

"뒤로 돌아가자. 어이, 저기로 돌아가자니까. 숨어서 일이 어떻게 돌아가는지 지켜보자고."

"난 돌아가지 않아."

"미쳤어."

"가고 싶으면 너나 가."

"아이고 맙소사!"

"뛰어."

"젠장 어디로 가는 거야?"

"숲으로. 숲을 통해 내려가야 해."

"그건 미친 짓이야. 숲에서 내려가면 마을에 닿을 거고, 마을은 이미 오스트리아 놈들로 가득 차 있을걸."

"그건 모르는 일이지."

"안 봐도 뻔한데, 뭘. 놈들은 우리 주위로 빙 돌아서 내려갔어. 그걸 알아차리지 못했단 말이야?"

"아까 본 놈들은 독일군이었어. 게다가 다섯 명밖에 없었어, 카비리아."

"그게 무슨 뜻인지 알아? 나머지 놈들은 다 마을에 있다는 거야."

"그건 모르는 일이지."

"안 봐도 뻔하다니까."

"아냐, 그건 모르는 일이야."

"어라! 대위네…… 대위가 뒤에 오고 있어."

"거 봐, 대위는 바보가 아니야."

"대위님!"

"소리 지르지 마, 카비리아!"

"대위님, 우리 여기 있어요!"

"쉿!"

"울티모!"

"젠장, 엎드려!"

독일 군인들이 숲을 가로질러 올라가고 있었다. 말없이 일렬종대를 지어 나아가는 질서정연한 행군이었다. 계속 주위를 살피며 올라가는 품새가 자기들의 임무를 분명히 알고 있는 자들 같았다. 세 명의 이탈리아인은 낙엽 위에 납작 엎드려 있었기 때문에 그들의 눈에 띄지 않았다. 그들은 이탈리아인들을 보지 못하고 50미터쯤 떨어져서 지나갔다. 울티모는 차가운 땅에 머리를 붙이고 가만히 엎드린 채로 생각했다. 이 전쟁의 지도地圖가 완전히 엉망이 되어버렸어. 저 적병들은 뭐야? 어째서 저들이 이탈리아 쪽에서 와서 자기들 나라 쪽으로 행군하며 공격을 하는 거지? 그리고 우리 세 사람은 뭐지? 2년 동안 오로지 적들이 지나가지 못하게 하겠다는 일념으로 목숨을 걸고 싸웠던 우리가 어째서 땅바닥에 납작 엎드려서 그저 적들이 우리를 보지 못하고 그냥 지나가기만을 바라고 있는 거지? 우리에게 벌어지고 있는 일을 일컫는 말이 있을까? 바로 이 순간에 울티모는—몇 해 뒤에 나에게 말했듯이— 자기가 알고 있던 기하학이 이해할 수 없는 것으로 바뀜으로써 어떤 혼돈 상태가 찾아왔음을 분명히 알아차렸다. 하지만 그는 그런 혼돈 상태가 비극적인 것인지 아니면 사람을 흥분시키는 것인지 아직 모르고 있었다. 그는 정확히 '내가 알고 있던 기하학이 이해할 수 없는 것으로 바뀌었다'고 말했다. 뜻밖의 말이었다. 겉으로 보기에 그는 세련된 교양을 지니지 않은 단순한 남자였기 때문이다. 하지만 내가 그와 함께 며칠을 보내면서 알게 되었듯이, 그는 형태를 지각하는 데에 천부적인 감수성을 지니고 있었고, 어떤 직관을 이용해서 자기 마음에 비친 공간의 배열 상태를 보고 현실을 해석해내는 능력이 뛰어났다. 잇따라 벌어지는 사건들 앞에서 그는 선과 악, 정의와 불의를 구별하는 것에 관심을 보이지 않았다. 그의 유일한 관심사는 기하학적인 형태들의 끊임없는 형성과 해체를 통해서 갈마드는 질서와 혼돈을 해독하는 것이었다. 그것은 매우 놀라운 일이었다. 나는 내 직업 때문에 오랜 세월 동안 학자들과 자주 어울렸지만, 그들의 세계에서도 그런 정신적 자질을 지닌 사람을 만나기란 쉽지 않았다. 그래서 나는 나중에 그런 정신적 자질에서 하나의 계획이 구상되고 그의 인생 목표가 결정되었다는 사실을 알았을 때 조금도 놀라지 않았다. 그는 나를 자기의 내밀한 속내 이야기를 들어줄 만한 사람으로 여기고 그 계획을 털어놓았다. 내가 보기에는 전혀 쓸모가 없으면서도 아주 멋진 계획이었다. 그가 정말로 그 계획을 실행에 옮겼는지 알아볼 기회는 얻지 못했다. 그러나 그 뒤로 많은 세월이 흐른 오늘날, 나는 그를 가로막는 것은 아무것도 없었으리라 생각한다. 그와 나누었던 대화가 기억난다. 그는 단 하나의 계획에 자기 인생을 통째로 바치는 게 덜떨어진 짓으로 보이지 않느냐고 내게 물었다. 나는 한 편의 회상록을 작성하겠다는 단 하나의 계획에 내 노년을 완전히 소진하고 있다고 대답했다.

"대위님에게 잃어버린 명예를 되찾아주려고 그러시는 건가요?"

"그래요."

그는 내 직업(부연하자면, 이렇다 할 성공을 거두지는 못했지만 내가 연구와 교육을 통해 40년 동안 수행한 직업)이 수학자라는 사실을 알았을 때, 아마도 자기 말에 내가 홀린 듯이 관심을 보이는 이유를 짐작했을 것이다. 그가 세계를 보는 방식은 기이했다. 세계를 움직이는 형태들의 집합으로 본다는 점에서 그러했다. 아마 그 자신도 알아차렸겠지만, 그는 그런 기이한 방식 덕분에 내가 익히 아는 언어로 내게 하나의 현실을 이야기해줄 수 있었다. 나의 학식은 쓸모가 없는 것이라서 그의 이야기를 듣지 않았다면 나는 그 현실을 제대로 이해하지 못했을 것이다. 그가 일견 대수롭지 않아 보이는 장면들을 자꾸 떠올리면서 자세하게 묘사했던 이유는 세계를 보는 그의 방식이 특이하다는 것으로 설명할 수밖에 없다. 그가 특히 신경을 써서 여러 번 들려준 이야기가 있다. 숲에서 내 아들과 카비리아와 함께 땅바닥에 납작 엎드려 있었던 그 가을날의 이야기다. 그때 울티모는 자기들이 혼돈 속으로 빠져 들어가고 있음을 처음으로 직감했다. 이 이야기가 회고록을 쓰시는 데 도움이 될 겁니다, 하고 그는 말했다. 그러고는 놀라운 열의를 보이며 그때의 일을 다시 설명했다. 그리하여 이제 나는 알고 있다. 그가 적병들의 눈에 띄지 않으려고 입이 땅바닥에 닿도록 엎드려 있던 바로 그 순간에 아련한 추억 하나가 문득 되살아났다. 아주 오래전 어느 날 밤, 토리노의 안개 속에서 아버지의 이야기를 들으며 시가지의 한 블록 주위를 맴돌았던 일이 떠오른 것이었다. 그러자 아물지 않은 상처가 다시 아려오듯 진한 그리움이 밀려왔다. 그가 기억하고 있는 기하학적 형태 가운데 삶의 모습을 온전히 간직하고 있는 것은 그게 마지막이었다. 그다음으로 그의 기억에 각인된 기하학적 형태는 고통의 하루였던 어느 날, 아버지가 입원한 병원으로 그를 이끌던 긴 직선 도로였다. 이 직선에는 질서의 요소가 어느 정도 남아 있었고, 그와 그의 삶이 완전히 배제되어 있지는 않았다. 하지만 이후의 삶에서 만난 기하학적 형태들은 미완성 데생들의 무정형한 중첩일 뿐이었다. 이 데생들에는 세상만사의 부조리가 담겨 있었고, 그리고 운명과 우연을 가르는 분수령—나아가서는 선과 악을 가르는 분수령—의 돌이킬 수 없는 파손이 반영되어 있었다. 그는 그렇듯 부조리하고 운명과 우연의 경계가 모호한 세계에서 방황하며 청소년기를 덧없이 보냈다. 그랬기에 그는 자원입대하여 참호전이라는 그 단순한 대치 상황을 마주했을 때 오히려 고마움을 느꼈다. 형식적인 측면에서 보면 그런 전쟁 방식은 인간의 어떤 공격도 물리칠 수 있는 확고부동한 요소를 제공하고 있는 듯했다. 참호전에서 정면공격이란 미친 짓이고 쓸모없는 짓이었다. 울티모는 그런 상황을 접하면서 종종 생각했다. 전사들의 열의가 아무리 대단하더라도 그토록 견고하고 객관적인 요소를 무너뜨리지는 못하리라고. 그가 보기에 참호를 향해 돌진하는 것은 인간에 대한 공격이라기보다 **형식**에 대한 도전이었다. 아무리 공격해도 방어자들을 굴복시키지 못한다는 사실은 그 형식의 객관적인 견고함을 입증하고 있었다. 그 견고함은 이성이 소멸해버린 전쟁 상황에서 마지막으로 남은 질서의 조각이었다. 그러던 차에 독일군 장교 한 사람이 앞쪽이 아니라 뒤쪽에서 불쑥 나타난 것이었다. 이건 형식적으로 비정상적인 일이었다. 그것 하나만으로도 모든 시스템이 정지되기에 충분했다. 그들이 잠깐 머뭇거리며 눈빛을 주고받는 사이에 전날만 해도 화강암 바닥에 굳건하게 서 있던 체제가 한꺼번에 와르르 무너진 것이었다. 이제 현실은 그들을 혼돈 속으로 몰아넣고 있었고, 그 무한한 혼돈 앞에서 참호전이라는 형식의 견고함은 한낱 추억이 되어버렸다. 이제 나는 분명히 말할 수 있다. 나는 그 이야기를 들으면서 비로소 깨달았고, 처음으로 내 아들의 명예가 실추되지 않았다는 내밀한 확신을 갖게 되었다. 울티모가 가르쳐준 바에 따르면, 그날 적의 눈에 띄지 않으려는 어린애 같은 일념으로 땅에 입을 맞추고 있던 내 아들은 그 순간에 이미 무죄였다. 그는 모든 곳인 동시에 아무 데도 아닌 곳에 있었기 때문이다. 그는 모든 좌표가 소실된 무대, 비겁함과 용기, 의무와 권리라는 개념들이 산산이 흩어져 버린 세계에서 헤매고 있었다. 그는 분명히 적군을 피하여 도망쳤다. 오늘날의 사람들은 그의 도망을 우리가 흔히 탈영이라고 부르는 것과 비슷한 것으로 여길 가능성이 많다. 그러나 분명히 말하거니와 그가 달아나기에 앞서 세계가 먼저 그를 버렸다. 내 아들은 딱히 무엇을 의도하지 않았고 그럴 수도 없었다. 그는 그냥 달렸을 뿐이다. 그가 머릿속에 그린 것은 어떤 그림이 아니라 가는 줄을 이리저리 어지럽게 그어놓은 선영線影 같은 것이었다. 그를 둘러싼 세계에는 어떤 완성된 형상이 아니라 파편들이 있을 뿐이었다. 그는 그 파편들을 밟으며 달려갔다. 그런 달음박질은 탈주가 아니라 허무의 수면 아래로 가라앉지 않기 위한 몸부림이었다. 그건 탈영이 아니라 생존하기 위한 몸짓이었다. 나는 군의 고위 지휘관들과 관계 당국이 이해할 수 있는 단어들을 사용해서 이렇게 말하고 싶다. 제발 부탁드리건대, 고결한 마음으로 이런 사실을 받아들여 주십시오. 그날 몇 시간 동안 독일 흰개미들은 전선과 국경의 개념 자체를 소멸시켜 버렸습니다. 지리적으로도 그러했고 심리적으로도 그러했습니다. 그들은 이손초 강과 탈리아멘토 강 사이의 전 지역을 마치 전위예술의 산물과도 같은 지리적 혼돈 속으로 몰아넣었습니다. 골짜기로 내려갔다가 다시 산비탈을 이쪽저쪽으로 올라감으로써 전진과 후퇴의 개념을 없애버리고, 이 전쟁을 표범의 털가죽 무늬를 닮은 구조로 분해시킨 것이지요. 이런 구조에서는 각각의 접전이 그 자체로 다른 것들과 독립된 하나의 사건이었습니다. 그들은 그런 전쟁을 원했고 도상 작전을 통해 그것을 결정했습니다. 그들은 이런 전쟁에서 어떻게 싸워야 하는지를 잘 알고 있었습니다. 하지만 이탈리아인들은 그렇지 않았습니다. 이탈리아인들은 어떤 사건에서든 여전히 집단적이고 전체적인 움직임과의 연관을 찾을 수밖에 없었고, 자기들이 여전히 단 하나의 군대, 아직 손을 대지 않은 온전한 체스 판에 포진한 하나의 군대에 속해 있다고 믿고 있었지요. 독일군과 이탈리아군 사이에 이렇듯 지각의 비대칭성이 존재했다는 것은 아주 중요한 사실입니다. 만약 여러분이 그것의 중요성을 이해하시지 못한다면, 그 통계 수치가 나온 이유를 납득하지 못할 것입니다. 무슨 수치를 말하는 거냐고요? 어떻게 그런 결과가 나왔는지 여러분이 전혀 이해하지 못했고, 군부의 어떤 통계에서도 용인하지 못하는 수치, 너무나 치욕스러워서 여러분이 오랫동안 숨겨왔지만, 그 사태가 어떻게 전개되었는지를 명쾌하고 정확하게 말해주는 수치 말입니다. 내가 조사한 바에 따르면 그 수치는 이렇습니다. 그날 카포레토에서는 몇 시간 만에 이탈리아 군인 30만 명이 대부분 전투 한 번 벌이지 않고 적군의 포로가 되었습니다. 이 수치는 항복을 뜻하는 단 하나의 몸짓, 매번 똑같은 형태로 나타난 그 몸짓이 얼마나 많이 되풀이되었는지를 충격적인 방식으로 수량화한 것입니다. 여러분은 부당하게도 이것을 비겁함이라는 단어의 좁은 틀 안에 가두어두려고 고집을 부립니다. 사실은 이것이 모든 좌표가 사라진 전쟁 지도의 해석 불가능성에 직면하여 스스로에게 자격정지 처분을 내린 집단적인 움직임을 이야기하고 있음에도 말입니다. 오스트리아-독일 연합군의 전선 돌파에 뒤이은 72시간 동안 이손초 전선의 모든 이탈리아 부대는 통신이 완전히 두절된 상태에서 그 사건들을 겪었습니다. 그건 나보다 여러분이 더 잘 알고 있는 사실입니다. 그렇다면 여러분은 그들 뒤에 적군이 갑자기 나타난 상황의 초현실적인 효과를 능히 짐작할 수 있을 것입니다. 그 세대의 병사들은 진지전의 비인간적인 조건에서 지옥을 생생하게 경험했습니다. 그런 그들에게 이유를 알 수 없는 혼돈이 갑자기 닥쳐왔으니 쉽게 적응할 수 없는 것은 당연한 일이었습니다. 내가 보기에 내 아들은 달리기 시작했을 때 이미 무죄였습니다. 마치 돛대가 부러진 배들이 물결치는 대로 표류하듯이, 전쟁이 다수의 무의미한 사건들로 산산이 흩어졌으니까요. 그들의 대다수는 비이성적으로, 마치 고통에 시달리는 동물처럼 단순하게 반응했습니다. 그저 본능적인 욕망에 이끌려 난파와도 같은 그 상황을 전쟁이 끝났다는 말로 요약했죠.

카비리아의 설명에 따르면, 그들은 거의 모두가 전쟁이 끝난 것으로 믿었다고 한다. 그토록 터무니없는 생각이 어떻게 그들 사이로 널리 퍼져 나갈 수 있었을까? 나는 오늘날에도 여전히 그 물음에 대한 답을 찾으려 애쓰고 있다. 그들은 무기를 버리고 적들을 만나러 내려갔다. 그렇듯 그들의 행동에는 복잡한 것도 없었고 슬프다 할 만한 것도 없었다. 모든 것이 자연스러워 보였다. 투항하는 병사들이 너무 많다 보니 오스트리아군은 포로들을 감시할 병력이 달리게 되었다. 그래서 일부 포로들은 마치 방목장의 동물들처럼 고분고분하게 스스로 무리를 지어 적군을 따라갔다. 그들과 다르게 생각하고 행동하는 사람들은 많지 않았다. 대위는 그 많지 않은 부류에 속해 있었다. 울티모도 마찬가지였다. 그 두 사람은 무기를 버리면 안 된다고 생각했다. 전쟁이 끝났다면 왜 오스트리아인들은 무기를 버리지 않는가? 하고 그들은 말했다.

사태는—중대 군의관이었던 A박사가 설명한 대로— 독일군이 예상한 대로 진행되었다. 이탈리아군 사령부는 사흘 동안의 침묵 끝에 후퇴 명령을 내렸다. 고지를 지키던 병사들은 자기들의 귀를 의심했다. 적의 공격을 받은 것도 아닌데 무수한 목숨을 바쳐 지켜온 진지를 버리라니. 하지만 그들은 기연가미연가하면서도 골짜기로 내려가기 시작했다. 사령부의 의도는 전선을 서쪽의 탈리아멘토 강으로 후퇴시키고 거기에서 전열을 재정비하여 오스트리아-독일 연합군의 공격을 저지하기 위한 방어선을 구축한다는 것이었다. 그러나 이탈리아 군부는 지략에 별로 능하지 않았던 탓에 이번에도 사태의 단순한 진실을 간파하지 못했다. 흰개미들은 그동안 계속 전진해온 터라 탈리아멘토 강에 먼저 도착할 쪽은 분명 그들이었다. 그러니까 백만 명이 넘는 이탈리아 병력이 평원으로 내려오기 시작했지만, 뒤에서는 적군이 추격해오고 앞에서는 흰개미들이 기다리고 있는 형국이 된 것이었다. 우리는 이런 상황을 일컬어 포위라고 한다. 이는 모든 병사들의 악몽이다.

하지만 사실을 말하자면—이건 울티모의 이야기다— 그때 우리가 느낀 것은 공포가 아니라 다른 것이었어요. 행복감 같기도 하고 도취 같기도 한 묘한 기분이었죠. 우리는 후방으로 돌아가고 있었어요. 갈수록 사람들이 많더군요. 그런데 그들이 모두 똑같은 사건을 겪고 있다는 느낌이 들지 않았어요. 마치 저마다 자기만의 개인적인 볼일이 있는 것 같았죠. 모두가 제각각으로 보였어요. 대위는 무기를 버리지 말라고 우리를 설득했지만, 이미 소총을 버리고 빈손으로 돌아다니는 병사들이 무수히 많았어요. 그런가 하면 어떤 병사들은 눈에 띄는 대로 모아들인 무기를 잔뜩 짊어지고 가면서 희희낙락하기도 했죠. 우리가 들판에 다다랐을 때의 일이 생각나요. 도처에서 돌아다니는 독일 군인들을 요리조리 피하느라 숲에서 밤을 보내고 새벽녘에 들판으로 나섰죠. 방목장 한복판에 이탈리아 병사들이 작은 무리를 짓고 있었어요. 그들이 무엇을 하는가 하고 살펴봤더니 권총이나 소총으로 젖소들을 쏘면서 장난을 치고 있더군요. 큰 소리로 웃고 떠들면서 젖소들을 쏘아 죽이고 있었죠. 그들은 적군에게 아무것도 남겨주지 말아야 한다고 말했어요. 옛날에 러시아인들이 나폴레옹을 상대로 그랬듯이 초토화 작전을 벌여야 한다는 것이었죠. 그들은 그런 말을 하면서 시시덕거렸어요. 내 기억에는 그게 아주 이상한 일로 남아 있어요. 그들 모두의 뇌가 일종의 도취 상태에 빠져 있는 듯했어요. 아드님을 진정으로 이해하시고 싶다면, 그걸 잊으시면 안 돼요. 그런 미묘한 광기를 이해하지 못한다면 아무것도 이해할 수 없을 테니까요. 비현실적이었어요. 모든 게 비현실적이었죠. 우리가 우디네* 시가지의 초입에 들어섰을 때의 일이 생각나요.

우리는 오스트리아 군인들이 이미 거기에 와 있을지도 모르는 일이라서 무장을 한 채 안전한 곳에 몸을 숨기고 있었어요. 그때 길모퉁이에 있던 어느 집에서 매춘부로 보이는 여자 세 명이 불쑥 뛰쳐나오더군요. 그 모습이 지금도 눈에 선해요. 그녀들은 반라의 차림으로 신발도 신지 않은 채 머리쓰개를 펄럭이며 달려가고 있었어요. 마치 꿈결에 보는 것 같았죠. 맨발로 어디를 향해 그렇게 뛰어가는지 알 수 없었지만 그녀들은 말을 하거나 소리를 지르지도 않고 그냥 달리기만 했어요. 그러다가 작은 골목으로 조용히 사라져버리더군요. 정말이지 그 모든 게 꿈이 아닐까 싶었어요. 우리가 광기의 한복판에 떨어져 있다는 것을 알려주기 위해 누가 일부러 그녀들을 등장시킨 것만 같았죠. 그 뒤로도 우리에게는 이치에 맞지 않는 일들이 계속 닥쳐왔어요. 우리는 작은 광장에 다다랐어요. 거기에는 이탈리아 병사들이 잔뜩 모여 있었는데 모두가 무기를 들지 않은 채 그냥 바닥에 앉아 있었어요. 마치 휴가라도 나와 있는 군인들 같았죠. 더 기막힌 것은 주위에 오스트리아 군인들이 없다는 사실이었어요. 오스트리아 감시병은 그림자도 보이지 않는데, 다들 그렇게 얌전히 앉아 있는 것이었어요. 그들은 사람이라기보다 나무꾼들이 꾸려놓은 나뭇단 같았

* 이탈리아 북동부 프리울리 지방의 중심도시. 슬로베니아에서 20킬로미터, 오스트리아에서 54킬로미터 떨어져 있는 지리 조건 때문에 예로부터 전략적 요충지가 되어왔다.

어요. 나중에 시간이 나면 가져가려고 그냥 숲속에 놓아둔 나뭇단 말이에요. 대위는 그들에게 도시가 적의 수중에 들어갔느냐고 물었어요. 그러자 한 장교가 소리치더군요. 모든 게 적의 수중에 들어갔다고요. 장교는 그렇게 말하면서 마치 건배라도 하듯 한 손에 쥐고 있던 술병을 높이 들어 올렸어요. 그러는 동안 다른 병사들은 우리를 보고 전쟁이 끝났으니 무기를 버리는 게 좋을 거라고 소리쳤어요. 만약 총을 들고 있다가 오스트리아 군인들에게 붙잡히면 그들이 우리를 죽일 거라더군요. 그러자 대위는 탈리아멘토 강쪽으로 후퇴해야 한다고 소리쳤어요. 하지만 그들은 들은 체도 하지 않았고 몸을 움직이는 시늉도 하지 않았어요. 후퇴 따위는 그들과 아무 상관도 없는 일이 되어버린 것이죠. 우리는 그때 바로 우디네를 떠나야 했을 거예요. 그랬다면 아무 일도 일어나지 않았겠죠. 하지만 그 도시에는 무언가 거역할 수 없는 것, 우리가 한 번도 본 적이 없는 어떤 것, 죽음과 축제가 동시에 어우러져 있는 느낌 같은 것이 있었어요. 그리고 모든 것이 일종의 마법 속에서 둥둥 떠 있는 것 같았어요. 정적과 총소리, 꽝 닫히는 덧창들, 벽면에 부서지는 햇살, 텅 빈 집들과 거기에 버려져 있는 물건 더미들, 아무것도 모르는 개들, 열린 문들, 창가에 걸린 빨래. 그리고 이따금 지하 술 창고의 채광창을 통해 독일어로 부르는 노랫소리가 들려왔어요. 한 번은 카비리아가 걸음을 멈추고 소총을 겨누며 술 창고 안을 들여다보았죠. 그의 말로는 엄청난 술판이 벌어졌다더군요. 독일인들과 이탈리아인들이 포도주의 진창에서 절벅거리며 함께 춤을 추더래요. 일이 어떻게 돌아가는 건지 도통 알 수가 없었어요. 우리는 어느 성당 앞에서 시칠리아 출신 병사두 사람을 만났어요. 키가 크고 건장한 병사들이었는데 그들 역시 무기가 없었죠. 그들 주위에는 물건들이 잔뜩 쌓여 있었어요. 그 광경이 기이하더군요. 거기에 나와 있다는 게 믿기지 않는 물건들이 많았어요. 재봉틀, 고이 접어 놓은 드레스며 재킷, 우리에 갇힌 토끼들이 있는가 하면, 금테가 둘린 거울도 있었죠. 두 시칠리아인 가운데 한 사람은 울고 있었어요. 반면에 다른 사람은 태평하게 담배를 피우고 있더군요. 그는 우리에게 말하기를 오스트리아인들이 일을 그런 식으로 한다더군요. 민가에 들어가서 탐나는 물건들을 들고 나온 다음, 포로들 가운데 키가 크고 건장한 사람을 골라 그 모든 짐을 어깨에 짊어지고 자기들을 따라오라고 한다는 것이었어요. 그런데 그들은 지금 어디에 있지? 하고 대위가 물었어요. 시칠리아인은 맞은편 집쪽을 가리켰어요. 아름다운 집이더군요. 필시 부잣집이었을 겁니다. 하지만 오스트리아인들은 보이지 않았어요. 대위는 시칠리아인들에게 우리랑 같이 가자고 말했어요. 그러나 울던 병사는 계속 울고 있었고, 다른 병사는 아무 말

없이 고개를 흔들었어요.

　내 아들은 그렇게 이리저리 헤매며 걸어갔다. 그것 때문에 총살형을 당할 수도 있는 것인가? 중대 군의관이었던 A박사는 내가 그 문제에 관한 의견을 묻자 이렇게 대답했다.

　아드님의 행동이 **전문적인 관점**에서 **탈주**인가 아닌가를 알고 싶으신 거로군요. 솔직히 말씀드려서 나는 어떻게 대답해야 할지 모르겠습니다. 그 며칠 동안 산들과 탈리아멘토 강 사이에서 벌어진 일은 군대 용어로 규정할 수가 없습니다. 이유는 간단합니다. 얄궂게도 전쟁과 관련된 모든 논리의 전제가 되는 것, 다시 말해서 싸움터가 없었던 것이지요. 양 진영의 경계는 사라졌고, 독일군의 특이한 전략은 싸움터를 뒤죽박죽으로 만드는 데 적잖이 기여했습니다. 이런 표현을 어떻게 받아들이실지 모르지만, 우리가 맞닥뜨린 상황은 그야말로 기괴하고 황당했습니다. 이탈리아군 사령부는 전선에 배치되어 있던 부대들에 퇴각 명령을 내려놓고는 갑자기 후방에 있던 부대들을 전선 쪽으로 전진시켰습니다. 이건 충분히 예상할 수 있는 일이었고 실제로 그렇게 되었지만, 이 부대들은 독일의 흰개미들이 어디에 있는지 모르는 채 전진했습니다. 그래서 그들을 보지 못하고 그냥 지나쳐 갔습니다. 결국 흰개미들을 뒤쪽에 둔 채로 계속 전진하다가 탈리아멘토 강 쪽으로 후퇴하는 이탈리아 병사들의 행렬과 마주쳤습니다. 이 병사들은 무기를 버리고 약간 쾌활하게 온갖 농지거리를 주고받으며 걸어오고 있었지요. 게다가 민간인들마저 한껏 짐을 챙겨 피난길에 나섰습니다. 그 바람에 군대가 행진할 수 있는 몇몇 도로가 막혀버렸습니다. 아드님은 바로 그런 혼돈 속에 있었습니다. 전문적인 용어로 아드님이 탈영을 한 것인지 아니면 그저 퇴각 명령에 따른 것인지 물으셨지만, 솔직히 말해서 나는 어떻게 대답해야 할지 모르겠습니다. 그 대답은 아마도 아드님이 어떤 식으로 퇴각을 했느냐에 달려 있을 것입니다. 다시 말해서 아드님이 탈리아멘토 강까지 어떻게 도착했느냐에 달려 있다는 것이죠.

나는 그에게 내 아들이 자동차를 타고 탈리아멘토 강가에 다다랐다고 말했다. 카비리아에게서 들은 얘기를 전한 것이다. 내가 그들이 어떻게 우디네에서 빠져나왔느냐고 물었을 때 카비리아는 이렇게 말했다.

자동차를 타고 떠났죠. 우리가 갑자기 어느 큰길로 접어들었을 때의 일이었어요. 그 길은 가로수가 늘어선 대로였는데, 거기에서 비로소 오스트리아 군인들을 봤어요. 오스트리아 병사들 한 무리가 전투 대형으로 늘어서 있고 장교들이 열병을 하고 있더군요. 여기저기에 대포들이 있었고 군악대가 연주를 하기까지 했습니다. 저들이 어떻게 벌써 저기에 와 있을까 하는 생각이 들 정도였죠. 기분이 참 묘했습니다. 전쟁에 참가한 지 2년이 지나도록 그렇게 많은 오스트리아 군인들이 한데 모여 있는 것을 본 적이 없었으니까요. 만약 나 혼자 있었더라면 그냥 무기를 버렸을 것이고 그것으로 얘기가 끝났을 겁니다. 그런데 울티모가 달리기 시작했고 대위가 그 뒤를 따라 달렸어요. 그러니 내가 무엇을 할 수 있었겠습니까? 나도 거기에서 벗어나기 위해 달음박질을 칠 수밖에요. 사실 우리는 이미 그들에게 발각된 마당이었어요. 그들은 독일어로 알아들을 수 없는 소리를 질러대면서 우리를 쫓아왔어요. 놈들이 총을 마구 쏘아대기 시작하자, 대위는 어느 골목으로 뛰어들더군요. 우리 두 사람은 어떤 장벽에 부딪치거나 막다른 골목에 갇히는 것이 아니기를 바라면서 그를 따라갔죠. 우리는 그런 식으로 우디네 시내를 반이나 헤매고 다녔어요. 추격자들의 발소리와 고함 소리가 계속 들려왔어요. 놈들은 우리를 그냥 놓아주려고 하지 않았죠. 우리는 발길 닿는 대로 아무 데로나 달렸지만, 그게 문제가 되지는 않았어요. 그렇게 달리다 보니 어느 순간 이탈리아 병사들이 모여 있던 그 광장이 다시 나오더군요. 병사들이 휴가를 나온 것처럼 태평하게 앉아 있던 그 광장 말입니다. 우리는 아무 말 없이 광장을 가로질러 달려갔어요. 아마 그 병사들이 무언가를 했을 겁니다. 어쩌면 우리를 도와주려고 추격자들의 앞길을 막았을지도 모르죠. 어쨌거나 발소리와 고함 소리가 더 멀리에서 들려오더군요. 그러자 대위는 어느 건물의 현관으로 살그머니 숨어들었어요. 그런 다음 마당을 가로질렀죠. 안쪽에 계단이 있었어요. 근사한 계단이었어요. 우리는 계단을 올라가기 시작했죠. 그때 울티모가 문득 걸음을 멈추더니 뒤로 돌아가더군요. 나는 그것을 알아차렸지만 대위를 따라 이층으로 올라갔어요. 그러자 입구 비슷한 것이 나오고 어느 가정집으로 통하는 복도가 나타났어요. 우리는 소총을 겨누며 조심스럽게 복도를 나아갔습니다. 그 안에서 무엇과 마주치게 될지 전혀 모르는 상황이었죠. 마침내 집 안에 들어서 보니, 세상에, 지금 생각해도 얼떨떨한 기분이 드는군요. 우리가 들어선 곳은 커다란 방이었어요. 정말 커다란 방이었는데, 카펫이며 거울이며 그림 같은 호사스런 물건들로 가득 차 있었죠. 방 한복판에는 식탁이 차려져 있고 한 가족이 둘러앉아 식사를 하는 중이었어요. 그런데 크리스털 잔들이며 커다란 접시들이 하나같이 고급스러웠고, 식탁에 둘러앉은 다섯 식구의 옷차림도 우아하기 이를 데 없더군요. 그들은 조용히 식사를 하고 있었어요. 아버지와 어머니가 양쪽 끄트머리에 앉고 아주 어린 딸아이를 비롯한 세 딸은 옆쪽 자리에 앉아 있었죠. 딸들은 모두 머리를 곱게 빗고 같은 색깔로 된 리본을 매달고 있었어요. 그들은 아무 말도 하지 않았어요. 우리가 소총을 손에 들고 문턱에 서 있는데도 계속 침묵을 지키고 있더군요. 고개를 돌려 우리를 바라보지도 않고 그저 식사만 계속했어요. 고기, 그들이 먹고 있던 것은 고기였어요. 그리고 접시 하나에는 노란 감자가 담겨 있었어요. 내 눈에는 그 색깔이 너무나 노랗게 보였어요. 자기瓷器 접시에 포크며 나이프가 부딪히며 딸그락거렸어요. 대위와 저는 몇 발짝 앞으로 나아갔죠. 그러자 딸 하나가 포크를 입으로 가져가려다 말고 눈을 들더군요. 아버지의 목소리가 들렸어요. 아델레, 어서 먹어라. 그러자 소녀는 눈길을 낮추고 다시 포크를 놀리기 시작했어요. 그 식구들 앞에 놓인 작은 접시에는 흰 빵이 있었어요. 아주 깨끗해 보이는 물병도 양쪽에 하나씩 놓여 있었죠. 나는 식탁으로 다가갔어요. 나 자신도 모르게 그냥 다가간 겁니다. 그러고는 포도주가 가득 담긴 아버지의 술잔을 들어 마시기 시작했어요. 그는 꼼짝도 하지 않더군요. 그래서 그의 접시에 담긴 고기 한 점을 그냥 손으로 집어서 입에 넣었죠. 차갑게 식지 않은 고기를 먹어보는 건 몇 달 만의 일이었어요. 나는 대위 역시 식탁으로 다가서는 것을 보았어요. 대위는 식탁의 건너편으로 다가들어 나처럼 했어요. 그는 한 딸아이의 접시에 담긴 고기를 먹었죠. 그때 아버지가 그러면 안 된다고 말하더군요. 주방에 가서 정중하게 부탁을 하면 먹을 것을 마련해줄 텐데 왜 그러느냐는 것이었어요. 그는 나를 쳐다보지도 않고 그렇게 말했어요. 그러자 갑자기 화가 치밀더군요. 그의 말에도 화가 났지만, 나를 쳐다보지도 않는 게 더욱 기분 나빴죠. 교수님, 그 기분을 설명하자면 얘기가 길어져요. 이야기해야 할 것이 너무나 많거든요.

나는 어서 이야기해보라고 말했다. 카비리아는 휴가를 얻어서 자기네 집에 갔을 때의 일이라며 다시 머뭇거렸다. 나는 이야기를 듣고 싶다고 다시 말했다.

휴가를 얻어 우리 집에 간 적이 있습니다. 울티모도 자기네 집에는 가고 싶지 않다면서 나랑 함께 갔죠. 울티모네 집에는 문제가 있었어요. 아버지가 무슨 사고를 당해서 큰 부상을 입고 불구자가 되었다는데, 무슨 이유에서인지 그는 집에 가고 싶어 하지 않았어요. 그 일 때문인지 자기 동생과 관련된 다른 일 때문인지는 잘 모르겠어요. 아무튼 어딘가로 가야 했기 때문에 우리 집에 가게 된 겁니다. 그때 일을 길게 늘어놓고 싶지는 않아요. 그저 우리가 겪은 고약한 일을 이야기하려는 거예요. 우리가 거기에 도착하는 데는 며칠이 걸렸어요. 그런데 도중에 만난 사람들이 우리를 이상한 눈으로 바라보더군요. 전선에 있어야 할 사람들이 왜 여기에 있느냐 하는 듯한 눈빛이었죠. 내 고향에 다다랐을 때도 사정은 별로 나아지지 않았어요. 어느날 저녁, 나는 울티모를 데리고 국도 변의 여관 겸 식당에 갔어요. 그 집 딸이 아주 예뻤거든요. 게다가 그녀는 식탁에서 서빙을 할 때 가슴이 보이도록 윗몸을 숙이곤 했죠.
마치 그것도 서빙의 일환인 것처럼 말이에요. 내 말이 무
슨 뜻인지 아실 겁니다. 우리는 오는 길에 겪은 고약한 일
을 다 잊고 즐거운 시간을 좀 보내고 싶었어요. 그래서 그
여관 겸 식당에 간 겁니다. 온 몸을 구석구석 깨끗하게 씻
고 향수까지 뿌리고 갔죠. 하지만 군복을 갈아입지는 않았
어요. 제복을 창피하게 여길 이유가 없었으니까요. 우리가
식탁에 앉자 주인은 만면에 웃음을 띠고 다가오더니 안쪽
으로 옮겨 앉는 게 어떠냐고 묻더군요. 그 식탁은 다른 사
람을 위해 비워둔 것인데 그 사람이 곧 오리라는 것이었
죠. 우리는 그가 권하는 안쪽 자리에 가서 앉았어요. 그러
자 한 번도 본 적이 없는 젊은 남자가 주문을 받으러 왔어
요. 예쁜 딸도 식당 안에 있었지만 우리한테는 오지 않더
라고요. 그녀는 멀리서 우리에게 눈길을 주었지만, 주인
은 즉시 그녀를 다른 식탁으로 보냈어요. 우리한테는 그
여드름쟁이 소년을 보내고 말이에요. 나는 벌떡 일어나 곧
장 주인한테 가서 마뜩치 않은 표정으로 말했죠. 우리도
제값 내고 식사하는 거니까 사람 무시하지 말고 우리한테
도 딸을 보내달라고 말이에요. 그러자 주인이 그러더군요.
조국에 대한 경의의 표시로 저녁은 공짜로 주겠지만, 만약
우리가 무례하게 다른 손님들을 성가시게 한다면 엉덩이
를 걷어차서 쫓아내겠다고요. 그런데 주인은 그 말을 하면

서 나를 쳐다보지도 않았어요. 꼴도 보기 싫다는 것이었겠죠. 다들 그 모양이었어요. 이해하시겠어요? 사람들은 전쟁에서 이기기를 바랐지만 전쟁을 직시하려고 하지 않았어요. 그들은 전쟁의 진실을 바로 보려고 한 적이 없어요. 그들은 신문을 읽고 있었고, 돈을 벌고 있었어요. 하지만 진실을 알고 싶어 하지 않았죠. 진실이 두려웠던 겁니다. 그들은 진실을 **수치스럽게 여겼어요.** 그런 일들을 겪고 나자 나는 참호가 그리웠어요. 농담으로 하는 소리가 아닙니다. 어서 휴가가 끝났으면 좋겠다 싶었어요. 빨리 귀대해서 거기 고지의 구덩이 속으로 돌아가고 싶었죠. 다른 건 몰라도 거기엔 진실이 있었으니까요. 그곳의 삶이 얼마나 진실했는지 하느님은 아십니다. 아무튼 그런 사정 때문에 나는 화가 났던 겁니다. 고기를 먹던 그 부자, 우리를 거들떠보지도 않은 그 부자에게 말입니다. 어쩌면 거기에 잘 차려진 식탁이 있다는 것 자체가 저에겐 하나의 모욕으로 느껴졌을지도 모르죠. 그래도 만약 그가 나를 쳐다보았다면 나는 아마 그것을 모욕으로 받아들이지 않았을 거예요. 터무니없는 일이 한두 가지가 아닌 판국에 그게 뭐 대수이랴 했겠죠. 하지만 그자는 주방에 가서 정중하게 부탁을 하면 먹을 것을 줄 거라고 말했어요. 나한테 눈길조차 주지 않고 말이에요. 나는 소총의 개머리판으로 그의 면상 한복판을 후려쳤죠. 그가 의자와 함께 바닥에 쓰러지더군요. 그의 냅킨이 멀리 날아갔던 게 기억납니다. 나는 눈을 들었어요. 대위는 계속 먹고 있었어요. 반면에 세 딸과 어머니는 꼿꼿한 자세로 꼼짝 않고 앉아서 포크를 손에 든 채 자기들의 접시를 뚫어져라 바라보고 있었죠. 모두가 참 예쁘더군요. 전쟁 중에는 그런 천사들을 볼 수가 없죠. 모든 게 정상이 아니었어요. 나는 맏딸에게 다가가서 머리카락을 만졌어요. 자매 하나가 울기 시작했어요. 소리 없이 눈물만 흘렸죠. 나는 그녀의 리본 하나를 잡아당겼어요. 머리카락들이 가볍게 흘러내리더군요. 내가 까맣게 잊고 있던 여자의 자태였죠. 그때 모두가 문 쪽으로 눈을 돌렸어요. 대위도 나도 천사들도 눈을 들어 문 쪽을 바라보았어요. 울티모가 문턱에 서 있더군요. 그에게는 그런 특별한 점이 있었어요. 그가 어디에 있으면 누구나 그것을 알아차립니다. 그런 특성을 지닌 사람들이 있어요. 그것도 일종의 재능이죠. 우리 고향에서는 그런 사람들을 두고 금빛 그늘이 어려 있다고 하는데, 그 이유는 모르겠어요. 아무튼 울티모에게는 그런 게 있었어요. 모두가 눈을 들었고 그가 거기에 있었죠. 그리고 그가 나직하게 말했어요.

"저 아래에 자동차가 있어요."

아마 그다음에 무슨 말을 더 하려고 했을 텐데, 그는 식탁을 보고 마치 눈이 부신 듯 멈칫하더군요. 나는 그의 혀 끝에 걸려 있던 말들이 도로 사라지는 것을 봤어요. 그는 눈으로 식탁을 걸터듬고 있었어요. 그러다가 가만가만 식탁으로 다가갔죠. 대위와 나는 무어라 할 말을 찾아내지 못하고 그냥 지켜보기만 했어요. 울티모에게는 그런 묘한 구석이 있었어요. 그가 어떤 거동을 할 때면 그가 하는 대로 내버려두어야만 했죠. 그는 식탁 앞에 다다르자 식탁보 가장자리에 손끝을 살짝 갖다 댔어요. 그러고는 마치 식탁의 크기를 가늠하거나 전체를 한눈에 죽 훑어보려는 듯 고개를 좌우로 돌려가며 식탁을 바라보더군요. 얼굴에는 묘한 미소가 어려 있었어요. 오래전에 잃어버렸던 무언가를 갑자기 다시 만난 것 같은 표정이었죠. 그는 식탁에 놓인 것들을 손으로 만져보기 시작했어요. 물병의 볼록한 배, 접시의 테두리, 술잔의 운두 등 모든 것을 마치 자기가 만든 물건들이라도 되는 양 우아한 손길로 가볍게 어루만졌어요. 어느 장인이 물건을 다 만들어놓고 마지막으로 한번 더 점검을 하거나 어딘가를 더 고치고 싶어 하는 모습과 비슷했죠. 그는 옆에 있는 사람들은 눈에 들어오지도 않는 듯 물건들에만 관심을 보였어요. 딸들의 아버지가 피 묻은 얼굴로 바닥에 실신해 있었지만, 그에게는 눈길조차 주지 않고 은으로 된 냅킨 고리를 쓰다듬거나 식탁보 위에서 굴려보고 있었어요. 그러더니 문득 막내딸에게 다가갔어요. 그 애는 정말 인형처럼 생긴 소녀였는데, 울지도 않고 접시에 눈길을 붙박은 채 가만히 앉아 있었죠. 울티모는 소녀의 손에서 포크를 가만히 빼냈어요. 정교한 세공이 들어간 은제 포크였죠. 울티모는 그것을 찬찬히 살펴보기 시작했어요. 손잡이에서 시작하여 갈래진 끄트머리까지 눈길을 옮겨가는 모습이 마치 무엇에 홀린 사람 같았어요. 그때 대위는 그 정도면 기다릴 만큼 기다렸다고 생각했는지 큰 목소리로 물었어요.

"자동차 얘기는 뭐야?"

울티모는 꿈에서 깨어날 때처럼 제정신이 돌아온 것 같은 표정을 지었어요.

"아래층 차고에 자동차 한 대가 있어요."

"자동차가 있으면 어쩌라고?"

"그걸 타고 탈리아멘토 강 쪽으로 가는 거죠."

"미쳤어. 자동차를 운전할 줄 알아야지."

울티모는 싱긋 웃더군요. 그런 다음 소녀 쪽으로 몸을 숙이며 말했어요.

"고마워."

그러고는 포크를 자기 호주머니에 넣고 자리를 떴어요. 아무에게도 눈길을 주지 않고 그냥 문을 나서더군요. 대위와 나는 서로를 바라보았어요. 그러다가 대위가 울티모를 따라가기에 나도 발걸음을 옮겼죠. 그런데 방문을 나서기 직전에 한 가지 생각이 머리를 스쳤어요. 나는 딸들의 어머니 가까이로 돌아가서 말했어요.

"고마워요."

그러고는 그녀의 목걸이를 떼어냈어요. 가느다란 금 사슬 목걸이였죠. 그녀는 그냥 가만히 있더군요. 그래서 나는 내친 김에 은으로 된 냅킨 고리 한 쌍을 집어 들었어요. 그들은 내가 무엇을 하든 아무런 저항을 하지 않았어요. 모든 게 너무나 쉽더라고요. 그러다 보니 가져갈 수 있는 것은 무엇이든 다 가져가고 싶은 욕구가 불끈 솟았어요. 이왕 빼앗아 갈 거라면 일을 제대로 하자는 생각까지 들더군요. 그래서 다시 안주인한테 가서 다른 귀중품들은 어디에 있느냐고 물었죠. 그녀는 여전히 나한테 눈길을 주지 않고 접시만 뚫어져라 바라보고 있었어요. 그래도 반지 세 개를 빼주면서 나직하게 말하더군요. 우리를 해치지 마세요. 나는 반지들을 챙겨 넣고 다시 물었죠. 나머지는 어디다 숨겼어요? 그들처럼 이상한 사람들이라면 집 안에 어떤 보물을 숨겨놓았으리라는 직감이 들더군요. 여자는 입을 꽉 다문 채 꼼짝 않고 앉아 있었어요. 그래서 나는 그녀의 깊게 파인 옷깃 안쪽으로 한 손을 밀어 넣었습니다. 그러면서 이런 말을 했던 것 같아요. 내가 직접 찾으러 가야겠어요? 사실 그건 엄포일 뿐이었죠. 레이스 속옷에 가려진 그녀의 젖가슴은 축 처져 있었어요. 제발 이러지 마세요, 하면서 그녀가 일어서더군요. 그녀는 나를 서재로 데려가더니 보물을 감춰두는 장소에서 자기들의 보석을 모조리 꺼냈어요. 보석이 아주 많더라고요. 나는 맹세코 그런 짓을 해본 적이 없었어요. 그런데 모든 게 너무나 이상했어요. 그 며칠 동안은 너 나 할 것 없이 모두가 이상하고 온 세상이 이상했어요. 게다가 내 마음속 한쪽에는 그들이 내게서 빼앗아 간 것을 도로 가져가고 있을 뿐이라는 생각이 도사리고 있었어요. 그 여자는 여전히 나를 바라보지 않았어요. 그래서 나는 그녀가 나를 바라볼 때까지 그 짓을 멈추지 않기로 했죠. 나는 소총의 끄트머리로 모든 것을 뒤집어엎기 시작했어요. 그다음에는 대검으로 안락의자, 방석 따위를 닥치는 대로 찢어버렸어요. 그야말로 난장판을 만들고 있었던 것이죠. 세 자매와 어머니는 침묵을 지키며 여전히 꼼짝 않고 있었어요. 자기들을 죽인다 해도 계속 그러고 있을 것 같았어요. 내가 보기에 그건 그들이 어딘가에 다른 것을 숨겨놓고 있다는 뜻이었습니다. 결국 나는 그것을 찾아냈어요. 벽에 붙여놓은 나무판자 뒤에서요. 부티 나는 집에 가면 종종 볼 수 있듯이 그 집에도 벽에 널빤지를 대어놓았더군요. 맨벽이 너무 초라하다 해서 벽을 따라 죽 대어놓은 널빤지 말입니다. 그 널빤지 뒤에 벽돌을 파서 내놓은 구멍이 하나 있었어요. 그 안에 타일이나 작은 책처럼 생긴 약간 도톰하고 네모난 물건들이 들어 있더군요. 금괴였어요. 어리석은 사람들. 그들은 그놈의 금덩어리 때문에 어디로 피난도 가지 못하고 전쟁에 휩쓸린 것이었죠. 내가 보기엔 정말 바보들이었어요. 나는 배낭을 바닥에 비워내고 금괴와 그 밖의 것들을 담았어요. 보석들이며 냅킨 고리 따위도 다 담았죠. 격한 감정 때문에 손이 떨리더군요. 나와 울티모, 그리고 어쩌면 대위까지도 평생토록 호사를 부리며 살게 해줄 만한 보물이었어요. 때마침 아래에서 자동차 엔진 소리가 들려왔어요. 모든 게 너무나 완벽했어요. 마치 사전에 치밀하게 계획한 대로 일이 돌아가는 것만 같았죠. 나는 방을 나서기 전에 안주인에게 다가가서, 그녀의 턱을 추켜올려 억지로 저를 쳐다보게 했습니다. 비로소 그녀의 눈을 보았죠. 커다란 잿빛 눈이더군요. 어떤 동물들의 눈이 생각났어요. 여자는 그런 눈으로 나를 바라보았죠. 그녀의 남편은 여전히 바닥에 쓰러져 있었어요. 하지만 그가 죽었다는 것을 제가 어찌 알았겠습니까? 나는 그저 그의 면상을 때렸을 뿐인데 그가 죽었다더군요. 나중에 가서야 그 사실을 알았습니다. 하지만 사람들이 나에게 진실을 말했는지는 확실치 않습니다. 어쩌면 그는 내 가격 때문이 아니라 심장발작 때문에 죽었을 수도 있어요. 아니면 우리가 떠난 뒤에 그의 딸들이 금덩어리를 지키겠다고 그토록 그악스럽게 굴었던 어리석음을 벌하기 위해 그를 때렸을지도 모르죠. 어쨌거나 그 일 때문에 나는 이렇게 감옥에 갇혔고, 여기에서 풀려날 기약도 없습니다.

나는 카비리아가 13년 전부터 감옥에 갇혀 있는 이유를 알고 있었다. 그것은 그가 죽였다는 남자가 거물이었기 때문이기도 하고, 금괴가 전혀 회수되지 않았기 때문이기도 했다. 그는 금괴를 어디에 감췄는가에 대해서 한사코 입을 열지 않았다. 그래서 나는 평생을 감옥에서 썩으면 금괴가 있다 한들 무슨 소용이 있겠느냐고 그에게 말했다. 그러자 그는 껄껄 웃으면서 말했다. 그건 선생님 생각이죠. 선생님이 보시기엔 그럴 겁니다.

이제 나는 이렇게 증언할 수 있다. 혹자가 보기엔 논리적인 타당성이 없는 것처럼 보일지 모르지만, 내 아들은 울티모라는 병사가 운전하는 피아트 4를 타고 카비리아와 함께 우디네를 떠났다. 그런 다음 작은 도로들을 거쳐, 그리고 이따금 들판을 가로질러 탈리아멘토 강 쪽으로 나아갔다. 내가 중대 군의관이었던 A박사에게 어떻게 그런 일이 가능했느냐고 물었을 때 그는 실소를 지으며 대답했다.

그런 일이 벌어졌다는 건 그것이 가능했다는 얘기 아닌가요? 사실 그 며칠 동안에 그쪽 들판에서 일어난 일들에는 무언가 이치에 맞지 않는 점들이 있었습니다. 거기에서 벌어진 일은 여느 전쟁과는 거리가 멀었습니다. 군사 전략에 관한 교본들에 나와 있는 모든 작전 가운데 다른 어느 것보다 어려운 작전이 하나 있습니다. 대부분의 저자들이 실현하기가 거의 불가능한 것으로 간주하는 작전, 바로 후퇴입니다. 문제는 그 교본들이 보여주는 완고한 사고방식입니다. 후퇴를 마치 어떤 질서를 부여하는 것이 가능한 움직임, 또는 합리성의 한 형태로 생각한다는 것이지요. 실상을 들여다보면 퇴각하는 군대는 이미 군대라고 할 수도 없는데 말입니다. 카포레토 전투에 관해서 많은 얘기를 들으셨을 겁니다. 그것과 관련된 가장 어리석은 말들 가운데 하나는 '후퇴가 패주로 변했다'입니다. 군사적인 언어가 얼마나 궤변적인지 보십시오. 그들은 그 일을 하나의 작전으로 간주하기를 고집하고 있지만, 그 일은 바로 전쟁의 껍질에 금이 가면서 벌어진 것입니다. 전쟁의 논리를 벗어난 엄청난 양의 육체적이고 정신적인 에너지가 후방으로 쏟아져 내리면서 풍경과 인류와 죽음의 파편들을 휩쓸어 갔습니다. 그런 일을 질서정연한 작전을 통해서 행할 수는 없습니다. 전쟁은 질서정연하지만, 후퇴는 어느 경우에나 전쟁의 정지 국면입니다. 후퇴라는 것은 사건들의 연쇄가 끊기면서 공회전 상태가 되는 것이며, 모든 법칙이 통제 불가능한 잠복 상태로 들어가는 것입니다. 그 결과는 대혼란입니다. 카포레토의 패주는 묵시록적인 양상을 띠었습니다. 이런 표현을 써도 될지 모르지만 모두를 맹목 상태로 빠져들게 하는 명백한 카오스였습니다. 며칠 사이에 3백만 명 이상의 사람들이 이탈리아 영토의 작은 부분으로 쏟아져 들어감으로써 온갖 환상과 추론이 한데 모여

뒤범벅이 되었습니다. 백만 명도 더 되는 이탈리아 병사들이 산에서 거기로 내려갔습니다. 며칠 전만 해도 최전선의 지옥에 갇혀 있던 그들이 바야흐로 탁 트인 들판과 사람들의 얼굴, 여자들의 목소리, 문이 열린 집들, 마음만 먹으면 얼마든지 약탈할 수 있는 포도주 저장고, 도처에 주인 없이 버려져 있는 장소들을 마주하게 된 것입니다. 그들 가운데 일부는 내심으로 퇴각 명령을 따르고 있다고 확신하면서 행군했습니다. 하지만 대다수는 분명 그냥 인파에 실려 가면서 **자유로운 기분**을 느끼고 있었을 겁니다. 전쟁의 중압감에서 해방된 기분, 역사가 더 이상 자기들을 심판하지 않는 세계로 갑자기 들어간 기분 말입니다. 뒤에서는 오스트리아-독일 연합군이 쫓아오고 있었습니다. 이 침략군은 누구도 상상하지 못했을 만큼 이탈리아 영토로 깊숙하게 침투해온 터라 매우 지쳐 있었지요. 병참 체계는 완전히 무너졌고 필요한 물자를 보급할 수 있는 방법은 약탈뿐이었습니다. 어찌 보면 그들은 생존하기 위해서라도 계속 전진할 수밖에 없었을 것입니다. 그런 와중에 30만 명이상의 민간인들이 집을 떠나 피난길에 나섰습니다. 그 장면을 상상해보십시오. 마차들, 노인들과 아이들, 침대와 함께 가까스로 마차에 실린 병자들, 그들의 전 재산이나 다름없는 가축들, 그리고 가을비 때문에 진흙탕으로 변해버린 도로들. 이런 상황을 더욱 혼란스럽게 만든 독일의 흰개미들을 생각해보십시오. 그들은 그 후퇴의 혈관계 내부를 계속 휘젓고 다녔습니다. 이탈리아 병사들 앞쪽에 나타나 역방향의 교전을 유발하기가 일쑤였지요. 우리 병사들은 전방이 아니라 후방으로 가는 길을 트기 위해서 전투를 벌여야 했습니다. 그뿐이 아닙니다. 기차역이나 다리나 통신소 같은 전략상의 요처들에서 벌어진 치열한 접전을 상상해보십시오. 그런 곳들의 작은 진지를 장악하는 것이 생사를 좌우할 만큼 중요해진 상황을 말입니다. 게다가 반대 방향으로 이동한 행렬도 염두에 두셔야 합니다. 가장 먼저 강가에 다다른 피난민들은 적군에게 떼밀려 자기들이 떠나왔던 집으로 다시 돌아가야 했습니다. 이탈리아군 사령부는 적의 진군을 늦추기 위해 후방 부대들을 전방으로, 다시 말해서 퇴각 행렬의 반대 방향으로 보냈습니다. 그런가 하면 산에서 내려왔던 포로들은 자유를 얻고 고향으로 돌아가기는커녕 오스트리아 땅에 있는 포로수용소를 향해 도로 올라가는 신세가 되기도 했습니다. 어마어마한 폭발과도 같은 그런 상황을 상상할 수 있겠습니까? 내가 진정으로 무슨 생각을 하고 있는지 알고 싶으신가요? 그렇다면 말씀드리겠습니다. 그 며칠 동안 탈리아멘토 강으로 가는 길에서 벌어진 일들을 이해하려면 전쟁의 논리에 비춰볼 것이 아니라 그것들을 전쟁과는 전혀 다른 종류의 경험과 비교해보아야 합니다. 그 다른 종류의 경험이란 바로 축제입니다. 카니발의 문법을 활용하시면 카포레토의 후퇴를 이해하시게 될 것입니다. 이런 장면을 한 번 상상해보십시오. 10월의 하늘 아래에서 사람들이 강물처럼 흘러갑니다. 그들 주위에는 놀라운 광경이 펼쳐져 있습니다. 수천 문의 대포들이 파괴되거나 뒤집어진 채로 버려져 있는 것입니다. 또 이런 장면을 상상해보십시오. 3백만 명의 사람들, 더 이상 잃을 게 없는 그들이 서로 뒤섞여서 단 하나의 행렬을 이룹니다. 아주 느리게 나아가는 행렬입니다. 그다음에는 그들의 피로와 고뇌, 그들의 위안과 환희, 사고의 정지, 여러 언어가 어우러진 바벨탑을 상상하셔야 합니다. 그러면 아마도 그것이 축제와 닮았다는 것을 알아차리실 수 있을 것입니다. 겉으로 보기에는 훗날 사람들이 말한 대로 파국의 양상을 띠고 있었지만 사실은 그게 축제와 비슷한 것이었음을 인정하시게 될 것입니다. 그러면서 아무 두려움 없이 카니발의 전율과 어마어마한 차원의 조롱을 알아보시게 될 겁니다. 더 나아가서는 진창 속의 그 행진도 한바탕의 춤으로 보시게 될 테고요. 참고로 말씀드리자면, 그 고장에서는 그때와 같은 축제의 날을 경험한 적이 없었습니다. 혁명을 겪어보지 않았다는 뜻입니다. 그러니 부르주아들이 얼마나 겁을 먹었을지 생각해보십시오. 안락한 집에서 태평하게 살던 사람들이 어느 날 아침 엄청난 인파가 걷잡을 수 없는 기세로 밀어닥치는 것을 보았습니다. 그들의 눈에는 그 인파가 원한으로 가득 차고 일체의 규율에서 벗어난 미치광이들의 행렬로 보이지 않았겠습니까? 교수님은 그때 어디에 계셨습니까? 은은한 빛에 잠긴 어느 거실에 계셨나요? 교수로 재임하던 대학의 안전한 은신처에 계셨나요? 처음으로 그 소식을 들으셨을 때, 또는 신문의 첫 보도를 접하셨을 때 전율을 느끼셨지요? 아니라고 대답하지는 못하실 겁니다. 그때 러시아에서는 볼셰비키 혁명이 절정을 향해 치닫고 있었습니다. 그 사실을 잊지 못하실 겁니다. 러시아 혁명과 거의 때를 같이하여* 미치광이들의 행렬이 산에서 내려왔으니까요. 3년 동안 전선에 속박되어 있던 미치광이들이 무장을 한 채로 평원을 향해 내려왔습니다. 교수님처럼 가진 게 많은 이들은 그들의 기세가 얼마나 맹렬할까 상상하면서 겁에 질리고 절망에 빠졌을 것입니다. 아니라고 하지 마십시오. 교수님은 아주 잠깐이라도 그게 끝이라고 생각하신 적이 없나요? 단지 전쟁만이 아니라 모든 게 끝장이라고, 가진 자들의 사기와 속임수도 끝났다고 생각하신 적이 없나요? 그들이 모든 것을 휩쓸어가리라고, 아무리 심한 고통도 잘 이겨내도록 훈련받은 가난뱅이들은 더 이상 아무

* 카포레트 전투가 시작된 날도 러시아에서 10월 혁명이 발발한 날도 1917년 10월 24일이다. 하지만 당시 러시아는 오늘날의 그레고리우스력에 비해 13일이 늦은 율리우스력을 사용하고 있었다. 따라서 볼셰비키 혁명이 일어난 10월 24일은 그레고리우스력의 11월 6일에 해당한다.

것도 두려워하지 않기 때문에 그들이 무장을 하고 내려오면 아무도 그들을 막지 못할 것이라고, 그들은 가진 자들에게 당한 학대와 불의를 몇 배로 돌려줄 것이라고 생각하신 적이 없습니까?

하지만 그들은 순한 양떼처럼 걸어갔습니다.

모든 증인이 그렇게 말하고 있습니다. 그들은 씨억씨억하고 결연하면서도 온순하게 행동했습니다. 장교들과 나란히 걸어가다가 뒤에서 장군들의 자동차가 오면 순순히 길을 틔워주었고, 대포를 버리고 갈 때면 누가 그것을 사용하지 못하도록 포미의 가스마개를 열심히 돌려서 빼냈으며, 스스로 무장을 해제하면서 전쟁이 끝났다고 소리쳤습니다. 그들에게 그건 평화였습니다. 아시겠습니까? 혁명이 아니라 정말 축제였습니다. 까닭을 이해하기는 쉽지 않지만, 시대의 분위기로 보아서는 폭력혁명의 불길이 타오를 수도 있었던 날에 축제가 벌어졌습니다. 물론 폭력이나 약탈이 없었던 것은 아니고 적십자 간호사들이 겁탈을 당하거나 성당에서 술판이 벌어지는 일도 있었지만 그런 것들을 지나치게 강조하지는 마십시오. 축제가 벌어질 때면 으레 뒤따르는 일들이니까요. 우리가 정작 주목해야 할 진실은 그들이 까닭 모르게, 그리고 자기들도 알아차리지 못하는 사이에 당신들을 용서했다는 사실입니다. 참호 속에 들어가는 것을 이해할 수 없을 만큼 고분고분하게 받아들였던 그들이 이번에도 그때처럼 온순하게 굴었던 것이지요. 그들은 당신들을 쓸어버릴 수도 있었지만, 당신들을 너그럽게 봐주고 그 대신 단 하루 동안 무정부 상태에서 대대적인 축제를 벌였습니다. 교수님, 제 말을 믿으십니까?

나는 그런 종류의 성찰에 흥미를 잃은 지가 오래되었다고 대답했다. 그에 덧붙여서 나에게 중요한 것은 오로지 내 아들의 명예라고, 그렇기 때문에 사건의 군사적 측면을 이해하는 것이 나에겐 매우 중요하다고, 군사적인 이야기가 그 자체로는 나에게 혐오감을 주지만 내 목적을 이루기 위해서 필요하다는 것을 안다고 말했다. 나는 카포레토의 패주를 하나의 축제로 보는 그의 이론에 마음이 끌린다는 것을 인정했고, 시간이 있다면 그 이론을 깊이 연구해서 내 의견을 말하고 싶은데 그럴 수 없어서 정말 유감이라고 말했다. 그런 다음 그에게 양해를 구하면서 사건들의 진행 양상을 군사적인 측면에서 더 이야기해달라고 부탁하지 않을 수 없었다. 내 아들의 행동을 정확하게 재구성하자면 군사적인 맥락을 고려해야 한다고 생각했기 때문이다.

"앞서 말씀드렸듯이 후퇴란 전쟁의 정지 국면입니다."

"그건 말이 안 돼요. 그들은 오스트리아 군대에 쫓기고 있었고, 독일의 흰개미들이 돌아다니면서 도망자들의 퇴로를 끊고 있었소. 게다가 이탈리아군의 후방 부대들은 아직 싸우고 있었고."

"그 모든 게 하나의 거대한 광기였을 뿐이지요."

"그 얘기를 더 해주겠소?"

"한낱 광기일 뿐이었다니까요."

그는 피곤해 보였다. 그래서 나는 몸을 숙여 가방에서 코냑 한 병을 더 꺼내어 탁자에 올려놓았다. 그건 우리가 나눈 이상한 대화의 규칙과도 같은 것이었다. 그는 알았다는 듯이 고개를 까딱했지만 말문을 열지 않았다. 문득 카포레토 전투가 벌어지던 그 며칠 동안 그는 어디에 있었는지 물어보자는 생각이 들었다. 내가 그에게 개인적인 질문을 하는 것은 우리 계약에 들어 있지 않았다. 하지만 코냑이 가득 들어 있는 병이 번쩍번쩍 빛나고 있었다. 그 정도면 특별한 보상을 받을 만하지 싶었다. 그는 여전히 침묵을 지키고 있었다. 나는 다시 부탁하지 않을 수 없었다.

"카포레토 전투가 벌어지던 그 며칠 동안 어디에 있었는지 말해주겠소?"

그는 마침내 입을 열었다.

"교수님, 사람을 정말 성가시게 하시네요. 뭐 그런 걸 물으십니까?"

"내 아들을 위해서 이러는 거요."

"그놈의 아들 타령 좀 그만하세요. 아드님 일은 제가 알바 아니에요. 아직도 모르시겠어요? 아드님은 대양에 떨어진 하나의 물방울입니다. 교수님은 몇 해가 지나도록 대양에서 물방울 하나를 찾고 계신 거라고요. 3백만 명이 난리를 치는 바다에서 아드님이 죄가 있든 없든 그게 대수입니까? 이제 와서 그게 무슨 의미가 있지요?"

나는 코냑 병을 도로 집어넣는 시늉을 했다. 그러자 그의 눈에 불안의 빛이 어렸다. 반감과 불안이 뒤섞인 눈빛이었다. 그는 내 손을 제지하고 술병을 빼앗더니 앞으로 코르크 마개를 뽑았다. 하지만 마시지는 않고 그냥 바라만 보다가 술병을 탁자에 도로 내려놓았다. 그러고는 병목을 꼭 쥔 채로 내 쪽으로 몸을 조금 기울이고 내 눈을 똑바로 바라보며 다시 말문을 열었다. 그는 단조롭고도 냉소적인 어조로 쉬지 않고 이야기를 이어나갔다. 코냑은 한 모금도 마시지 않았다.

나는 탈리아멘토 강에 놓인 델리치아 다리에 있었습니다. 서쪽 강변에 후방 부대 병원이 있었지요. 내가 복무하던 곳이 바로 거기입니다. 피난민들과 후퇴하는 병사들의 거대한 물결이 갑자기 걷잡을 수 없는 기세로 몰아닥쳤습니다. 탈리아멘토 강은 물이 불어나 있었기 때문에 다리들을 통하지 않고는 건널 수가 없었습니다. 그러니 엄청난 혼잡이 빚어질 수밖에요. 너른 들판에서 떼를 지어 몰려온 수십만 명의 사람들이 악마적으로 좁아진 다릿목에서 오도 가도 못하는 신세가 되었지요. 게다가 가을비가 추적거리고 있었고 밤중에는 매우 쌀쌀했습니다. 그런데 그날 아침에 독일군이 들이닥쳤습니다. 건너편 강변을 따라 북쪽에서 내려온 것이지요. 그들은 양떼를 덮치는 늑대들처럼 그 대규모 군중에게 덤벼들었습니다. 배처럼 불룩하게 튀어나와 있던 행렬의 중심부에서 갑자기 단말마의 비명이 터져 나오더니, 사람들이 이리저리 달아나고 강물로 뛰어드는 모습이 보였습니다. 그들의 발길에 모든 것이 무참하게 짓밟혔습니다. 독일군은 다리를 건너고 싶어 했습니다. 그래서 놀랍도록 신속하게 군중을 해산시키고 다릿목에 다다른 것입니다. 우리는 사격을 개시했습니다. 그들이 우리의 공격에 맞서기란 쉽지 않은 일이었습니다. 우리는 진지에 숨어 있었고 그들은 엄폐물도 없이 노출되어 있었으니까요. 그들은 다리를 건너려고 몇 차례 시도하다가 결국 물러날 수밖에 없었습니다. 하지만 그들이 새로운 작전을 준비하는 데는 긴 시간이 걸리지 않았습니다. 이탈리아군 포로들을 총알받이로 앞세우고 다리 어귀에 다시 나타난 것입니다. 놈들은 포로들 뒤에 숨어서 그들을 앞으로 떼밀었습니다. 교수님, 이건 정말 고약한 딜레마입니다. 교수님이라면 이런 경우에 어떻게 하시겠습니까? 설마 나한테 이렇게 묻지는 않으시겠지요? **전문적인 관점에서** 그 인질들을 향해 총을 쏘는 것이 그저 명령에 따른 것이냐 아니면 두려움의 쩨쩨한 발로였느냐 하는 식으로 말입니다. 이탈리아 포로들은 두 손을 든 채로 우리에게 쏘지 말라고 소리쳤습니다. 우리는 기관총으로 사격을 가했습니다. 독일인들은 즉시 상황을 알아차리고 물러났습니다. 많은 이탈리아 포로들은 다리 위에 그대로 있다가 죽었습니다. 그들은 울면서 우리에게 애원했습니다. 하지만 그들은 우리가 어찌할 수 없는 것을 요구한 셈입니다. 그러고 나서 독일인들은 세 번째로 공격해왔습니다. 우리는 그들이 절대로 포기하지 않을 것이고 온종일 시도를 계속하리라는 것을 알아차렸습니다. 그때 우리 장군이 다리를 폭파하라고 명령했습니다. 참으로 난처한 일이었습니다. 다리를 폭파하자니 그것은 수십만 명이나 되는 사람들의 퇴로를 끊어 적의 포로가 되도록 방치하는 꼴입니다. 그렇다고 다리를 그냥 두자니 독일군이 넘어오는 날에는 모든 게 끝장입니다. 결국 우리는 패배하기도 전에 우리가 졌다는 것을 인정해야 했고 독일군이 넘어오지 못하도록 다리를 날려버려야 했습니다. 정말 내키지 않는 일이었습니다. 나는 그 명령을 내린 장군이 어떤 사람인지 알고 있었습니다. 우리 고향 사람이었거든요. 그는 홀어머니를 모시고 사는 남자였습니다. 일주일에 한 번씩 자기 집에 매춘부를 불러들이는 것으로 유명했지요. 그런데 그 여자들이 매번 달랐습니다. 그를 위해서 누나들이 여자를 골라주고 어머니가 화대를 지불했다더군요. 장군은 그런 부류의 남자였습니다. 수

백만 명의 목숨이 그런 사내의 손에 달려 있었던 것이지요. 그는 다리를 폭파하라고 명령했습니다. 그건 배의 닻줄을 끊어버리는 것과 같은 일이었습니다. 그로써 이탈리아의 한 부분이 표류하는 배처럼 멀리 떠나버린 셈입니다. 다리가 폭파될 때 많은 독일 병사들이 허공으로 솟구쳤습니다. 다리 위에 있던 이탈리아 포로들의 시신과 동물들과 물건들도 함께 날아갔습니다. 3킬로미터 떨어진 마을에서는 집집마다 유리창이 박살났다고 합니다. 굉장한 폭발이었지요. 위험이 지나가자 강 이쪽 편에 있던 우리는 전열을 재정비하기 시작했습니다. 우리는 패주해 온 병사들을 찾아내어 후방으로 보냈습니다. 거기에서 다시 배속을 받고 무장을 할 수 있도록 말입니다. 하지만 패주자들 중에 장교들이 있을 때는 헌병 장교들이 그들을 심문했습니다. 헌병들은 장교들이 어떻게 해서 부대와 떨어졌는지 묻기는 했지만, 대답은 듣는 둥 마는 둥 했습니다. 대개는 장교들을 강가의 모래톱으로 데려가 총살을 시키기가 일쑤였지요. 탈영을 했다는 이유로 말입니다. 아마도 아드님은 그 장교들 속에 끼어 있었을 것입니다. 어쩌면 겁에 질려 소리를 지르다가 총살 집행 분대 앞에서 오줌을 지린 장교, 가장 젊은 나이에 죽어간 그 장교가 바로 아드님이었는지도 모르지요.

　그는 말을 멈췄다. 할 얘기를 다한 모양이었다. 그는 여전히 병목을 쥐고 있었지만 코냑을 마시지는 않았다.

나는 그의 위악적인 태도에 휘말리고 싶지 않았다. 그래서 차분함을 잃지 않고 질겁한 마음을 다스렸다. 그런 다음 그냥 촌평 한 마디를 던지는 것으로 우리의 대화를 마무리했다.

"그 모든 일이 축제와 닮았다고 했는데, 어떤 점에서 닮았다는 건지 잘 모르겠소."

내 말투는 쓸데없이 논쟁적이었다. 그는 이의를 제기하는 게 당연하다는 듯 고개를 끄덕였다. 하지만 곧바로 신랄한 냉소를 흘렸다. 마치 나에게 겁을 주려고 그러는 것 같았다.

"교수님 같은 분이 그걸 어떻게 이해할 수 있겠어요?"

보아하니 그는 결국 나를 좋아하지 않게 된 모양이었다.

그는 다시 정색을 하고 내 눈을 빤히 바라보았다. 그러고는 아까처럼 단조롭고도 신랄한 어조로 말했다. 나를 쫓아 보내기 전에 마지막으로 들려준 이야기였다.

교수님, 제가 선물 하나 드릴까요? 제 기억에 남아 있는 카포레트 전투의 마지막 이미지입니다. 이것을 어떻게 하시든 그건 교수님 마음대로 하십시오. 비가 내리고 겨울처럼 추운 어느 날이었습니다. 우리는 오스트리아 군대에 쫓겨 모두 피아베 강 쪽으로 정신없이 내려가고 있었습니다. 그야말로 진둥한둥 닥치는 대로 내닫고 있었지요. 정말이지 질서나 명예 따위는 더 이상 없었습니다. 나는 너무 지친 나머지 잠깐 쉬었다 가기로 했습니다. 어느 농가로 들어가 닭장 지붕 아래에서 빗방울이 떨어지는 것을 바라보고 있었습니다. 기분이 참담했습니다. 자포자기의 심정이었습니다. 그래서 누군가를 불렀습니다. 스무 살쯤 되었을 법한 젊은이가 왔습니다. 그는 내가 자기에게서 무엇을 기대하는지 잘 알고 있었습니다. 그는 내 앞에서 무릎을 꿇었습니다. 나는 바지 앞부분을 열고 거시기를 꺼냈습니다. 그가 리듬에 맞춰 머리를 움직이는 동안 나는 아주 짧게 깎은 그의 머리카락을 쓰다듬었습니다. 손바닥에 까슬까슬한 감촉을 느끼며 도로 쪽으로 눈길을 돌렸을 때였습니다. 나는 백 미터쯤 떨어진 곳에서 그들을 보았습니다. 오스트리아군의 한 부대가 가지런한 대오를 지어 조용히 행군하고 있었습니다. 병력은 2백 명 또는 그보다 조금 많을 듯했습니다. 그런데 이상한 것은 그들이 비를 맞지 않기 위해 저마다 우산을 펴들고 있다는 사실이었습니다. 한 손에는 소총을, 다른 손에는 우산을 들고 있었습니다. 정말입니다. 수백 개의 우산이 완벽하게 줄을 맞춘 채 들판의 잿빛 풍광과 뚜렷한 대조를 이루며 위아래로 조금씩 흔들리고 있었습니다. 다 같이 리듬을 맞춰가며, 마치 파도에 흔들리는 검은 부표들처럼.

　나는 이따금 그 이미지를 다시 떠올립니다. 그리고 그때마다 꿈에서 내 장례식을 보았을 때와 같은 기분을 느낍니다. 하지만 그것은 꿈이 아니라 내 마음에 찍힌 사진입니다. 이 사진을 가지십시오. 교수님께 드리겠습니다. 나한테는 이제 필요하지 않습니다.

그도 알고 나도 아는 어느 지인이 알려준 바에 따르면, 중대 군의관이었던 A박사는 그로부터 2년 뒤, 비가 추적거리던 어느 일요일에 소총을 쏘아 스스로 목숨을 끊었다고 한다. 우리의 대화들이 남긴 불쾌한 기억에도 불구하고 나는 그에게 연민을 느꼈다. 전쟁의 포화는 멎었지만 전쟁 때문에 사람들이 계속 죽어가는 상황에 생각이 미치지 않을 수 없었다. 그 상황은 맹수가 사냥감들을 제 소굴 속으로 데려가는 것과 비슷했다. 맹수가 사냥감들을 되도록 오랫동안 산 채로 보관하면서 아직 온기가 가시지 않은 싱싱한 고기를 느긋하게 먹어치우는 것과 비슷했다는 것이다. 어떤 의미에서는 나 자신도 그 가엾은 사냥감들 속에 들어 있다고 볼 수 있으리라. 전쟁 후유증 때문에 평화 시에 마땅히 누려야 할 것을 누리지 못하고 내 생애의 말년을 송두리째 빼앗겨 버렸다는 점에서 그러하다. 하지만 나는 자랑할 것도 없는 인생을 놓고 내가 희생자인 것처럼 말하고 싶지는 않다. 나는 스스로 삶을 버렸다. 그리고 내 아들의 죽음을 이해하기 위해서, 아니 어쩌면 죽은 내 아들을 내 곁에 두고 싶어서 몇 해 동안 그 죽음을 똑같이 경험하려고 애썼다. 우리가 자기 자신에게 가하는 형벌에는 영웅적인 면모가 없다. 사실 그것은 형벌이 아니라 불가해한 쾌락이다. 나 자신도 도무지 이해할 수 없는 일이긴 하지만, 나는 내 아들을 살아 있는 존재로 내 곁에 붙들어두지 않을 수 없었다. 그리고 내 아들이 도주한 길을 그와 함께 달리는 것은 그를 붙들어 두는 한 가지 방법이었다. 내가 보기엔 다른 것들보다 교묘하지도 않고 아둔하지도 않은 방법이었다. 나는 내 아들의 결백함이 그의 발자취에 새겨져 있음을 알고 있다. 그래서 군법 전문가들이 이 회상록에서 졸속 재판의 증거를 읽어낼 수 있으리라 믿고 싶다. 하지만 설령 그렇게 되지 않는다 하더라도, 나는 내 작업이 헛되지 않았다고 말할 수 있다. 이 작업을 벌인 덕분에 내가 그토록 사랑한 내 아들과 죽음의 문턱까지 동행할 수 있었으니 말이다. 내 말년을 바친 대가로 그와 동행한 것은 나에게 더할 나위 없는 기쁨이었다. 살날이 얼마 남지 않은 지금 이 시간, 나는 기쁨과 고마움을 느낀다. 내가 원할 때마다, 내가 원한다면 하루에도 천 번씩, 망각의 늪에서 건져 올린 그의 마지막 이미지를 회상할 수 있기 때문이다. 나는 그의 모습을 생생하게 볼 수 있다.

그는 엄청난 혼돈의 와중에서 제복 차림으로 잔뜩 불어난 강물을 살펴보고 있었다. 차가운 하늘에는 구름이 은빛 반점처럼 떠 있었고, 그 아래로 밤색의 탁한 강물이 흐르고 있었다. 수십만 명의 사람들이 갖은 고생을 겪으며 먼 거리를 떼밀려온 끝에 델리치에 다리 앞에 다다랐지만, 다리가 너무 좁아서 건너가는 속도가 분통이 터질 정도로 느렸다. 앞으로 나아갈 수도 없고 뒤로 돌아갈 수도 없었다. 사람들이 저마다 남은 기력을 다해 할 수 있는 일이라곤 동동거리며 차례를 기다리는 것뿐이었다. 카비리아는 제복을 사복으로 갈아입자고 고집을 부렸지만 내 아들은 그러고 싶어 하지 않았다. 울티모도 마찬가지였다. 그래서 사복 차림으로 돌아간 사람은 카비리아뿐이었다. 그는 너무 꽉 끼는 정장을 입고 있었는데, 그 차림새가 생급스럽다 싶을 만큼 우아했다. 그는 보물을 담아놓은 군용 배낭을 여전히 메고 있었다. 그 보물 가방은 이제 그의 전부나 다름없었다. 그러니 어서 강을 건너는 일이 무엇보다 중요했다.

울티모가 그에게 물었다.

"강을 건너가면 어쩌려고? 그것을 빼앗기고 말 텐데."

하지만 카비리아는 뜻 모를 웃음을 지으며 말했다.

"빼앗아 가려면 먼저 찾아내야 할걸. 우리는 모두 집으로 돌아가게 될 거야."

그런 다음 카비리아는 두 사람을 그 북새통의 한복판으로 떼밀며 걸음을 재촉했다. 다른 두 사람은 지칠 대로 지쳐 있는데 혼자서만 힘이 남아도는 모양이었다. 그는 거기를 벗어나 자기가 점찍어 둔 상류 쪽 나루터로 가려고 했다. 그에게서 금괴를 받는 대가로 강을 건네주기로 한 뱃사공이 거기에서 기다리고 있었다.

내 아들이 말했다.

"배가 못 다닐 거야. 물이 불면 배가 안 다니잖아."

하지만 카비리아는 배로 건너갈 수 있다는 것을 알고 있었다.

"내가 있잖아요. 돈만 내면 돼요."

그러면서 카비리아는 그들을 다시 떠밀었다. 하지만 거기에서 빠져나가기가 불가능해 보였다. 도망자들의 거대한 무리가 안개처럼, 또는 모래폭풍처럼 그들을 휘감았다가 물러나기를 되풀이하고 있었다.

카비리아가 말했다.

"마치 그물에 든 물고기들 같아."

다른 도망자들을 두고 하는 말이었다. 마치 자기네 세 사람은 남들과 달리 인생의 짜릿한 재미를 좇다가 우연히 거기에 오게 된 여행자들이라도 되는 듯했다. 그러잖아도 엄청난 혼란이 빚어지고 있는 판국에 독일 군인들이 곧 뒤쪽에서 들이닥칠 거라는 소문이 돌았다. 강 건너의 아군이 아무도 다리를 건너지 못하게 하리라는 말도 들렸다. 거침없이 전진해오는 적의 기세를 누그러뜨리고 며칠 또는 하다못해 몇 시간이라도 벌기 위해 다리를 봉쇄하리라는 얘기였다. 한 짐마차의 꼭대기에 올려놓은 의자에 노파 한 사람이 앉아 있었다. 노파는 '비겁자들, 너희는 비겁자들이야, 비겁자들' 하고 계속 소리쳤다. 마치 밤새 한 마리가 나뭇가지에 앉아 시끄럽게 지저귀듯 비겁자들이라는 똑같은 말을 쉬지도 않고 외쳐대고 있었다. '그만 입 다물어, 이 할망구야' 하고 병사들이 악다구니를 부렸지만 노파는 아랑곳하지 않고 같은 말을 끝없이 되뇌었다. 그 말은 북새통을 이루고 있는 군중 위로 하나의 저주처럼 또는 하나의 기도처럼 떠돌았다. 비겁자들. 멀리서 들려오는 폭발음과 가까이서 진창을 밟는 발소리가 노파의 외침과 어우러졌다. 어느 병사의 노래나 악기 소리도 간간이 섞여들었다. 유리창이 깨지는 소리가 함께 터져 나오는 오열, 과도하게 회전하는 엔진 소리, 자동차 경적, 신음, 무수한 탄식도 들려왔다. 그때 울티모는 고독들의 대합창과도 같은 그 북새통에서 한 여인을 보았다. 그녀는 불안감 때문에 사색이 되어버린 얼굴로 마치 술에 취한 것처럼 무어라 중얼거리면서 이리저리 돌아다니고 있었다. 울티모는 군중 사이로 계속 길을 틔워주고 있는 카비리아를 따라가다가 그녀 가까이로 가게 되었다. 비로소 그녀가 무어라고 중얼거리는지 알아들을 수 있었다. 그녀는 '내 아들'이라는 말을 되뇌고 있었다.

울티모가 물었다.

"아들이 어디 있는데요?"

여자는 '내 아들'이라는 말만 되뇌었다.

"아들이 어디 있는데요? 내 말 안 들려요? 아줌마 아들이 어디 있느냐고요."

여자는 그제야 울티모의 존재를 알아차린 듯했다.

"내 아들을 잃어버렸어요."

울티모는 알았다는 뜻으로 고개를 끄덕였다.

"곧 찾게 될 거예요. 아들을 어디서 잃어버렸죠?"

"네 살짜리 어린애예요."

그때 고급 정장 차림의 카비리아가 소리쳤다.

"여기서 빠져나갑시다. 그 사람들이 우리를 마냥 기다려주지는 않아요."

울티모는 잠깐 기다리라고 한 다음 대위를 돌아보며 의견을 물었다. 대위는 여자에게 다가가서 아들을 마지막으로 본 데가 어디냐고 물었다. 카비리아는 두 사람을 향해 바보 같이 왜들 그러느냐고 소리쳤다. 여자가 말했다.

"우리는 군인들이 타고 있는 어떤 트럭 뒤에 있었어요. 그러다가 그 트럭이 멈췄는데, 나는 계속 걸어갔어요. 그런데 갑자기 애가 안 보이는 거예요. 그 애는 네 살이에요. 초록색 스웨터를 입고 있고요."

그들은 주위를 둘러보며 초록색 스웨터를 입은 아이를 찾아보았다. 하지만 그건 어둠 속에서 잃어버린 물건을 찾는 격이었다. 대위는 50미터쯤 뒤에 따라오던 군용 트럭을 가리키며 바로 저 트럭이냐고 여자에게 물었다. 여자는 '내 아들을 잃어버렸어요'라는 말만 되뇌었다. 그러자 대위가 말했다.

"저 트럭일 수밖에 없어요. 저기로 돌아가 봅시다."

그때 카비리아가 다시 소리쳤다.

"두 사람 다 머리가 이상해진 거 아니에요? 군대 전체가 망해가고 있는 판국에 저 속에서 아이를 찾겠다고요? 아니, 왜들 그래요? 여기에서 도망쳐야 해요. 그 애는 우리와 아무 상관이 없어요. 이러다가 죽어도 좋다는 거예요? 목숨을 건지고 싶지 않아요?"

하지만 카비리아가 그렇게 소리치는 동안, 이상한 생각이 울티모의 머리를 스쳤다. 그 애가 우리와 아무 상관이 없다고? 천만에, 그 아이는 우리 모두와 관계가 있어. 어쩌면 모든 것이 그 아이로부터 다시 시작될지도 몰라. 우리가 아이와 어머니를 다시 만나게 해주면, 마치 실마리를 찾아내어 뒤엉킨 매듭을 풀 때처럼 모든 게 제자리로 돌아갈 거야. 우리의 잘못은 그물 속에서 너무 안달복달하며 버둥거렸다는 거야. 그냥 일이 엉클어진 바로 그 자리에서 다시 시작하여 세상을 제자리로 돌려놓기만 하면 되었던 것인데 말이야. 울티모는 아이가 어머니의 손을 놓쳤던 바로 그 순간을 머릿속에 그렸다. 모든 것이 거기에서 시작되었다. 모든 상처에 앞서는 상처, 태풍을 일으킨 날갯짓, 세계를 둘로 쪼개지게 만든 작은 균열이 바로 거기에 있었다.

그는 카비리아에게 말했다.

"우리는 아이를 찾으러 갈 거야."

카비리아는 분통을 터뜨렸다.

"너 미쳤구나. 네가 아이를 찾으러 가면, 나는 배를 타러 갈 거야."

"혼자 가지 말고 여기에서 우리를 기다려, 부탁이야."

그러면서 울티모는 그가 기다려줄지 알아보기 위해 그의 눈을 바라보았다. 카비리아는 고개를 끄덕이긴 했지만, 눈을 어디에 두어야 할지 모르고 있었다. 울티모는 그의 마음을 읽으려고 계속 빤히 바라보았다. 그때 대위가 권총을 뽑더니 카비리아를 겨누며 말했다.

"배낭 내려놔."

카비리아는 말귀를 알아듣지 못했다.

"네 배낭을 달라고. 그래야 네가 가버리지 않으리라는 것을 믿을 수 있잖아."

카비리아는 그게 장난이려니 생각했다. 그러나 대위의 태도는 진지했다.

"배낭 내놓으라니까."

카비리아는 배낭을 어깨에서 미끄러뜨려 땅바닥에 내려

놓았다. 대위는 배낭을 집어 들며 말했다.

"여기에서 우리를 기다려."

카비리아는 울티모를 바라보았다. 어이가 없어서 말이 안 나온다는 듯한 표정이었다. 울티모는 그에게 미소를 지으며 말했다.

"모든 게 잘될 거야. 날 두고 가면 안 돼, 카비리아."

카비리아는 아무 말도 하지 않았다. 그는 그들이 군중을 헤치며 여자와 함께 멀어져 가는 것을 지켜보았다. 울티모는 혼돈 속으로 사라지기 전에 다시 뒤를 돌아보았다. 카비리아의 눈에는 그가 똑똑히 보였다. 주위에 수천 명의 사람들이 있다 해도 울티모에게는 금빛 그늘이 서려 있기 때문에 그를 시야에서 놓칠 수가 없었다. 그는 뒤를 돌아보며 카비리아에게 다시 눈짓을 보냈다. 마치 수영 선수가 깊은 바다로 뛰어들기 전에 신중을 기하기 위해 물기슭 쪽으로 눈길을 던지는 것 같았다. 카비리아는 그를 향해 고개를 끄덕였다. 그들은 멀리서 서로의 눈을 바라보았다. 그들이 서로를 본 것은 그게 마지막이었다.

그들은 병사들이 타고 있는 트럭에 가서 아이를 찾아냈다. 어머니는 아이의 손을 잡았다. 이제는 세계가 엉클어질 이유가 없었다. 대위는 여자에게 그들을 배가 있는 곳으로 데려갈 수 있다고 말했다. 울티모는 이제 그런 것은 중요하지 않다고 생각했다. 아마도 배든 강이든 그런 것은 더 이상 필요하지 않을 것이고 세상은 질서를 되찾게 되리라는 생각이 들었다. 하지만 그는 그게 좋은 생각이며 틀림없이 배에 그들의 자리가 있을 거라고 말했다. 그들은 다시 군중을 헤치며 나아갔다. 하지만 카비리아를 남겨두고 온 자리에 다다라 보니 그의 모습이 보이지 않았다. 울티모는 그가 멀리 가지는 않았을 거라고 말했다. 그들은 카비리아를 찾기 시작했다.

울티모가 말했다.

"아마 강 쪽으로 갔을 거예요. 나루터는 상류로 조금 더 올라가야 있어요. 저기 집 세 채가 보이죠. 그 뒤에 있어요."

그들은 사람들의 무리에서 빠져나온 다음 강에서 너무 멀어지지 않도록 주의하면서 들판을 가로질러 걸어갔다. 그러면서 있는 힘을 다해 카비리아를 불렀다. 울티모, 대위, 여자와 아이. 그들은 얼마쯤 더 걷다가 발길을 멈췄다. 카비리아는 나타날 기미를 보이지 않았다. 그러자 대위는 아무 말 없이 카비리아의 배낭을 땅바닥에 내려놓고 열어 보았다. 그 안에는 고기 통조림이며 옷가지며 구두 한 켤레 따위가 들어 있었다. 빌어먹을 자식, 하고 대위가 말했다. 울티모는 대위에게 다가가 배낭을 완전히 뒤집어엎었다. 카비리아, 하고 그가 나직하게 말했다. 그들 뒤에서는 도망자들의 무리가 한 마리 거대한 동물처럼 꿈틀거리며 다리 어귀 쪽으로 계속 모여들고 있었다. 그들 옆으로는 진흙 때문에 잔뜩 흐려진 강물이 흐르고 있었다. 아이는 돌덩이 위에 앉았다. 어머니는 아이의 손을 계속 잡고 있었다. 아무도 더 이상 입을 열지 않았다. 그때 그들 앞에 있는 언덕의 능선에서 무장 군인들의 검은 형체가 튀어나왔다. 주위에는 비현실적인 적막이 흐르고 외국어로 명령을 내리는 목소리만 그 정적을 깨고 있었다. 아이가 일어섰다. 울티모는 움직이지 않았다. 언덕바지에서 병사들이 개미떼처럼 쏟아져 나왔다. 그들은 서두르지 않고 여유작작하게 내려오고 있었다. 하지만 그들의 발걸음은 가차 없고도 결연해 보였다. 안 돼, 포로가 되기는 싫어, 하고 대위가 말했다. 그러고는 덧붙였다. 울티모, 나는 다시 싸우고 싶어. 울티모는 몸을 돌려 그에게 미소를 지으며 말했다. 행운을 빈다고, 당신은 훌륭한 장교였다고, 나중에 집에서 만나자고. 대위는 싱긋 웃었다—내 아들은 그런 사람이었다. 그런 다음 그는 다시 사라졌다. 최고 사령부의 점잖은 양반들이여, 내 아들은 며칠 전부터 해오던 대로 그렇게 사라졌다. 그건 두려움이 아니라 용기의 발로였다. 그건 자기 목숨을 구하기 위한 것이 아니라 스스로 지옥으로 떨어지는 행위였다. 그는 적의 총알을 맞게 되리라 생각했지만, 정작 그의 심장을 관통한 것은 당신들의 총알, 그 고약한 심판자들의 총알이었다.

울티모는 두 팔을 들고 가만히 서서 독일 병사들을 기다리리라 생각했다. 그렇게 비굴하면서도 점잖은 몸짓을 시도해보고 싶었다. 하지만 그런 생각을 실행에 옮기기도 전에 그는 자기 손을 찾고 있는 여자의 손길을 느꼈다. 여자는 그의 손을 꼭 쥐었다. 따스하고도 편안한 동작이었다. 아이의 손이 남긴 좋은 기운과 은근한 힘이 느껴졌다. 말을 하지 않아도 그녀의 마음이 전해지는 듯했다. 그래서 울티모는 두 팔을 들어 올리는 대신 세계의 심장을 꽉 움켜쥔 채로 적에게 투항했다.

　이제 내 회상록을 마무리하고자 한다. 나는 1917년 11월 1일에 탈영 혐의로 부당하게 사형당한 내 아들의 명예를 회복시키기 위해 열흘 낮 열흘 밤 동안 이 회상록을 작성했다. 노년에 따로 할 일이 있는 것도 아니니 정성을 기울여 썼더라면 좋았을 텐데, 앞서 말했다시피 상황이 허락하지 않았다. 이제 곧 사람들이 나를 데리러 올 것이다. 그러면 나는 내가 태어나고 살았던 이 방, 다시는 보지 못하게 될 이 방에 작별을 고할 것이다. 나는 내가 무엇을 잘못했는지 정확히 알지 못한다. 그러나 그들의 말을 듣고 이해한 바에 따르면, 나는 그 잘못을 목숨으로 갚는 벌을 받게 되리라고 한다. 나는 지난 몇 해 동안 당에서 몇 가지 직책을 맡았다. 그러면서 아마도 다른 사람들이 범죄를 저지르도록 방치했을 것이고, 굳이 그 범죄들을 재단하려고 하지 않았을 것이다. 만약 내가 그렇게 행동했다면, 그것은 방해를 받지 않기 위해서였을 것이다. 사실 나는 무슨 일에 대해서든 초연함을 유지하려고 했고 그러기 위해서 필요한 일이 아니면 아무것도 하고 싶어 하지 않았다. 나를 심판한 사람들은 새로운 세상에 대한 큰 희망을 가꾸어가고 있다. 미래에 대한 그들의 신념은 정의의 샘에서 자양을 얻는다. 만약 그들이 어느 늙은 파시스트의 희생을 필요로 한다면, 나야말로 그들에게 필요한 사람이다. 나는 파시스트가 아니지만 나 자신을 옹호하려고 하지 않았다. 내 운명 따위는 아무래도 상관없다. 다만 30년의 간격을 두고 한 집의 아들과 아버지가 서로 다른 길을 거쳐 똑같이 치욕스런 결말을 맞이하였다는 사실에 대해서는 깊이 생각해봐야 하지 않을까 싶다. 하지만 그 사실에서 내가 이끌어낼 수 있는 교훈이 있다면 그저 온유함도 죄가 될 수 있다는 것 정도가 아닐까? 모든 대격변의 한복판에서는 다수의 온유한 사람들이 살아간다. 그들에게 구원의 길은 수수께끼처럼 난해하기만 하다.

나는 내 아들의 죽음에 관해서 더 많은 것을 알려고 하지 않았다. 내 관심은 오로지 내 아들이 죽기 전에 보낸 마지막 며칠에 쏠려 있었기 때문이다. 나는 누가 총살 집행 분대를 지휘했는지, 누가 그의 사형 판결문에 서명했는지 모른다. 그게 누구이든 그들을 탓하고 싶지 않다. 아마도 그들은 그저 해야 할 일을 했을 것이다. 내 아들의 이름은 아직도 어느 공문서에 탈영자라는 낙인과 함께 적혀 있을 테지만, 나는 그 문서가 관료 체제 내부의 어떤 비밀 장소에 감춰져 있는지 알지 못한다. 그러나 나는 믿고 싶다. 내 이야기가 카포레트 전투를 조명하는 데 조금이라도 기여한다면, 어떤 법적인 절차가 마련되어 군사 기록 보관소의 그 비밀 장소에 접근하는 것이 허용될 것이고 거기에 차분하고 공정한 판단에서 나온 증언들이 새로 들어가게 되리라는 것을.

이제 내게 남은 일은 자기들의 기억을 통해 내가 참가하지 않은 전쟁을 재구성할 수 있도록 도와준 모든 이들에게 감사하는 일뿐이다. 그들 가운데 일부는 이 회상록에 본명으로 나와 있지만, 나머지 분들에 대해서도 똑같은 감사의 마음을 표시하고 싶다. 그들의 증언 하나하나가 모두 소중하고 오래도록 기억될 만한 것들이었다. 하지만 그 어두운 시기에 내가 가장 간절하게 듣고 싶어 했던 것은 울티모의 목소리였다는 사실을 감출 수가 없다. 나는 여행을 좋아하지 않는 사람이었음에도 그의 이야기를 듣기 위해 아주 먼 길을 다녀야만 했다. 그는 내가 오는 것을 별로 탐탁하게 여기지 않았을 것이다. 내가 찾아갈 때마다 잊고 싶은 과거를 다시 떠올려야 했을 테니까. 하지만 우리는 서로를 인정하게 되었고, 마치 의식을 치르듯 과거를 돌이켜보면서, 그리고 그것을 이해하려고 노력하는 과정에서 두 사람다 기쁨을 느끼기에 이르렀다. 나는 그 뒤로 울티모를 다시 만나지 못했다. 그래서 이미 앞에서 말했던 것처럼 그의 삶과 꿈이 어떻게 되었는지 무척 궁금하다. 나는 그의꿈이 좌절되지 않았기를 진심으로 바라고 있다. 내가 떠나오기 전날, 그는 나에게 무언가를 이야기하고 싶다고 했다. 내가 다른 누구보다 자기를 잘 이해할 수 있으리라는생각이 들기 때문에 이야기를 하고 싶다는 것이었다. 카포레토에서 있었던 일이 아니라 나중에 포로 생활을 하던 중에 겪은 일이라고 했다. 나는 그의 이야기를 듣는 것은 나에게 하나의 특전이라고 대답했다. 그는 내가 예의상 그러는 게 아닌가 싶어 나를 찬찬히 바라보았다. 그러다가 이윽고 이야기의 허두를 떼었다.

혹시 포로수용소에 관해서 아시는 게 있나요? 카포레토에서 투항한 이탈리아 병사들을 가두어두었던 포로수용소말입니다. 한 마디로 말해서, 먹을 건 없고 일은 많은데다지독하게 추운 곳이었죠. 나는 오스트리아의 어느 들판에자리 잡은 스피첸부르크 수용소에 있었어요. 우리는 날마다 수용소 뒤쪽의 군사 시설에 물품을 운반하는 일에 동원되었어요. 매일 여덟 내지 열 시간씩 일했죠. 우리는 노예나 다름없었고 그런 모욕 때문에 하루하루가 더 죽을 맛이었어요. 그렇게 살다 보면 결국엔 자기가 더 이상 존재하지 않는다는 생각을 갖게 되죠. 그런데 어느 날, 그들이 우리를 트럭에 태워서 어딘가에 있는 넓은 평지로 데려갔어요. 한 번도 와본 적이 없는 곳이라서 거기에서 무슨 일을 시키려는 것인지 알 수가 없었어요. 보이는 것이라곤 그저 막사 몇 채뿐이었죠. 우리는 그들이 시키는 대로 트럭에서 내려 풀밭으로 걸어갔어요. 그러자 곧 이해가 되더군요. 초원 한복판에 기다란 활주로가 있더라고요. 하나의 띠 모양으로 다져놓은 땅이 완벽한 직선을 그리며 백 미터쯤, 아니 어쩌면 그 이상으로 길게 뻗어 있었어요. 풀밭과 경작지였던 땅을 다져서 활주로를 만들어놓고는 언제부턴가 쓸모가 없어져서 그대로 방치해놓은 것이었어요. 참으로 오랜만에 아름다운 것을 본다는 생각이 들더군요. 오스트리아인들은 아마도 그 활주로가 필요하리라 판단했던가봐요. 그래서 우리를 데려다가 보수 공사를 시킨 거죠. 구멍을 메우거나 막사를 다시 짓는 일 따위를 하라고 말이에요. 주위는 아주 적막했어요. 그저 바람만이 온 공간을 거침없이 내닫고 있었죠. 그 활주로를 바라보고 있노라니 차츰 이상한 느낌이 들었어요. 드디어 집에 돌아온 것 같은 기분 말이에요. 전쟁에서 돌아왔다거나 고향에 돌아온 기분이 아니라, 집에 돌아온 기분이었어요. 내 말뜻을 이해하실지 모르지만, 정말 **나의 집**에 돌아왔다고 느꼈어요.

우리는 그들의 명령에 따라 작업을 시작했어요. 나는 삽을 들고 그 활주로 위를 걷게 되었어요. 한 곳에서 다른 곳으로 흙을 퍼다 나르는 일을 하고 있었죠. 그 띠 모양의 땅을 보수하는 일이 마음에 들었어요. 하지만 나는 그 일을 하면서 골똘한 생각에 빠져 있었어요. 그 장소에 뭔가 신성한 것이 있는데 그게 무엇일까 하고 속으로 따져보고 있었던 것이죠—그는 정말 '신성한 것'이라고 했는데, 그 말이 너무 생급스러워서 마치 외국어를 듣는 것 같았다. 나는 일손을 멈추지 않으면서도 계속 활주로를 바라보며 그게 무엇인지 알아내려고 애를 썼어요. 그러다가 마침내 깨달았죠. 갑자기 **길**이 눈에 들어왔어요. 비행기에 대한 생각 때문에 혼선에 빠져 있다가 비로소 활주로라는 가면 아래에서 길을 보게 된 겁니다. 하나의 길을 말입니다. 아! 그게 나에게 무엇을 의미하는 것이었는지 교수님은 이해하시지 못할 겁니다. 나는 머릿속에 길들을 품은 채로 자랐어요. 몇 해 동안 다른 것은 전혀 눈에 들어오지 않았죠. 무엇을 보든 내 눈에는 그것이 길로, 자동차가 달리는 길로 보였어요. 그건 내 아버지가 주신 선물이었고 오로지 우리 머릿속에서만 일어나는 현상이었어요. 우리는 주위 세계에서 들려오는 소리 가운데 오로지 엔진 소리에만 귀를 기울였고, 언덕의 능선이건 여체의 곡선이건 어떤 형태의 선을 보더라도 길을 떠올렸어요. 우리는 언제 어디에서

든 길을 보았고 상상 속에서 그 길들을 달렸습니다. 믿기지 않으실지 모르지만, 나는 소년 시절에 머릿속에 숱한 길을 그리고 그 길들 위로 자동차를 몰고 다니면서 시간을 보냈어요. 나는 그런 방식으로 나만의 세계를 만들었어요. 그 시절에 나는 이런 식으로 미래를 그렸어요. 세상엔 수많은 길들이 있을 것이고, 우리는 엔진의 힘을 이용해서, 그리고 우리의 상상력과 용기를 또 다른 동력으로 삼아 그 길들을 주파하게 되리라고 말이에요. 이해하시겠습니까, 교수님?

나는 알 것도 같다고 대답했다.

그는 수학자인 나에게 수가 있었다면 자기에겐 길들이 있었다고 말했다.

그제야 나는 깨달았다. 우리는 저마다 타고난 재능의 범위 안에서 어떤 질서의 가능성을 보았던 것이다.

울티모는 이야기를 계속했다.

그런데 그 길들 가운데 하나가 내 아버지를 좌절시킨 날, 나에게서 길들이 사라져버렸어요. 그날 이후로 나는 아무것도 볼 수 없었어요. 보이는 것이라곤 그저 모호한 형상들뿐이었죠. 삶 자체가 뒤죽박죽이 되어버려서 나는 아무것도 알 수가 없었어요. 그래서 한낱 불투명한 안개가 아닌 어떤 것을 찾아내기 위해서 전쟁에 참가했습니다. 그런데 나는 거기 카포레토에서 일체의 확신이 멎어버린 공회전 상태, 모든 길들의 완전한 소멸을 경험했어요. 거기에 있지 않았던 사람들은 그게 무슨 말인지 이해할 수 없을 겁니다. 나는 그 패배의 와중에서 더없이 지독한 혼란을 겪었어요. 그러다가 포로수용소에 갇혔을 때는 아무것도 아닌 존재가 되어버렸어요. 계속 그렇게 갇혀 있다가는 영원히 나 자신을 잃어버릴 지경이었죠. 그러던 차에 활주로라는 외양에 가려져 있던 그 길을 보게 된 겁니다. 그 길에는 뭔가 이상한 점이 있었어요. 앞서 말씀드렸듯이 뭔가 신성한 것이 있었죠. 주위에는 아무것도 없었어요. 사람도 나무도 집도 목소리도 생명도 없었죠. 그건 한낱 길이 아니라 그 이상의 어떤 것이었어요. 길의 **이데아**, 내가 꿈꾼 적이 있는 모든 것의 뼈대, 내가 생각한 적이 있는 모든 것의 극치. 그런 것이 거기, 들판의 공터에 조각되어 있었어요. 그건 내가 잃어버렸던 보물이었어요. 나는 걸음을 멈췄습니다. 마음이 아주 차분해지더군요. 정말 오랜만에 느껴보는 기분이었어요. 소년 시절에 내가 좋아했던 일을 다시 할 수 있겠다 싶었죠. 상상 속에서 자동차를 몰며 도로를 달리는 것 말입니다. 나는 머릿속에 자동차 한 대를 그리고 거기에 올라타서 시동을 걸었어요. 이름 모를 공간 한복판에 백 미터 넘게 곧장 뻗어 있는 한 줄기 띠. 그건 나를 위해서 거기에 있었던 거예요. 나는 기어를 넣고 달리기 시작했어요. 차가 달린다기보다 길이 바퀴들 아래로 스쳐가는 것 같았어요. 처음엔 천천히, 그다음엔 점점 빠르게 스쳐갔어요. 그러다가 활주로 끝에 다다르자 방향을 돌려 다시 달렸습니다. 그렇게 한 차례 왕복한 뒤에는 더 빨리 달려서 직선의 끝에 다다른 다음 다시 반대쪽으로 차를 몰았죠. 감시병들이 나한테 무어라고 소리치더군요. 그들은 포로가 농땡이 치는 것을 좋아하지 않았어요. 그들이 어떻게 내 행동을 이해할 수 있었겠습니까? 나는 길바닥의 구멍들과 바람을 느끼고 있었어요. 손바닥으로는 핸들의 진동을, 엉덩이로는 엔진의 망설임을 느낄 수 있었죠. 내가 잃어버렸던 힘이 아주 멀리에서 돌아오고 있는 것 같았어요. 산산이 흩어져 있던 세계의 파편들이 그 활주로 위에서 다시 결합되는 것이 보였어요. 몇 해 동안 흩어지는 것을 그냥 감내하기만 했을 뿐 다시 모을 수가 없었던 그 파편들 말입니다. 감시병들이 다가왔어요. 격렬하게 화를 내며 토막 난 말들을 쏟아내더군요. 그 말들이 저를 물어뜯는 것만 같았죠. 나는 액셀을 힘껏 밟으며 활주로 끄트머리에 와 있었던 참이었어요. 감시병들이 너무 가까이에 있어서 이번에는 뒤로 돌아가기가 어렵다는 것을 알아차렸죠. 그렇다고 브레이크를 밟고 싶지는 않았어요. 설령 더 이상 길이 없다 해도 멈추지 않을 생각이었어요. 아마도 한순간 나는 내가 곧 비행기나 새가 되리라고 생각했을 겁니다. 하지만 나는 부질없이 비상飛翔에 취하는 것은 결코 해결책이 되지 못하리라는 것을 잘 알고 있었어요. 나는 평야지대 출신입니다. 우리는 땅에 붙어사는 사람들이라서 공중을 날지 않아요. 우리는 땅에서, 땅에 나 있는 길들에서 구원을 찾죠. 감시병 하나가 와서 내 앞을 막아섰습니다. 벌게진 얼굴을 바싹 들이대면서 무어라고 소리치더군요. 하지만 나는 아랑곳하지 않았어요. 내 앞에는 아직 20미터 정도의 길이 남아 있었어요. 그리고 다른 감시병들이 오기 전까지 내가 달아날 수 있을 만한 굽이를 찾아내기 위해 한 차례 상상의 날개를 칠 시간도 있었죠. 겁을 먹고 머뭇거릴 때가 아니었어요. 그때 오랫동안 까맣게 잊고 있던 내 이름의 첫 글자가 다시 눈에 보였어요. 옛날에 어머니가 내 보물 상자에 빨간색으로 써놓으셨던 글자가 말이에요. 어머니는 그 글자를 쓰실 때 펜을 떼지 않고 한 번에 쓱 그리셨죠. 그 깔끔한 동작이 눈에 선했어요. 나는 내 안에도 그런 동작이 있고 나도 그렇게 할 수 있다는 것을 깨달았죠. 그 글자가 아늑한 요람처럼 나에게 용기와 구원을 주리라는 생각이 들었어요. 나는 핸들을 꽉 움켜쥐고 온 체중을 왼쪽에 실었어요. 땅바닥을 물어뜯는 타이어의 신음이 들리고 물살을 거스르는 물고기처럼 헤엄쳐야 하는 자동차의 피로가 느껴졌어요. 문득 내 눈앞의 길이 곡선으로 변했습니다. 내 눈에만 보이는 장엄한 곡선이 된 것이죠. 내 갈비뼈에 뭇매가 쏟아지고 있다는 느낌이 들었어요. 소총의 개머리판에 맞았던 게 아닌가 싶어요. 나는 털썩 무릎을 꿇었어요. 어느새 다른 감시병들이 와 있더군요. 그들 모두가 소리를 지르고 있었어요. 하지만 나를 제지하는 것은 이미 불가능한 일이 되어버렸어요. 나는 오른쪽으로 천천히 돌아서 내 기억에 아로새겨진 눈부시게 아름다운 어떤 치마의 아랫단을 따라서 달리다가, 이따금 우리 식탁에 올라와 바다를 느끼게 해주었던 생선들의 둥글게 굽은 등에서 속도를 높였죠. 누군가의 발길질에 쓰러져 얼굴을 땅에 처박았을 때는 피아세베네 둔덕을 전속력으로 올라가고 있었어요. 그런 다음 내 이름을 소리쳐 부르면서 허공으로 날아올랐어요. 그러는 동안 견딜 수 없는 악다구니와 함께 감시병들의 뭇매가 쏟아졌죠. 나는 눈을 감았어요. 그다음 굽이는 달리기가 아주 수월했죠. 나는 내가 보았던 가장 아름다운 여자의 목선을 따라 내려가서 조심스럽게 속도를 높이다가 어깨가 보이는 곳에서 멈췄습니다. 바야흐로 나는 내 인생을 온전히 되찾고 있었어요. 나는 두 손으로 머리를 감쌌어요. 두들겨 맞다가 의식을 잃고 싶지 않았거든요. 아무리 맞아도 느낌이 없었지만, 죽음의 위험은 감지하고 있었죠. 그 일을 끝내기 전에는 죽고 싶지 않았어요. 나는 내가 어디까지 가고 싶어 하는지 알고 있었어요. 그 목적지는 아주 엉뚱한 곳이었어요. 거기에 가고 싶다는 생각이 그토록 간절하게 들었던 적이 없어요. 하지만 그런 결말은 이미 오래전부터 내 마음속에 있었는지도 모릅니다. 어쨌거나 나는 마지막 남은 힘을 모아 어느 굽잇길을 돌았어요. 타르소 고개의 구절양장에서 배운 대로 달렸죠. 그다음에는 우리가 여름을 보냈던 모래톱이 있는 장강의 굽이로 빠르게 접어들어서 그 굴곡을 따라 내가 가고 싶어 하던 곳으로 나아갔죠. 병사들의 아우성이 점점 멀리 들리고 피가 부글거리도록 호흡이 가빴어요. 나는 내 심장이 핸들에 달라붙은 채 팔딱거리는 모습을 상상했어요. 옛날 그대로 변함없이 흐르는 강의 물굽이들은 나의 믿음을 저버리지 않았고, 덕분에 나는 시속 140킬로미터로 내 고향 마을 어귀의 직선 도로에 들어서게 되었죠. 전시의 상투적인 생각에 사로잡혀서 처음엔 미처 깨닫지 못했지만, 그저 하찮은 군용기나 이륙하는 곳인 줄 알았던 그 활주로는 바로 내가 처음 떠나온 길을 닮았던 것입니다. 오래전, 안개가 자욱하던 어느 날 밤에 내 아버지 옆에서 이런 것을 배웠어요. 인생살이의 핵심과 시간의 숨결로 우리를 이끄는 길, 그것이야말로 진정한 길이라는 것을요. 나는 그날 활주로에서 내 안에도 그런 길이 존재한다는 것을 깨달았습니다. 내가 할 일은 그저 내 인생의 폐허에서 매일매일 그것을 파내는 것뿐이라는 사실도요.

울티모는 말을 멈추고 마침내 나에게 눈을 주었다. 그러고는 한참이 지나도록 나를 빤히 바라보았다. 보아하니 아직 다 말하지 않은 어떤 비밀 같은 것이 있는 모양이었다. 하지만 그는 입을 다물고 있었다. 그래서 나는 물었다.

"그 뒤로 어떻게 지냈나?"

그는 빙긋 웃으며 머리를 조금 기울였다.

"고생깨나 했죠. 일이 뜻대로 돌아가지는 않더군요."

그런 다음 그가 덧붙였다.

"그래도 저에겐 계획이 하나 있습니다."

나는 미소를 지으며 물었다.

"무슨 계획이지?"

"멋진 계획이죠."

그는 의자를 내 쪽으로 조금 끌어당겼다. 눈에서 빛이 번득였다.

"도로 하나를 건설하려고 해요. 어디에다 낼지는 모르지만 길을 하나 낼 거예요. 아무도 상상해본 적이 없는 길입니다. 시작하는 곳에서 끝나는 길이죠. 아무것도 없는 땅, 막사나 울타리 따위도 없는 땅의 한복판에 닦을 거예요. 사람들이 걸어 다니는 길이 아니라 일종의 경주로입니다. 그 길은 세상 어디로도 통하지 않아요. 자기 자신에게로 통하는 길이니까요. 그 길은 세상 밖에 있게 될 것이고 일체의 불완전함에서 멀리 벗어나게 될 거예요. 그것은 지상의 모든 길을 하나로 아우른 길이며 언젠가 길을 떠난 사람이라면 누구나 다다르기를 꿈꾸는 곳이 될 것입니다. 제가 직접 그 길을 설계할 거예요. 그리고 이거 아세요? 저는 그 작업을 아주 오랫동안 하면서 제 인생을 처음부터 끝까지, 한 굽이 한 굽이를 차례차례 담을 겁니다. 제 눈으로 본 것, 제 눈이 잊지 않은 것을 모두 거기에 담으려고 해요. 그 어느 것도 빠뜨리지 않을 거예요. 서산에 지는 해의 곡선이나 어떤 미소의 주름까지 말입니다. 제 인생을 수놓은 그 어떤 일도 제가 헛되이 겪은 일이 되지 않을 것입니다. 모든 것이 특별한 땅이 되고 영원한 그림이 되고 고스란한 자취가 될 테니까요. 말씀드리고 싶은 게 한 가지 더 있어요. 그 길이 완성되면, 저는 혼자 자동차를 타고 그 길을 달릴 생각입니다. 처음엔 천천히, 그러다가 점점 빠르게 달릴 거예요. 두 팔에 감각이 없어질 때까지 쉬지 않고 계속 돌 겁니다. 그러고 나면 제가 하나의 완전한 고리를 주파했다는 확신이 들 거라고 생각해요. 그러면 저는 제가 출발했던 바로 그 자리에서 멈출 거예요. 그런 다음 자동차에서 내려 뒤도 돌아보지 않고 떠날 겁니다."

그는 빙그레 웃고 있었다. 도도하게.

"진심으로 하는 말인가?"

"그럼요."

"정말?"

"저는 그것을 위해 살고 있습니다."

나는 웃으면서 고개를 끄덕였다.

"돈깨나 들겠는걸."

"구하게 될 겁니다."

그는 정말 돈을 구하게 될 사람처럼 말했다. 나는 서킷의 직선 주로에 차를 세워놓고 운전석에 앉아 있는 그의 모습을 상상했다. 이제 곧 시동을 켜고 자기 인생을 되짚어 나가려는 그의 모습을.

"그날 내가 거기에 가보지 못한다면 무척 유감스러울 거야."

그는 내 쪽으로 몸을 기울여 손끝으로 내 이마를 살짝 만졌다. 마치 이마의 곡선을 알아두려는 것 같았다.

"거기에 계시게 될 겁니다."

엘리자베타

1923년 4월 2일

오늘 이 일기를 쓰기 시작한다.

시적인 것은 전혀 없다. 그저 내 모험을 기록하고 싶을 뿐이다.

하나의 목록을 만들듯이. 잊지 않기 위해. 그래, 이건 하나의 목록이다.

나는 누구인가. 21세. 이름: 엘리자베타. 러시아인. 상트페테르부르크 출신.

나는 방이 52개나 있는 대저택에서 태어났다. 그 대저택은 이제 존재하지 않는 모양이다. 그 자리에 목재 창고가 들어섰다고 한다. 그건 지난 6년 동안 일어난 변화들 가운데 하나일 뿐이다.

나는 이전의 내 삶, 특히 내 나라에 관해서 아무것도 기억하지 않기로 결심했다. 그것들은 이제 나에게 속해 있지 않다. 나는 그것들에 관한 기억을 없애버리고 싶다. 증오 때문이 아니라 나와 무관하기 때문이다. 이전의 내 삶은 나와 무관하다. 러시아는 나와 무관하다.

나의 새 나라는 미국이다. 현재로서는 그렇다.

내가 미국에서 **나이 들어가리라**고는 생각하지 않는다.

내가 원하는 것:

내 부모는 1917년 혁명 때 죽었다. 그들의 바스테르키에 비츠 대저택에서 치사량의 독약으로 스스로 목숨을 끊었다. 나하곤 상관없는 일이다.

나는 미국 대사의 도움으로 목숨을 건졌다. 내가 몸을 실은 야간열차는 객차를 열여섯 량 달고 있었다. 우리는 첫 번째 객차에 타고 있었다. 내 언니 알마, 미국 대사, 나, 그리고 지체가 높은 다른 망명객 열두 명.

미국 대사는 내 언니 알마에게 반했다. 하지만 저는 내 동생 엘리자베타를 두고는 절대로 떠나지 않을 거예요, 라고 그녀는 말했다.

그래서 나는 이렇게 여기에 있는 것이다.

다른 얘기를 하자면 뭐가 있을까.

무일푼. 나는 정말 가진 게 없다. 그나마 내가 살아갈 수 있는 것은 연주를 할 줄 알기 때문이다. 우리는 음악을 혼수의 하나로 생각하고 배웠다. 이탈리아어, 프랑스어, 회화, 시, 무용, 원예도 마찬가지다. 동기야 어찌 되었든 음악은 남았다.

지금으로서는 그것으로 충분하다.

나는 9시 20분에 자러 갈 것이다.

내 몸으로 말하자면……

내 언니는 예쁜 여자였다. 나는 생김생김이 슬프다. 입은 크고 눈은 평범하고 머리칼은 너무 가늘다. 눈과 머리털의 빛깔은 검다. 진한 검정이다. 그래도 남자들은 내 몸에 반한다. 마른 몸. 가슴. 다리. 진주빛 살결. 발목. 쇄골 라인. 남자들은 내 몸에 반한다. 내 얼굴이 못났기 때문에 그들의 입장에서는 시적인 또는 사랑의 감정이 담긴 예비단계를 거치지 않고 성적인 욕구를 직접 드러내기가 더쉽다. 나는 그것을 즐긴다. 나는 내 몸 보여주기를 좋아한다. 윗몸을 숙여 젖가슴이 보이게 하기. 맨발로 돌아다니기. 앉을 때 치마를 허벅지까지 끌어올리기. 남자들에게 말하는 동안 가슴을 바싹 들이대기, 양쪽 허벅지 사이를 한 손으로 누르면서 말없이 주위를 둘러보기. 그 밖의 다른 것들.

남자들은 모두 아이 같다.

그들을 미치게 할 것.

나는 열한 명의 남자들과 잤다. 하지만 나는 아직 처녀다. 그들 가운데 두 명이 뒤쪽으로 해서 내 몸을 파고들었지만 그다지 불쾌하지는 않았다. 그 열한 명의 남자들은 내가 마음에 들지 않았나 보다. 다시는 그들을 만나지 못했으니 말이다. 아마도 내가 그들의 자존심을 상하게 했을 것이다. 그렇다면 잘된 일이다. 섹스는 하나의 복수. 현재로서는 그렇다. 언제까지나 그렇지는 않을 것이다. 하지만 현재로서는 그렇다.

나는 무엇에 대해 복수하려는 것일까.

나는 무엇에 대해 복수하려는 것일까.

1923년 4월 3일

궁금한 거 있으면 물어봐, 말해줄게.

그러자 그가 말하기를, 모르겠어, 난 너에 대해서 아는 게 없어.

물어봐.

네 가족은 어디에 있어?

난 가족이 없어.

말도 안 돼.

다른 거 물어봐.

넌 까다로운 여자야.

내 아버지는 늘 내가 까다로운 여자애라고 말했다. 이제 나는 안다. 아버지가 무슨 뜻으로 나를 두고 까다롭다고 말하거나 혼자서 그렇게 생각했는지 말이다. 그건 우리 두 사람이 서로 가까워질 수 없으리라는 뜻이었고, 아버지는 결국 거리를 둔 애정으로 만족하면서 자기가 아무도 사랑하지 못하는 것을 늘 아쉬워하리라는 뜻이었다. 사실 **까다롭다**는 것은 그런 것이다. 다만⋯⋯

나는 아이들에게 피아노를 가르친다. 때로는 어른들에게도 가르친다. 나는 피아노 제조 회사인 스타인웨이 앤드 선스에서 돈을 받는다. 이야기하자면 이렇다. 금세기 초의 일이다.

참 어리석다, 일기를 쓴다는 건.

다시 얘기하자면, 금세기 초에,

1923년 4월 4일
이름이 별나다. 울티모. 이탈리아어로 **마지막 사람**이라는 뜻이다. 아이를 더 낳고 싶어 하지 않는 가정에서 막둥이에게 붙이는 이름이다. 맏이를 프리모라 부르는 것과 마찬가지 방식이다.

이탈리아 이름들:

프리모

세콘도

콰르토

퀸토

세스토

세티모

테르초?*

나는 울티모에게 실제로 그가 자기 집에서 막내냐고 물었다. 어찌 보면 그렇고 어찌 보면 안 그렇다고 그는 대답했다. 그의 부모는 더 낳고 싶어 하지 않았다. 그런데 그의 어머니가 이탈리아의 어느 백작과 사랑에 빠졌다. 백작은 아버지의 친구이자 그들의 친구였다. 그는 자동차 경주 도중에 사망했다. 6개월 뒤에 그의 어머니는 아기를 낳았다. 사내아이였다. 이 아이는 백작의 자식이었다. 그의 아버지는 아이를 친자로 받아들였지만, 아이가 백작의 자식이라는 건 모두가 아는 사실이었다.

내 아버지는 우리 집의 네 하녀에게서 여섯 명의 자식을

---

* 첫째부터 일곱째까지 나열했는데, 장난스럽게도 셋째(테르초)를 마지막으로 돌렸다.

얻었다. 아버지는 시골에 갔다가 그 자식들 옆을 지나갈 때면 손바닥으로 그들의 머리를 쓰다듬곤 했다. 그러나 그들에게 눈을 주지는 않았다.

과거를 회상하는 이 악습.

내가 기록해야 할 것은 **현재**다. 이 일기의 용도는 그것에 있다.

오늘은 스티븐슨 씨네 집에서 레슨을 했다. 그런 다음 유개트럭을 타고 13마일을 이동해서 다른 집 아이들에게 레슨을 했다. 화이트 씨네 집. 두 쌍둥이 소녀. 모차르트. 두 소녀는 내가 시킨 대로 모차르트를 연주한다. 내가 그런 시도를 하는 것은 그 애들이 모차르트처럼 연주를 잘한다는 뜻이 아니다. 그 애들은 다섯 살이다. 모차르트가 작곡을 시작한 나이인 것이다. 스타인웨이 앤드 선스의 보수는 한 시간 레슨에 반 달러이다. 울티모와 내가 피아노 한 대를 파는 데에 성공하면, 4.5퍼센트가 우리 몫으로 떨어진다. 나는 그것을 울티모와 50 대 50으로 나누어 갖는다. 나는 이런 가난뱅이의 삶을 기억하고 싶다. 다시 부자가 되면 나는 이 가난을 회상할 것이다. 그건 나에게 **근본을 저버리지 않는 일**이 될 것이다.

내가 다시 부자가 되리라는 것은 의심의 여지가 없다. 나는 그렇게 되기 위해 무엇이든 할 준비가 되어 있고, 당연히 그렇게 될 것이다. 향수를 뿌려놓은 하얀 시트의 감촉을 다시 느끼고 싶고, 낭비의 자연스러움을 다시 경험하고 싶다. 제대로 쓰지도 않은 물건을 버리고 음식이 남아 있는 접시를 주방으로 내보내는 짓거리를 그냥 천연덕스럽게 하고 싶다. 남들의 눈빛에서 숭배하는 마음을 확인하고, 그들의 손길에서 굴종을, 그들의 말에서 경외심을 느끼고 싶다.

나는 우리가 부자였던 때에 익힌 것을 모두 기억하고 있다. 어느 것 하나도 잊어버리지 않았다. 나는 언제든 다시 시작할 수 있다.

나는 이제부터 허기진 채로 잠자리에 드는 날들을 세어 나갈 생각이다. 오늘이 첫날이다. 내일은 둘째 날이 될 것이다. 나는 이미 그것을 알고 있다. 이런 날들이 얼마나 더 지나가야 공주가 배워야 할 것을 다 배우고 다시 먹을 수 있을까? 500일이다. 그 이상은 하루도 더 필요하지 않을 것이다. 이건 하나의 약속이다.

이제 499일 남았다.

나는 보기보다 못된 여자가 아니다.

나는 보기보다 못난 여자가 아니다.

나는 보기보다

10시 14분에 자러 가야겠다.

기도 한 번 올리고.

1923년 4월 5일

내가 자동피아노 피아놀라를 처음으로 본 것은 러시아의 어느 시골에 있던 브란디스 씨네 집에서였다. 사실 그건 매우 놀라운 물건이었다. 브란디스 씨는 피아놀라를 작동시키고 나면 미소를 지으며 그 옆에 서 있곤 했다. 때로는 감동에 겨운 듯 그 홀아비의 뺨으로 작은 눈물방울들이 흘러내리기도 했다. 이따금 그는 아무에게도 미리 알리지 않고 슬그머니 피아놀라를 작동시켜 놓고는 시치미를 뚝 뗐다. 어느 날엔가는 우리 모두가 정원에 나와 있는데 갑자기 집의 여러 방들을 통과하여 쇼팽의 선율이 들려왔다. 만약 그때 어떤 젊은이가 그토록 화려하고도 편안하게 쇼팽을 연주하는 처녀와 사귀고 싶어서 집 안으로 뛰어들었다면, 그는 그저 응접실의 음산한 고독과 마주쳤을 것이고, 음악의 혼이 빠진 채로 흰 건반들과 검은 건반들이 자동으로 내려갔다 올라가는 기이한 광경에 큰 혼란을 느꼈으리라.

나는 나와 성행위를 하는 남자들의 몸뚱이 앞에서 언제나 그와 조금 비슷한 기분을 느낀다.

피아놀라의 기술이 개선되어 마법적이라 할 수 있을 만큼 놀라운 결과에 도달했을 때, 피아노 제조업자들은 자기들의 시대가 끝났다는 생각을 하게 되었다. 만약 사람들이 쇼팽의 음악을 연주할 필요도 없이 완벽하게 재생할 수 있다면, 자기 가정에 남들이 쉽게 넘볼 수 없는 음악적 특권을 부여하기 위해 기나긴 연습을 참아내는 것은 얼마 안 가서 불필요한 사치가 될 것이 분명했다. 그래서 그들의 대부분은 자기들이 직접 자동피아노를 제조할 수도 있지 않을까 하는 생각을 하기 시작했다. 하지만 그 가능성을 검토하자마자 그들이 분명하게 느꼈던 것은 그게 자기들을 우울하게 만드는 사업이라는 사실이었다. 그건 피아노를 제조하는 것보다 훨씬 쉬운 일이었다. 하지만 그 대신에 음악의 혼을 잃게 되리라는 것이 그들의 공통적인 예감이었다. '음악의 혼'이라는 것이 무엇을 뜻하건 간에 그들은 그렇게 느꼈다. 그래서 그들은 뾰족한 해결책을 찾지 못한 채 동요하고 있었다.

그때 세계에서 가장 크고 가장 명성 높은 피아노 제조회사에 속하는 스타인웨이 앤드 선스가 그 문제를 깊이 연구하기로 결정했다. 그들은 오랫동안 검토하고 숙고한 끝에, 피아노를 팔되 연주 능력을 그 내부에 포함시켜서 팔아야 한다는 확신에 도달했다. 이때까지는 아직 연구 단계였다는 점을 고려해야 한다. 새로운 아이디어의 윤곽만 겨우 잡힌 상태였던 것이다. 그다음 단계에서 그들은 피아노를 팔되 소비자의 요구에 따라 연주를 해주는 피아니스트와 함께 파는 것이 이상적이라고 생각했다. 그것은 자동피아노 못지않은 편리성을 얻음과 동시에 음악의 혼을 보전하는 일거양득의 방안이었다. 연주에 영혼이 실리려면 인간이 직접 건반을 두드려야 한다. 그들이 보기에 손가락의 터치는 기계장치로 대신할 수 없는 영혼의 몫이었다. 그들은 그 방안의 실현 가능성을 검토했다. 결론은 경제적인 관점에서 타당성이 없다는 것이었다. 그들은 한 발 물러나서 다른 해결책을 찾아냈다. 현재 나는 그 해결책 덕분에 살아가고 있다. 1920년 스타인웨이 앤드 선스는 독특한 판매 전략을 들고 나왔다. 피아노 연주라는 고상한 예술에 다가가고 싶어 하는 모든 사람들을 위해 무료로 피아노 레슨을 해주기로 한 것이다. 세계 전역에서 선발된 수백 명의 피아노 교사들이 도시와 시골을 순회하며 피아노 예술의 복음을 전파하기 위해 파견되었다. 우리 피아노 교사들은 운전기사 겸 기술자 한 명과 함께 회사의 유개트럭을 타고 돌아다닌다. 이 판매 전략의 기발한 점은 이런 것이다. 무료 레슨을 원하는 가정이 있으면 우리는 공짜로 피아노를 가지고 가서 그들이 원하는 장소에 설치해준 다음 3개월 동안 하루에 한 번씩 가서 무료로 레슨을 해준다. 처음 배울 때가 어렵기 마련이므로 그 시기를 넘길 수 있도록 해주려는 것이다. 그 시험 단계를 거친 뒤에 피아노를 구입하기로 결정하는 사람들에게는 한 시간당 10센트라는 상징적인 비용만 받고 다시 3개월 동안 레슨을 해준다. 스타인웨이 앤드 선스 사람들이 전략을 제대로 연구했다는 점을 인정하지 않을 수 없다.

때때로 우리는 피아노를 가져다주고 대신 낡은 자동피
아노를 실어 오기도 한다.

그러면 회사에서는 그것을 카페에다 도로 판다.

이런 식으로 글을 쓰는 게 마음에 든다. 마치 책을 쓰는
기분이다. 이건 춤을 추는 것과 비슷한 일이다. 고려해야
할 것이 많다. 어떤 질서. 우아함을 보여주기 위한 노력.
동작을 부드럽게 하기. 열기와 닫기. 마무리하기. 문장들.

그런데 한 페이지를 쓰고 나면 벌써 지친다.

작가들도 이렇게 피곤하게 작업을 하는지 궁금하다. 아
마 그렇지 않을 것이다. 나는 몇 시간 동안 연주를 해도
피곤을 느끼지 않는다. 끝없이 계속하라고 해도 할 수 있
을 것 같다. 진정한 직업이란 피곤을 느끼지 않고 하는 일
이다.

몇 해 전만 해도 '직업을 가지다'라는 말을 내 인생과 결
부시키는 것은 생각할 수 없는 일이었다. 직업을 갖는다는
가정 자체가 내게는 우스꽝스럽고 저속하게 여겨졌을 것
이다.

9시 33분에 자러 가야겠다.

어쨌거나 참 고독하다.

1923년 4월 6일

계산을 해봤더니, 내가 한 가정에 레슨을 나가는 기간은 평균적으로 112일이다. 어떤 사람들은 며칠 만에 바로 그만둔다. 그러면 우리는 피아노를 가져오고 그들의 이름을 명단에서 지워버린다. 다수의 사람들은 처음 3개월 동안 레슨을 받고 피아노를 구입하기는 하는데, 그다음의 레슨을 포기한다. 피아노를 가구로 생각하는 사람들이다. 그들은 피아노를 가지고 있다는 사실 하나만으로 자기들이 남과 다르다고 생각한다. 피아노가 무성의 가구로 전락한다 해도 개의치 않는다. 결국 3개월의 추가 레슨을 알뜰하게 활용하는 사람은 소수일 뿐이다. 그들은 알고 보면 내가 아이들의 가정교사로 남아주기를 바라는 사람들이다. 하지만 나는 그런 제안을 받아들이고 싶었던 적이 한 번도 없었다. 그래서 나는 울티모와 함께 유개트럭을 타고 뉴잉글랜드 지역의 시골에서 계속 돌아다니고 있다. 우리는 유개트럭에 분해해놓은 피아노를 싣고 다닌다. 그게 몇 대인가는 때에 따라 다르지만 보통 두세 대 또는 네 대이다.

뉴잉글랜드의 시골보다 사람을 의기소침하게 만드는 곳은 없다.

그래서 나는 한 가지 계획을 세웠다. 하나의 목표를 갖기 위해서였다.

이런 시골에 파묻혀 언제나 똑같은 나날을 계속 보낸다

면 나는 아마 죽고 말 것이다.

나는 레슨을 나가는 가정들을 모두 타락시키겠다는 목표를 세웠다. 내가 한 가정을 드나들 수 있는 기간은 평균적으로 112일이다. 당연히 그보다 적은 경우도 있다. 하지만 그런 경우에도 목표를 이뤄야 한다.

이 일기는 그 기도企圖의 기록이다.

한 가정을 타락시키기란 어려운 일이 아니다. 어느 가정이든 이미 조금씩은 타락해 있다.

이제 잠자리에 들어야겠다.

언니한테서 편지 한 통을 받았다. 언니는 카이로에 산다. 거기에서 온실 속의 화초처럼 살아간다. 별것 아닌 일도 그녀를 죽음으로 몰아넣을 수 있다. 이집트에 다다르면서 진이 다 빠져버렸기 때문이다. 그녀 자신도 자기가 온실 속의 화초라는 것을 분명히 알고 있지만, 그것을 불쾌하게 여기지 않는다. 그녀는 자신의 아름다움을 가꾼다. 그것 말고는 하는 일이 없다. 그녀는 나에게 이따금 소식을 보내온다. 나는 한 번도 답장을 하지 않았다.

신기하게도 울티모 역시 일주일에 한 통씩 편지를 받는다. 그는 답장을 하지 않을 뿐만 아니라 편지를 뜯어보지도 않는다.

울티모는 대개 유개트럭에서 잠을 잔다. 여관비를 아껴 저축을 하는 것이다. 그에게도 한 가지 계획이 있다.

피아노포르테가 아니라 피아노*가 있단다. 하하.

10시에서 11시 사이에 자러 가야겠다. 배가 고프다. 예상대로 이틀째다.

이제 498일 남았다. 그게 하느님 뜻이라면.

'그게 하느님 뜻이라면', 이건 내 아버지의 전형적인 어투에 속한다.

존경하는 마음을 가득 담아.

둘 사이의 모든 차이를 고려하여.

큰 소리로 생각하기보다 **큰 소리로 말하기**.

사실에 국한하여 말하자면.

등등과 마찬가지로.

죽은 사람들은 죽어 있으면서도 계속 우리의 목소리를 빌려서 말한다.

쯧쯧.

1923년 4월 8일

레슨이 며칠 못 가겠다 싶을 때는 빠르게 행동해야 한다. 너덧 번 레슨을 해보면 어디를 공략해야 하는지 알 수

---

* 이탈리아어로 피아노는 '피아노포르테', 계획은 '피아노'라고 한다.

있다. 가정이란 요새와 비슷하다. 어느 가정에나 약점은 있게 마련이다. 패터슨 씨네 집에서 나는 일주일이 지난 뒤에 그들의 개에게 독약을 먹였다. 나는 신속하게 행동했다. 그 집 딸 메리가 레슨 도중에 자꾸 하품을 했기 때문이다. 그 애는 레슨에 도통 관심이 없었기 때문에 아무래도 오래갈 것 같지가 않았다. 게다가 그들은 피아노를 장만할 수 있을 것 같지도 않았다. 그래서 나는 개를 죽였다. 패터슨 씨는 그 개를 좋아하지 않았던 반면에, 패터슨 씨 부인은 그 개를 무척 좋아했다. 수의사는 누가 개를 독살했다고 말했다. 그 뒤의 일은 불을 보듯 뻔했다. 부인은 그게 남편의 소행임을 한순간도 의심하지 않았다. 앞으로 몇 년 동안 그녀는 매일같이 남편을 잡을 것이다. 대개 사람들은 피아노 교사를 의심하지 않는다. 운명의 모욕을 겪은 러시아 공주를 누가 의심하랴. 오히려 그들은 나를 무기력 상태에 빠진 자기들을 일깨우기 위해 하늘에서 파견된 천사로 여기는 듯하다. 그들이 나를 **필요**로 한다는 생각마저 든다. 그들은 내가 자기들을 구원해주리라 기대한다. 그래서 임무를 수행하기가 수월해진다.

패터슨: 17일, 피아노 구입하지 않음.

어느 날 저녁 나는 패터슨 여사와 베란다에서 두 시간을 보냈다. 세공사가 조각칼을 놀리는 것과 같은 정교한 작업. 여자끼리의 연대의식. 남편과 함께 해온 성생활의 혐

오스런 연대기. 그녀는 아무한테도 해본 적이 없는 이야기라고 했다. 권총 사건. 아내에게 권총을 겨누면서 펠라티오를 해달라고 강요하는 사내들도 있는 모양이다. 세상에는 별의별 일이 다 있다.

그들의 딸 메리와 단둘이 남게 되었을 때, 나는 아이에게 말했다. 그 개 말이야, 내가 독살했어. 그런 고백은 실수가 될 수도 있었다. 하지만 그 바보 같은 여자애는 그냥 웃기만 했다.

어쨌거나 과도함은 금물이다.

울티모는 피아노를 분해하다가 벽걸이 융단에 흠집을 냈다. 우리는 돈을 남겨놓고 와야만 했다.

피아노를 유개트럭에 싣고 다니다 보면 피아노가 손상된다. 하지만 울티모는 그것들을 수리할 줄 안다. 그는 자동차 엔진 분야에서 오랫동안 일했다고 한다. 기술자가 피아노 뱃속에 손을 넣는 것은 외과의사가 아이를 수술하는 것과 같다고 그는 말했다.

별로 다를 게 없어. 피아노나 자동차나 다 살아 있거든.

살아 있다니, 그게 무슨 말이야?

피아노와 자동차에도 혼이 있고 그 혼은 꺼질 수 있어.

어느 날 울티모는 작은 길로 접어들어 들녘 한복판에 차를 세웠다. 나는 그를 도와서 피아노 한 대를 차에서 내렸다. 그는 피아노를 조립하고 나서 말했다. 한 곡 연주해봐.

멍청이.

하지만 나는 오래도록 연주했다.

스스로 생각하기에도 연주가 훌륭했다. 참으로 오랜만
에 겪어보는 일이었다. 나는 **나 자신의 모습**을 볼 수 있었
다. 마치 멀리서 내가 연주하는 것을 보고 있는 기분이 들
었다.

울티모는 내 계획에 대해서 아무것도 모른다. 내가 레슨
을 할 때 그는 유개트럭 안에 남아 있거나 산책을 하러 간
다. 그는 고객들의 집에 들어가거나 사람들과 만나는 것을
좋아하지 않는다. 그는 사람들이 차를 대접하겠다고 하면
질색하며 손사래를 친다. 유개트럭에 혼자 남아 있을 때는
종종 무언가를 그린다.

들녘 한복판에서 연주하는 동안 찾아왔던 그 느낌.

그것을 잊지 말자.

부드러움과 완전히 담쌓고 살지 않도록 주의할 것. 도도
하게 굴되, 그 도도함의 자양을 오로지……

너그러움. 너그러움이라는 말을 무수히 되뇔 것. 너그
러움.

기도하는 마음으로 너그러움을 되뇌자.

너그러운 천둥비.

너그러운 대답.

나는 너그러워질 것이다.

오늘 저녁에 나를 식당에 데려가 줘, 울티모.

우리는 여관 겸 식당에 가서 말없이 저녁을 먹었다. 나는 내 계획을 생각하고 있었다.

이제 마쳐야겠다.

PM 11:07.

1923년 4월 20일

나는 당신들의 시골집을 찾아다니며 초인종을 울리는 레퀴엠이고 멀리에서 와 당신들의 머릿속으로 들어가는 질병이며 눈 속의 티끌이자 손톱 밑의 때—진혼곡이자 키스할 만한 예쁜 입—공주이면서 왕자, 용이면서 칼—이고 당신들이 진압해야 할 밤불이다.

나는 레퀴엠 공주다.

아멘.

나는 직스 씨 내외에게 그들의 아들이 천재라고 말했다. 그들은 농사꾼이다. 가난한 사람들이다. 그들은 돈이 없었지만 겁을 먹고 피아노를 받아들였다. 거절을 하고 싶어도 무슨 말로 거절해야 할지 모르고 있었다. 농부들. 가난한 사람들. 나는 그런 사람들에게 그들의 아들이 천재라고 말했다. 놀라운 학습 능력과 누구도 부정할 수 없는 재능을 지녔노라고 했다.

사실은 그저 보잘것없는 둔재였는데 말이다.

아드님은 천재입니다.

그 말에 그들이 변했다. 이것저것 팔아서 피아노를 샀고, 두 번째 3개월 레슨을 받아들였다. 자부심과 감동 때문에 그들의 걸음걸이마저 달라졌다. 작은 마을의 이웃사람들 모두가 그들을 고깝게 여기게 되었다. 추가 비용을 조금만 내면 기꺼이 레슨 시간을 두 배로 늘려주겠다고 했더니 그들은 받아들였다. 선생님, 정말 우리 아이가……?

더 좋은 피아노를 장만해주시면, 아이가 재능을 온전히 계발할 수 있을 거예요. 피아노에서 중요한 건 건반의 터치예요. 그들은 다시 이것저것을 팔아 중고 세미그랜드 피아노를 주문했다. 저녁이면 그들은 자기네 아들의 연주를 들어보라고 이웃사람들을 초대한다. 아무도 오지 않는다. 앙심은 자꾸 깊어간다.

식탁에는 다과가 차려져 있고 아이는 텅 빈 방에서 연주를 하는 쓸쓸한 야회. 나는 레퀴엠이다. 내가 울려 퍼지는 곳은……

6개월이 지나자 나는 스타인웨이 앤드 선스의 규정에 따라 직스 씨네 집의 레슨을 끝냈다. 하지만 그들과 작별하기에 앞서 엄숙하게 말했다. 그 아이는 도시에 가서 공부할 필요가 있고 그건 아이의 권리이기도 하다고. 직스 씨

는 아이 혼자 도시에 보낼 수는 없다고 말했다. 그야 그렇
죠, 하고 나는 동의했다. 나는 여기에서 농사를 지어야 하
기 때문에 도시로 나갈 수 없어요, 하고 직스 씨는 말했다.
나는 이해한다고 대답했다. 나한테 남아 있는 것은 땅밖에
없습니다, 하고 직스 씨는 말했다. 나는 그의 아들이야말
로 그에게 남아 있는 전부라고 대답했다.

내가 작별인사를 하자 직스 씨는 눈물을 글썽거렸다.

나는 그 뒤로 일이 어떻게 되었는지 알지 못한다. 그건
내가 알 바 아니다. 그들은 함정에 빠져버렸다. 몇 해 동안
자책 속에서 괴로워하거나 도시로 떠나 가난에 허덕이는
것 말고는 다른 길이 없었다.

직스. 6개월. 피아노 두 대.

뉴먼. 레슨 중.

코울.

패럴.

마틴. 여자아이.

헬몬드. 맥그래스 씨네와 비슷.

보케리니를 연주하기 위한 운지법을 바꿀 것.

페달 사용법에 관한 간단한 교재를 쓸 것.

아농 교재 세 부.

울티모에게: 뉴먼 씨네 피아노, 건반 되올라오기에 심각

한 문제 있음.

　조율.

　울티모의 긴 이야기. 그가 그렇게 말을 많이 하는 건 처음 보았다. 그는 이 일을 무척 좋아한다. 그는 우리의 모든 이동 경로를 지도에 검은 펜으로 표시한다. 열흘마다 지도에 얇은 백지를 대고 그 검은 선을 연필로 전사(轉寫)한다. 그런 다음 그 종이들을 포트폴리오에 정리해둔다. 그것들은 의미 없는 데생처럼 보인다. 하지만 그는 저녁마다 오래도록 그것들을 연구한다. 그게 뭐야?

　길이야.

　낙서 같은데.

　아냐.

　거기서 뭐가 보여?

　시도들이 보이지.

　무슨 시도?

　공간을 요약하려는 시도.

　공간을 요약한다는 게 무슨 뜻이야?

　공간을 소유한다는 뜻이지.

　공간을 소유해서 뭐 하려고?

　그것을 정돈하지.

　공간이 무질서해?

그래.

공간이 무질서하단다.

나는 그가 편지들을 어디에 숨겨두는지 알고 있다. 그는 편지들을 뜯어보지는 않지만 보관하고 있다.

언제 그것들을 읽어봐야겠다.

하지만 울티모를 타락시키고 싶지는 않다. 그는 잘 지켜주어야 할 크리스털이다.

내일은 패럴 씨네 집에서 레슨을 한다. 그다음엔 슬로맨과 젱크스.

애야, 모든 것을 망가뜨리면 안 돼.

PM 9:46.

꿈을 꾸지 않고 자도록 하자.

1923년 4월 21일

내가 예전에 레슨을 나갔던 마틴 씨네 이야기다.

첫 레슨 때부터 나는 마틴 씨가 열에 들뜬 눈빛으로 딸을 바라보고 있음을 알아차렸다. 그런 기색을 알아차리기란 쉽지 않은 일이었다. 그래서 나는 내가 자랑스럽다. 마틴 씨는 방 한쪽 구석에 놓인 안락의자에 앉아서 레슨을 지켜보고 있었다. 말은 한 마디도 하지 않았다. 그러다가 레슨이 끝나고 나서야 자리에서 일어나 나에게 고맙다고 하면서 악수를 청했다. 그런 다음 자기 딸에게 말했다. 브라바, 레이철.

그는 레이철에 대한 사랑 때문에 말 그대로 겁에 질려 있었다.

소녀는 피아노를 제법 잘 쳤다.

열네 살. 아주 예뻤다는 것을 인정하지 않을 수 없다.

어느 날 그 애가 한 곡을 끝냈을 때, 나는 몸을 숙여 그 애의 입술에 입을 맞췄다. 그 애는 싫은 내색을 하지 않았다. 우리는 그것에 버릇을 들였다. 나는 레이철이 연주를 잘할 때마다 몸을 숙여 그 애의 입술에 입을 맞췄다. 일종의 상이었다. 마틴 씨는 그냥 말 없이 바라보기만 했다.

한 번은 더 길게 입을 맞췄다. 나는 입술을 바로 떼지 않고 잠시 그대로 있었다. 눈을 감은 채로.

우리는 〈멀리서 들려오는 종소리〉라는 곡을 착실하게 준비했다. 둘이서 함께 치며 여러 번 연습했다.

이리 가까이 와서 앉으세요. 우리가 마틴 씨를 위해서 〈멀리서 들려오는 종소리〉를 연주할 거예요.

내가 그렇게 말하자, 그는 안락의자를 피아노 옆으로 끌어당긴다.

우리는 그 곡을 처음부터 끝까지 연주한다. 소녀의 연주는 정말 훌륭하다. 나는 만족감을 느끼며 소녀의 입술에 입을 맞춘다. 그러고는 생긋 웃으며 아이의 아버지를 바라본다.

그는 어찌할 바를 모른다.

아이가 연주를 잘했지요, 안 그래요?

소녀는 미소를 짓는다.

그는 안락의자에서 엉거주춤 일어나 소녀에게 입을 맞춘다. 아주 살짝.

소녀는 겸연쩍게 웃는다. 나는 짐짓 장난스럽게 박수를 친다. 그날은 거기에서 그친다.

아마 내가 이것을 깜박 잊고 말하지 않았을 것이다. 마틴 씨는 홀아비다.

그 뒤로 마틴 씨는 언제나 안락의자를 피아노 가까이로 옮겨놓는다. 3개월간의 레슨이 끝나자, 그는 피아노를 산다. 그리고 3개월 동안 레슨을 더 받기로 한다.

어느 날 나는 눈을 감은 채로 레이철에게 입을 맞추며 혀를 살짝 내민다. 소녀는 물러서서 나를 바라본다. 나는 생긋 웃으며 다시 다가간다. 그러고는 혀끝으로 소녀의 두 입술이 살짝 벌어지게 한다. 소녀의 혀가 화답하는 것이 느껴진다. 나는 물러서서 미소를 지어 보인다. 네 연주 정말 좋았어. 내가 그렇게 말하자 소녀는 아버지 쪽으로 몸을 돌린다. 그는 떨고 있다. 그들은 서로 입을 맞춘다. 그들의 입술이 열리는 게 보인다. 그들은 환하게 웃는다.

나는 6개월간의 레슨을 마치고 떠났다. 부녀가 손을 맞잡은 채로 문턱에 서서 나에게 인사를 보내던 모습이 눈에 선하다.

마틴 씨는 아파 보여, 눈이 병자의 눈이야, 하고 울티모는 말했다.

나는 그가 아프다고 대답했다.

허기진 채로 잠자리에 들어야 한다. 이런 생활이 지긋지긋하다.

가난이 싫다. 이제 미래를 열어나가야 한다. 더 기다릴 수가 없다. 여기에서 도망쳐야 한다.

가능한 경우들:

언니가 있는 곳으로 가기

남편을 구하기

나 자신에게 한 방 쏘기

언니가 있는 곳으로 가기, 남편을 구하기 그리고 그 사람에게 한 방 쏘기.

이상이다.

혼자 자고 싶지 않다. 울티모랑 같이 자야겠다. 유개트럭 안에서. 나는 이따금 그렇게 한다. 그는 나에게 좌석을 내주고 뒤쪽 짐칸으로 간다. 나는 그가 자는 동안 스스로 애무하는 것을 좋아한다. 그때마다 그가 자는 게 아닐 거라고 생각한다. 그런 생각을 하면 가슴이 후끈 달아오른다. 흥분이 최고조에 달하면 굳이 소리를 내지 않으려고 신경 쓰지 않는다. 내가 원하는 건 오히려 그가 내 신음 소리를 듣는 것이다.

울티모도 나처럼 했으면 좋겠다. 이제 그와 같이 자러 가서 그렇게 하라고 말할 참이다. 내가 잠들기를 기다렸다가 자위를 해. 나를 위해서 그렇게 해주겠어?

내가 울티모에게 그런 말을 할 수 있을까? 아냐, 나는 엄두를 못 낼 거야.

보나마나 난 못할 거야.

하지만 그가 나처럼 했으면 좋겠어.

PM 9:40.

1923년 4월 22일

나는 울티모에게 그것을 요구했다. 내가 미쳤지.

잠에서 깨어났을 때, 나는 그것을 했느냐고 그에게 물어보았다.

그래, 했어.

괜찮았어?

그는 대답하지 않았다.

기분이 찜찜하다. 생각을 말아야겠다.

오늘은 날씨가 아주 화창해서 차창을 내리고 달렸다.

나는 연주를 하고 싶었다. 그래서 코울 씨네 집에서 레슨을 하는 동안 내가 줄곧 피아노를 쳤다. 스카를라티, 슈베르트. 코울 여사는 만족스러워했다. 이 집에서 레슨을 받는 사람은 바로 그녀이다. 서른네 살이니까 시작하기에는 조금 늦은 셈이다. 하지만 그녀의 열의는 대단하다. 피아노를 연주하는 것은 그녀의 꿈이었다고 한다. 나는 그녀에게 애착을 느낀다. 그녀까지 타락시켜야 한다는 게 마음에 걸린다. 그녀에게 그런 짓을 하는 것은 부당한 일이다. 하지만 내가 이런 삶을 살게 된 것 역시 부당한 일이었다. 코울 여사는 내가 이렇게 된 것이 볼셰비키와 러시아 혁명 때문이라고 말한다. 하지만 그건 사실이 아니다.

나는 역사를 믿고 싶지 않다. 역사란 시각적인 착각 현상이다. 사람들이 역사라고 부르는 것은 몇몇 사람의 사건들일 뿐이다. 그 사건들을 마치 모두의 삶인 것처럼 팔아먹고 있는 것이다. 그건 모두의 삶이 아니라 그들의 삶일 뿐이다.

역사와 관련해서 우리가 해야 할 일이 있다면 그건 **들러리를 서지 않는 것**이다. 그들은 우리보고 자기들의 생각을 공유하라고 한다. 그들은 우리보고 자기네 광기의 무대에 와서 연기를 하라고 요구한다.

역사의 협력자들, 그들의 의무는 들러리를 서는 것이다.

나는 어느 편도 아니다. 누가 이기든 나하곤 아무 상관이 없다. 설령 이긴 자가 내게서 모든 것을 빼앗아 간다 해도 나는 그의 적이 되지 않을 것이다. 도박판에서 모든 것을 잃든 지진 때문에 모든 것을 잃은 이유에는 우열이 없다. 그들은 싸우고 있지만 나는 그 싸움의 테두리에서 벗어나 있다. 그 싸움이 나와 무슨 상관이란 말인가? 나는 빠질 테니 당신들끼리 잘해봐라.

단지 협박에 저항할 힘이 없다는 이유로 그들의 이익을 위한 **싸움**에 동원된 사람들이 있다. 그 때문에 죽음을 맞은 사람들이 있다.

그건 하나의 광기다.

코울 부인에게는 네 자녀와 남편이 있다. 그런대로 단란한 가정이다. 그런데 아이들 가운데 하나가 이상하다. 아주 어린 사내아이인데, 통 말을 하지 않는다. 살결은 아주 희고, 눈빛은 상대의 마음을 꿰뚫어 보듯 날카로워서 어른들이 눈을 피할 정도다. 아이는 이따금 설명할 수 없는 일들을 벌인다고 한다. 코울 씨는 아이가 마법적인 일들을 한다면서 웃는다. 하지만 그 웃음 뒤에는 공포가 감춰져 있다. 이 집에서는 모두가 베일 속에 두려움을 감추고 있다.

나는 지나가는 말로 집 안에 이상한 공기가 감돈다고 운을 뗀 다음 그 분위기가 매력적이라고 덧붙였다. 그들은 내 말이 칭찬인지 아닌지 제대로 분간하지 못했다.

이건 정말 믿기지 않는 일이지만, 이 집에서는 매일 피아노를 다시 조율해야 한다. 나는 어느 날 그런 사실을 알아차렸다. 나는 레슨을 시작하기 전에 매번 피아노 뚜껑을 열고 조율을 한다. 그러면서 아주 나직한 소리로 이럴 수가, 정말 믿을 수가 없어 하는 식의 말들을 중얼거린다.

나한테는 무척 재미있는 일이다. 하지만 코울 여사를 생각하면 조금 걱정이 되기는 한다.

그들은 피아노를 구입했다. 울티모는 피아노 판매 수당으로 우리가 각자 19달러 60센트를 벌었다고 말했다. 나는 내가 번 돈을 언제나 언니한테 보낸다. 이유는 그걸 가지고 그녀가……

울티모는 자기 돈을 유개트럭의 이중바닥 속에 숨긴다. 그가 문제의 편지들을 넣어두는 곳도 바로 거기다. 어느 날 나는 편지 한 통을 슬쩍한 다음 봉투를 뜯어서 읽어보았다. 이해가 잘 가지 않았다. 나머지 편지들도 다 읽어봐야 할 듯싶다. 그 편지는 어느 이탈리아 사제가 쓴 것이었다. 발신지는 우디네라는 도시다. 아니, 우디네가 아니라 아디네였나? 기억이 잘 나지 않는다.

나머지 편지들도 다 읽어봐야 한다.

울티모는 편지들을 개봉하지도 않는다. 그러면서도 그것들을 보관해둔다. 그 속을 누가 알겠는가. 그는 알다가도 모를 짓들을 많이 한다.

셰프트베리에 있는 마틴 씨네 집으로 가다 보면 도로에 둔덕이 하나 있었다. 그는 거기에 다다를 때마다 속도를 늦춰야 했다. 유개트럭에 피아노가 잔뜩 실려 있으니 어쩔 수 없는 일이었다. 그런데 그는 매번 애석한 일이야 하고 말했다. 그러더니 어느 날엔가는 둔덕을 지나쳤다가 뒤로 돌아가더니 자기를 도와달라고 했다. 유개트럭을 비우자는 것이었다. 우리는 분해된 피아노들을 도로 옆 풀밭에 내려놓았다. 틀이 나무로 된 피아노들이라서 옮기기가 별로 힘들지는 않았다. 회사에서 일부러 그런 피아노들을 우리에게 내준 것이었다. 짐을 다 부리고 나자 울티모는 다시 운전석으로 올라갔다. 나한테도 같이 타자고 권했다. 겁낼 것 없어, 멋진 일이야. 그렇게 말하고 나서 그는 도움닫기를 하듯 속도를 최대로 높이면서 둔덕 위로 돌진했다. 나는 차가 아직 둔덕을 오르고 있을 때부터 소리를 지르기 시작했다. 그러나 딱히 무슨 말을 외친 것은 아니었다. 울티모는 둔덕 꼭대기에 오를 때까지 차분하게 침묵을 지키고 있었다. 그러다가 차가 땅바닥을 떠나 공중에 붕 떠오르자 자기 이름 울티모 파르리를 아주 큰 소리로 외쳤다.

나중에 보니까 차가 조금 부서져 있었다. 우리는 아주 천천히 뒤로 돌아갔다. 다시 둔덕 꼭대기로 올라서자 아래쪽으로 분해된 피아노들이 보였다. 피아노 부품들이 풀밭 한복판에 무질서하게 놓여 있었다. 어떤 가축의 무리가 유유히 풀을 뜯고 있는 것 같았다. 아름다운 광경이었다. 울티모는 차를 세웠다. 우리는 그 광경을 바라보며 한참 그대로 있었다.

나는 그에게 물었다. 너는 왜 늘 슬픈 거야?

난 슬프지 않아.

아냐, 넌 슬퍼.

그렇지 않아. 내가 보기엔 사람들이 오래 사는 것 같아도 사실은 안 그래. 사람들이 진정으로 사는 시간은 그 긴 세월의 작은 부분일 뿐이야. 다시 말해서 자기가 무엇을 위해 태어났는지를 알고 그것을 성공적으로 해내는 시기에만 진정으로 살았다 할 수 있어. 그런 시기에 사람들은 행복해. 나머지 세월은 기다리거나 추억하는 시간이야. 기다리거나 추억하는 때에는 슬프지도 행복하지도 않아. 슬퍼 보이기는 하지. 하지만 그건 그저 기다리고 있거나 추억하고 있기 때문이야. 기다리는 사람들은 슬프지 않아. 추억하는 사람들도 마찬가지야. 그들은 그냥 멀리 있는 것뿐이야. 나는 기다리고 있어.

뭘 기다리는데?

나는 무언가를 하기 위해서 태어났어. 그 일을 하는 때가 오기를 기다리고 있지.

울티모는 자기가 **하나의 서킷을 건설하기 위해** 태어났다고 생각한다. 원, 세상에. 그는 자동차 경주로를 건설하고 싶어 한다. 그 길은 오로지 경주용 자동차들만 달리는 길, 아무 데로도 통하지 않고 닫혀 있는 길, 돌고 또 돌지만 어디에도 이르지 않는 길이라고 한다. 세상 어디에도 존재하지 않는 자기만의 길을 만들어보려고 한다는 것이다.

사실 어디에도 이르지 않는다는 것은 맞는 말이 아냐, 하고 그는 말했다. 그런 다음 자기 아버지와 함께 모든 길이 바둑판 모양으로 뻗어 있는 어느 도시에서 안개 속을 헤맸던 일을 이야기했다.

또 자기 아버지 이야기다.

어쩌면 울티모의 말이 맞을지도 모른다. 모든 길은 순환적이고 어딘가로 통하기보다는 자신의 내부에 이르는 것일 수도 있다. 우리를 휘감고 있는 공포의 안개가 너무나 짙어서, 길들이 어딘가 다른 곳으로 통하는 것처럼 보이는 것은 아닐까?

그런데 나는 무엇을 하기 위해 태어났을까? 나는 언제쯤 진정으로 살아 있는 존재가 될까? 아니, 이미 진정으로 살아 있었던 적이 있을까? 그렇다면 그게 언제였을까?

울티모는 호감이 가는 남자다. 하지만 그와 함께 있으면 내가 무언가 진지한 일을 방해하고 있다는 느낌이 든다. 그게 부담스럽다. 그와 함께 있는 것, 그건 하나의 **일**이다.

어쨌거나 그런 서킷을 만들자면 돈이 필요할 텐데, 울티모가 그런 돈을 어디에서 구할지 모르겠다. 그건 389달러 정도의 돈으로 어찌어찌 해볼 수 있는 일이 아니지 않은가?

그는 한낱 사내아이다.

나는 한낱 계집아이가 아니다.

나는 여자다.

여자.

여자.

여자.

여자.

배가 고프다. 거지 같은 세상.

PM 10:06.

잊지 말 것: 또 다른 드레스.

1923년 4월 23일

내가 할 줄 아는 것들:

1. 피아노 연주하기(슈베르트, 스크랴빈, 그러나 바흐와 모차르트는 안 됨)

2. 내가 무슨 얘기를 하려는 건지 짐작하지 못하도록 상대의 허를 찔러가며 이야기하기

3.

4. 무슨 일이 벌어지고 있는지 알아차리기

5. 섹스

6. 항복하지 않기

7. 부유하고 세련된 사람들과 함께 있기

8. 어디를 가든 편하게 여행하기

9. 혼자 있기

내가 할 줄 모르는 것들:

1.

2.

3.

나는 윙퀠만 목사를 찾아가 코울 씨네 집에서 걱정스러운 일이 벌어지고 있다고 말했다.

그 아이가 걱정돼요. 하지만 제발 부탁인데요, 제가 찾아와서 그랬다는 얘기는 아무한테도 하지 마세요. 자칫하면 제가 일자리를 잃게 되고, 일자리가 없으면 저는 끝장이거든요. 저는 가족도 없고 가진 것도 없어요. 아무한테도 이야기하지 않겠다고 약속해주세요.

정말 아무한테도 얘기하시면 안 돼요. 제가 여기에 와서 말했다는 것을 사람들이 알게 되면 저는 일자리를 잃게 돼요. 그리고 일자리가 없으면……

게다가 제가 목사님께 그 얘기를 한 것은 그 가족과 마을 공동체의 안녕을 위해서예요. 저를 믿어주세요, 제 의도는 단 하나……

어느 날 그 애가 피아노 앞에 앉아서 연주를 하더라고요, 정말이에요. 상당히 어려운 음악이었어요. 제가 모르는 곡이었는데, 그 선율이 말하자면 **악마적**이었어요.

다른 사람들은 그 애가 연주하는 것을 못 들었어요. 저는 즉시 아이 어머니를 데리러 갔죠. 그런데 어머니가 왔을 때 아이는 구석에서 놀고 있었어요. 천사 같은 모습으로 말이에요.

목사님은 틀림없이 알아차리셨을 텐데요, 다른 아이들은 그 애와 함께 있으면 거북함을 느끼고 어른들은 당황스러워 해요.

게다가 그 아이에게는 이상한 능력이 있어요. 저도 처음엔 믿지 않았는데 이젠……

아뇨, 그 애는 피아노를 연주할 줄 몰라요. 레슨을 받은 적이 없어요. 저는 코울 여사한테만 피아노를 가르치고요. 동물들이 코울 씨네 집 앞을 지나갈 때면 이상하게 낑낑거린다고 하던데, 그게 사실인가요?

아뇨, 제가 본 것은 아니고 그런 소문이 들리더라고요.

저를 배신하지 않겠다고 약속해주세요. 저는 오로지 그들의 안녕을 위해서 이러는 거예요.

저는 코울 여사를 무척 좋아해요. 그이는 좋은 사람이에요.

나는 여전히 레슨을 하기 전에 피아노를 조율한다.

울티모가 그 이유를 물은 적이 있다. 나는 피아노의 음조가 매번 어긋나 있기 때문이라고 말했다. 그렇다면 아마도 튜닝 핀들을 교체해야 되겠는걸. 아냐, 그럴 필요 없어.

이런 삶을 살아온 지 일 년이 되었다. 울티모가 그 사실을 일깨워주었다. 말하자면 우리의 생일인 셈이다. 나는 선물로 무엇을 원하는지 그에게 물었다. 농담으로 한 말이었다. 그런데 그가 말했다. 너랑 자게 해줘.

그게 무슨 말이야?

네 침대에서 너랑 자게 해달라고.

나는 웃음을 터뜨렸다. 너 미쳤어?

무슨 선물을 원하느냐고 물었잖아.

그래, 하지만 농담이었어. 그딴 건 생각지도 않았고.

그냥 선물 하나 준다고 생각하면 되잖아.

그래, 하지만……

우리 생일을 기념하자는 거야.

쳇, 나랑 같이 자면 뭘 어쩔 건데?

걱정하지 마.

그럼 나는 무슨 선물을 받게 되지?

네가 원하는 것을 말해봐.

나는 잠시 생각했다.

네 편지들을 읽게 해줘.

무슨 편지?

네가 뜯어보지 않는 편지들 말이야. 사실 네가 그것들을 어디에 숨기는지 알고 있어.

왜 내 편지들에 관심을 갖는 거야?

걱정하지 마. 그냥 읽게 해줘.

그는 잠시 생각했다.

대신 읽고 나서 다시 봉해놓고 나한테는 내용을 말하면 안 돼.

좋아.

좋아.

내가 옷을 갈아입을 때까지 기다려. 그러고 나서 자러 와.

알았어.

편지들을 줘.

지금?

그래.

그는 편지들을 가지러 갔다.

이건 상식을 벗어난 이야기다. 그 편지들은 모두 이탈리아에 사는 한 사제가 보냈다. 돈 사베리오라는 신부다. 처음에 그는 수신자가 정말 울티모 파르리인지 알고자 했고, 그 점에 대해서 확신을 얻고 싶어 했다. 그래서 이것저것에 관해 울티모에게 질문을 던졌다. 주로 전쟁이나 전쟁 중에 일어난 사건들에게 관한 질문이었다. 그래서 만약 정확한 대답을 얻는다면 수신자가 정말 울티모 파르리라는 것을 확신하게 되리라는 것이었다. 하지만 울티모는 답장을 보낸 적이 없었다. 그러자 신부는 자기 혼자 하는 일이라면 믿음이 가지 않아서 편지 쓰기를 그만두었을 텐데, 카비리아가 고집을 부려서 편지를 계속 쓰는 거라고 말했다. 그 카비리아라는 사람은 답장을 안 하는 게 오히려 울티모 파르리답다고 말했단다. 카비리아는 울티모의 전우였던 게 분명하다. 보아하니 두 사람이 아주 친했던 모양이다. 그는 지금 감옥에 있다. 앞으로도 오래도록 갇혀 있을 것이다. 그래서 그는 직접 편지를 쓰지 못하고 신부가 대신 쓰게 한 것이다. 감옥에서 그의 우편물을 검열하는 모양이다. 그들의 모든 이야기는 그가 경찰에 털어놓고 싶어 하지 않는 비밀이다. 편지의 어투로 보아 신부는 마지 못해……

울티모가 문을 두드린다.

열어줄까 말까.

1923년 4월 24일

진부한 방법은 피하고 싶었다. 하지만 패럴 씨네 가족을 상대로 해서는 기발한 방법을 고안하고 싶지 않았다. 너무나 따분한 가정이라서, 한시라도 빨리 거기에서 벗어나고 싶은 생각밖에 없었다. 패럴 씨는 계속 나를 바라보고 있었다. 그러다 보면 언젠가는 일이 이루어지리라고 믿는 부류의 남자였다. 나는 그가 자기 좋을 대로 생각하도록 내버려 두었다. 그렇게 몇 주일 동안 그의 애간장을 태우면서 때가 오기를 기다렸다. 마침내 그와 단둘이 있는 기회가 오자 나는 블라우스의 앞섶을 풀어헤치고 말했다. 20달러를 주지 않으면 소리를 지르겠다고. 그는 갑자기 멍해진 채로 있다가 20달러를 내밀었다. 그래서 나는 그가 돈을 냈으니 만져도 된다고 말했다. 그는 내 젖가슴에 두 손을 대고 젖꼭지에 입을 맞췄다. 이제 그만요, 하고 나는 말했다. 그러고는 블라우스의 단추를 채웠다. 그 주간에 우리는 단둘이 있는 기회를 몇 번 더 만들었다. 그는 매번 돈을 냈다. 나는 두 다리의 사이도 만지도록 내버려두었다. 마지막으로 그가 20달러를 꺼냈을 때, 나는 돈을 원하지 않는다고, 대신 바지를 내리라고 말했다. 그는 감격에 겨워 몸을 떨었다. 나는 블라우스를 풀어헤쳐 젖가슴을 드러냈다. 그러고는 소리를 지르기 시작했다. 그의 아내가 달려오고 막둥이가 뒤따라왔다. 패럴 씨는 바지를 다시 올리려

애쓰고 있었다. 나는 말이 안 나온다는 듯 훌쩍거리기만 했다. 블라우스의 앞섶을 여미는 척하면서 실제로는 젖가슴을 그냥 드러내놓고 있었다. 내 젖가슴이 예쁘다는 것을 그녀가 알게 하기 위해서였다.

그들은 아무한테도 말하지 않겠다고 약속해달라면서 나에게 돈을 주었다. 피아노도 구입했다. 이 집에서는 아무도 피아노를 치지 않을 것이다. 하지만 피아노는 매일 거기에서 그 추잡스러운 일을 그들에게 상기시킬 것이다.

그런데 패럴 씨가 누군가에게 무슨 말을 했는지 그 일대에서 레슨을 받겠다는 사람들이 점점 줄어들기 시작했다. 나는 일이 좋지 않게 돌아가고 있음을 알아차리고 스타인웨이 앤드 선스에 편지를 보내 담당 구역을 바꿔달라고 요구했다. 그래서 우리는 캔서스 지방으로 가게 되었다.

하지만 그건 초기에 있었던 일이다. 당시에는 내가 아직 노련하지 않았다. 이제는 두 번 다시 그런 일을 벌이지 않을 것이다. 그런 일은 너무 위험하다. 실수는 한 번으로 족하다. 이제 나는 예술 작품을 만든다. 그 이상한 아이가 있는 코울 씨네 집에서처럼 말이다.

오늘 나는 코울 여사와 함께 피아노를 치다 말고 갑자기 울음을 터뜨렸다. 그야말로 히스테리 발작과도 같은 장면이었다. 코울 여사는 무슨 영문인지 몰라서 얼떨떨해하고 있었다. 나는 훌쩍거리면서 말했다. 죄송해요, 죄송하지만

더 이상 못 하겠어요. 집 안에 무언가가 있어요, 무서워요,
정말 죄송해요. 무서워요. 뭐가 무서운데요? 나는 계속 훌
쩍이면서 무섭다는 말만 되뇌었다. 무엇 때문에 겁을 먹은
거죠? 그녀는 그렇게 물으면서 자기도 울기 시작했다. 그
녀는 내가 무엇을 두려워하는지 잘 알고 있었고, 내가 무
서워하는 까닭을 내 입으로 직접 말해주기를 바라고 있었
다. 내가 그녀의 아들 때문이라고 말할까 봐 두려워하고
있는 것이었다. 나는 그녀에게 말하지 않았지만, 그녀는
그 아이 때문이라는 것을, 내가 무서워하는 게 바로 그 아
이라는 것을 아주 잘 알고 있었다. 그 아이에게는 무언가
이상한 것이 있었지만, 아무도 그것을 큰 소리로 말하려고
하지 않았고, 나 역시 그것을 말할 수 없었다. 나는 거기에
한시도 더 머물 수가 없었다. 그 집에는 아이가 하나 있었
고, 그 아이의 정체는

악마

하지만 나는 그것을 말하지 않았고, 그저 딸이 어머니를
대하듯 코울 여사를 다정하게 안아주면서 작별인사를 했
다. 그런 다음 울음을 그치지 않은 채로 내 소지품을 챙겨
도망치듯 후다닥 집을 나섰다. 그러는 동안 울티모는 피아
노를 분해하고 있었고, 나는 그 피아노를 우리 유개트럭에
싣고 싶지 않다고, 그건 마법에 걸린 피아노라고 소리쳤
다. 이웃사람들이 무슨 일인가 하면서 자기들 집 밖으로

나왔지만, 피아노 교사가 흐느끼면서 코울 여사를 끌어안는 것을 보고는 감히 다가가서 참견할 엄두를 내지 못했다. 그 사이에 울티모는 피아노 부품들을 하나씩 유개트럭으로 옮기고 있었다. 이 장면은 내가 정말로 코울 여사에게 애정을 느끼고 있었음을 보여준다. 나는 그녀의 집에서 피아노가 나오는 것을 겁에 질린 눈으로 바라보고 있었다. 그 피아노를 그녀에게 파는 데는 아무 어려움이 없었을 것이다. 하지만 결국 나는 그녀가 피아노를 사지 못하게 방해한 셈이다. 그때 그녀는 피아노를 살 준비가 되어 있었다. 그런데 나는 공포에서 벗어나기 위해 그녀가 피아노를 사기 전에 도망치듯 뛰쳐나왔다. 그것을 보면 내가 그녀를 얼마나 좋아했는지 알 수 있다. 나로 말하자면 모든 가정을 타락시키겠다는 계획을 세운 사람이고, 어느 것 하나라도 그 계획을 망치도록 내버려두지 않는 것을 원칙으로 삼고 있는 사람이다. 그런 내가……

이 피아노에 무슨 문제가 있는 거야? 하고 울티모가 물었다.

아무 문제도 없어.

1923년 4월 27일

토요일에 버트포드에서 자동차 경주가 열렸다. 이 도시의 정기 박람회를 맞이하여 열린 행사였다. 그런데 울티모는 거기에 가고 싶어 하지 않았다.

정신 나간 소리. 자동차 경주는 네 전문이잖아, 서킷 따위도 그렇고. 네 꿈은 서킷을 만드는 거라며. 자동차 경주가 열리는데 그것을 보러 가지 않다니.

그건 서커스야.

그의 설명은 이러했다.

그들은 모두 한통속이 되어 가짜 경주를 하는 거야. 그게 재미있을 수는 있겠지. 하지만 그들은 이미 누가 이길지 알고 있어. 사람들이 자동차를 좋아하니까, 그걸 이용해서 돈내기를 하려는 거야.

나는 혼자서 거기에 다녀왔다.

울티모, 그 경주로를 봤는데, 네가 말한 대로였어. 박람회장 주위로 타원형 트랙을 만들어놓았더라고. 흙바닥을 다져서 만든 경주로였어. 그 트랙을 자동차들이 쉬지 않고 돌던걸. 그 모습이 꼭……

그건 흙이 아니라 재야. 바닥을 재로 덮고 거기에 물이나 기름을 뿌린 거야.

그는 모든 것을 알고 있었다. 나는 그에게 물었다.

네 꿈은 버트포드처럼 보잘것없는 곳에서도 이미 실현

되었어. 그런 꿈을 품고 사는 게 무슨 의미가 있지?

그는 무척 흥분된 어조로 대답했다.

그 경주로는 내 꿈과 거리가 멀어. 첫째, 그건 경마용이야. 그들이 자동차 경주에 사용하고 있지만 원래는 말들을 위한 길이야. 둘째, 그건 타원형이야. 계속 한 방향으로 돌게 되어 있는 트랙이지. 그게 무슨 경주로야? 말이 달리기에는 괜찮겠지. 하지만 말과 자동차는 달라.

네가 어떤 경주로를 만들려고 하는지 나 나름대로 이해했다 싶었는데 그게 아닌가 봐. 그처럼 둥글고 자기완결적인 형태의 경주로를 만들겠다는 것 아니었어? 네가 말했잖아. 아버지랑 안개 속에서 같은 블록을 돌고 돌았던 것처럼, 처음 출발했던 곳으로 돌아오게 되어 있는 경주로라고. 출발점에 다다르기는 하는데, 다다르고 보면 그게 **다른 곳**이라는 얘기야? 이제 뭐가 뭔지 모르겠어.

엘리자베타, 정말 나를 이해하고 싶은 거야?

그래.

그럼 잘 들어봐.

그래.

타원형 트랙은 말들이 달리는 길이야. 자동차들은 도로 위를 달리고 도로들은 세상 곳곳으로 뻗어 나가. 자동차들이 따라갈 수 있는 곡선들은 무한해. 그 경이로운 움직임을 머릿속에 그릴 수 있겠어?

그래.

이제 세상의 길들이 지니고 있는 놀라운 요소들을 뽑아내. 가로수에 부딪혀 으스러지는 자동차들, 길을 건너는 사람들, 누구도 늑장을 부릴 수 없는 교차로, 이리저리 오고가는 마차들, 먼지와 북새통. 아니면, 공간과 시간을 가르는 깔끔한 동작, 핸들을 잡은 채로 굽이를 따라 움직이며 길의 요구에 **부응**하는 인간의 손. 아무튼 내 나름대로 가장 경이롭다고 생각하는 요소들만 추출해. 그런 다음 그것들을 아무것도 없이 텅 빈 공간의 한복판에 놓는 거야. 무슨 말인지 알겠어?

그래.

수많은 굴곡, 내가 살아오면서 보았던 온갖 곡선들, 세상의 윤곽. 그것들을 텅 빈 공간의 한복판에 모아놓는 거야.

그래.

이제 시동을 걸고 출발해. 그리고 돌아. 자꾸자꾸 돌다 보면 모든 굴곡이 단 하나의 행위 속으로 사라져. 같은 자리에서 시작되고 끝나는 행위, 자신의 내면에 다다르는 행위 속으로 말이야. 그러면 그 서킷이 완벽한 동그라미로 느껴질 거야. 나의 모든 삶을 품고 있는 동그라미야. 하지만 그것은 현실 속에 있는 것이 아니라 내 머릿속에 있어. 오로지 나의 내면에만 존재한다는 것이지.

무슨 말인지 모르겠어.

그건 하나의 느낌이야.

그래, 그럴 수도 있겠어.

그런 거야.

그래.

엘리자베타, 이제 버트포드에서 본 것을 다시 떠올려 봐.

버트포드에서 본 경주로?

그래.

좋아, 다시 생각하고 있어.

그 경주로가 어때 보여?

시시풍덩해.

거 봐.

그런데 네가 말하는 것과 같은 서킷을 만들겠다고 생각한 사람이 이제껏 아무도 없었을까?

모르겠어. 나는 그런 사람을 본 적이 없어.

정말 네가 그것을 만들 거야?

그래.

미쳤어.

오늘 저녁엔 신열이 난다. 신열이 느껴진다. 오슬오슬 한기가 든다. 나는 다른 방, 다른 이불, 다른 삶을 원한다. 더 이상 견딜 수가 없다.

더 이상 견딜 수가 없다.

PM 11:24.

내일은 쉬어야겠다. 우리가 일을 나가지 않으면 그들은 우리에게 돈을 주지 않는다. 우리는 노예다. 이 모든 것을 끝내야 한다.

새벽 세 시. 몸이 불덩이 같다. 무섭다. 여기요, 여기요.

1923년 5월 2일

의사가 왔다. 손은 끈적거리고 목소리는 느끼한 남자였다. 그가 들어왔을 때 나는……

신열, 약, 내 안에 불덩이가 있는 것 같다.

일을 나갈 수 없다.

이제는 조금 나아졌다.

1923년 5월 3일

언니에게 편지를 썼다. 더 견딜 수가 없다. 창피를 무릅쓰고 언니에게 물었다. 무슨 방법이 없겠느냐고, 이렇게 살고 싶지 않은데 벗어날 길이 있느냐고.

창피스러운 편지다.

옆방 여자는 러시아 사람이다. 러시아 역사. 난 그딴 것에 전혀 관심이 없다.

내 어머니는 **끊임없이** 굴욕을 당했다.

우리는 그것을 보며 무언가를 배웠어야 한다.

약들을 모조리 버렸다.

울티모가 있어서 든든하다.

비가 내린다.

글을 쓰니까 피곤하다. 모든 것이 나를 피곤하게 한다.

1923년 5월 4일

오늘 아침에 웬 사람이 길에서 노래를 불렀다. 아름다운 노래였다.

때로는 조금으로 족하다.

다시 일을 해야겠다. 내 계획을 실행하면서.

나는 울티모에게 물었다. 왜 그 보물을 찾으러 가지 않는 거야?

내가 말했을 텐데. 편지들을 읽는 건 괜찮지만 그 내용을 나한테 이야기하면 안 된다고.

울티모, 나 아프잖아. 왜 그 보물을 찾으러 가지 않는지 말해줘.

이야기인즉슨 이러하다. 그의 친구 카비리아가 이탈리아에 있는 어느 사제의 집에 보물을 감췄다. 그 보물은 그들이 전선에서 후퇴하던 중에 훔친 것이다. 카비리아는 그것을 사제에게 맡긴 뒤에 감옥에 갇혔다. 그는 감옥에서 나오지 못할 것이다. 그래서 울티모라도 보물을 찾다가 이롭게 쓰기를 바라고 있다.

나는 울티모에게 말했다.

그것으로 네가 꿈꾸는 서킷을 만들 수도 있잖아.

나는 그 돈을 원하지 않아.

왜?

카비리아는 거기 전쟁터에서 우리를 배신했어. 가장 중요한 순간에 우리를 버리고 도망쳤지. 그러고는 감옥에 갇혀버렸어. 나머지 한 사람은 총살당했고.

그래서?

카비리아는 이제 존재하지 않아.

내가 보기에 그건 어리석은 짓이야. 우리를 배신하는 사람들은 많아. 그들 모두에게 계속 신경을 써야 한다고 생각해봐. 그건 영리한 일이 아냐. 울티모, 그들을 용서하는 게 현명해.

그건 용서하고 안 하고의 문제가 아냐. 나는 카비리아를 용서했어. 하지만 나에게 그는 이제 존재하지 않아. 누구에게 기억된다는 것은 중요한 거야. 죄인은 없어. 존재하기를 멈추는 사람들이 있을 뿐이지. 누군가를 기억에서 지워버리는 건 우리가 할 수 있는 최소한의 일이야. 그건 정당해.

울티모, 그건 미친 짓이야. 그 돈을 찾으러 가.

내가 말했잖아. 그 편지들에 관한 얘기는 두 번 다시 꺼내지 마.

하지만 너는 그것들을 버리지 않고 보관하고 있잖아.

그는 일어나서 나갔다.

그러고는 다시 돌아와서 말했다. 누군가가 세계를 무질서하게 만들면 세계를 다시 정돈해야 한다고.

그는 미치광이이다.

내가 레슨을 나가는 모든 가정을 **타락시키겠다**는 계획은 세계를 다시 정돈하는 하나의 방식일까?

그건 그렇고 경찰 수사 때문에 조금 성가시게 생겼다. 커티스 씨네 집에서 벌어진 일 때문이다. 하지만 나에게는 아무 탈이 없을 것이다. 그들은 아무것도 증명할 수 없을 테니까.

언니의 답장을 기다리고 있다.

내일은 다시 일하러 나간다. 기네스, 그다음엔 램버트와 코커맨. 지겹다.

아무래도 **내가 직접** 그 보물을 찾으러 가야겠다.

1923년 5월 7일

커티스 씨네 집에서는 처음에 부인을 겨냥했다. 그들은 부유하지만 권태롭게 사는 사람들이었다. 그들에게는 이미 피아노가 있었다. 그럼에도 내가 마음에 들었는지 레슨을 받겠다고 했다. 부인은 여러 해 전에 그만두었던 피아노를 다시 치기 시작했다. 그녀에게는 할 일이 아무것도 없었다. 그녀는 나를 딸처럼 대해주었다. 하지만 그런 친분은 피아노를 사주어야만 유지될 수 있었다. 그들은 피아노를 새로 구입했다. 사는 게 따분해서 무슨 짓이라도 할 사람들이었다. 부인은 여자 친구들과 패를 지어 자주 어울리더니, 권태를 견디다 못해 그 여자들과 함께 야한 장난을 벌이기에 이르렀다. 짐작건대 여자들과 그런 짓을 하는 것은 정조의 문제와 무관하다는 게 그녀의 생각이 아니었던가 싶다. 나는 당연히 그런 부인을 통해서 그 가정을 타락시키리라 생각했다. 어느 날 그녀는 자기 드레스들을 입어보지 않겠느냐고 내게 물었다. 나는 그러겠다고 하고, 그녀의 면전에서 옷을 입었다가 벗었다가 했다. 나는 그녀가 좋아하는 것을 보고 나 역시 좋아하는 척했다. 우리는 금방이라도 침대로 달려갈 태세였다. 하지만 나는 그녀를 은근한 불로 천천히 요리하고 싶었다. 그래서 그저 입맞춤을 하는 것으로 그쳤다. 별다른 사정이 없었다면, 그 일은 예정대로 진행되었을 것이다. 그런데 그 파티가 열리던 날에 뜻밖의 일이 벌어졌다.

부인은 친지들을 모아 파티를 열기로 하고 나에게 피아노 연주를 부탁했다. 그렇게 해주면 당연히 사례를 할 거야, 하고 그녀는 말했다. 그날 저녁, 나는 어쩌다가 커티스 씨와 함께 베란다에 앉아 있게 되었다. 그는 술을 마시고 있었다. 나는 그에게도 딸과 같은 존재가 되어 있었다. 부인이나 남편이나 사는 게 쓸쓸하다 보니……

그런데 어느 순간 그가 울음을 터뜨렸다. 그러더니 자기는 돈이 없어서 나에게 인심을 쓸 수도 없고 파티 비용은 물론 그 어떤 비용도 낼 수 없다고 말했다. 자기는 이제 빈털터리가 되었으며 아침마다 출근하는 척하고 나가지만 사실은 사무실도 없어졌다는 것이었다. 매일 사무실이 아닌 카페로 출근하여 거기에서 일을 수습하려 애쓰는 모양이었다. 나는 쫄딱 망한 사람이라오, 하고 그는 말했다. 그 말을 듣자 처음엔 내가 일을 벌이기도 전에 그 가정이 저절로 타락해버렸다고 생각했다. 하지만 나는 곧바로 생각을 바꿨다. 그냥 내 계획을 충실히 이행하는 뜻에서, 그들을 조금 떼밀 수도 있겠다 싶었다. 나는 좋은 생각이 있다고 커티스 씨에게 말했다. 어떻게 그런 생각이 떠올랐는지 모르겠다. 확실히 나는 재능이 있다.

　파티가 한창 무르익어 갈 즈음, 나는 시베리아의 사진들과 거기에서 강제노동을 하고 있다는 사람들의 사진을 꺼냈다. 내 언니가 나한테 보내오는 것은 그런 것들이었다. 나는 그런 것들을 봐도 아무런 영향을 받지 않는다. 러시아에서 무슨 일이 벌어지든 아무 관심이 없기 때문이다. 이미 오래전에 결심하지 않았던가…… 그건 나하고 상관없는 일이다. 아무튼 나는 사진에 나오는 불쌍한 사람들에 관해서 약간의 설명을 한 다음, 커티스 씨가 거기에 보낼 기부금을 모으도록 나를 격려해주었고 그 자신이 솔선해서 3백 달러의 거금을 냈다고 말했다. 손님들의 박수가 터져 나왔다. 그런 부류의 세계에서는 자선이 일종의 스포츠다. 그들에게 중요한 것은 남에게 뒤지지 않는 것이다. 그들은 앞다투어 엄청난 거금을 쾌척했다. 나는 짐짓 놀라는 표정을 짓기도 하고 매우 감격한 척도 해가면서 돈을 거두어들였다. 그런 다음 남들 모르게 그것을 모두 커티스 씨에게 주었다. 내가 다 갚을게요, 하고 커티스 씨는 말했다. 하기야 그는 선량한 사람이니 그게 빈말은 아니었을 것이다. 나는 그가 다 갚으리라 확신한다고 말했다.

　그 뒤에 나는 6개월간의 레슨을 마치고 그들과 작별했다. 그러나 떠나기에 앞서, 시베리아에 보내라고 기부금을 내준 모든 사람들에게 익명의 편지를 보냈다. 그들의 기부

금이 어디로 갔는지 확인하도록 권고하는 내용의 편지였다. 나는 커티스 씨가 몇 달 뒤에 자살했을 거라고 생각한다. 어쨌거나 그는 사기를 친 셈이다. 사기꾼은 내가 아니라 그 사람이다. 나는 경찰을 두려워할 이유가 전혀 없다. 그들이 나를 찾아다니는 것은 시간 낭비일 뿐이다.

그래도 담당 구역을 바꿀 필요는 있다. 울티모는 이유를 모르지만 나는 안다. 아메리카는 넓으니까 아무 문제가 없다.

나는 얼마나 더 여기에 머물게 될까?

울티모는 얼마나 더 여기에 머물게 될까?

언젠가는 스스로를 역사의 주역이라고 생각하는 사람들이 무서운 기세로 이 평원에도 올 것이다. 그러면 우리는 또 다시 자리를 내주고 떠나야 할 것이다.

나는 역사가 쫓아오지 않는 곳에서 살고 싶다. 역사의 발길이 미치지 않는 곳이 있을까? 그렇다면 나는 거기에서 살고 싶다.

나는 역사라는 거대한 배의 밑창에 숨어서 잠자고 있는 밀항자다.

울티모도 밀항자다.

비겁자들은 배표도 끊고 이것저것 필요한 것도 챙겨서 배에 올랐다. 그들에게 중요한 것은 배가 어디로 가는가

하는 것이다. 우리에게는 그것이 중요하지 않다.

아니, 사실 나는 아무것도 모른다.

PM 9:55. 밀항자는 자러 가야겠다.

1923년 5월 14일

언니한테서 답장이 왔다. 이 여자를 누가 말리겠는가.

바실리 자루빈이라는 남자가 있다. 내가 열 살이었을 때, 나를 신붓감으로 선택한 남자다. 나는 그의 아내가 되기로 되어 있었다. 내 아버지가 그렇게 결정했기 때문이다. 나는 아무래도 상관없었다. 그 일은 나에게 병이 생기는 바람에 조금 뒤로 미뤄졌다. 그러던 차에 혁명이 일어났다. 그런데 그 바실리 자루빈이 지금은 로마에 살고 있다. 예전보다 갑절이나 부유하다고 한다. 그는 친절한 남자였다. 언니가 전해온 소식에 따르면, 그는 여전히 나랑 결혼할 생각이 있는 모양이다. 언니는 단 한순간도 의심하지 않는다. 그녀가 보기에는 내가……

지금 그에게는 사귀는 여자가 있다. 하지만 그건 전혀 문제가 되지 않는 듯하다. 만약 내가……

언니는 내가 알아서 잘하리라고 말한다. 하기야 틀린 말은 아니다.

바실리, 내 사랑.

20일이 지나면 내가 다시 부자가 될 수도 있으리라고 생각하니 기분이 좋다. 20일이란 내가 거기까지 가는 데 걸리는 시간이다. 잘됐다. 아주 아주 잘됐다.

나는 기분이 좋아진 김에 울티모에게 자러 오라고 말했다. 그는 이제 여기에 와서 반대쪽으로 돌아누워 있다. 남자치고는 목덜미의 선이 곱고, 귀는 우스꽝스러울 만큼 크다. 다리는 길고 야윈 편이다. 그는 자고 있다.

이제 나는 이런 것을 해볼 참이다. 옷을 홀딱 벗고 그에게 바싹 다가가서 목덜미에 혀를 갖다 댄다. 그가 깨어나면 귀엣말로 속삭인다. 돌아눕지 말고 가만히 있어, 천사가 지나가고 있거든. 그런 다음 한 손에 그의 성기를 쥐고 어루만진다. 부드럽고도 긴 애무다. 그의 쾌감이 최고조에 달하려 할 때마다 멈추었다가 다시 시작한다. 그러다가 마침내 아주 느리게 손을 움직이며 그를 쾌감의 절정으로 끌어올린다. 그런 다음 그의 양쪽 어깨 사이에 머리를 대고 잠이 든다.

PM 10:34.

아니, 나는 그따위 짓은 절대로 하지 않을 것이다.

나 자신을 어루만지고 싶다.

1923년 5월 17일

경찰이 왔다. 바로 커티스 씨 사건 때문이다. 나는 내가 알고 있는 바를 다 말했다. 예상대로 커티스 씨는 내가 떠난 지 몇 달 뒤에 권총으로 자살했다고 한다. 경찰관들은 나보고 어딘가로 가서 증언을 해주었으면 한다고 말했다. 필요하다면 언제든지 나가죠, 하고 나는 말했다. 커티스 씨 때문에 마음이 아프다는 말도 했다.

별로 두렵지 않다. 그저 조금 겁을 먹었을 뿐이다.

내가 진실로 겁을 먹었던 경우들:

어릴 적 발카예프에서 화재가 났을 때.

고향을 탈출하던 그날, 열차 안에서.

그에 앞서, 볼셰비키들이 말을 빠르게 몰며 거리를 지나가던 때.

배에 올라탔을 때마다 어김없이.

그리고 까닭 없이 두려움에 사로잡혔던 모든 경우들. 마치 연주하는 사람도 없는데 피아노가 저 혼자 연주를 시작하는 것만큼이나 섬뜩했던 기억들.

내 가슴속의 피아놀라들.

나는 바실리 자루빈 씨와 함께 살게 되면 집 안에 피아노도 피아놀라도 두지 않을 생각이다. 저희로서는 유감스러운 일이지만 이 댁 사모님께서는 음악 소리가 울리는 것을 견디지 못하신답니다. 어느 종류의 음악이든 마찬가지예요. 다만 〈나 돌아가리라〉는 예외입니다. 네, 맞아요, 그건 노래입니다. 사모님이 그나마 참고 들으실 수 있는 음악은 그 노래밖에 없어요.

그들은 나를 위해 〈나 돌아가리라〉를 부를 것이다.

바실리, 내 사랑.

울티모는 경찰을 좋아하지 않는다. 경찰을 보면 겁부터 나는 모양이다. 오래전 어느 날, 경찰관들이 울티모네 시골집에 와서 그의 아버지를 데려갔다고 한다.

그들은 백작의 목숨을 앗아간 사고에 관해서 수사를 벌이고 있었다. 그들이 보기엔 사고의 정황에 뭔가 앞뒤가 맞지 않는 것들이 있었다. 그래서 그의 아버지를 데려가 이틀 동안 강도 높은 신문을 벌였다. 그들은 자동차의 진로를 갑자기 변경한 백작의 이상한 행동이 그의 아버지와 무관하지 않다고 확신했다. 그 기이한 광경을 목격한 사람이 있었던 모양이다. 돈 때문에 생긴 일이라는 소문까지 돌았어, 하고 울티모는 말했다.

하지만 울티모는 더 설명하고 싶어 하지 않았다.

자기 아버지가 살인자로 오해받은 사건이니 마음이 내킬 리가 없었다. 이 사건은 그가 말하고 싶어 하지 않는 여러 사건들 가운데 하나다.

아무튼 그날 이후로 울티모는 경찰을 거북스럽게 여겼다.

그래서 경찰관들이 나를 만나러 와 있는 동안, 그는 유개트럭을 몰고 들판을 돌아다녔다.

이곳의 들판은 환상적이다. 어디를 둘러봐도 풍요로운 땅처럼 보인다.

이따금 농장이 나타난다. 그런데 그 농장들은 언제나 적막에 싸여 있어서, 마치 그냥 전시용으로 서 있는 것만 같다.

남에게 보여주기 위해 사는 것, 그건 내 언니의 원칙이다. 언니는 영원한 석양빛에 잠긴 들판의 농장이다. 오 예스.

개도 한 마리 있었으면 좋겠다. 부자가 되면 개를 한 마리 키워야겠다. 아이들도 낳아야겠지만, 무엇보다 개가 한 마리 있었으면 좋겠다. 아주 충실한 녀석으로.

혹독하게 춥던 어느 겨울날, 발스톡 쪽 아니면 그보다 멀리 노르마 농장 쪽으로 나갔을 때의 일이 생각난다. 숲에서 느닷없이 무언가가 튀어나왔다. 알고 보니 한 마리······

PM 11:05.

1923년 5월 19일

울티모가 갑자기 사라졌다. 유개트럭은 마을에서 발견되었다. 문이 잠겨 있지 않았다. 모든 것이 제자리에 있었지만, 그는 없었다. 어떤 사람이 페닝턴으로 가는 도로에서 그가 어느 트럭에 올라타는 것을 보았다고 한다.

하지만 그가 정말 울티모였는지조차 확실하지 않다.

나는 우리 유개트럭에 올라가서 좌석 밑의 이중바닥 속을 들여다보았다. 그의 돈이 사라졌다. 편지들도 보이지 않았다. 그의 소지품들은 아직 유개트럭 안에 그대로 남아 있는 듯하다.

그는 돌아올 것이다.

나는 그가 없다는 것을 핑계로 일하러 가지 않았다. 그러고는 줄곧 내 사랑 바실리에 관한 몽상에 젖은 채 시간을 보냈다. 바실리는 미남도 못난이도 아니다. 아마 내 몸에 비하면 덩치가 너무 클 것이다.

남자들이 넓은 목초지에서 승마 경기를 하는 동안, 우리 여자들은 울타리 근처에서 아주 우아한 모습으로 경기를 지켜보고 있었다. 마치 어머니들이……

나는 거울 앞에 앉아서 그 옛날에 하던 것처럼 머리를 빗었다.

여기 아메리카에서는 사람들의 차림새에서 심미안을 찾아볼 수가 없다. 부유한 여자들이 보란 듯이 달고 다니는 장신구들을 보면 웃음이 절로 난다. 옛날에 우리는 아주 아름다운 장신구들을 가지고 있었다. 각각의 장신구에는 하나의 이야기가 담겨 있었다. 이루지 못한 사랑 때문에 자살한 남자, 혹은 사랑하는 여인에게 모든 것을 바치려다 빚더미에 앉은 남자의 사연이 담기지 않은 보석은 진정한 보석이라 할 수 없었다. 그러니까 장신구를 단다는 것은 대대로 물려받은 우리의 소명, 희극보다 비극에 이끌리는 우리의 취향을 몸에 달고 다니는 것과 같다. 우리는 그런 혈연의 사슬을 끊으면 안 된다는 것을 알고 있었다. 그 사슬은 우리의 삶이었다. 내가 물려받은 보석들은 이제 어디에 있을까?

생각하지 말자. 그것들은 이제 존재하지 않는다. 나는 이제 존재하지 않는다.

1923년 5월 20일

블랭킷 씨가 운전하는 차를 타고 일하러 갔다. 마음에 들지 않는다. 블랭킷 씨는 운전을 아주 고약하게 한다. 게다가 그는 하느님과 직접 소통하고 있다고 확신하는 사람이다. 그는 자기가 하느님과 대화를 한다고 주장한다. 하느님이 조언과 권유를 해주신다고 한다. 심지어는 하느님이 주식 투자에 유용한 정보를 주시는 경우도 있다고 한다. 세상에.

스타인웨이 앤드 선스에 전보를 보내어 울티모가 사라졌다는 사실을 알렸다.

그리고 그와 관련해서 무언가 아는 게 있으면 알려달라고, 답신을 기다리겠다고 덧붙였다.

울티모는 미쳤다. 그들은 그를 해고할 것이다.

혹시 요전날 밤에 있었던 그 일 때문일까? 설마 그건 아닐 것이다.

스티븐슨 씨네 집에서는 아주 좋은 결과를 얻었다. 그 집의 딸아이는 이제 음식을 거의 먹지 않는다. 스티븐슨 씨 내외는 불안감에 속을 태우면서 그 일을 서로 상대편 탓으로 돌리기 시작했다. 나는 피아노 레슨이야말로 가장 좋은 약이라고 그들을 설득했다. 그들은 피아노를 구입했고 3개월간의 추가 레슨을 받아들였다.

PM 10:51.

불을 켜놓고 자야겠다.

1923년 5월 21일

천둥. 나는 천둥을 싫어한다. 천둥소리가 너무 요란해서 레슨을 중단해야만 했다. 우리는 창가에 가서 우박이 떨어지는 것을 보았다. 당장이라도 울티모가 커다란 우산을 쓰고 돌아올 것만 같았다.

스타인웨이 쪽에서는 아무 대답이 없다.

언니에게 편지를 보내어 내가 저축한 돈이 얼마나 되는

지 알아봐야 한다. 그러나 마음이 내키지 않는다. 요즘엔 어떤 일에도 의욕이 일지 않는다.

엘리자베타. 내가 제대로 해낼 수 있는 일은 그저 내 이름을 쓰는 것뿐이다.

엘리자베타.

엘리자베타.

엘리자베에에에에에타.

오늘 밤엔 천둥이 치지 않았으면 좋겠다.

1923년 5월 22일

아무 소식이 없다.

울티모. 대체 무얼 하고 있는 거야, 젠장맞을.

아무래도 그 망할 놈의 서킷 이야기와 관계가 있는 게 아닌가 싶다. 아마도 그는 누군가를 만났을 것이다. 그런 뒤에 자기 보물을 찾으러 가기로 결심했을 것이다.

나는 다시 유개트럭에 올라가서 그의 소지품들을 살펴보았다. 그는 자기 그림들도 가져갔다.

나에게 귀띔 정도는 할 수도 있었으련만.

언니에게 편지를 썼다. 그걸 보낼지는 알 수 없다.

11시, 스티븐슨.

3시, 맥맬로.

5시, 스탠포드.

스탠포드 씨 내외는 반유대주의자들이다. 그래서 자기네 두 자녀가 유대인들이 작곡한 음악을 연주하지 않도록 해달라고 요구한다. 스카를라티가 유대인이었던가? 그걸 내가 어찌 알겠는가. 유대인들의 음악 중에서 몰래 아이들에게 연습시킬 만한 것이 있는지 찾아봐야겠다. 아이들을 코셰르* 음악에 맛들이게 하자는 거다. 하하.

그들은 모두 미쳤다.

PM 11:17.

1923년 5월 23일

스타인웨이 앤드 선스에서 전보가 왔다. 울티모가 사표를 냈기 때문에 다른 사람을 보내주겠단다. 그러면서 울티모가 돈이나 회사의 물품을 가져갔느냐고 묻는다.

울티모, 어떻게 된 거야? 왜 나한테 글 한 줄 남기지 않은 거야?

* 유대교의 율법에 맞는 정결한 음식을 가리키는 말.

1923년 5월 27일

나는 너를 위해 이토록 많은 글을 썼는데, 너는 나한테 글 한 줄 남기지 않았어.

울티모, 마치 피아노를 다치게 할까 저어하듯 조심스럽게 다루던 네 손길이 마음에 들었어. 울티모, 속사정을 은근히 내비치며 중동무이하던 네 이야기가 마음에 들었어. 울티모, 네 이름도 너의 잠자는 모습도 마음에 들었어. 네가 나를 좋아한다는 게 마음에 들었어.

그래서 오늘 밤 이렇게 슬프고 안타까워.

하지만 어쩌겠어, 우리는……

우리 이제 작별해, 소중한 내 친구.

오늘 1923년 5월 27일을 기하여 나는 일기 쓰기를 중단한다. 울티모가 돌아오지 않을 것이기에.

엘리자베타 셀레르, 21세.

네가 돌아올 때까지.

이탈리아, 코모 호수 1939년 4월 6일

16년 후

믿을 수가 없다. 우리 젊은 날의 언행을. 긴 세월이 흐른 뒤에 내 일기를 다시 읽었다. 이 일기를 쓴 아가씨가 나였단 말인가? 나였다는 것을 인정하기가 쉽지 않다. 내가 어떻게 이 모든 것을 꾸며낼 수 있었을까? 나에겐 이제 그런 상상력이 없다. 많은 능력이 사라져간다. 아마도 쓸모없는 것들이겠지만.

무엇보다 놀라운 것은 나에게 레슨을 받았다는 가정들의 이야기다. 세상에, 가정들을 타락시키겠다니. 어떻게 그런 생각이 내 머릿속에 떠올랐을까? 나는 그런 짓을 해본 적이 없다. 그 가족들 가운데 몇몇은 아직 기억이 난다. 예를 들어 코울 씨네 가족을 보자면, 그들은 착한 사람들이었다. 아들이 속을 썩이기는 했지만, 나는 그 아이를 무척 좋아했다. 빨강머리에다 주근깨가 많은 아이였다. 그 애가 악마라니 천만의 말이다. 나는 레슨을 하러 갈 때마다 그 아이에게 선물을 가져다주었다. 대단한 선물은 아니었고 그저 작은 물건들이었다. 나는 정말 가난했으니까 말이다. 다른 건 몰라도 그건 지어낸 얘기가 아니다. 애고, 그 시절에 내가 얼마나 가난했던가.

나는 말수가 적고 조신했다. 의지할 만한 사람이 아무도 없는 외로운 처지였다. 이제 마흔 살의 문턱에서 되돌아보니, 그때의 내가 아스라이 아주 작게 보인다. 세상 물정이라곤 전혀 아는 게 없었음에도 너무나 당당했던 나, 머리를 곱게 빗고 등을 꼿꼿이 세운 모습으로 어디로 가는지도 모르는 채로 걸어가던 소녀.

패럴 씨는 아주 훤칠하고 멋스러운 남자가 아니었던가? 나는 물론 그 남자를 고약한 파국으로 몰아넣지 않았다. 바지를 내리고 있다가 아내에게 들키는 일 따위는 그에게 어울리지 않는다. 사실 내가 기억하기로 그는 친절하고 정직한 남자였다. 미국 남자치고는 품위가 있었다. 당연히 나는 그에게 반했다. 그가 나를 집에 바래다줄 때 뭔가 수상적은 행동을 했던가? 그건 잘 모르겠다. 다만 내가 차에서 내리기 전에 그가 내 쪽으로 몸을 기울여 내 뺨에 입을 맞춘 적은 있다. 나는 그의 향수 냄새를 아직 기억한다. 이제 그 시절의 패럴 씨와 비슷한 나이가 되고 보니, 나는 그 입맞춤에서 많은 것을 읽어낼 수 있다. 약간 수상쩍은 점이 있다는 것도 알겠다. 자기에 비해서 너무 어린 사람에게 욕망을 품는 것은 고통스런 일이다. 나 역시 그런 욕망 때문에 가슴을 에는 듯한 고통을 느낀 적이 있다. 그래서 이제 나는 그의 미소, 나를 그냥 차에서 내리게 할 때 지었던 그 미소에서 똑같은 고통을 본다. 하지만 당시에는 그런 고통을 이해하지 못했다. 그의 입맞춤이 조금 실망스럽게 느껴지기까지 했다. 아버지가 딸에게 하는 입맞춤 같았기 때문이다. 그렇다고 딱히 어떤 것을 기대하고 있었던 것은 아니다. 나는 아무것도 모르고 있었다. 진정한 삶, 어른의 삶이 어떠한 것인지 전혀 깨닫지 못하고 있었다. 그런 주제에 스스로를 어른으로 여기며 살았다는 점이 자못 놀랍다.

내가 그 일기를 쓴 것은 울티모에게 읽히기 위함이었다. 나는 그 점을 잘 알고 있다. 나는 일기장을 눈에 잘 띄는 곳에 놓아두었고 그는 매일 그것을 읽고 제자리에 돌려놓았다. 그는 내 일기에 대해 한 마디도 하지 않았지만, 나는 그가 읽는다는 것을 알고 있었다. 우리의 삶은 은둔자들의 삶만큼이나 단조로웠다. 우리는 기이한 망명 생활을 하듯 젊은 날을 보내고 있었다. 그러니 우리가 무엇을 할 수 있었으랴. 그저 우리가 가지지 않은 것을 상상할 수밖에. 그에게는 자동차 경주로가 있었다. 아무것도 없는 공간의 한 복판에 세계에서 훔쳐낸 모든 곡선을 모아 자기만의 서킷을 만들겠다는 꿈이 있었다. 나는 글을 썼다. 그를 위해서, 아니, 나를 위해서.

우리는 세상의 모든 것에서 멀리 떨어져 있었다. 너무나 멀리.

나는 이제 안다. 그 몇 개월의 삶, 낮에는 울티모와 함께 피아노가 실린 유개트럭을 타고 여기저기로 돌아다니고, 밤에는 그를 위해 글을 쓴 것이야말로 내가 했던 가장 멋진 일들 가운데 하나라는 것을. 이따금 나는 그가 들려준 이야기들을 다시 쓰기도 했다. 그를 소설 속 인물로 바꿔놓는 것이 재미있었다. 그를 책들이나 그가 읽는 만화에 나오는 것과 같은 인물로 바꿔놓음으로써, 그가 특별한 사람이라는 것을 알려주고 싶었다. 주인공. 그래, 바로 그것이었다. 나는 그가 주인공이라는 것을 깨닫게 하고 싶었을 것이다.

울티모에게 그런 얘기를 한 적은 없다.

나는 말수가 아주 적었다. 오늘날에도 그냥 예의 바르고 친절하게 처신할 뿐 말은 별로 하지 않는다. 기억하고 싶지 않은 내 어린 시절의 어느 순간에 사람들이 나를 벙어리로 만들었다. 그 뒤로는 이미 너무 늦은 마당이라 어찌해볼 도리가 없었다.

말을 하지 않는 대신에 나는 글을 썼다. 글쓰기란 침묵의 한 형태, 침묵의 복잡하고 정교한 발현인 셈이다.

나는 일주일 전에 집을 떠나 로마에서 기차를 타고 여기에 왔다. 울티모의 고향 마을을 찾아내는 데는 시간이 걸렸다. 그에게서 그곳에 관한 얘기를 듣기는 했지만, 설명이 언제나 모호했기 때문이다. 찾는 것을 포기하고 그냥 돌아갈까 하는 생각을 천 번은 했을 것이다. 하지만 나는 기어이 들녘 한복판에 자리한 오래된 농장 앞에 다다르게 되었다. 옛날에 써놓은 글씨의 희미한 자취가 건물 정면 벽에 아직 남아 있었다. 리베로 파르리 자동차 정비소. 나는 내가 이러고 있는 것이 터무니없는 짓이라는 것을 안다. 하지만 이런 일을 할 수 있으니, 우리는 얼마나 멋진 부부인가. 나는 남편에게 말했다. 꼭 가봐야 할 곳이 있는데, 나 혼자 가야 한다고. 남편은 내 말뜻을 알아차렸다. 아! 참, 이 얘기를 해야겠다. 나는 바실리 자루빈(내 사랑 바실리)과 결혼해서 두 아이를 낳았으며 부유하고 안정된 삶을 누리고 있다. 우리는 로마 예수회 광장 뒤쪽에 아주 아름다운 집을 가지고 있고, 여름이면 지중해는 물론이고 대서양에서 불어오는 바람까지 닿는 에스파냐의 메노르카 섬으로 간다. 우리 집에는 그림이 많이 걸려 있다. 하지만 내가 예전에 다짐한 대로 피아노는 들여놓지 않았다. 그 점에 관해서라면 나는 거짓말을 하지 않았다. 나는 이따금

〈나 돌아가리라〉라는 노래를 읊조린다. 나직한 목소리로.

나는 행복한 여자다. 중년의 문턱을 비추는 그윽한 빛 속에 잠긴 여인들이 모두 그러하듯이. 나에게는 우아한 약점들과 매력적인 상흔들이 있다. 나는 이제 사람들의 고상함에 대해 환상을 갖지 않는다. 그래서 사람들이 저마다 자기의 불완전함과 타협하며 살아가는 그 놀라운 기술을 높이 평가할 줄 안다. 이제 나는 관대하다. 타인에게도 나 자신에게도. 그러니까 나는 과도하거나 어리석은 짓을 하면서 늙어갈 준비가 되어 있는 셈이다. 성년이 우리에게 우리가 원하는 것을 주었다면, 노년은 우리가 다시 돌아가서 놀 수 있는 제2의 어린 시절 같은 것이 되어야 한다. 첫번째 어린 시절과는 달리 이 시기에는 아무도 우리에게 그만 놀라고 말하지 않는다.

나는 행복한 여자다. 아마 그래서 자동차 정비소라는 글씨가 희미하게 남아 있는 그 건물 앞에 홀로 서 있게 되었을 것이다. 사실 나는 여러 해 동안 울티모를 다시 떠올리지 않았다. 그와 함께 유개트럭에 싣고 다니던 피아노들이며 10센트짜리 피아노 레슨도 까맣게 잊고 살았다. 그 시절에 쓴 일기가 남아 있는 것은 단지 물건을 버리지 않는 내 버릇 때문이다. 어느 일요일에 갔던 놀이공원의 입장권까지 아직 간직하고 있는 판에 그 일기라고 해서 남아 있지 말라는 법이 없지 않은가? 아무튼 과거의 숱한 다른 일들과 마찬가지로 그 시절의 일은 다 끝난 이야기다. 그런데 어떻게 이런 일이 벌어졌을까? 그건 나도 잘 모른다. 하지만 우리가 늙어가면서 어느 날 문득 자신의 과거를 또렷하게 인식하는 현상과 관계가 있는 것은 분명하다. 예전에는 빛이 거의 비치지 않는 무대 뒤쪽의 실루엣이었던 것들이 갑자기 우리에게 다가와 마치 뒤늦게 시작되는 공연처럼 환한 빛을 받으며 그 형체를 온전히 드러낸다. 그러면 우리는 어쩔 수 없이 그것들을 받아들여야 한다. 마치 뜻밖의 손님을 맞이하듯, 마치……

피곤하다.

22시 45분.

아니 그 시절처럼 쓰고 싶다.

PM 10:45.

빈 침대.

나는 허기진 채로 잠자리에 들지 않을 것이다. 그때 이후로는 허기진 채로 잠자리에 든 적이 없다.

엘리자베타.

머리를 곱게 빗고 등을 꼿꼿이 세운 엘리자베타.

이튿날

농장 건물에는 자동차 정비소였음을 알리는 글씨가 남아 있었다. 하지만 그들은 이제 거기에 살고 있지 않았다. 어느 상냥한 아주머니가 파르리 씨네 가족은 아주 오래전에 도회지로 이사했다고 알려주었다. 그녀는 20년 전의 일이라고 운을 떼더니, 그 사고에 대해서 아느냐고 내게 물었다. 나는 어느 정도 안다고 대답했다. 그러자 그녀는 더 말하지 않고 그들이 도회지로 떠났다며 말을 맺었다. 파르리 씨 내외가 아직 살아 계신가요? 내가 그렇게 묻자 그녀는 어깨를 으쓱 들썩였다.

세월이 많이 흐른 뒤라서 내가 할 수 있는 일은 울티모의 아버지를 찾아나서는 것밖에 없었다. 울티모가 어떻게 되었는지에 대해서는 전혀 아는 바가 없다. 내가 정말 그를 만나고 싶어 하는지도 잘 모르겠다. 다만 그에 대해서 조금 더 알고 싶기는 하다. 아마도 나 자신에 대해서 조금 더 알기 위함일 것이다. 아니 어쩌면 한낱 노스탤지어일지도 모른다. 자기가 보았던 세계를 다시 느껴보고 싶은 마음, 자기가 다루던 물건들을 다시 만져보고 싶은 마음과 비슷한 것일 수도 있다.

나는 아주머니에게 무언가 자동차 정비소와 관련된 것들이 남아 있는지 물어보았다. 그녀는 아니라고 대답하고는 문득 무슨 생각이 들었는지 도로 쪽을 가리켰다. 빛이 바래서 회색이 되어버린 튜브 식 타이어들과 통고무 타이어들이 반쯤 땅에 묻힌 채 짧은 방벽처럼 줄느런하게 서 있었다. 그렇게 도로를 따라서 몇 미터쯤 늘어서 있는 타이어들이 자동차 정비소의 유일한 흔적이었다. 나는 거기로 가서 타이어들을 만져보았다. 울티모, 하고 나는 나직하게 말했다.

아마 우디네에 산다는 그 신부님을 찾아보는 방법도 있었을 것이다. 하지만 그건 쉬운 일이 아니었다. 게다가 나는 리베로 파르리라는 그 전설적인 아버지를 직접 만나보고 싶었다. 울티모가 말한 아버지의 모습이 한낱 꿈이었는지 실상이었는지 궁금했다. 어린 시절에 우리가 그리는 부모의 상은 하나의 꿈이다. 그건 누구도 어찌할 수 없는 일이다. 부모는 꿈 중에서도 가장 거창한 꿈이다.

옛날의 일기에서 나는 내 부모가 바스테르키에비츠 저택에서 음독 자살했다고 말했지만, 그건 사실이 아니다. 그들은 시베리아에서 노예처럼 살다가 죽었다.

나는 울티모의 아버지를 찾아 도회지로 갔다. 리베로 파르리는 작은 유개트럭을 가지고 용달업을 하고 있다. 그의 사무실은 트럭을 주차해두는 차고 한쪽에 딸려 있고, 간판에는 '용달'이라는 말이 적혀 있다. 사무실 벽을 장식하고 있는 것은 자동차 경주 사진들이다. 모터사이클 경주 사진들도 보인다. 액자들 아래에는 손으로 쓴 사진 설명이 하나씩 붙어 있다. 오른쪽으로 기운 가지런한 글씨체로 쓴 캡션들이다. 그중 하나에는 '타르소 고개의 굽이들'이라는 말이 들어 있다.

나는 몇 시간 동안 사무실 밖에서 죽치며 그가 돌아오기를 기다렸다. 그러다가 그를 보았을 때 다가갈 엄두가 나지 않았다. 그래서 멀찌감치 떨어진 채로 그를 지켜보았다. 그는 그 사고 때문에 한쪽 다리를 잃었다. 오른쪽 손에도 무언가 이상이 있는 게 분명하다. 그 손을 쓰지 않고 늘 몸에 딱 붙이고 있거나, 쓰더라도 핸들을 쥐거나 머리카락을 뒤로 쓸어 올리는 것 같은 몇 가지 기본적인 동작에만 사용하고 있으니 말이다. 리베로 파르리. 당신은 정말 존재하는군요.

이따금 나는 숄이나 재킷 속에 두 손을 감추고 품속에서 슈베르트를 연주한다. 손가락들이 달리는 것을 느끼노라면 기분이 좋아진다. 음악은 내 머릿속에서만 흐르기 때문에 아무도 그것을 알지 못한다. 남들 눈에는 내가 상념에 빠져 있는 것처럼 보이겠지만, 나는 슈베르트를 연주하고 있는 것이다.

이튿날, 나는 용기를 내어 길을 건넜다. 그런 다음 그에게 내가 누구인지를 말했다. 여러 해 전에 미국에서 울티모와 몇 달 동안 함께 지냈다고. 우리는 피아노를 팔았다고. 내 이름은 엘리자베타라고.

그는 어떤 기억을 되살리려는 듯 내 이름을 되뇌었다. 그래요, 들어본 것 같구려. 울티모한테 무슨 말인가를 들은 것 같소.

울티모라는 이름을 내 목소리가 아닌 다른 사람의 목소리로 듣는 것은 아주 오랜만이었다. 멍청하게도 나는 그때서야 울티모가 나의 외부에 정말로 존재한다는 확신을 갖게 되었다.

살다 보면 이따금 그와 같은 신비로운 계기가 찾아와 우리의 과거에 속해 있던 것들을 다시 살려낸다. 그러면 그것들은 현재의 삶과 관계가 없더라도 계속 존재하면서 활짝 꽃을 피우고 우리가 전혀 모르는 사이에 철마다 새로운 열매를 맺는다. 삶은 그렇게 논리를 벗어나 끈질기게 이어지는 것이다.

우리는 작은 사무실에서 얼굴을 맞대고 앉았다. 왠지 모르게 말이 편하게 나왔다. 그도 마찬가지였다. 그는 집에 들어가야 한다며 불안해했다. 플로랑스가 기다리고 있기 때문이라는 것이었다. 보아하니 아내를 약간 무서워하는 것 같았다. 어느 정도 나이가 들면 남자들은 다 그러게 마련이지만, 그의 태도에는 유별난 데가 있었다. 집짐승의 온순함 같은 것이 느껴진다고나 할까. 그러더니 어느 순간 그는 늦게 들어가기로 마음을 정하고, 그 문제는 더 생각하지 않는 게 좋겠다며 웃음을 지었다. 이름은 리베로이지만, 내 삶은 전혀 자유롭지 않소. 푸념을 한다기보다 자신이 자유롭지 않다는 것을 스스로에게 환기시키려는 듯한 말투였다.

"내 아들이 피아노를 고치다니, 상상이 잘 안 되는구려."

"울티모는 그런 일을 잘했습니다."

"자동차를 고치던 애라 피아노에서 라디에이터를 찾지나 않았는지 모르겠군요."

"아니에요, 정말 피아노를 잘 고쳤어요."

"벌이는 괜찮았소?"

"사실……."

"하기야 그건 중요하지 않았을 거요, 그 애한테는……."

"아, 그래요?"

"암만, 그 애는 엄청난 부자거든."

"누가요, 울티모가요?"

"그 애가 말하지 않던가요?"

"그 사람이나 저나 지지리 가난했어요. 제가 알기로는 그래요."

"잘못 아셨구려."

"그렇다면 울티모는 왜 피아노를 팔면서 어렵게 살았을까요?"

"부자로 살 수도 있었는데 그러지 않았다고 해둡시다.

그 사연을 알고 싶소?"

"알고 싶어요."

"얘기가 간단치 않아요."

"저는 급할 게 없어요."

"그건 나도 마찬가지요. 이젠 급할 게 없소. 혹시 울티모가 백작에 관한 얘기를 하던가요?"

"네, 누군지 알아요. 어떻게 죽었는지도 알고요. 백작이 울티모 동생의 아버지라는 얘기도 들었어요."

"잘 아네요!"

"죄송해요. 제가 너무 단도직입적이었나 봐요."

"아, 아니오, 그편이 나아요. 난 괜찮소."

"실례가 되었다면 용서해주세요."

"플로랑스도 그런 식으로 말해요. 난 이골이 났소. 하기야 진실을 말할 바에는 그렇게 직설적으로 말하는 게 좋습디다. 그런 건 여자들이 잘하죠."

"죄송해요."

"괜찮소. 요는 백작이 울티모 앞으로 상당한 재산을 남겨놓았다는 거요. 집, 주식, 거액의 현금 등을 유산으로 물려주었소."

"백작이요?"

"그는 울티모에게 강한 애착을 느끼고 있었소. 울티모가 특별한 아이라고 말하곤 했지요. 그래서 아무도 모르게 울티모한테 모든 것을 물려준다는 내용의 유언장을 작성한 거요. 자동차 경주를 하는 사람들은 언제나 유언장을 만들어두죠. 이해하겠소?"

"네."

"그건 조금 우스워 보이기도 해요. 이왕 재산을 물려줄 양이면 울티모가 아니라 친아들에게 물려주는 게 낫지 않았을까 하는 거죠. 하지만 그는 아직 모르고 있었소, 이해하겠어요? 그가 유언장을 작성했을 때 그는 아직……."

"그랬군요."

"그래서 그는 울티모에게 모든 재산을 물려준 거요."

"믿기지 않는 일이로군요."

"그보다 더 믿기지 않는 일은 백작의 모든 유산이 아직 은행에 그대로 있다는 거요. 울티모는 그것에 손을 대려고 하지 않았소. 그 일에 대해서 알고 싶어 하지도 않아요. 그래서 돈이 은행에 그대로 남아 새끼를 치고 있소."

"울티모가 돈을 찾아가지 않았나요?"

"내가 알기로는 찾아가지 않았소."

그러자 그 보물이며 감옥에 갇혀 있는 그의 친구며 우디네에 산다는 신부 이야기에 생각이 미쳤다. 울티모는 엄청나게 많은 돈을 가져다 쓸 수 있었음에도 그런 것에 관심을 두지 않았다. 이제껏 부자들을 많이 겪어봤지만, 울티모처럼 상식을 초월해 있는 부자는 만나본 적이 없었다.

"그게 울티모다워요."

"울티모답다는 게 무슨 뜻이오?"

"제가 울티모를 아주 깊이 사귀었다고 말할 수는 없어요. 하지만 왠지 모르게 돈에 손을 대지 않은 것이 그 사람답게 느껴져요. 울티모는 그런 사람이었어요. 무언가 자기 마음에 들지 않는 것이 있으면 그것을 존재하지 않는 것으로 치부하고 자기 삶에서 지워버리더군요. 울티모에게는 그 돈이 존재하지 않는 거나 마찬가지예요. 그는 백작의 사고며 동생에 관한 이야기를 좋아하지 않았어요."

"나한테는 듣기 좋은 말이 아니구려."

"죄송합니다."

"됐어요, 그 얘긴 그만합시다."

"제 말은 울티모가 어르신을 좋아하지 않는다는 뜻이 아니었어요. 오히려 그는 어르신을 무척이나 사랑하고 있어요. 정말이에요. 다만 그는 고통을 이겨내기 위해서 모든 것을 지워버려요. 그러지 않으면 자기가……."

"그만해요."

"정말이에요, 울티모는 입만 열었다 하면 어르신 얘기를 했어요."

"아, 그래요?"

"세상에, 그런 식으로 저를 얼마나 따분하게 만들었는지 몰라요. 저는 몇 달 동안 리베로 파르리의 모험담을 들으면서 살았다니까요. 어르신은 상상도 못하실……."

"괜히 그러지 말아요."

"맹세코 사실이에요. 토리노에서 있었던 일도 얘기했어요. 기억하실 거예요. 어르신이 울티모만 데리고 토리노에 가셨을 때……."

"그래요, 가르디니 사장을 만나러 갔었소. 그에게 여비서가 있었는데 한쪽 다리가 나무 의족이었지요. 이제 나도 한쪽 다리가 나무 의족이요. 다시 거기에 가서 그 여자한테 보여주고……."

"그날 밤, 안개가 자욱한 시가지로 산책을 나갔던 거 기억나세요?"

"모르겠소. 레스토랑에 갔던 건 생각이 나요. 울티모를 데리고 식당에 간 것은 그게 처음이었거든……."

"레스토랑을 나온 뒤에 안개 속에서 몇 시간 동안 어느 블록 주위를 빙빙 돌았어요. 그러면서 어르신은 울티모에게 계속 이야기를 들려주셨고요…… 생각나세요?"

"아니오, 기억나지 않아요. 사실 술을 조금 마셨던 터라……."

"울티모는 그때 일을 잊은 적이 없어요, 알고 계셨어

요?"

"건물들의 블록 주위를 빙빙 돌았단 말이오?"

"시가지를 걷다가 길을 잃고는 어느 블록 주위를 맴돌았던 것이죠."

"모르겠소. 어느 여관에 가서 잤던 것은 기억나는구려. 데세오라는 여관이었소. 처음엔 갈보집이 아닌가 하고 조금 망설였지요."

"울티모는 그 산책에 관한 추억을 가슴에 품고 자랐어요. 제 말이 믿어지세요?"

"그랬을 법도 하구려."

"어르신은 모르세요. 울티모가 저한테 그 얘기를 몇 번이나 했는지."

"그랬을 법도 하구려."

"다시 사과 드려요. 당돌하게 굴려고 했던 것은 아니었어요."

"그건 더 생각하지 말아요. 다른 얘기 합시다. 괜찮죠?"

"좋아요."

"보아하니 부자이신 것 같소만, 맞지요?"

"네, 저는 울티모와 달리 돈을 원했어요. 아주 부유한 남자와 결혼했죠."

"그 사람은 착한 남자요?"

"나쁜 사람은 아니에요. 한 번도 나쁘게 군 적이 없어요."

"남편을 사랑하시오?"

"네, 그런 것 같아요."

"다행이군요."

"네."

"누가 당신을 사랑한다고 할 때, 무엇으로 그것을 확인할 수 있는지 아시오? 내 말은 누가 당신을 진정으로 사랑하고 있는지를 어떻게 알아볼 수 있느냐는 거요."

"그런 것은 한 번도 생각해본 적이 없어요."

"나는 생각해봤소."

"그래서 답을 찾으셨나요?"

"내가 보기에 그건 기다림과 관계가 있소. 어떤 사람이 당신을 기다려줄 수 있다면, 그는 당신을 사랑하는 거요."

"그렇다면 저는 사랑받는 게 맞네요. 제 남편은 제가 열 살짜리 소녀였을 때 저를 신붓감으로 선택했어요. 당시에는 흔히 있는 일이었죠. 그는 서른 살의 신사였는데, 나를 보고 나와 한 차례 이야기를 나눈 다음, 아버지를 만나 결혼 승낙을 받았어요. 그러고 나서 나를 기다렸죠. 12년, 아니 그보다 오래 기다렸어요. 13년인지 14년인지 이젠 기억조차 나지 않네요. 어쨌거나 저는 오랫동안 아무도 모르는

316

곳으로 사라졌다가 돌아왔죠. 그랬더니 그는 여전히 나를 기다리고 있더군요. 혁명이 일어나는 바람에 서로 멀리 헤어져 있다가 다시 만난 것이죠. 제가 돌아오는 것을 보았을 때 그가 뭐랬는지 아세요?"

"잠깐 기다려요. 조금 더 편하게 앉아야겠소. 한 마디도 놓치고 싶지 않으니까 조금 있다가 얘기해요."

"별것 아닌걸요. 그는 상상력이 풍부한 남자가 아니에요."

"아무튼 얘기해봐요."

"그는 나를 마중 나와서 이렇게 말했어요. 아무래도 상관없어."

"훌륭하구려."

"내 손에 입을 맞추면서 그랬어요. 아무래도 상관없어, 엘리자베타."

"그는 당신을 사랑하는 거요."

"그래요."

"지금 남편은 어디에 있소?"

"저희 집에요."

"여기에 와서 무엇을 하려는 건지 남편한테 말했소?"

"그럴 필요가 없었어요."

"그러면 나한테 말해봐요."

"무엇을 말하라는 거죠?"

"여기에 무엇을 하러 왔는지 말이오."

"어려운 질문이네요."

"생각할 시간을 조금 줄까요?"

"아뇨…… 그게 간단치는 않은데…… 자동차 정비소를 보고 싶었어요. 아마 어르신을 만나고 싶기도 했을 거예요. 과거의 흩어진 조각들을 제자리로 돌려놓고자 했던 것 같아요. 젊을 때는 하다가 그만둔 것들을 자기 뒤에 많이 남겨두게 마련이죠. 그러다가 삶이 조금 더 여유로워지면 뒤로 돌아가서 마지막으로 정돈을 하고 싶어져요. 사실 저도 잘 모르겠어요. 어쩌면 제 행복이 조금 따분해지기 시작했는지도 모르죠."

"그 뒤로 울티모를 다시 만나지 못했소?"

"네. 어르신은요?"

"나도 마찬가지요. 어느 날 그 애가 떠난 뒤로 다시 보지 못했소. 그때는 걱정하지 않았소. 전쟁터에서 돌아온 사람들이 쌔고 쌘 시절이었어요. 그들은 대개 평시의 정상적인 삶으로 쉽게 돌아오지 못했소. 그래서 많은 사람들이 길을 떠났지요. 나는 그 애가 돌아오리라고 굳게 믿었소. 하지만 그 애는 아주 떠났던 거요."

"가끔 편지를 보내나요?"

"가끔요. 일 년에 한두 통 편지를 보내서 우리의 안부를 묻소. 하지만 별다른 얘기를 하지 않아요. 자기는 잘 지낸다면서 늘 죄송하다고 하지요. 그럴 때마다 난 화가 나요. 지가 왜 죄송하다는 건지 모르겠소. 사람이 사과를 하기 시작하면 끝이 없는 법이오."

"아주 훌륭한 아버지이셨나 봐요."

"그랬을지도 모르죠."

"댁으로 가셔야 되면 제 생각 하지 마시고 말씀하세요."

"알았소. 사실 조금 늦기는 했어요."

"부인께서 걱정하시겠군요."

"그래요. 나랑 같이 가서 인사 나누겠소?"

"제가요?"

"그래요."

"아뇨, 제 생각에는…… 아뇨, 이 정도로 된 것 같아요."

"같이 가도 괜찮아요, 무서운 사람 아니니까."

"알아요. 그래서가 아니라 그게, 모르겠어요. 그냥 이 정도로 된 것 같아요."

"좋아요."

"다음번에 찾아뵐게요. 봐서요."

"끝으로 한 가지만 더 말해줘요, 엘리자베타."

"네."

"내 아들이 그 사고에 대해서 뭐라고 하던가요? 내 말은 울티모가 이렇게 말하지 않았느냐는 거요. 그러니까……
어떤 사람들은 그게 내 잘못이라고, 내가 백작을 죽였다고 생각했소. 울티모가 그런 말은 하지 않던가요?"

"그는 그 사고에 대해서 이야기하는 것을 좋아하지 않았어요."

"그래요, 그건 나도 알아요. 하지만 당신한테는 분명 무슨 말을 했을 거요."

"하긴 했어요."

"울티모가 그 사고에 대해서 어떻게 생각하던가요?"

"그는 자기가 살인자의 아들이라고 생각하지 않았어요."

"진정으로 그렇게 믿고 있었나요?"

"네. 제가 보기엔 진정으로 그렇게 믿고 있었어요."

"고맙소. 정말 고마워요."

"정말 사람들이 어르신을 살인자로 여겼나요?"

"다른 사람들은 안 그랬는데 백작의 유가족이⋯⋯ 그놈의 유산이라는 게 뭔지, 그게 그들을 미치광이로 만들었소. 급기야⋯⋯ 그들은 그게 사고가 아니라 살인이라고 주장했소."

"돈을 되찾을 생각으로 그랬던 건가요?"

"그런 것 같소. 그들이 살인이라는 주장의 근거로 삼았던 것은 몇몇 목격자의 진술이었소. 목격자들은 자동차가 아무 이유도 없이 플라타너스들이 늘어서 있는 길가 쪽으로 갑자기 돌진했고, 충돌 순간에 내가 백작 쪽으로 몸을 기울인 채 두 손으로 핸들을 잡고 있었다고 했소."

"그들이 목격자들을 매수했나요?"

"아니오, 그들의 진술은 모두 사실이었소."

"두 손으로 핸들을 잡고 계셨다는 것도요?"

"그래요. 어떤 목격자들은 백작이 '안 돼, 안 돼' 하고 외치는 소리를 들었다는 말도 했소."

"그렇다고 살인이라고 주장하는 것은 말도 안 돼요. 어르신 역시 그 자리에서 돌아가실 수도 있었잖아요."

"미안해요, 이젠 정말이지 더 이야기하고 싶지 않소."

"진실을 말해주시지 않을 건가요?"

"그만하겠소."

그래서 나는 그가 백작을 죽였는지 물었다.

리베로 파르리는 피식 웃었다.

"정말 플로랑스와 닮았구려. 말에 거침이 없어요. 자동차 경주가 열리던 그날 아침에 무슨 일이 어떻게 벌어졌는지 아시오? 백작이 나를 데리러 왔을 때, 플로랑스가 우리 두 사람 앞으로 왔소. 울티모는 어딘가로 보내놓고서 말이오. 그녀는 우리에게 말했소. 나, 아기 가졌어요. 그런데 두 사람 중에 누가 아기 아버지인지 몰라요. 내가 한 짓을 생각하면 죽고 싶어요. 하지만 이제 너무 늦었어요. 아무 말도 하지 말아요. 가서 그 멍청한 경주를 하세요. 그다음에 해결책을 찾기로 해요. 미안해요. 자, 이제 가세요. 그리고 바보짓들은 하지 말아요. 바보짓이라면 내가 한 것만으로도 이미 충분하니까. 그런 다음에 그녀는 나가버렸소. 나는 그들 두 사람 사이에서 무슨 일이 벌어지고 있는 낌새를 알아차렸소. 말하자면 그들의 관계를 알았던 것이기도 하고 몰랐던 것이기도 하오. 요컨대 이유를 설명할 수는 없지만 나는 **그런 일을 예상하고 있었소**. 하지만 막상 일이 닥치고 보니 그 충격이 엄청나대요. 우리는 아무 말 없이 자동차에 올라타서 출발선 쪽으로 갔소. 아직 시간이 조금 남아 있더군요. 그래서 우리는 술을 한 잔 마시러 갔소. 이윽고 백작이 말합디다. 둘이서 주먹다짐이나 그 비슷한 무언가라도 했어야 하는 것 아니냐고. 진짜 사내들은 그렇게 한다고. 우리는 계속 술을 마셨지요. 경주를 시작할 때 우리는 완전히 취해 있었소. 그런 이야기를 듣고 그렇게 만취 상태에 빠진 두 남자가 시속 140킬로미터로 들판을 질주한 거요. 그 장면을 상상할 수 있겠소?"

"어쩌면요."

"진실을 알고 싶다면 울티모한테 물어보시오. 그 애는 알고 있소. 내가 그 애한테 모든 것을 말했소."

"저는 울티모를 다시 만나지 못할 거예요."

"이젠 정말 가봐야겠소."

"좋으실 대로 하세요."

"그런 표정 짓지 말아요. 30년 전의 일이잖소. 따지고 보면 그건 당신과 아무 상관도 없는 일이오. 당신은 울티모를 만나러 왔소. 누가 살인자냐 아니냐를 두고 호기심에 사로잡힐 필요는 없어요. 그건 추리소설에나 어울리는 거요. 추리소설은 이발사들이나 읽는 것이고."

"정말요?"

"어쨌거나 우리 동네에서는 그렇소. 이발사가 추리소설을 읽고 나서 우리에게 면도를 해주는 동안 얘기를 들려주지요. 덕분에 우리는 지루함을 잊게 되고, 알겠소?"

"멋진 시스템이로군요."

"진짜 책들을 가지고 시도를 해봤는데, 그건 통하지 않았소."

"아, 그래요?"

"책들에 관한 우리의 생각은 이렇소. 이발사가 면도를 해주면서 그 내용을 이야기해줄 수 없으면, 그건 문학이오. 그건 우리를 위한 것이 아니지요. 당신은 책을 많이 읽소?"

"네. 이따금 글을 쓰기도 합니다."

"책을 쓴다는 거요?"

"그런 적도 있습니다."

"굉장하군요."

"네."

"판조*는 자동차 경주를 하러 가기 직전에 반드시 면도를 한다더군요. 그에게는 그런 강박관념이 있소."

"판조가 누구인지 저는 잘 모르겠는데요."

"그런 소리는 농담으로라도 하지 마시오."

그 밖에도 많은 이야기가 오고갔는데, 어떤 것들은 기억이 나지 않고 어떤 것들은 글로 옮기기가 어렵다. 우리는 몇 시간 동안 그 작은 사무실에서 이야기를 나눴다. 그러고 나서 나는 그를 집에 데려다 주어도 되겠느냐고 물었

* 후안 마누엘 판조(1911–1995). 이탈리아계 아르헨티나인으로 1950년대에 명성을 떨친 레이싱 카 드라이버. 국제자동차연맹이 주최하는 세계 최고의 자동차 레이스인 포뮬러 1(F1) 세계 선수권 대회에서 다섯 차례(1951, 1954–1957) 우승하는 대기록을 남겼다.

다. 그는 그러라고 했다. 애고, 너무 피곤하다. 글을 많이 쓴 탓이다.

PM 11:41.

이튿날

그는 조금 힘들게 걸었다. 한쪽 다리가 의족이기 때문이다. 그의 말에 따르면 울티모와 맺은 인연 때문에 그를 찾아온 사람은 내가 처음이 아니었다. 몇 해 전에 대학에서 수학을 가르친다는 노교수가 왔었다고 한다. 그 수학자는 울티모가 아무것도 없는 공간의 한복판에 서킷을 만들겠다는 꿈을 이뤘는지 알고 싶어 했다.

"나는 그 별난 꿈에 대해서 전혀 아는 바가 없었소. 교수한테 설명해달라고 해봤지만, 무슨 말인지 도통 모르겠습디다. 당신은 그게 뭔지 아시오?"

나는 울티모가 세상에서 훔쳐낸 곡선들이 담긴 그 서킷에 관한 이야기를 들려주었다.

"희한한 생각이구려. 세상에는 자동차 경주를 위한 도로들이 널려 있소. 다른 것을 또 만들 필요가 있겠소?"

내가 늘 신기하게 생각하는 것이 하나 있다. 부모들에게 자녀들의 꿈을 보는 눈이 없다는 사실이다. 그들은 자녀들의 꿈을 보지 못한다. 나쁜 부모라서가 아니라 그냥 보지 못하는 것이다.

그는 잠시 침묵을 지키다가 다시 말문을 열었다.

"나와 플로랑스가 어디에서 왔는지를 모르면 우리를 전혀 이해할 수 없을 거요. 당신은 상상조차 할 수 없겠지만, 우리는 삶의 기쁨이 무엇인지 모르는 세계에서 왔소. 그곳의 삶은 그저 형벌이고 고통이었소. 당신은 농민의 삶이 어떤 것인지 짐작도 못할 거요. 내 형에 관한 얘기를 조금 하리다. 그는 땅을 부치고 가축을 기르면서 평생토록 죽어라고 일했소. 그러다가 마침내 도회지에 집을 장만하는 데 성공했지요. 그날 이후로 그는 집 안에 틀어박혀서 바깥출입을 거의 하지 않았소. 그는 행복해 보였어요. 그가 온종일 집에서 무얼 하는지 궁금해서 물어봤지요. 그는 딱 한 마디로 대답했소. 나는 내 집을 즐기고 있어, 하고. 이 한 마디가 그 세계에 관해서 모든 것을 말해주고 있소. 이해하겠어요? 당신은 지금 플로랑스와 내가 어떻게 사는지 보고 있소. 당신은 아마도 우리가 그저 멍청한 짓을 했다고 생각할 거요. 하지만 정말이지 우리는 모든 것을 걸고 멍청한 짓을 했소. 그 늪 속 같은 세계, 짐승처럼 죽어라고 일만 하는 세계에서 빠져나오려고 말이오. 어느 누구도 우리를 말릴 수 없었을 거요. 나는 어느 날 지평선에 구름처럼 피어오른 먼지 속에서 자동차 한 대를 봤소. 먼지에 휩싸인 그 자동차가 나에게 무엇을 의미하는 것이었는지 알겠소? 나도 자동차를 타고 먼지를 일으키며 멀리 떠날 수만 있다면, 무엇이든 다 주어도 좋다고 생각했지요. 그런 마음을 이해할 수 있겠소? 옷차림이 근사하고 상황에 딱딱 들어맞는 말을 할 줄 아는 백작, 우리가 한 번도 본 적이 없는 세계의 향기를 풍기는 백작이 우리에게 어떤 의미로 다가왔는지 짐작할 수 있겠소?

보다시피 지금 내 꼴은 이렇소. 다리 하나는 의족이오. 아들 하나는 내 자식이 아니고 다른 아들은 아무도 모르는 곳으로 사라졌소. 그리고 장애인용의 용달차로 과일 바구니를 운반하며 살고 있소. 당신이 보기에는 내가 불쌍한 남자이거나 실패자일 거요. 하지만 겉모습만 봐선 안 돼요. 이거 아시오? 사람들이 오래 사는 것 같아도 진정으로 사는 시간은 그 긴 세월의 작은 부분일 뿐이오. 자기가 무엇을 위해 태어났는지를 알고 그것을 해내는 시기에만 진정으로 살아 있다 할 수 있소. 그 앞과 뒤는 그저 기다리거나 추억할 뿐이오. 하지만 기다리거나 추억하는 때에는 슬프지 않아요. 그냥 **슬퍼 보이는 것**이오. 기다리거나 추억하는 사람들은 단지 조금 멀리 있을 뿐이오."

"네, 알아요."

"내가 소를 팔아서 휘발유를 사던 때의 모습을 봤어야 해요. 그때 내가 얼마나 기뻐했는지."

그러고 나서 그가 내게 물었다.

"당신은 당신이 무엇을 위해서 태어났는지 알고 그것을 했소? 내가 보기에 당신은 멀리 있어요. 그렇다면 그건 기다리고 있기 때문이오, 아니면 추억하고 있기 때문이오?"

"아마 둘 다일 거예요."

그는 웃음을 지었다.

그러다가 정색을 하고 내 눈을 빤히 바라보면서 물었다. 어느 순간부터 그의 머릿속에서 맴돌았을 법한 질문이었다.

"그런데 당신은 울티모에게 무슨 짓을 했소? 무엇 때문에 이렇게 나보다 더 고약하게 잊힌 거요?"

그러면서 그는 빙그레 웃었다. 마치 우리 두 사람은 울티모에게 잊혔어도 이제 어찌할 도리가 없는 게 분명하다는 듯한 투였다.

"울티모가 정말로 저를 잊어버렸을까요? 그걸 말해주는 건 아무것도 없잖아요."

"그 애가 아무 말도 없이 떠났다고 당신이 그랬잖소. 그 애는 당신에게 편지를 보낸 적도 없어요. 그런 걸 뭐라고 부르는지 아시오?"

"잊혔다고 하죠."

"울티모는 자기 마음에 들지 않는 것을 기억에서 지워버려요. 당신이 설명했듯이 그건 그 애 나름대로 고통에 대해서 앙갚음하는 방식이오. 당신은 그 애에게 무슨 짓을 했소? 말해봐요. 이제는 얘기해도 상관없잖소?"

내가 그에게 무슨 짓을 했냐고요? 친애하는 파르리 영감님, 리베로 파르리 자동차 정비소의 리베로 파르리 씨, 내가 그에게 무슨 짓을 했냐고요? 그건 옛날 거기에 있던 그 처녀에게 물어보셔야 할 거예요. 남의 가정을 타락시키는 짓을 상상하던 여자애, 머리를 곱게 빗고 등을 꼿꼿이 세운 채 걷던 그 여자애에게 말이에요. 지금 여기에 있는 나로서는 그것을 이해하기가 어렵거든요. 그 시절에 내 머릿속에는 너무나 많은 것들이 있었어요. 그래서 나는 외부세계의 소리를 거의 듣지 못했고 외부세계는 그림자처럼 지나가고 있었어요. 삶은 온통 내 생각 속에 있었죠. 울티모와 한 팀을 이루어 일했지만, 나는 그 청년을 어렴풋하게 보고 있었을 뿐이에요. 함께 트럭을 타고 미국의 도로들을 달릴 때보다 일기를 쓸 때 그의 존재를 더 사실적으로 느꼈죠. 울티모가 하나의 음악이라면 나는 그것을 아주 희미하게 감지하고 있었고, 몽상 속에서 눈을 뜬 채 그것을 노래하고 있었어요. 나는 울티모를 현실 속의 사람으로 바라보지 못했던 것 같아요. 그러기엔 너무 일렀던 것이죠. 이제 마흔 살의 언덕에 올라서서 뒤를 돌아보니, 일련의 몸짓들이 아스라하게 보이네요. 하지만 나는 그 몸짓들을 어떻게 규정해야 할지 모르겠어요. 친애하는 파르리

씨, 우리에게 우리의 몸은 사용 설명서가 없는 장난감과 같았어요. 우리 두 사람 가운데 어느 쪽도 몸을 사용할 줄 몰랐죠. 나는 일기 속에서 마치 노련한 여자처럼 내 몸을 다뤘어요. 하지만 그것은 현실 속에서 몸을 사용하지 않기 위한 한 가지 방법이었어요. 그리고 내 기억이 정확하다면, 울티모는 자기 몸을 마치 너무 커다란 외투처럼 걸치고 다녔어요. 그래요, 내가 그에게 무슨 짓을 했을 거예요. 분명히 무슨 짓을 했어요. 어렴풋하게나마 어느 날 밤의 난처한 상황이 기억나기도 해요. 나는 웃고 있었고, 한 바탕의 왈츠 같은 몸짓들을 이해하려고 하지 않았고, 무슨 말인가를 해놓고는 못 들은 걸로 해달라고 했어요. 그러나 내가 정확히 그에게 무슨 짓을 했는지는 모르겠어요.

나는 아직 태어나지 않은 사람이었고 그가 나를 그렇게 여기도록 행동했어요. 그걸 누가 이해할 수 있을까요?

내가 한 사람으로 태어나는 데에는 너무나 많은 시간이 걸렸어요. 그게 그런 겁니다.

하지만 나는 파르리 씨에게 그냥 이렇게 말했다.

"저는 울티모를 사랑하지 않았어요."

"그야 있을 수 있는 일이지요."

나는 호숫가의 고급 호텔로 돌아와 짐을 꾸렸다. 이제 떠날 시간이다. 나그네가 삶을 도로 거두어간 호텔방에는 무질서, **나그네가 만든 무질서**만 남는다. 한 나그네가 거쳐간 흔적은 아름답다. 그 흔적을 읽고 지우는 사람이 노동에 지친 무심한 객실 여종업원밖에 없다는 게 애석하다. 나는 곧 기차를 타고 로마로 돌아갈 것이다. 나에겐 두 자녀가 있고 신경을 써야 할 일이 많다. 나에겐 남편이 있고 그의 곁으로 돌아가는 것이 즐겁다. 나는 차창으로 풍경이 스쳐가는 것을 행복한 눈으로 바라볼 것이고, 그러는 동안 인도 비단으로 만든 숄 아래에 두 손을 감춘 채로 슈베르트를 연주할 것이다.

이건 참 놀라운 일이다. 그토록 많은 세월이 흐른 뒤에 일기를 다시 쓰기 시작했으니 말이다. 하지만 이건 그저 요즘에 나에게 일어나고 있는 많은 일들 가운데 하나일 뿐이다. 나는 이 모든 일을 어떻게 해석해야 할지 모른다. 도대체 내 마음에 어떤 계절이 찾아왔기에, 나는 마치 잊힌 세월이 도와달라고 외치는 소리를 듣기라도 한 것처럼 그것을 구하러 달려가는 것일까?

리베로 파르리와 나는 헤어지기 전에 조금 더 이야기를 나누었다. 그는 판조가 누구인지를 알려주었고, 자동차 경주의 심판들에게 들키지 않고 기화기를 변조하는 방법을 설명했다.

"그런 방법을 쓰면 언제나 도움이 된다오."

이어서 그가 덧붙였다.

"한 가지만 더요. 울티모는 말라깽이였소. 귀는 나처럼 이렇게 생겼고 눈은 쥐색이었지요. 늘 주사를 맞아야 하는 사람처럼 허약해 보였소. 안 그래요?"

"네, 그랬던 같아요."

"나는 그 점을 잘 알아요. 하지만 그 애한테는 금빛 그늘이 어려 있었소. 당신은 그 애를 사랑했소. 지금도 사랑하고 있고 앞으로도 계속 사랑할 거요. 내가 보기에 당신은 그러기 위해서 태어났소."

"금빛 그늘이라는 게 뭐죠?"

"그 얘긴 그만둡시다. 금빛 그늘이 서려 있는 사람들은 자기에게 그런 것이 있다는 것을 알아차리지 못한다오."

그는 나에게 한 손을 내밀었다. 다친 손, 몇 가지 중요한 동작을 할 때만 사용하는 손이었다.

나는 그가 절뚝절뚝 힘찬 걸음으로 멀어져가는 것을 지켜보았다.

이제야 알아차린 것이지만, 그와 이야기를 나누는 동안 울티모가 어디에서 무엇을 하고 있는지 물어볼 수도 있었을 텐데, 그런 생각이 머릿속에 떠오르지 않았다. 그건 파르리 씨도 마찬가지였다. 그는 나한테 많은 이야기를 들려주었다. 하지만 그것들은 모두 종종걸음을 치며 그를 따라다니던 소년에 관한 이야기였다. 마치 이제 어른이 된 울티모는 자기와 관련이 없다는 투였다. 이건 이치에 맞지 않는다. 우리가 울티모에 관해서 이야기하는 것은 아주 자연스러운 일이었을 것이다. 하지만 우리는 그렇게 하지 않았다. 그 이유는 나도 모르겠다.

아니, 어쩌면 나는 그 이유를 알고 있을 것이다.

PM 3:47.

아주 오랜 세월이 흐른 뒤

좋아, 이 바보 같은 짓을 해보자. 못할 이유가 없잖은가.
잠도 안 오는데. 예순일곱 살 먹은 늙은 여자가 처녀 적의
일기를 다시 꺼내어 이렇게 적는다.

친애하는 일기여, 나는 그대에게 마무리를 지어주지 못
했다. 이게 바로 마무리다. 이러기까지에는 시간이 좀 걸
렸다. 그대, 길게 늘여가며 공들여 쓴 이 글씨가 보이는가?
이게 내 글씨다. 이것은 이미 내가 스무 살 적에 빠르게 휘
갈겨 쓴 글에도 있었고, 이제는 사라져버린 화려한 중년의
글에도 있었다. 이 글씨는 꽃을 품은 씨앗이었다.
그대는 그동안 무엇을 했는가? 내 가방 안에 있었다. 그

게 바로 그대가 한 일이었다. 내가 모든 것을 버릴 때도 그대는 가방 안을 떠나지 않았다. 나는 그대에게 마무리를 지어주지 못했다. 이게 바로 마무리다.

나는 지금 작은 응접실에서 스탠드 불빛을 받으며 글을 쓰고 있다. 나와 동행한 두 사람은 침실에 있게 하고 문을 닫았다. 나는 그들이 잠들기를 바란다. 그들이 자는 동안 나는 줄곧 깨어 있다가 나를 기다리는 특별한 날을 맞을 것이다. 내가 간절하게 원했던 날이 내 과거의 밑바닥에서 나를 찾아 돌아오기로 되어 있다. 내일은 위대한 하루가 될 것이다. 그 사연을 이해할 수 있는 사람은 아무도 없다. 그리고 나는 아무에게도 그것을 이야기할 수 없다. 사람들은 모두 내가 미쳤다고 생각할 것이다. 그들이 어떻게 생각하든 그건 그들 마음이다. 나는 굳이 설명하고 싶지 않다. 이 이야기는 그들을 위한 것이 아니다.

사람들은 내가 미친 늙은이이고 못된 여자라고 생각한다. 그건 사실이 아니다. 하지만 나는 그들이 그렇게 생각하는 게 좋다. 나는 내가 부자라는 것을, 그냥 부자가 아니라 남들을 화나게 할 만큼 큰 부자라는 것을 사람들이 잊지 않기를 바란다. 그렇게 돈이 많다는 건 나에게 걸맞지 않은 특권이지만, 그 덕분에 나는 다른 사람들을 마음대로 부릴 수 있다. 그건 내가 오랫동안 원했던 것이다. 어릴 적에 나는 그것을 꿈꾸었고, 지금은 매일 그렇게 한다. 한 아이가 어쩌다 앙심을 품은 채 성장하게 되는 것일까? 무엇이 아이를 그렇게 만드는지 나는 모른다. 하지만 나에게는 그런 일이 벌어졌다. 복수심이란 그저 유치한 투정이라고 생각하면서 그런 마음을 떨쳐내려고 오래도록 애를 썼지만 아무 소용이 없었다. 그건 헛된 노력이었다. 원한을 품고 복수심에 불타는 것이 꼭 나쁜 것만은 아니었다. 앙심이 내 삶에 활력을 불어넣기도 했다. 그런 마음을 받아들이지 않으려고 했던 그 몇 해 동안 오히려 나는 죽어 있었다. 스무 살 무렵에는 원한을 떨쳐내기가 더욱 어려웠다. 원한은 내 잠동무였고 내 옷을 입고 다녔다. 내게서는 원한의 냄새가 났다. 나는 복수를 하기 위해 **살고 있었다**. 하지만 앙갚음을 하려고 벼른다 한들, 젊은 시절에 무엇을 할 수 있으랴. 젊음이란…… 결핍과 가난이다. 적어도 내 경우에는 그러했다. 나는 너무 미약했고 삶은 내게 너무 버거웠다. 나는 나의 참모습을 있는 그대로 바라볼 수가 없었다. 하기야 젊은 나이에 어느 누가 자신의 진실을 온전히 감당할 수 있으랴? 그래도 나는 밤마다 글을 쓰던 그 앳된 처녀가 마음에 든다. 허구의 세계에서 가정들을 타락시키고 살충제로 복슬개를 독살하고 음탕한 회계사 앞에서 블라우스의 앞섶을 풀어헤치던 그녀가 말이다. 나의 엘리자베타, 나는 거기에 너와 함께 있었어. 하지만 나는 너를 도와줄 수 없었어. 소리를 쳐보았지만 너는 듣지 못했

336

어. 그래도 내가 너를 배신하지 않았다는 것을 알아주었으면 해. 비록 나 자신을 속이기는 했을지언정 결국 너를 배신하지 않은 셈이야. 이제 나는 아주 돈이 많고 성미가 고약한 미치광이 노파야. 그때의 너를 생각하면 이 정도는 당연한 거야. 지금 내 침대에는 두 젊은이가 있어. 너에게 이 정도는 해주어야지. 그들은 매우 아름다워. 너를 위해 내가 고른 사람들이야. 여자 이름은 아우로라. 남자는 이집트 사람이야. 나는 그의 나이도 몰라. 그냥 젊은 남자야. 이렇게 젊은 사람들을 내 옆에 두는 것은 오래전부터 해온 일이야. 초기엔 남자들을 샀어. 40대를 정신없이 보내고 나니, 내 매력으로 남자들을 끌어당기기에는 너무 늙었더라고. 대신에 돈은 엄청나게 많았으니 돈으로 남자들을 사기 시작했지. 처음엔 끔찍했어. 그래도 술기운을 조금 빌리니까 모든 게 그냥 넘어가더라고. 정말이야. 그다음에는 내가 원하는 대로 하는 법을 배웠어. 그들에게 돈을 주고 나랑 자러 오게 하는 것은 바로 너한테서 온 생각이야. 나는 내 입술이 늙은 여자의 입술이고 내 피부가 지쳐 있다는 것을 단 한순간도 잊지 않았어. 그들이 나에게 입을 맞추거나 내가 그들을 위해 옷을 벗는 것은 내가 원하는 바가 아냐. 내가 그들과 함께 있는 것은 그들의 몸을 보기 위해서이지 내 몸을 보이기 위해서가 아냐. 나는 그들을 바라보고 만지고 그들의 살갗에 혀를 갖다 대. 그들의 냄새

를 맡고 쾌감이 최고조에 이른 그들의 목소리를 들어. 그
들과 몸을 섞는 것은 좋아하지 않아. 하더라도 아주 가끔,
권태를 느낄 때만 해. 몸을 섞으면 너무 가까워져. 그것 역
시 네가 가르쳐준 거야. 시간이 지나면서 내가 이런 일을
더 잘할 수 있다는 것을 깨달았어. 그래서 여자들을 사기
시작했지. 나는 아주 예쁜 여자애들을 찾아냈어. 여자들을
사랑하는 건 아냐. 그러고 싶은 마음은 들지 않았어. 아마
너에게는 그런 취향이 있었겠지만, 나는 살아오면서 그것
을 잃어버렸어. 나보다 예쁜 여자랑 사랑을 나누는 건 나
에게 어울리지 않는 것 같아. 이유는 나도 모르겠어. 어쨌
거나 나는 그녀들이 내 곁에 머무는 대가로 돈을 주고, 그
녀들은 나와 함께 있으면서 젊은 남자들을 유혹해. 그 젊
은 남자들은 내가 선택한 사람들이야. 내가 내 마음에 드
는 남자들을 고르는 거지. 가난한 젊은이들을 상대하기가
더 쉬워. 여자애들이 내가 고른 남자들을 꾀는 데 성공하
면 우리는 그들을 내가 사는 곳으로 데려가. 처음 몇 번은
그 젊은 남녀들끼리 알아서 하도록 내버려둬. 나는 옆방에
서 책을 읽어. 그 기분을 너도 느껴보면 좋을 거야. 그다음
에는 몇 가지 일들이 아주 자연스럽게 이어지지. 나는 갑
자기 그들 곁으로 다가가서 그들을 바라봐. 그들의 축제에
서 부스러기들을 주워 모으는 것, 나는 그게 좋아. 그것들
은 단순한 부스러기가 아니라 기적이야. 내가 좋아하는 건

이런 거야. 젊은 남자가 젊은 여자와 사랑을 나누는 동안
나는 그의 머리를 쓰다듬어. 그리고 그가 젊은 입, 이제 내
게서는 찾아볼 수 없는 싱싱한 입술에 키스하는 동안 그의
성기를 애무하기도 해. 그 젊은이들의 모습에서 무언가를
떠올리고 있지 않니? 엘리자베타, 너에게도 그들처럼 사
랑을 나눌 수 있는 시절이 있었어. 비록 너는 네 참모습을
있는 그대로 받아들이지 못했지만, 너에게도 그런 욕망이
있었어. 모욕이라도 당한 것 같은 창백하고 흉한 얼굴을
강철 방패처럼 내세우고 그 뒤에 욕망을 감추려고 했지만,
너도 그들과 같은 젊은이였어. 네 안에는 그런 욕망이 있
고 밖에는 꽉 막힌 세상이 있었던 그 시절의 안개 속에서
어떻게 부서지지 않고 견딜 수 있었던 거니? 너는 안개 속
에서 빠져나왔고 부서지지 않았어. 그리고 지금 이렇게 여
기에 있어. 이젠 마음껏 즐겨, 엘리자베타.

　40년 동안 아내와 어머니로 살아온 그 화려하고 도도한
여자에 대해서는 신경 쓰지 마. 네 일기를 다시 읽노라니
정말 가슴이 아리고, 아연한 기분이 들어. 어쩌면 그렇게
맹목이 된 채로 허구 속에서, 그토록 꿋꿋하게 살 수가 있
었던 건지…… 그때 이후로 나는 어떤 세월을 살았던가?
이렇게 말하는 것을 하느님께서 용서하실지 모르지만, 참
으로 온당한 나날을…… 우리 인간에게는 신비로운 능력
이 있는 것 같아. 우리의 현재 상태를 불완전함이나 실수

로 돌려버리고 갑자기 성장하는 능력, 부끄러움은 남겠지만 다른 건 문제될 게 없다는 듯 지금까지의 우리 자신에게서 훌쩍 벗어나는 능력 말이야. 인생의 그런 이행기에는 뭔가 장엄한 것이 있어. 자기가 쓸 수 있는 에너지를 한데 모아 어마어마하게 용을 쓰면서 **어른이 되는 것**이거든. 그러고 나면 사람들은 스스로에게 고대 그리스의 조각상 같은 아름다움을 부여하지. 그들이 젊은 시절에 보여주었던 기괴한 면모는 경이로운 형태와 비율로 훌륭하게 재구성돼. 그 형태와 비율을 규정하는 것은 책임감과 경험의 깊이와 성숙한 육체의 느긋한 움직임이야. 그들의 얼굴에도 대개는 더 옹골찬 표정이 어리게 되지. 그 표정에는 젊은 날의 진실이 아직 담겨 있지만 그 시절의 신중하지 않은 면모는 보이지 않아. 사람들은 어머니와 아버지가 되는 긴 시절을 거치고, 삶을 물려주는 참을성 있는 행위를 통해 삶에 질서를 부여해. 인생에 그런 시기가 꼭 있어야 하느냐고 반문할 수도 있을 거야. 나는 그런 단계를 피할 수 없다고 생각해. 물론 겨울이 없는 인생도 있겠지. 그게 어떤 인생일지는 모르지만, 영원히 여름의 아이로 사는 인생도 있을 거야. 하지만 씨앗이 눈 속에서 겨울을 보내고 생명을 이어가는 것, 그것도 우리가 겪어야 할 일이고 존중해야 할 일이야. 나는 마흔 살 즈음에, 땅속에서 끊임없이 들려오는 어떤 소리, 쌓인 눈을 뚫고 새어나오는 끈질긴 외침, 고요 속의 소리 없는 몸부림을 무척 좋아했어. 스스로 가 한없이 약하게 느껴질 때도 있었고, 모래 위에 놓인 돌 덩이처럼 단단하게 느껴질 때도 있었지만, 내가 행복하다 는 것을 의심하지 않았어. 다만 그런 식으로 행복한 것에 대한 불안감이 슬몃슬몃 찾아오는 것은 어찌할 수가 없었 지. 나는 종종 이런 생각을 했어. 거리로 눈길 한 번 던지 는 것, 한순간의 고독, 오기로 한 여자 친구를 몇 분 더 기 다리는 것, 단지 그런 것 때문에 모든 것이 일거에 무너질 수도 있지 않을까? 그리하여 우리가 마치 전투를 끝내고 항구로 돌아오라는 명령을 받은 배처럼 뒤로 돌아가게 되 지 않을까? 젊은 시절의 우리였던 그 항구로 다시 돌아가 게 되는 것은 아닐까?

사실 그런 시기를 보낸 뒤에도 대개는 아무 일도 일어나 지 않아. 해동이 멀어지고 겨울이 그대로 남아 있는 경우 가 허다하지. 겨울이 그렇게 파수꾼처럼 지키고 있으면 다 가오는 세월은 해가 비치지 않는 신중한 노년이 되는 거 야. 하지만 나에게는 그런 일이 벌어지지 않았어. 나에게 는, 그리고 머리를 곱게 빗고 등을 꼿꼿이 세운 채 걷던 엘 리자베타 너에게는 말이야. 나의 친구이자 남편인 우리의 바실리가 천천히 죽어가는 모습을 본 것이 나에게 도움을 주었어. 그가 세상을 떠났을 때, 나는 내 자녀들을 바라보 았어. 문득 이런 의문이 들었어. 내가 왜 이 아이들의 젊은 시절을 위해서 살아야 하는 거지? 왜 나 자신의 젊은 시절을 위해 살면 안 되는 거지? 그래서 이렇게 너한테 돌아온 거야. 우리는 한 가지 일을 다 이루지 않은 채로 남겨놓았어. 이제 그 일을 마무리할 때가 된 거야.

나는 먼저 관대하게 구는 태도를 버렸어. 그다음에는 돈을 주고 젊은이들을 샀지. 세 번째로는 울티모를 찾아 나섰어. 처음엔 내가 왜 울티모를 찾고 싶어 하는지 잘 몰랐어. 하지만 긴 시간을 두고 곰곰 생각해보니 이해가 되더라고. 나는 이제 알아. 리베로 파르리는 내가 울티모를 사랑하기 위해 태어났다고 말했지만, 그건 잘못 생각한 거야. 오로지 누군가를 사랑하기 위해서 세상에 태어나는 여자는 없어. 나는 복수를 하기 위해 태어났어. 사실이야. 나는 이제 살아 있어. 매일 거리낌 없이 복수를 하면서 살아 있음을 느끼는 거야. 하지만 나의 소중한 엘리자베타, 네가 그를 사랑했던 것은 사실이야. 내가 그를 영원히 사랑하리라는 것도 사실이고. 그 점에서는 리베로 파르리의 생각이 틀리지 않았어. 너는 이해할 수 없었고, 나는 오랫동안 알려고 하지 않았던 사실이 하나 있어. 말하자면 이런 거야. 우리는 너와 나 말고 다른 사람을 사랑한 적이 없어. 그는 못생기고 이상하고 다가가기 어려운 남자였어. 하지만 우리는 그의 금빛 그늘에서 구원을 얻으리라는 것을 처음부터 알고 있었어. 우리가 세계를 부술 때마다 그가 다시 세울 것이고, 그의 옆에서 우리가 우리 자신일 수 있다는 것을 말이야. 그래, 일이 그렇게 되었던 거야.

나는 리베로 파르리를 다시 찾아갔어. 하지만 이번엔 그를 만나지 못했어. 전쟁 직후에 뇌일혈로 세상을 떠났다는 거야. 그의 집에는 자부심이 강해 보이는 자그마한 여자가 있었어. 얼굴이 아이처럼 생긴 여자였어. 드디어 플로랑스를 만난 거야. 나는 고인에 대한 애도의 뜻을 표하면서 그녀를 꼭 안아주었어. 그녀는 무뚝뚝하고 놀랍도록 냉정했어. 나는 찾아온 사연을 말했어. 그런 다음 어디에 가면 울티모를 만날 수 있는지 물었지. 그녀는 커다란 흰 봉투를 내밀면서 말했어. 울티모가 이걸 맡겨놨어요, 당신이 오면 주라고.

봉투 안에는 여러 번 접은 커다란 종이가 들어 있었어. 지도만큼이나 커다란 회색 종이였는데, 거기에는 어떤 서킷의 설계도가 빨간 잉크로 그려져 있었어. 열여덟 굽이로 이루어진 서킷이었지. 그 구불구불한 움직임이 매우 우아해 보였어. 선은 또렷하고 깔끔하게 그려져 있었고, 굽이를 이루고 있는 원호들의 반지름은 정확했어. 그리고 주위의 회색 바탕에는 서킷에 담긴 사연들이 적혀 있었지. 서킷을 1미터 단위로 나누어 각 구간에 얽힌 이야기를 울티모의 작은 글씨로 빼곡하게 적어놓은 거야. 그는 서킷에 자기의 모든 삶을 담겠다고 약속했었지.

그런데 그것 말고는 아무것도 없었어. 그는 나에게 한 줄의 글도 한 마디 전언도 남겨놓지 않았어. 오로지 그 도면을 남겼을 뿐이야.

그가 이것을 건설하는 데 성공했나요? 하고 나는 물었어.

하지만 플로랑스는 대답하지 않았어.

그녀는 아들 옆에 앉아서 그의 한 손을 잡고 있었어. 백작의 아들 말이야. 그는 멍한 표정을 짓고 있었어. 몸은 어른인데 표정은 아이 같았어. 벙어리에다 백치였던 거야.

그가 서킷을 건설하는 데 성공했군요, 그렇죠?

그건 그림이에요.

네, 하지만 그는 해냈어요, 그렇죠?

그 애는 당신이 오면 그것을 주라고 했어요. 그뿐이에요.

네, 그는 해냈을 거예요. 어머님은 그것이 어디에 있는지도 아실 거고요.

나는 그 애의 어미예요.

그녀는 잠깐 동을 두었다가 덧붙였어.

이건 그냥 그림이에요.

그녀는 그 아이 같은 남자를 줄곧 곁에 두고 있었어. 마치 그 아들을 응분의 징벌로 여기며 자랑스러워하는 것 같더라고.

그들에게 작별인사를 하려던 찰나에 나는 그 목소리

를 다시 들었어. 울티모가 나한테 말한 바 있는 플로랑스의 목소리, 그녀가 잃어버린 것처럼 보였던 그 목소리 말이야.

당신은 돈도 엄청나게 많고 시간도 많잖아요. 당신이 찾아봐요.

그녀는 처음으로 상냥하게 말했어. 나는 그녀가 찾아보라는 게 울티모인지 서킷인지, 그것조차 모르고 있었어.

하지만 머뭇거리지 않고 대답했지.

그럼요, 찾아봐야죠.

그러자 아이 같은 남자는 씩 웃었어.

엘리자베타, 나는 찾아보았어. 그리고 찾아냈지. 나를 자랑스럽게 여겨야 할 거야.

잠을 조금 자야겠다. 하지만 첫새벽에 잠에서 깨고 싶다. 나를 위해서, 오로지 나 한 사람을 위해서 밝아오는 새날의 빛살을 단 하나도 놓치고 싶지 않다.

사위가 고요하다.

엘리자베타, 감정이 이렇게 북받치는 것을 양해해줘. 늙으면 감동을 잘하게 마련이거든.

참으로 경이롭다.

이 순간의 모든 것이 마음에 든다.

지금 시각 AM 2:12.

그대 망할 놈의 일기여, 이제 만족하는가?

잉글랜드, 시닝턴, 1947년

형이 내 손을 잡고 있어, 형이 나의 한쪽 손을 잡고 나는 다른 손으로 스코델 대위의 서류가방을 들고 있어, 형이 나의 한쪽 손을 잡고 있고 나는 다른 손에 들린 스코델 대위의 서류가방이 땅에 끌리지 않도록 조심해야 해, 스코델 대위의 서류가방이 활주로의 단단한 땅바닥에 끌리지 않도록 조심해야 해, 스코델 대위는 서류가방이 활주로의 단단한 땅바닥에 끌리지 않도록 조심해야 한다고 말했어, 그래서 나는 활주로의 갈색 흙바닥에서 눈을 떼지 않고 있어. 그러면서 우리는 걸어가는 거야.

그런데 동전을 어디에 두었는지 갑자기 생각이 안 나, 스코델 대위가 나한테 동전을 주었는데 그것을 어디에 넣어두었는지 생각이 안 나, 스코넬 대위는 서류가방을 들어 달라 하고 대신에 동전 하나를 주었는데 이제 그것을 어디에 넣어두었는지 생각이 안 나, 어디에 넣어두었는지 알려면 내 호주머니를 다 뒤져봐야 할 텐데, 한쪽 손은 형이 잡고 있고 다른 손으로는 스코넬 대위의 서류가방을 들고 있으니 어떻게 호주머니를 뒤진담? 형의 손을 놓거나 스코넬 대위의 서류가방을 내려놓아야 할 거야. 하지만 난 그럴 수 없어.

하기야 내 호주머니에 들어 있지 않을 수도 있잖아, 내 호주머니에 넣지 않고 어딘가에 놓아두었을 수도 있어, 하지만 먼저 걸음을 멈추고 호주머니를 뒤져보지 않으면 내가 어딘가에 놓아둔 게 맞는지 알 수가 없어, 동전을 찾으려면 걸음을 멈추고 호주머니를 뒤져야 할 거야, 하지만 내 옆에서 형과 스코넬 대위가 활주로 위를 성큼성큼 걸어가고 있으니 걸음을 멈출 용기가 나지 않아, 형과 스코넬 대위는 아주 친하고 나란히 성큼성큼 걸어가면서 껄껄껄 웃고 있어, 그러니 내 동전을 찾자고 걸음을 멈출 수는 없어. 그 생각을 그만해야 해.

걷는 사람은 세 명, 허허벌판에 만들어진 활주로 위를 우리 세 사람만 걷고 있어, 주위엔 지평선밖에 없으니 이 활주로 위를 걷고 있는 우리는 아주 작아. 우리는 저녁 햇빛 속에서 허허벌판의 활주로 위를 걷는 세 명의 작은 사람들이고 나는 동전을 잃어버렸어. 저녁 햇빛과 하늘은 대성당이고 이 활주로 위를 순례자처럼 걷고 있는 우리는 아주 작아. 우리는 허허벌판에 있는 빛의 대성당 안에서 성큼성큼 걸어가고 있는 세 명의 작은 순례자들이야. 그리고 셋 가운데 한 사람은 동전을 잃어버렸어.

스코넬 대위는 자신 있는 발걸음으로 걷고 있는데 그도 그럴 것이 그는 이 활주로를 손금 보듯 훤히 알고 있어. 스코넬 대위가 이 활주로를 손금 보듯 훤히 아는 이유는 여기에 86회 착륙했기 때문이야. 스코넬 대위는 4년 동안 여기에 86회 착륙했어. 전쟁 4년 동안 이 활주로에 아주 익숙해진 거야. 86회를 착륙하고 당연히 그 회수만큼 이륙했으니까. 그는 4년 동안 그 회수만큼 이륙하고 착륙했어. 그 전쟁 동안 영국은 나치의 침공에 맞서 스스로를 방어해야 했어. 그 전쟁은 나치에 대한 승리로 끝났어.

나는 그 전쟁에 나가지 않았어. 형과 나는 그 전쟁에 나가 싸우지 않았어. 나는 아예 나가지 않았고 형은 아주 특별한 방식으로 참가했어. 형은 정비 전문 지원병으로 그 전쟁에 참가했어. 그러니까 진짜 싸운 것은 아니고 정비

전문 지원병으로 참전해서 이 비행장에 배속되었던 거야, 형의 임무는 잉글랜드 시닝턴의 허허벌판에 있는 이 비행장에서 정비 전문가로 일하는 것이었어, 잉글랜드 시닝턴의 이 활주로에서 그는 총을 쏘지 않았어. 형은 비행기를 수리했어.

그래서 형과 스코델 대위는 아주 친해. 잉글랜드에 있는 이 시닝턴 기지에서 4년 동안 함께 살았기 때문에 아주 친한 사이가 된 거야. 그들은 4년 내내 비행기가 뜰 때마다 오늘이 마지막 날이려니 생각했지만 스코델 대위는 매번 임무를 마치고 돌아왔고, 그래서 그들은 결국 절친한 친구 사이가 되었어. 4년 동안 그들은 이번이 마지막이라고 생각하면서 여든여섯 번 인사를 나눴어. 그리고 이제 곧 인사를 나눌 텐데, 이번엔 진짜 마지막이 될 거야. 스코델 대위가 곧 떠날 거거든.

형이 나한테 무어라고 하네. 걸음을 더 크게 떼라는 거야, 나는 걸음을 더 크게 떼어야 해. 스코델 대위는 갈 길이 바쁘다고 형이 말하고 있으니까. 스코델 대위는 날이 어두워지기 전에 런던에 도착하고 싶어서 출발을 서두르고 있다는 거야, 그러니 나는 걸음을 더 크게 떼어야 하는데, 그렇다고 스코델 대위의 서류가방이 활주로의 단단한 땅바닥에 끌리게 해선 안 돼, 어떻게 하지? 서둘러 떠나는 스코넬 대위의 서류가방이 끌리지 않게 하면서 걸음을 크게 떼려면 어떻게 해야 하지? 위험을 무릅쓰는 수밖에, 나는 스코넬 대위가 손금 보듯 훤히 아는 활주로에 서류가방이 끌리는 위험을 무릅쓰려고 해. 정말 서류가방이 땅바닥에 끌리고 있네.

나는 서류가방이 끌리는 것을 스코넬 대위가 알아차리고 있나 보려고 눈을 들어, 그런데 스코넬 대위 대신 비행기, 활주로 한복판에 홀로 서 있는 비행기만 눈에 들어오네, 스피트파이어 전투기 한 대가 기수를 서쪽으로 돌린 채 서 있는 게 보여, 활주로에 있는 단 한 대뿐인 비행기야, 스코넬 대위의 스피트파이어 808 전투기는 활주로 한복판에 있는데 다른 비행기들은 이제 어디에도 없어, 어제만 해도 스코넬 대위의 스피트파이어 808 옆에 비행기 몇 대가 더 있었다는데, 이제는 한 대밖에 보이지 않아. 활주로에 서 있건 하늘을 날고 있건 비행기는 한 대밖에 없어.

저것이 여기에서 이륙하는 마지막 비행기이기 때문이야, 스피트파이어 808 전투기가 잉글랜드 시닝턴의 이 활주로에서 마지막으로 이륙하는 비행기가 될 거야, 형이 그랬어, 전쟁이 끝나기 때문에 잉글랜드 시닝턴의 활주로에서는 저것이 마지막으로 이륙하는 비행기가 될 거라고, 2년 전에 전쟁이 끝났기 때문에 시닝턴의 이 활주로에서는 더 이상 비행기가 이륙하지 않을 거라고, 예전엔 다른 비행기들이 있었지만 2년 전에 전쟁이 끝나서 잉글랜드의 시닝턴 군 비행장을 닫아야 하기 때문에 이젠 비행기가 없다고, 형이 내 손을 잡은 채로 그랬어, 잉글랜드 시닝턴의 이 활주로에서는 이제 어느 비행기도 뜨거나 내리지 않을 거라고. 저것이 마지막 비행기야.

동전을 잃어버렸을까 봐 덜컥 겁이 나, 형은 저 전투기를 마지막으로 다시는 비행기가 이륙하지 않을 거라고 말하는데 나는 동전을 잃어버렸을까 봐 다시 겁을 먹고 있어, 그래서 걸음을 크게 떼는 대신 멈춰 서, 동전을 잃어버렸을까 겁이 나서 걸음을 뗄 수가 없어, 형은 내가 동전을 잃어버렸다는 것을 몰라, 그래서 나를 돌아보며 무슨 일이냐고 물어, 그러자 스코넬 대위도 나를 돌아봐. 하지만 나는 대답하지 않아.

스코넬 대위는 무어라고 말하면서 웃어, 그는 그저 말하고 웃기만 해, 스코넬 대위는 그저 말하고 웃기만 하는데 지친 기색이 어린 그 미소가 아름다워, 나는 그가 아주 슬프다는 것을 알아, 그는 슬프기 때문에 지친 기색이 어린 아름다운 미소를 짓는 거야, 그렇게 미소를 짓는 동안 아마도 자기가 이 활주로에 86회 착륙한 것을 생각하고 있을 거야, 그의 눈에는 이 활주로가 예전에 하늘에서 보던 대로 보일 거야, 86회에 걸쳐 착륙할 때마다 보았던 그 활주로를 다시 보고 있지 않을까? 임무를 마치고 돌아와 하늘 높은 곳에서 내려다보던 아주 가느다란 활주로, 내려앉을 채비를 하며 바라보던 허허벌판의 그 활주로를 다시 보고 있는 거야. 그러니까 그는 지금 슬프고, 그래서 웃는 거야.

나는 걷는 게 낫겠다고 생각했어, 우리가 비행기에 일찍 다다르면 동전을 찾아볼 수 있는 시간도 그만큼 앞당겨질 테니까, 우리가 비행기에 다다르면 나는 서류가방을 스코넬 대위에게 돌려줄 수 있을 것이고 그러면 호주머니를 뒤져 동전을 찾을 수 있잖아, 서류가방을 대위에게 돌려주면 왼손으로 호주머니를 뒤질 수 있어, 오른손은 형이 계속 꼭 잡고 있을 테니까, 나는 바지와 재킷의 왼쪽 호주머니들을 모두 뒤져볼 수 있을 거야, 하지만 오른손으로는 형의 손을 잡고 있으므로 그쪽의 호주머니들은 뒤질 수 없을 거야, 형은 여전히 내 손을 잡고 있어.

형은 내가 여기에 온 날부터 줄곧 내 손을 잡고 있어, 나는 전쟁이 끝나자마자 여기에 왔는데 그때부터 형은 줄곧 내 손을 잡고 있어. 형은 전쟁이 끝나자마자 내가 여기에 왔을 때 내 손을 절대로 놓지 않겠다고 어머니에게 약속했어. 어머니는 형에게 내 손을 언제나 꼭 잡고 다니겠다고 약속하게 했지. 그래야만 나를 여기에 데려오도록 허락하겠다는 것이었어. 아마도 어머니는 그냥 잘 보살피라는 뜻으로 그렇게 말했겠지만 우리는 그 말을 문자 그대로 받아들였어. 우리는 서로 손을 잡고 있어.

이제 다 왔나 봐. 형이 여기에서 멈추라고 하잖아. 그래서 걸음을 멈추고 살펴보니 비행기에서 스무 걸음 떨어진 곳이야. 스코넬 대위의 비행기는 우리로부터 스무 걸음 떨어진 곳에 가만히 서 있어. 스코넬 대위는 스무 걸음 앞에 정지해 있는 비행기를 말없이 바라보고 있어. 스코넬 대위가 아무 말도 안 하고 형도 입을 다물고 있으니까 허허벌판에 쓸쓸히 나 있는 활주로에 갑자기 괴괴한 정적이 흐르고 스코넬 대위의 비행기는 스무 걸음 앞에서 가만히 기다리고 있어. 그저 바람만이 정적을 가르고 있어.

이제 스코넬 대위는 서류가방을 도로 가져가겠지? 그건 나에게 아주 중요한 일이야. 스코넬 대위가 서류가방을 도로 가져가면 나는 왼손이 자유로워져. 그러면 왼손으로 호주머니들을 뒤져 동전을 찾을 수 있잖아. 스코넬 대위의 서류가방을 들고 있을 때는 할 수 없었던 일이지, 나는 스코넬 대위가 서류가방을 도로 가져가기만 기다리고 있는데 그는 그렇게 하지 않아, 지금 스코넬 대위는 형과 포옹을 하는 중이라서 서류가방을 도로 가져가지 않아, 형과 스코넬 대위가 서로 끌어안고 있는 동안 나는 왼손이 어서 자유로워지기를 기다리고 있어. 그들은 서로 꼭 끌어안고 있어, 하지만 두 사람 다 아무 말이 없어.

스코넬 대위가 서류가방을 도로 가져가려고 하는데 나는 가방 손잡이를 꽉 쥐고 있는 손을 펼 수가 없어, 손을 펴고 싶은 마음이 간절한데 손을 펴지 못하니까 스코넬 대위는 서류가방을 도로 가져갈 수가 없어, 나는 어떤 동작을 취하고 싶은데 손이 말을 듣지 않는 경우가 이따금 있어, 스코넬 대위는 서류가방을 도로 가져가려고 하는데 나는 손잡이를 꽉 쥐고 있는 손을 펼 수가 없어, 계속 이렇게 손을 펴지 못하면 나는 동전을 찾을 수가 없고 스코넬 대위는 가방을 도로 가져갈 수 없을 거야. 하지만 손을 펴겠다고 생각하면 할수록 더욱 꽉 쥐게 돼.

어머니는 괜찮다고 이건 누구에게나 일어나는 일이라고 했어, 어머니는 우리가 하고 싶어 하는 일을 해내지 못하는 것은 누구에게나 일어나는 일이므로 예를 들어 내가 신발을 가만히 바라보고만 있어도 문제 될 게 없다고 했어. 어머니는 우리가 현실에서 이루고자 하는 것을 해내지 못하는 것은 우리 모두에게 일어나는 일이므로 설령 내가 신발을 신지 못하고 그냥 바라보고만 있다 해도 아무 문제가 없다고 했어. 어머니는 일이 자기 뜻대로 되지 않는다는 것은 세상 사람들 모두가 겪는 바이므로 내 뜻대로 되지 않는 일이 그저 신발을 신는 것이라고 해도 대수로운 문제가 아니라고 했어. 그러면 나는 신발을 신을 수 있었어.

다행히 형이 도와주어서 드디어 내 손이 풀리고 있어. 형이 내 쪽으로 몸을 숙여 다정하게 도와준 덕분에 나는 드디어 손을 풀고 있어. 서류가방의 손잡이에 달라붙어 있는 손가락들을 하나씩 세우고 있어. 그렇게 손가락들을 하나씩 풀면서 바라보니까 손가락들이 빨갛게 부풀어 올라 있어. 내 손가락들에는 거의 아무 감각도 없지만 그것들을 서류가방 손잡이에서 하나씩 떼어내면서 보니까 아주 빨갛게 부풀어 올라 있어. 하지만 이제 나는 동전을 찾을 수 있어.

손가락들이 정상으로 돌아오기를 기다렸다가 동전을 찾을 거야. 손가락들이 정상으로 돌아올 때까지 조금 기다리지 않으면 호주머니를 뒤져봐도 동전을 찾아내지 못할 염려가 있어, 그래서 스코델 대위가 서류가방을 손에 들고 비행기 쪽으로 혼자 걸어가는 동안 나는 손가락들이 정상으로 돌아오기를 기다려, 스코델 대위는 서류가방을 손에 들고 스피트파이어 808 쪽으로 혼자 걸어가고 있어, 뒤도 돌아보지 않고 서류가방을 흔들면서 가고 있어, 마치 오늘이라고 해서 여느 날과 다를 게 없다는 듯이. 오늘은 여느 날과 다른데 말이야.

호주머니에 손을 넣으려는데 엔진 소리가 대성당의 정적을 깨뜨리고 있어, 재킷의 왼쪽 호주머니에 손을 넣고 있는데 스피트파이어 808의 두 엔진이 빛의 대성당에 서린 정적을 깨뜨려, 스피트파이어 808의 두 엔진이 이 대성당의 정적을 깨뜨리지만 나는 두렵지 않아, 재킷의 왼쪽 호주머니에서 동전을 찾는 중이라서 내 생각이 온통 거기에 쏠려 있거든, 나는 재킷의 왼쪽 호주머니에서 동전을 찾느라고 스피트파이어 808이 활주로 위로 천천히 굴러가는 것을 거의 알아차리지 못해. 그러다가 문득 바라보니 비행기가 머리를 바람 부는 쪽으로 둔 채 멈춰 서네.

재킷 호주머니에서 무언가가 손끝에 닿았는데 동전이 아냐, 유리구슬 하나가 손끝에 느껴지는데 동전은 느껴지지 않아, 동전이 호주머니 속에 들어 있다면 손끝에 닿는 느낌이 올 텐데 내가 느끼는 건 유리구슬과 천으로 된 다른 물건이야, 동전이 있다면 쉽게 알 수 있어, 동전은 유리로 된 것도 아니고 천으로 된 것도 아니니까, 그래서 재킷 호주머니에서 손을 빼내어 바지 호주머니에 넣으려는데 스코넬 대위가 두 엔진의 출력을 최대로 높이고 있어, 내가 바지의 앞쪽 호주머니에 손을 넣는 동안 스코넬 대위는 두 엔진의 출력을 최대로 높여. 나는 동전을 찾고 있어.

 말이 뒷다리로 버티며 일어서듯 비행기가 기수를 번쩍 들며 공중으로 사뿐하게 날아오르고 있어, 비행기가 그렇게 사뿐하게 공중으로 솟구쳐 오르는 것을 내가 얼마나 좋아하는지 몰라, 내가 그 광경을 얼마나 좋아하는지 누구에게도 말한 적은 없어, 말하는 것이 나에겐 너무나 괴로운 일이니까, 아무에게도 말하지 않았지만 말이 뒷다리로 버티며 일어서듯 비행기가 공중으로 솟구치는 모습을 바라보는 게 무척이나 좋아, 만약 고통을 느끼지 않고 말할 수만 있다면, 당장 형에게 말할 텐데, 비행기가 기수를 번쩍 들며 공중으로 사뿐하게 날아오르는 모습을 내가 얼마나 좋아하는지. 비행기가 조금 기우뚱하며 솟구쳐 오르는 광경을 내가 얼마나 좋아하는지.

 그렇게 잉글랜드 시닝턴의 활주로에서 마지막 비행기가

이륙하는 것을 보았어. 바지 앞쪽 호주머니에서 동전을 찾는 동안 시닝턴 비행장의 폐쇄를 앞두고 비행기가 마지막으로 이륙하는 것을 봤어. 애석하다는 생각이 들어. 이제는 완전한 폐쇄를 눈앞에 두고 있지만 잉글랜드 시닝턴의 이 활주로는 참으로 많은 모험을 지켜보았을 거야. 생각할수록 애석해. 이 활주로가 얼마나 많은 모험을 지켜보았을까? 긍지와 용기로 가득 찬 모험들. 긍지와 용기와 공포와 광기로 가득 찬 모험들. 전쟁에 참가한 사람들의 숱한 모험.

그렇게 시닝턴 활주로가 폐쇄되는 것을 애석해하는 동안 스코넬 대위의 비행기는 하늘에서 넓게 곡선을 그리며 돌고 있어. 내가 애석하다고 생각하는 동안 스코넬 대위의 비행기는 넓게 곡선을 그리며 돌다가 우리 쪽으로 돌아와. 분홍빛 하늘에서 넓게 곡선을 그리며 돌던 비행기가 고도를 낮추며 우리 쪽으로 돌아오고 있어. 스코넬 대위의 비행기는 분홍빛 하늘에서 고도를 점점 낮추며 우리 쪽으로 돌아오더니 아주 빠르게 우리 머리 위로 지나가. 고도를 한껏 낮춰 바로 우리 머리 위로 분홍빛 하늘을 가르며 빠르게 지나가. 우리에게 인사를 하려는 거야.

겁을 먹을 법도 하지만 난 겁내지 않고 도리어 웃어. 우리 머리 위로 비행기가 요란한 소리를 내며 지나가니까 겁을 먹을 수도 있지만 나는 겁내기는커녕 도리어 웃어, 우리 머리를 스쳐 가는 검은 그림자와 그 요란한 소리 때문에 겁을 먹을 법도 하지만 정작 나는 무서워하지 않고 오히려 아주 큰 소리로 웃어, 정작 나는 웃음을 터뜨리고 형도 웃기 시작해, 검은 그림자가 우리 머리를 스쳐 가고 그 요란한 기세에 우리 머리카락이 흐트러져도 정작 우리는 아주 큰 소리로 웃기 시작해. 마음이 크게 움직여 나오는 웃음이야.

그렇게 웃느라고 잠시 동전을 잊었는데 곧바로 다시 생각이 나, 동전을 찾고 있다는 사실을 잠시 잊었는데 이내 아주 분명하게 기억이 나는걸, 그래, 나는 바지 왼쪽 호주머니에서 동전을 찾는 중이야, 나는 왼손으로 바지 왼쪽 호주머니 속에서 동전을 찾고 있어, 하지만 동전이 손끝에 닿지 않아, 손가락들을 이리저리 움직여 찾아봐도 동전을 찾을 수가 없어, 그러는 동안 스코델 대위의 비행기는 분홍빛 하늘로 멀어져 가고 있어. 비행기는 점점 작아져.

어쩌면 스코델 대위가 사라질 때 동전도 같이 사라질지 몰라, 아마 스코델 대위가 지평선에서 사라질 때 동전도 스코델 대위에게 속한 모든 것과 함께 사라질 거야, 사람들이 지평선에서 사라지면 그들이 만졌던 것들도 모두 사라지는 것인지도 몰라, 그들이 뒤에 남겨놓은 동전들마저, 그렇다면 동전이 스코넬 대위와 동시에 지평선에서 사라지기 전에 얼른 동전을 찾아보는 게 좋겠어, 스코넬 대위가 지평선에서 사라지기 전에 동전을 손에 넣는 게 좋겠어. 그래야 동전은 사라지지 않을 거야.

그러나 비행기는 점점 작아지고 동전은 손에 잡히지 않아, 지평선을 향해 날아가는 스코넬 대위의 비행기는 갈수록 작아지는데 나는 아직 동전을 찾아내지 못했어, 작고 검은 날벌레처럼 지평선을 향해 날아가는 비행기는 이제 곧 사라질 참인데 나는 아직 바지 호주머니에서 동전을 찾아내지 못했어, 작고 검은 날벌레가 붕붕거리며 지평선에서 사라져 가는 동안 나는 바지 호주머니 속에서 손가락들을 움직여 보지만 동전은 손끝에 닿지 않아, 비행기 소리는 무정하게 지평선 너머로 사라져 가는데, 나는 아직 동전을 찾아내지 못했어. 이제 비행기는 보이지 않아.

비행기가 사라지던 순간 동전도 사라진 것 같아, 정말이야, 내 느낌에는 그래, 스코넬 대위의 비행기가 지평선에서 사라지던 바로 그 순간 내 동전도 사라진 거야, 스코넬 대위의 비행기가 지평선에서 사라지던 바로 그 순간 한없

는 정적이 우리를 덮쳐왔고 나는 그 정적 속에서 동전이
사라졌음을 느껴, 고독과 함께 갑자기 우리를 덮쳐온 차가
운 정적이 동전을 삼켜버린 것 같아, 얼음처럼 차가운 정
적과 고독이 갑자기 밀려오면서 내 동전이 사라진 느낌이
야. 동전은 비누 거품처럼 사라진 거야.

그래서 난 울고 싶고 형은 그런 기색을 알아차려, 동전
이 사라졌다는 느낌이 들어서 내가 울려고 하니까 형은 내
손을 더욱 세게 쥐면서 울지 말라고 해, 하지만 울컥 울음
이 솟아, 형이 내 손을 꼭 쥐며 울지 말라고 해도 소용이
없어, 동전이 비누 거품처럼 사라졌다고 생각하니 그냥 눈
물이 나, 내 느낌엔 정적과 고독이 덮쳐오면서 동전이 사
라졌어. 그래서 나는 울어.

형은 울지 말라면서 비밀 하나를 알고 싶으냐고 물어,
형은 빙그레 웃으면서 이 정적과 고독을 물리칠 만한 비밀
하나를 알고 싶지 않으냐고 물어, 나는 고개를 끄덕여, 이
정적과 고독을 물리칠 만한 비밀을 정말로 알고 싶거든,
그러자 형은 정적과 고독을 흩뜨릴 만한 비밀을 내게 말
해, 내 위로 몸을 약간 기울이면서 아주 나직하게. 활주로
를 봐, 보고 있어? 하고 형이 물어.

이거 우리 거야, 형이 그래.

이 활주로는 우리 거래, 형이 샀으니까 우리 거래, 잉글랜드 시닝턴의 이 활주로를 형이 7만 파운드를 주고 샀으니까 이젠 우리 것이라는 거야, 형이 그래, 활주로 주위의 땅까지 형이 7만 파운드를 주고 모두 샀대, 이건 이제 비행장 활주로가 아니래, 활주로 주위로 저기 나무숲까지 펼쳐져 있는 땅은 이제 비행장 땅이 아니래. 이건 형의 서킷이래.

형이 그래, 이제 비행기는 없고 자동차들이 달릴 거라고, 비행기들이 활주로에서 이륙하는 대신 이제 자동차들이 이 직선 도로 위를 달릴 거라고, 비행기들은 이제 이륙하지 않을 거래, 대신 자동차들이 이 직선 도로를 삼키며 달린 뒤에 들판에서 열여덟 굽이를 돌 거래, 자동차들은 먼저 이 직선 도로를 삼키고 들판에서 열여덟 굽이를 달린 뒤에 이 직선 도로로 돌아올 거래. 이건 형의 서킷이래.

형이 나에게 물어, 저것들이 보이니? 들판 한가운데를 질주하는 저 자동차들이 보여? 들판을 바람처럼 질주하며 멀어졌다가 돌아오는 자동차들, 저 직선 도로를 쏜살같이 내닫고 나서 들판의 열여덟 굽이를 부드럽게 돈 뒤에 여기로 돌아오는 자동차들, 뽀얀 먼지를 일으키며 직선 도로를 달리는 저 번쩍거리는 자동차들을 봐, 자동차들이 직선 도로를 질주한 다음 왼쪽으로 돌아 들판의 열여덟 곡선을 차례차례 그린 뒤에 정확히 이곳으로 돌아오고 있어. 나는 형이 가리키는 곳을 바라봐.

보여, 많은 것들이 보여, 에메랄드 빛깔의 풀, 경사가 아주 완만한 언덕의 부드러운 곡선, 과실나무들의 성긴 울타리, 실개천의 마른 바닥, 통나무 더미, 오솔길의 침침한 빛, 땅의 불규칙한 기복, 꽃나무 덤불, 나무딸기의 날카로운 윤곽, 아스라한 산울타리, 묵정밭의 갈아엎은 흙, 석유통들을 쌓아 올린 위태위태한 피라미드, 신비로운 명령에 따라 무성해진 수풀, 햇살을 받아 반짝이는 비행기 잔해, 늪가의 갈대, 뚜껑이 열린 저수조의 뱃속, 땅바닥에 드리운 나무 그늘, 풀밭에 사뿐히 내려앉는 작은 새들, 잎이 무성한 나뭇가지들 사이의 거미줄, 물웅덩이에서 흔들리는 그림자, 가벼운 새둥지, 풀밭에 떨어진 군모, 홀로 여물어 가는 노란 이삭, 오솔길의 진흙 바닥에 찍힌 뒤에 그대로 말라붙은 발자국, 바람에 진자처럼 흔들리는 웃자란 풀줄기, 이름 모를 곤충의 날갯짓, 참나무 둥치에 불거져 나온 뿌리, 발발거리는 벌레들의 감춰진 소굴, 거뭇한 잎들의 톱니 같은 테두리, 돌덩이의 거죽에 난 이끼, 파란 꽃잎에 앉은 나비, 비행하는 말벌의 옴츠린 다리, 말라붙은 개울 바닥의 푸르스름한 돌, 붉은색으로 변해가는 병든 고사리, 연못에서 헤엄치는 등 푸른 물고기, 나무껍질을 타고 눈물처럼 흐르는 수액, 풀밭에 버려진 녹슨 낫, 거미줄과 거미, 달팽이의 점액, 땅에서 피어오르는 김. 이어서 번쩍거리는 자동차들이 눈에 들어온다.

자동차들이 유령 같아, 소리 없이 빙빙 돌고 있어, 자동차들이 아무 소리도 내지 않고 아주 천천히 돌고 있는 유령 같아, 일종의 숨소리 말고는 아무 소리도 내지 않고 땅을 스치며 아주 천천히 돌고 있는 유령 같아, 색깔 있는 유령들이야, 색깔 있는 유령들이 규칙적인 숨소리 말고는 아무 소리도 내지 않고 땅을 스치며 아주 천천히 돌고 있어, 땅의 냄새를 맡으면서 조용히 돌고 있어. 여러 빛깔의 유령들이야.

번쩍거리는 자동차들을 바라보고 있는데, 형이 아무 말도 없이 내 손을 놓아, 형은 내 손을 놓은 적이 없는데 내가 번쩍거리는 자동차들을 바라보고 있는 동안 아무 말 없이 내 손을 놓고 멀어져 가, 언제나 내 손을 잡고 있던 형이 내가 번쩍거리는 자동차들을 바라보고 있는 동안 아무 말 없이 나에게 미리 알리지도 않고 내 손을 놓은 거야. 그러고는 형이 멀어져 가고 있어.

형이 몇 발짝 멀어지니까 겁이 나, 형이 몇 발짝 걸어가
는 것을 보니 나도 따라가고 싶은데 겁이 나서 움직일 수
가 없어, 형이 내 손을 놓고 활주로 위로 몇 발짝 걸어가
는 것을 보니 나도 따라가고 싶은데 두려움에 발이 묶여
서 손을 허공에 둔 채로 그냥 가만히 서 있어, 그러는 사
이에 형은 활주로 위로 몇 발짝 걸어가서 멈추더니 몸을
숙이면서 한 손을 내밀어. 그러고는 활주로에서 흙을 한
줌 움켜쥐어.

형이 얼마나 있다 돌아올까? 궁금해, 형이 얼마나 있다
돌아올지, 형은 여전히 저기에 있어, 내가 형이 얼마나 있
다 돌아올지 궁금해하는 동안 형은 몸을 일으켜 손에 쥔
흙을 바라보고 있어, 형은 손에 쥔 흙을 바라보다가 번쩍
거리는 자동차들 쪽으로 눈길을 돌려, 형은 손에 든 흙을
바라보다가 눈을 들어 번쩍거리는 자동차들 바라보며 빙
그레 웃어, 형은 흙을 보고 번쩍거리는 자동차들을 바라보
다가 다시 흙을 내려다봐. 그러고는 흙을 호주머니에 넣고
빙그레 웃어.

형은 손을 호주머니에 넣고 오므린 손가락들을 펴더니

손을 도로 빼내, 손이 비어 있어, 형은 주먹 쥔 손을 호주머니에 넣었다가 손에 든 것을 비우고 손을 도로 빼내더니 내 쪽으로 돌아와, 형은 흙을 호주머니에 넣고 몸을 돌려 내 쪽으로 돌아오며 계속 빙그레 웃어, 형은 몸을 돌려 내 쪽으로 돌아오면서 그 흐린 빛과 고독의 대성당에서 계속 미소를 지어, 내가 기다리고 있는 그 흐린 빛과 고독의 대성당에서 여전히 미소를 짓고 있어. 이제 곧 형은 내 손을 다시 잡을 거야.

그런데 형이 이상해, 내 손을 잡아주지 않고 이상한 행동을 하고 있어, 형이 내 손을 잡아주는 대신 내가 이해할 수 없는 행동을 하고 있어, 계속 미소를 지으면서 자기 호주머니에 들어 있는 흙을 조금 꺼내더니 내 눈을 바라보는 거야, 형은 미소 띤 얼굴로 흙을 조금 꺼내더니 내 눈을 바라보면서 그 흙을 내 재킷의 호주머니에 넣어. 그러고는 이건 네 거야, 하고 말해.

형이 이건 네 거야 하고 말하니까 두려움이 사라졌어, 까닭은 이해할 수 없지만 그 흙이 내 거라고 형이 말하니까 두려움이 가셨어, 형이 흙을 조금 꺼내어 내 호주머니에 넣어주면서 이건 네 거야 하고 말하자 무섭던 것이 괜찮아졌어, 형이 내 손을 잡아주지 않았는데도 두려움을 느끼지 않게 된 거야, 흙을 조금 꺼내어 친절한 동작으로 내 재킷 호주머니에 넣어주면서 미소 띤 얼굴로 이건 네 거야 하고 말했기 때문이야. 그 흙 덕분에 두려움이 가신 거야.

나는 아주 천천히 호주머니에 손을 넣어, 아주 천천히 호주머니에 손을 넣어 손가락들을 흙 속에 담가, 아주 천천히 호주머니에 손을 넣어 겁내지 않고 손가락들을 흙 속에 담그고 흙을 만져, 겁먹지 않고 손가락들을 햇살의 온기가 아직 남아 있는 흙 속에 담그고 만지는 기쁨을 느껴, 나는 햇살의 온기가 아직 남아 있는 흙 속에서 겁내지 않고 손가락들을 움직이며 계속 흙을 만져, 그러다가 무언가 금속처럼 딱딱한 것이 손끝에 닿는 것을 느껴. 내 동전이야.

동전아, 내 작은 동전아, 어디로 사라졌었니? 내가 그토록 찾았지만 너는 어디에도 없었어, 내 호주머니들을 모두 뒤져보았지만 너는 어딘가로 사라지고 없었어, 내 작은 동전아, 내가 내 호주머니들을 모두 뒤지며 찾는 동안 너는 어디로 사라졌던 거니? 그래도 지평선 너머로 사라지지는 않았구나, 네가 지평선 너머로 사라진 줄 알았더니 내가 너를 찾고 또 찾는 동안 너는 나를 기다리고 있었던 게로구나, 네가 사라진 줄로만 알았더니 내가 너를 찾는 동안 너는 거기에서 내 손끝이 닿기를 기다리고 있었구나. 내 작은 동전아.

　나는 호주머니에 들어 있는 손을 잔뜩 오므려. 이렇게 주먹을 꽉 쥐어보기는 처음이야. 손바닥에 흙과 동전을 담고 손가락들을 모두 오므리고는 잠시 가만히 있어. 그러다가 천천히 그러나 떨지 않고 손을 호주머니에서 빼내어 손등이 아래로 가도록 조심스럽게 돌려. 그런 다음 천천히 손을 펴. 오므린 손가락들을 하나씩 차례대로 펴는 거야. 나는 천천히 손을 펴고 바라봐. 우리의 흙과 내 동전을. 흙투성이 동전이 내 손에 있어.

　이제 가자, 동생아. 우리를 기다리고 있는 일들이 많아. 형이 그랬어.

'천 마일'* 레이스, 1950년

　　마을 어귀 국도변에 여관이 하나 있었다. 식사를 할 수
도 있고 잠을 잘 수도 있는 곳이었다. 자동차 정비소와 주
유소까지 딸려 있었다. 그 모든 것의 주인은 같은 사람이
었다. 처음에는 주유 펌프가 초보적인 기계라서 여기저기

---

* 이탈리아 말로는 '밀레 밀랴'. 이탈리아의 공공도로에서 행해지던 전설적인 자동차
레이스. 1927년에 시작되어 1957년까지 24회에 걸쳐 개최되었다. 이탈리아 북부 롬바르
디아 지방의 도시 브레샤에서 출발하여 남쪽으로 페라라, 산마리노 공화국을 거쳐 로마
까지 내려간 다음 다시 북상하여 브레샤로 귀환하는 약 1천 마일의 루트를 주행하는 레
이스였기에 '밀레 밀랴(천 마일)'라는 이름이 붙었다. 세계 최고 수준의 레이서들과 페
라리, 마세라티, 알파 로메오, 포르셰, 메르세데스, 재규어, 애스턴 마틴, 부가티 같은
명차들이 대거 출전하면서 30년 동안 찬란한 명성을 누렸다. 1957년 에스파냐의 알폰소
데 보르타호 후작이 몰던 페라리가 관중을 덮치는 대형 사고가 일어난 뒤에 이탈리아
정부의 명령에 따라 레이스가 폐지되었지만, 1977년 예전 '밀레 밀랴'에 출전했던 차들
과 동일한 형태의 차들만 참가할 수 있는 타임트라이얼 방식의 클래식 카 레이스인 '밀
레 밀랴 스토리카'로 부활했다. 이 소설에서는 '밀레 밀랴'를 그냥 '대(大)경주'라 부르
고 있다.

에서 기름이 샜다. 그러나 전쟁이 끝난 뒤에 모든 것을 반짝반짝하는 새것으로 바꿔놓았다. 주유 펌프는 두 개였고 빨간색이었다. 휘발유 상표도 적혀 있고 숫자가 자동적으로 돌아가는 장치도 있었다. 주유소 전체에 불을 밝혀놓은 터라 이곳은 이제 마을에서 가장 환하게 빛나는 장소가 되었다. 주인 내외는 식당도 새롭게 단장했다. 플라스틱 상판을 얹은 테이블들을 들여놓고 푹신하게 속을 넣은 의자들도 가져다 놓았다. 제법 근사한 식당이었다.

전쟁 전에는 대경주에 참가한 자동차들이 해마다 그리로 지나갔다. 무언가를 먹기 위해 차를 세우는 레이서들도 더러 있었고, 기름을 넣거나 자잘한 수리를 하는 레이서들도 많았다. 그때마다 인파가 몰려들어 자동차들이며 레이서들을 구경하곤 했다. 그들 가운데 다수는 레이서들과 친해지기도 했다. 그런데 전쟁이 끝난 뒤에 대경주의 코스가 되도록 마을을 에돌아 지나가게 하는 결정이 내려졌다. 그에 따라 자동차 행렬은 여관에서 1킬로미터 전방에 있는 곁길로 우회해서 마을 주위로 돌아 나가게 되었다. 여관 사람들에게는 달갑지 않은 일이었다. 하지만 대경주를 구경하는 것은 이제 사람들의 습관이 되어 있었다. 그래서 그 뒤로도 사정은 별로 달라지지 않았다. 대경주가 열리는 날에 문을 닫는 일은 생기지 않았다. 레이스가 어떻게 진행되고 있는지 알고 싶은 사람은 거기에서 모든 소식을 들을 수 있었다. 어떤 레이서들은 코스에서 1킬로미터 벗어나 있는 여관을 찾아와 인사를 하거나 목을 축이기도 했다.

대경주는 가장 빠른 레이서도 열두세 시간을 질주해야 하는 몹시 힘겨운 레이스였다. 하지만 출전 자격이 따로 있는 것은 아니었다. 어떤 참가자들은 같은 코스를 주파하는 데 이틀이 걸리기도 했다. 전체 코스를 몇 개의 구간으로 나누지 않고 1천6백 킬로미터를 내리 달리는 경주였다. 간간이 간단한 점검만 하고 곧바로 다시 출발해야 했다. 그렇게 수백 대의 자동차들이 꼬리에 꼬리를 물고 이탈리아의 도로들을 남북으로 오르내리는 것이었다. 사람들은 열광했다. 레이스 행렬이 지나가는 곳에서는 모든 일이 중단되었고 자동차들이 모두의 눈과 마음을 사로잡았다. 때로는 사람이 죽기도 했다. 레이서가 죽는 경우도 더러 있었지만, 대개는 구경하려고 길가에 몰려나온 사람들이 변을 당했다. 그들은 정상적인 사람들이었다. 하지만 그 몇 시간 동안에는 무엇 하나 정상적인 것이 없었다.

노인들과 아이들, 그리고 모든 성인 남녀들이 이상하게 변하곤 했다.

그해에는 대경주의 행렬이 5월 21일에 마을 앞을 지나갔다. 날수로는 이틀이지만 하룻밤 사이에 벌어진 일이었다. 일은 해가 막 넘어간 저녁에 시작되어 어둠이 아직 가시지 않은 새벽에 끝났다. 마을 어귀의 여관에서는 경주에 참가한 자동차들이 멀리 들판 쪽으로 우회하면서 남기는 불빛의 자취를 볼 수 있었다. 어둠 속에서 그 불빛들은 바닷가의 작은 등대들처럼 밀들이 물결치는 들판을 비추고 있었다.

소녀는 뛰다시피 식당에서 나와 문을 꽝 닫았다. 열다섯 살쯤 되어 보였다. 뾰족구두를 신고 엉덩이에 착 달라붙는 치마를 입고 있었다. 기다란 검정 머리에는 공들여 컬을 주었고 목에는 자그마한 진주 목걸이를 둘렀다. 예쁘고 풋풋한 젖가슴은 목이 깊게 파인 꼭 째는 스웨터에 가려져 있었다. 손톱에는 빨간 매니큐어를 칠했다.

소녀는 볼똑거리며 몇 발짝 걷더니 불빛 한복판의 주유펌프 옆에서 걸음을 멈췄다. 그러고는 앞쪽의 어둠을 바라보았다. 물기 어린 눈으로 굳은 표정을 짓고 있었다.

식당 문이 다시 벌컥 열리더니 한 여자가 밖으로 나오지는 않고 고개만 조금 내밀었다. 그녀가 소리쳤다.

"아버지한테 그러면 못써, 알겠니?"

소녀는 아무 말도 하지 않았다. 뒤를 돌아보지도 않았다.

"네 차림새를 봐라, 그 짓거리 하는 여자들하고 다를 게 없어."

소녀는 어깨를 으쓱 들먹였다.

"너는 스스로 신세를 망치고 있어, 알겠니? 그렇게 스스로 신세를 망치면 안 돼!"

여자의 눈에도 물기가 어려 있었다.

"그리고 내가 너한테 말할 때는 날 봐야지!"

소녀는 돌아보지 않았다. 여전히 묵묵부답이었다.

여자는 잠시 침묵을 지키며 고개를 가로저었다. 그러더니 밖으로 한 걸음 나와서 문이 닫히도록 내버려두었다. 여자는 이마로 흘러내린 머리카락을 쓸어 올렸다. 마흔 살쯤 된 예쁜 여자였다. 허리에는 앞치마를 두르고 있었다. 그녀가 목청을 높여서 말했다.

"네 머릿속에 뭐가 있든 내가 알 바 아냐. 하지만 네 부모를 허수아비로 생각하면 안 돼, 알겠니? 네가 여기에 있는 한, 네 부모를 존중하는 건 당연한 거야. 외출하고 싶으면 먼저 물어봐야 하고 어디에 가는지를 말해야지! 내 말 듣고 있니?"

소녀는 꼼짝도 하지 않았다. 여자는 고개를 흔들고 앞치마에 두 손을 문질렀다. 손에 무엇이 묻어서가 아니라 그냥 그러는 것이었다. 그녀는 대경주의 행렬이 지나가는 쪽을 건너다보았다. 자동차들의 불빛이 마을을 에돌고 있었다. 엔진들의 소음이 파도 소리처럼 들려왔다. 간간이 들판에 정적이 서리면 풀벌레 소리가 섞여들었다. 이윽고 그녀는 소녀 쪽으로 몇 걸음 나아가 소녀의 등 뒤에서 멈춰 섰다. 그러고는 다시 말문을 열었다. 하지만 조금 전처럼 목청을 높이지는 않았다.

"아버지한테 그러면 못써."

"아버지가 미워."

"바보 같은 소리 하지 마."

"아버지는 아무것도 이해하지 못해."

그러면서 소녀는 몸을 돌렸다.

여자는 자기 역시 이해를 못하겠다는 표정으로 소녀를 찬찬히 바라보았다.

그러다가 말을 이었다.

"구두는 잘 맞아?"

"조금 커."

"나 같으면 그런 구두를 신고는 걷지도 못하겠다."

"그냥 조금 클 뿐이야."

그러면서 소녀는 코를 훌쩍였다.

"정말 그 짓거리 하는 여자로 보여."

여자는 또 그렇게 말했다. 하지만 이번엔 악의가 없었다.

소녀는 다시 등을 보이며 돌아섰다.

여자는 그렇게 차려입고 어디를 가려는 거냐고 물었다.

소녀는 대경주의 행렬 쪽으로 어렴풋한 몸짓을 보냈다.

"밤늦게 돌아오면 안 돼. 사달이 생기지 않게 조심하고."

여자는 할 말을 더 찾았다.

"그리고 스타킹 올이 나가지 않게 해. 나도 그거 한 켤레밖에 없으니까."

소녀는 무의식적으로 자기 다리 쪽으로 눈길을 낮췄다. 예쁜 다리였다. 그리 길지는 않아도 아주 날씬했다.

"망가뜨리지 않을게."

"그래."

그런 다음 여자는 몸을 돌려 식당 쪽으로 걸음을 옮겼다. 그녀는 문을 열고 마지막으로 한 번 더 딸아이 쪽으로 눈길을 던졌다. 딸아이가 정말 창녀처럼 보였다. 그녀의 가슴이 옥죄어왔다. 딱히 이유는 알 수 없었다.

여자는 잰걸음으로 식당에 들어섰다. 안에는 손님들이 많았다. 모두가 대경주에 관해서 이야기하고 있었다. 식사를 하는 사람들도 있고 술만 마시는 사람들도 있었다. 주인이 켜놓은 라디오에서는 경쾌한 음악과 레이스에 관한 소식이 흘러나오는 중이었다. 몇 안 되긴 하지만 개중에는 여자 손님도 끼어 있었다. 많은 손님이 담배를 피워댔다. 모두가 큰 소리로 떠들고 있었다. 그야말로 한바탕 축제가 벌어지는 듯했다. 여주인은 아무 일도 없었다는 듯 쾌활한 표정으로 홀을 빠르게 가로질렀다. 그러고는 주방으로 들어가기 전에 남편과 눈길을 주고받았다. 무슨 뜻이 있어서가 아니라 그저 잠깐 눈이 마주친 것이었다. 한 손님이 그녀에게 농담을 던졌다. 아마도 그녀의 딸을 두고 하는 말인 듯했다. 그녀는 대답 대신 웃음을 터뜨렸다.

밖에 홀로 남은 소녀는 주유소 불빛을 받으며 스웨터 속에 감춰 온 담배 한 개비를 꺼내어 불을 붙였다. 그러고는 식당 쪽을 힐끗 돌아보았다. 약간은 경계하는 마음으로, 또 약간은 도발하는 심정으로 그런 것이었다. 소녀는 담배를 피우기 시작했다. 딱히 무엇을 해야 할지 알 수가 없었다. 레이서들이 이곳에 들르는 경우가 더러 있었다. 기름을 넣기 위해서나 정비사를 구하기 위해서였다. 그들은 여기에 정비사가 한 사람 있다는 것을 알고 있었다. 하지만 그건 자주 있는 일이 아니었다. 몇 시간을 기다려도 레이서를 전혀 만나지 못할 염려가 있었다. 소녀는 두 다리를 엇걸고 몸을 흔들면서 잠시 그 자리에 선 채로 담배를 피웠다. 그때 어둠 속에서 자전거의 희미한 불빛이 나타났다. 마을 쪽에서 오는 불빛이었다. 한 청년이 안장에 올라앉아 있었다. 마을에 사는 청년이었다. 그는 안장 앞의 탑 튜브에 너덧 살 된 금발 머리 사내아이를 태워서 오고 있었다. 소녀 앞에 다다르자 남자는 브레이크를 잡고 멈춰 섰다.

"안녕."

"안녕."

"저기 만원이야? 너희 식당 말이야."

"응."

"레이스 구경하러 안 가?"

"지금 가는 길이야."

청년은 소녀를 찬찬히 살폈다. 소녀는 그의 눈길을 묵묵히 받아냈다.

"꼬마야 봤지? 참 예쁜 아가씨야."

청년은 사내아이를 보며 말했다.

"저 젖가슴을 잘 봐둬. 날이면 날마다 볼 수 있는 젖가슴이 아니거든."

청년은 그렇게 동을 달고 제풀에 웃기 시작했다.

대경주가 열리는 날이면 사람들은 평소에 혼자 간직하던 것을 말하고 생각하는 것이었다.

소녀는 영화에서 배운 몸짓으로 응답했다.

아이는 생긋 웃었다.

청년은 이런 날 저녁에 혼자 나오지 않은 게 유감이라고 생각했다. 혼자 나왔다면 뭔가 좋은 일이 벌어졌으리라는 확신이 들었다.

그가 물었다.

"판조는 벌써 지나갔어?"

"아니, 그런 것 같지 않는데."

청년은 아이를 가리키면서 말했다.

"이 녀석한테 판조를 보게 해주겠다고 약속했거든."

소녀는 아이를 쓰다듬어주었다.

그러고는 미소를 지으면서 말했다.

"판조야말로 가장 훌륭한 레이서지."

그런 다음 고개를 들어 청년의 눈을 바라보았다. 무슨 의도가 있는 건 아니었고 그냥 재미로 그러는 것이었다.

소녀는 주유 펌프를 가리키면서 물었다.

"손님, 기름 넣어드릴까요?"

청년은 어찌할 바를 몰라 하며 웃었다. 그러다가 달리 대답할 말이 떠오르지 않아서 말했다.

"아니."

소녀는 묘한 미소를 지으며 그의 눈을 계속 응시했다.

남자는 페달을 뒤로 돌렸다. 무엇을 어찌해야 할지 알 수가 없었다. 그는 아이의 머리를 쓰다듬으며 말했다.

"그럼 나중에 봐."

소녀는 그에게서 골똘한 눈길을 거두지 않았다.

"조심들 해."

"그래, 이따가 레이스 구경하는 데서 만나자."

"봐서."

남자는 빙그레 웃었다. 그러고는 페달을 밟으며 떠났다. 그는 뒤를 돌아보지 않았다.

소녀는 그대로 서서 담배를 피웠다. 자기가 남자를 그런 식으로 바라보았다는 게 만족스러웠다. 그렇게 한 번 해보니까 약간의 용기가 생겨나는 것 같기도 했다. 그래서 소녀는 대경주를 구경하러 가기로 했다. 그러자면 얼마쯤 걸어가야 하는데, 신발이 뾰족구두라서 그리 쉽지는 않을 터였다. 그래도 주유소에서 마냥 기다리는 것보단 나을 듯했다. 만약 주유소 쪽으로 오는 레이서가 있다면 소녀를 보게 될 것이었다. 담배가 아직 두 개비 남아 있어, 하고 소녀는 생각했다.

여관 겸 식당에서는 모든 일이 여느 해와 다름없이 돌아갔다. 그러다가 한 남자가 오토바이를 타고 와서 알렸다. 토르도 굽잇길에서 사고가 났는데 아마도 몇 사람이 죽었으리라는 것이었다. 그러자 너 나 할 것 없이 심각한 표정을 지으며 밖으로 몰려 나갔다. 다들 흥분한 기색이 역력했다. 모두가 사고를 구경하러 달려가고 싶어 했다. 자전거를 타거나 두 발로 뛰어서 가려는 것이었다. 두세 손님은 자동차를 가지고 있었다. 그들은 마치 영화에 나오는 경찰관들처럼 끽 하는 타이어 마찰음을 요란하게 내면서 급히 떠날 것이었다. "해마다 같은 일이 벌어지는군." 그러면서 그들은 고개를 설레설레 흔들었다. 하지만 그들의 표정에는 사고가 난 것을 반가워하는 기색이 어려 있었다.

여주인은 주방의 화덕 앞에 있다가 그 소식을 들었다. 홀에 나가 보니 손님들이 식탁에서 일어서고 재킷을 걸쳐 입으며 나갈 채비를 하고 있었다. 서둘러 술잔을 비우는 사람들도 보였다. 그녀가 남편에게 무어라고 말하자, 남편은 걱정하지 말라고 대답했다. 그녀는 빈 술잔들을 치우기 위해 스탠드로 가면서 식당을 나서고 있는 사람들에게 인사를 했다. 그런 다음 주방으로 돌아가 화덕의 불을 껐다. 얼마 동안은 음식을 따뜻하게 해두어 봐야 아무 소용이 없을 것이었다. 아마 두세 시간이 지나면 그들이 허기를 느끼며 돌아올 테지만, 당장은 음식을 데울 필요가 없었다. 문득 딸아이에게 다시 생각이 미쳤다. 사고 현장의 인파 속에서 딸과 아버지가 만나지 않을까 싶었다. 어쩌면 부녀 사이에 화해가 이루어질지도 모를 일이었다. 대경주 때문에 사달이 생기기도 하고 맺힌 것이 풀리기도 했다. 그건 변함없이 계속되어 온 일이었다. 홀에서는 의자들을 당기거나 문을 여닫는 소리 사이로 사람들의 분분한 말소리가 차츰 잦아들고 있었다. 조금 지나자 정적이 서려들고 사고 소식을 전하는 라디오 소리만 들려왔다.

보아하니 라디오에서 떠드는 사람들도 별로 아는 게 없는 모양이었다. 그럼에도 여자는 라디오 소리가 잘 들리도록 다시 홀로 나갔다. 그녀는 스탠드 앞에 서 있다가 홀의 한쪽 구석에 한 남자가 남아 있음을 알아차렸다. 남자는 빈 접시를 앞에 두고 앉아서 무언가를 조용히 기다리고 있었다. 재킷은 벗어서 의자 등받이에 걸쳐놓았고, 식탁 위에 놓인 포도주병은 거의 비어 있었다.

"죄송합니다. 손님을 못 봤어요."

"신경 쓰지 마세요."

"무언가를 기다리셨던 거 아닌가요?"

"고기를 먹을까 했는데요."

"아, 고기요."

"하지만 신경 쓰지 마세요."

여자는 고개를 설레설레 흔들었다. 마치 어수선한 마음을 추스르려는 것 같았다.

"정말이지 오늘 저녁엔 제가 정신이 없네요. 손님들이 모두 나간 줄 알았어요."

여자는 주방으로 돌아가서 다시 화덕에 불을 켰다. 오늘 저녁엔 내가 제정신이 아냐, 하고 그녀는 생각했다. 아무래도 너무 많이 마신 모양이야. 일이 이렇게 많을 때는 술을 마시지 말아야 하는데. 그러다가 여자는 대경주가 열리는 밤인데 어떠랴 하면서 다시 술을 한 잔 따른 다음, 다들 악마한테나 가버려, 하고 나직하게 말했다. 그러고는 제풀에 피식 웃었다.

여자는 김이 모락거리는 고기 접시를 들고 식탁에 와서 말했다.

"사고가 났다는데 손님은 보러 안 가세요?"

"아뇨."

"여기 사람들은 사고가 났다 하면 모두가 구경하고 싶어서 안달을 하는데."

"저는 봤습니다."

그러면서 남자는 빙그레 웃었다.

여자는 빈 스프 접시를 집어 들었지만 자리를 뜨지 않고 식탁 옆에 그대로 서 있었다.

"어제 저녁에도 여기에 오셨죠?"

"네."

"레이스를 대단히 좋아하시나 보죠?"

"아뇨, 별로 좋아하지 않습니다. 레이스를 보러 온 게 아니라 한 친구를 기다리고 있습니다. 그 친구는 어제 오기로 되어 있었는데, 아마도 도중에 문제가 생긴 모양입니다. 제가 그 친구를 기다리기로 약속이 되어 있어요."

"포도주 더 갖다 드릴까요? 생각 있으세요?"

"네, 좋죠."

"빵도 갖다 드릴게요. 그것도 깜빡했네요."

라디오에서는 이제 음악을 내보내고 있었다. 사고에 관해서 더 자세한 소식이 들어오기를 기다리는 것이었다. 부상자들이 생기기는 했지만 사망자는 없는 모양이었다. 여자는 주방으로 돌아갔다. 다른 날도 아닌 그날 밤에 그토록 고요하고 외롭다는 게 참으로 이상하다는 생각이 들었다. 무슨 마법이 작용하는 것만 같았다. 그렇게 생각하니 기분이 나쁘지 않았다. 아니, 어쩌면 그저 술기운 때문인지도 모를 일이었다.

여자는 빵과 포도주를 들고 식탁으로 돌아갔다. 같이 앉아도 되느냐고 남자에게 물어보고 싶은 생각이 들었다.

"물론이죠. 같이 마시게 잔 하나 더 가져오세요."

"그래요, 좋은 생각이네요."

여자는 그렇게 말하고 스탠드로 깨끗한 술잔을 가지러 갔다. 그녀는 식탁으로 돌아가기 전에 라디오 볼륨을 조금 낮췄다. 이제 모두가 나가 버렸으니 음악을 크게 틀어놓을 필요가 없었다.

그녀는 자리에 앉으면서 말했다.

"죽은 사람은 없나 봐요."

"그렇다더군요."

"정말 그래야 할 텐데요."

"네."

"대경주 때문에 죽은 사람들을 제 눈으로 몇 명이나 봤는지 아세요? 네 명이에요. 해마다 그 일을 겪으면서 네 사람의 시신을 봤어요. 한 사람은 레이서였는데 이름을 발음하기 어려운 독일 사람이었죠. 오래전의 일이에요. 나머지 세 사람은 작년에 죽었는데 모두 구경하러 나왔다가 변을 당했죠. 여자도 한 사람 있었어요. 참 안됐어요."

"사람들이 변을 당하는 경우가 종종 있나요?"

"자동차가 도로를 벗어나서 돌진하는 바람에 구경꾼들

이 그 자리에서 바로 죽었죠. 죽은 사람들을 여기로 데려왔던 거 아세요?"

"정말입니까?"

"죽은 사람들을 테이블 위에 눕히고 식탁보로 덮었어요."

그런 다음 여자는 생각했다. 애고머니나 내가 무슨 얘기를 하는 거지?

남자는 여자의 생각을 알아차리고 피식 웃었다.

여자는 고개를 가로저으면서 말했다.

"죄송해요. 제가 정말 바보예요."

그러고는 자기 역시 웃음을 터뜨렸다.

"정말 죄송해요. 오늘 저녁엔 제가 눈치가 없네요. 어쨌거나 이 테이블은 아니에요. 맹세코."

남자는 그녀에게 술을 따라주고, 얼마 동안 더 나직한 소리로 웃었다.

그러고 나서 여자는 아무튼 대경주는 아주 멋진 거라고 말했다.

"사람들이 죽는 것만 빼고 말이에요."

여자는 대경주를 한 차례도 놓치지 않았다고 했다. 한 해도 거르지 않고 대경주의 행렬이 지나가는 것을 보았다는 얘기였다. 물론 전쟁이 벌어진 몇 해 동안은 예외였다. 그 시기에는 대경주가 열리지 않았다. 그녀는 1927년에 열린 첫 대회까지 기억하고 있었다. 첫 대회 때 그녀는 열다섯 살이었다.

"정말 굉장했어요. 그런 건 생전 처음 보았죠. 사람들이며 자동차들이며……. 우리는 인적이 뜸한 외딴곳에 살고 있었는데, 그 뒤로 하루가 다르게 왕래가 늘어나더니 이렇게 많은 사람들이 우리 집을 찾게 되었죠. 첫 해에는 대회가 열리기 며칠 전부터 레이서들이 왔어요. 아세요? 코스를 미리 익히기 위해서 왔던 거죠. 그들은 굽잇길들을 시험 삼아 달려보고 주유소와 정비소의 위치를 미리 알아두기 위해 돌아다녔어요. 더없이 멋있고 느긋한 모습으로 와서 식사를 하거나 아예 하루를 묵어가기 위해서 차를 세웠죠. 그들의 자동차에는 빨간 화살이 그려져 있고 그 밑에 '시험 주행 선수'라는 말이 적혀 있었어요. 제 눈에는 그들 모두가 영웅이었어요. 누구 하나 예외 없이 대단해 보였죠. 뚱뚱보나 늙은이조차 멋진 기사들이었어요."

남자는 고기를 먹으면서 이야기에 귀를 기울이고 있었다.

"저는 매일 아침 머리를 감았어요. 그 며칠 동안은 제정신이 아니었어요. 열다섯 살이었다는 것을 감안하셔야 해요. 그 첫 해에만 열 명쯤 되는 레이서들에게 홀딱 반했던 거 같아요. 그들 모두가 내 마음에 들었죠."

여자는 웃었다.

남자는 레이서들 역시 그녀에게 반했을 거라고 말했다.

"글쎄요. 그들이 듣기 좋은 소리를 많이 했던 건 분명해요. 칭찬에 인색하지 않은 사람들이었죠. 그리고 다시 길을 떠날 때면 입맞춤을 해주곤 했어요. 어떤 이들은 입술 언저리에 입을 맞추기까지 했죠. 아직도 그들의 콧수염 때문에 여기가 따끔거리는 느낌이 들어요. 몇 시간 전부터 그런 순간을 기다리곤 했어요. 가슴을 두근거리면서……."

여자는 생긋 웃으면서 빵 바구니를 옮겨놓고 빵 부스러기들을 식탁보 위에 가지런히 늘어놓기 시작했다.

그녀의 이야기가 이어졌다. 그렇게 며칠을 보내고 진짜 레이스가 시작되면 사람들은 이틀 동안 잠을 잊고 한바탕의 긴 축제를 벌였다고 했다.

"아시다시피 예전에는 대경주의 행렬이 바로 요 앞으로 지나갔어요. 그러니 잠을 자고 싶어도 잘 수가 없었죠. 쉴 새 없이 부르릉거리는 소리가 들리고 불빛이 번쩍이고 사람들이 환호성을 질러댔으니까요. 우리는 먹을 것과 마실 것을 대접하면서 시간을 보냈죠. 게다가 기름을 넣어주기도 하고 정비소에서 수리를 해주기도 했어요. 피로를 느낄 새도 없었어요. 그러다가 밤이 되면…… 정말 굉장했죠. 그 긴 밤이 새도록 모두가 조금씩 미친 듯이 굴었어요. 마을을 빠져나가 강굽이로 가기도 했고, 무리를 지어 어둠 속을 내닫기도 했어요. 마치 모든 것이 허용되는 것 같았고, 아무 데나 숨어서 무엇이든 마음대로 해도 좋을 것 같았죠. 우리에게 겁을 줄 수 있는 것은 아무것도 없었어요. 그야말로 한바탕의 꿈이었죠."

그녀는 자기 말의 여운에 귀를 기울이듯 잠시 침묵을 지켰다. 그러다가 이튿날 레이스가 끝나면 모든 것이 먼지에 덮여 있었다고 말했다. 집 안에도 술병에도 심지어는 서랍 속에도 도로의 흙먼지가 쌓여 있더라는 것이었다.

남자는 접시에 남은 고기즙을 빵으로 닦아냈다. 접시가 설거지를 해놓은 것처럼 깨끗해졌다.

"맛있게 드셨어요?"

"네, 아주 맛있네요."

"저희 집의 특식이죠."

"정말 맛있어요. 포도주 좀 더 따라 드릴까요?"

"그러세요."

여자는 접시를 집어 들고 일어서면서 덧붙였다.

"과일 갖다 드릴게요."

그러고는 주방으로 가면서 말했다. 이제는 사람들이 서킷, 그러니까 경주용 자동차들을 위해 일부러 건설해놓은 그 한심한 경주로에서 레이스를 하고 싶어 한다는 것이었다. 여자는 주방에 있는 동안에도 계속 무어라 말했다. 그러더니 과일을 가지고 다시 나와서는 그게 슬퍼 보이지 않느냐고 남자에게 물었다.

"뭐가 말인가요?"

"그 서킷에서 벌이는 자동차 경주 말이에요."

남자는 묘한 미소를 지었다.

여자가 말했다.

"이제 시詩나 영웅적인 것도 없고 아무것도 없어요. 그들은 똑같은 트랙을 수도 없이 돌죠. 얼빠진 동물들처럼 말이에요."

남자는 곰곰 생각해보면 그렇게 멍청한 것만은 아니라고 말했다.

"농담하세요?"

여자는 그렇게 말하고 식탁으로 돌아와 남자 앞에 앉았다.

"똑같은 커브를 계속 도는 게 멍청하지 않다고요? 거기에 무슨 어려움이 있죠? 게다가 주위에 세상도 없고 사람들도 없어요. 진짜 사람들, 행주를 손에 들거나 아기를 품에 안은 채로 집을 나서는 사람들이 없다는 거죠. 거짓된 거예요, 그런 서킷은. 가짜죠. 그럼요, 전혀 진짜가 아니에요."

"무슨 뜻으로 하시는 말씀인가요?"

"무슨 뜻이라니요? 그건 진짜 길이 아니에요. 그저 그것을 만든 사람들의 머릿속에만 존재하는 것이죠. 진짜 길은 저런 거예요. 안 그래요?"

여자는 바다 같은 들판을 등대처럼 비추는 자동차 불빛
들을 턱으로 가리켰다.

남자가 말했다.

"그래요, 그럴 수도 있겠네요."

"그게 슬프지 않아요?"

남자는 잠시 생각하다가 말했다. 아닌 게 아니라 슬픈 일
이라고. 서킷에서 경주를 벌이는 건 매우 슬픈 일이라고.

"글쎄, 그렇다니까요."

여자의 말에 그들은 함께 웃음을 지었다.

라디오에서는 계속 음악이 흘러나오고 있었다. 아마도
사고에 관한 소식이 조금 더 보도되었을 것이었다. 하지만
그들 두 사람은 그것을 알아차리지 못했다.

여자는 자기가 너무 큰 소리로 떠드는 게 아닐까 하고
생각했다. 남자가 하필이면 대경주가 열리는 밤에 친구를
만나러 거기에 와 있다는 게 이상하다는 생각도 들었다.
그래서 여자는 남자에게 말했다. 남자의 말을 못 믿겠다
고, 남자가 하필 그곳을 선택한 데는 분명 무슨 이유가 있
을 거라고.

"네, 솔직히 말씀 드리자면 한 가지 이유가 있습니다."

"뭔데요?"

"레이스와는 상관없는 이야기입니다. 적어도 이 대경주

와는 아무 관계가 없어요."

여자는 남자 쪽으로 몸을 조금 숙이고 그의 팔에 한 손을 올리며 힘을 주었다.

"지금 당장 얘기해주세요."

"하지만 아름다운 이야기가 아닙니다."

"괜찮아요, 얘기해보세요."

여자는 재미있어하고 있었다. 손은 그의 팔에 그대로 올려놓은 채였다.

남자는 조금 수줍게, 그러나 차분하게 이야기를 시작했다. 그는 먼저 자기 아버지가 오래전에 자동차 사고를 당했다고 말했다. 사고 장소는 곧게 뻗은 마을 진입로, 그러니까 플라타너스가 길게 늘어서 있는 바로 그 길이었다.

"그 플라타너스 길 아시죠?"

"그럼요."

"제 아버지는 경주용 자동차 정비사였어요. 아버지와 함께 달리던 레이서는 자동차에 미친 어느 백작이었고요. 그들은 위험한 고비들을 잘 헤쳐나갔어요. 그러던 어느 날 이 근처로 경주를 하러 왔다가 그 직선 도로에 다다랐는데, 백작이 돌연 나무들 쪽으로 차를 몰더랍니다. 액셀을 밟으면서 그리고 자신의 이름을 큰 소리로 외치면서 말입니다."

"일부러 그랬다는 건가요?"

"네."

"왜 그랬을까요?"

"자살하려고요."

"농담하세요?"

"천만에요, 틀림없는 사실인걸요. 아버지는 위험을 알아차렸어요. 그래서 차가 달려가는 방향을 바꿔보려고 핸들로 덤벼들었죠. 하지만 백작은 핸들에서 손을 놓지 않았어요."

"그래서요?"

"백작은 그 자리에서 죽었죠. 아버지는 좌석에서 튕겨나가 목숨을 건졌어요. 한쪽 다리를 잃고 여기저기가 부러졌지만, 집으로 돌아오셨죠."

"저런, 어쩌다 그런 일이."

"다 지난 일입니다."

"놀라운 이야기네요…… 자동차를 타고 가다가 자살을 하다니……."

"아버지 말로는 그게 별로 이상하지 않았다고 하더군요. 자동차 경주를 하는 사람들은 마음속 한편으로 그런 것을 추구한답니다."

"그런 게 뭐죠?"

"죽는 거요."

"세상에, 아니에요, 그건 말도 안 돼요."

"저야 모르죠."

"그게 그렇지 않다니까요. 내가 레이서들을 겪어봐서 알아요. 그들은 어느 모로 보나 죽고 싶어 하는 사람들이 아니었어요. 더러 그런 사람들이 있을지는 모르죠. 완전히 미친 사람들 말이에요. 하지만 정말이지 그들은……."

"아마도 내 아버지 시대에 경주를 했던 사람들은 모두가 미치광이였나 봐요. 그들이 어떤 자동차를 타고 달렸는지 보셨어야 하는 건데……."

"구닥다리 차였나요?"

"엄청난 구식이었죠."

"네, 저도 사진에서 봤어요."

"그런 차를 타고 시속 140, 150으로 달렸으니……."

"미치광이들이었군요."

"그래요."

"그 사고 때문에 여기에 다시 오신 건가요?"

남자는 잠시 머뭇거리다가, 사고 현장에 가서 그 플라타너스들을 보고 싶은 마음이 들었다고 말했다. 전에는 그 나무들을 보러 간 적이 없다는 것이었다.

"그래서 그 나무들을 봤어요?"

"멀리서요. 너무 가까이 가고 싶지는 않았어요. 그냥 멀찌감치 떨어져서 봤어요."

"우리가 또 죽은 사람 얘기를 하고 있네요. 알아차리셨어요?"

"애고머니."

여자는 그가 애고머니라고 한 것이 마음에 들었다. 그런 말을 할 남자처럼 보이지 않았는데 그런 남자였던 것이다. 그녀는 그의 팔에 올려놓은 손을 꼭 쥐었다가 도로 빼냈다.

"설마 친구분도 죽은 건 아니겠죠? 어제 오기로 했다는 친구분 말이에요."

"아이고, 그런 게 아니기를 바라고 있습니다."

"오는 건 확실해요?"

"네, 올 겁니다. 못 본 지 오래된 친구인데 오겠다고 편지를 보냈더군요. 우리는 함께 전쟁에 나갔어요. 저와 그 친구 말입니다."

"정말요?"

"이번 전쟁 말고 다른 거요. 카르소 고원에서 벌어진 전쟁 말입니다."

여자는 허공에 대고 손짓을 했다.

"이제는 아무도 그 전쟁을 기억하지 못할걸요."

"저는 기억합니다. 카포레토에 있었거든요."

"친구분과 함께요?"

남자는 잠시 머뭇거렸다.

"네. 그 친구도 같이 있었죠."

그러고는 거기에 있지 않았던 사람은 이해할 수 없을 거라고 말했다. 카포레토 전투가 없었다면 자기 삶은 완전히 달라졌으리라는 것이었다. 그는 그때 이후로 자기 친구를 만나지 못했다고 덧붙였다.

　여자는 남자를 바라보며 그가 카포레토 전투에 참가했을 만큼 나이가 많아 보이지는 않는다고 생각했다. 그녀는 그와 그의 친구가 어쩌다 서로 못 보게 되었느냐고 물었다.

　남자의 대답은 이러했다.

　"어쩌다 보니 서로 멀리 떨어져 살게 되었죠."

　그러고는 여자가 청하지도 않았는데 이야기를 하기 시작했다. 1차 세계대전과 관련된 이야기였다. 보물이나 그와 비슷한 것이 나오는 흥미로운 이야기이기도 했다. 그러나 여자는 귀담아듣고 있지 않았다. 그를 빤히 바라보고 있노라니 문득 우습다는 생각이 들었기 때문이다. 대경주가 열리는 날 밤에 외간남자와 단둘이 앉아 그렇게 이야기를 듣고 있다는 게 여간 우습지 않았다. 분위기는 아주 고요하면서도 한편으로는 들썽들썽했다. 그녀는 몽상에 젖기 시작했다. 그날 밤 아무도 돌아오지 않고 남자와 단둘이서 새벽까지 함께 있는 상황을 상상했다. 남자가 이야기를 하는 동안, 그녀의 눈앞으로는 그녀가 상상한 장면들이 두서없이 스쳐갔다. 그 모든 것들이 그녀의 마음에 들었다. 한 장면에서 그녀는 남자와 함께 춤을 추고 있었다. 라디오에서 흘러나오는 음악에 맞춰, 다른 곳도 아닌 식당 한복판에서. 또 다른 장면에서는 남자가 재킷으로 등을 덮은 채 식탁에 엎드려 자고 있었다. 아마 자기 자신도 자고 있는 것으로 상상했을 것이다. 아니면 그녀 자신은 그를 바라보면서 이따금 그의 머리카락을 손으로 쓸어주었으리라. 참으로 이상한 상상이었다. 아무래도 술을 그만 마셔야 할 듯했다.

그때 문이 열리고 남자의 이야기가 중단되었다. 두 젊은이가 들어왔다. 그들은 식당이 비어 있는 것을 보고 조금 어리둥절한 표정으로 서 있었다.

"아무도 없나요?"

여자는 자리에서 일어나며 말했다.

"다들 토르도 굽잇길에 가 있어요. 사고가 났거든요."

"사고가 났다고요?"

두 젊은이는 그러면서 눈을 휘둥그렇게 떴다.

여자는 다들 아직 거기에 있을 테니 서둘러 가면 그들을 만날 수 있으리라고 말해주었다. 두 젊은이는 달음박질을 치며 멀어져 갔다. 그러는 동안 여자는 열린 문을 잡은 채로 그들에게 조심하라고 소리쳤다. 그러고는 잠시 그대로 서서 주유소의 불빛이며 그 너머의 도로를 삼켜버린 어둠을 이리저리 둘러보았다. 마치 무언가를 찾기라도 하는 듯했다. 그녀는 문을 도로 닫았다. 표정이 조금 전만큼 즐거 워 보이지 않았다.

남자는 딸 때문에 걱정을 하느냐고 물었다.

여자는 그가 자기 마음을 알아준 것이 기뻤다. 그는 정 말 별난 남자였다.

"애고, 내 딸내미…… 아까 그 애가 제 아버지하고 입씨 름하는 것을 보시지 않았던가요?"

"그럴 수도 있죠."

"네. 하지만 그 많은 사람들 앞에서……."

"그만 잊어버리세요."

"그럴게요. 하지만 그 애가 옷을 어떻게 입었는지 보셨 죠?"

"예쁘던걸요."

"그건 알아요. 예쁘긴 했어요. 그러나 우리는 그런 식으 로 옷을 입지 않아요. 여자가 그런 식으로 옷을 입으면 탈 이 생기게 마련이죠."

"대경주가 열리는 밤이잖아요, 안 그래요?"

"그래요, 하지만 난 그 나이 때 그렇게 입지 않았어요. 정말이에요."

"아마 그렇게 입을 필요가 없으셨을 겁니다."

여자는 그 말을 칭찬으로 알아듣고 기꺼워했다. 그래서 남자의 식탁 쪽으로 가서 자기도 모르게 그의 뺨을 손끝으로 톡 건드렸다. 그러고는 내가 지금 뭘 하는 거지? 하고 생각했다.

그녀는 자기 자리로 돌아와 앉으며 물었다.

"자녀는 없으세요?"

"없습니다."

"결혼은 하셨고요?"

"아뇨."

"어쩌다 그렇게 됐죠?"

이유는 분명치 않았지만 그녀는 그런 질문들을 던지면서 처녀 시절의 해맑은 목소리를 냈다. 제법 아름다운 목소리였다.

남자는 딱히 무슨 이유가 있는 건 아니라고 대답했다. 그냥 결혼을 하지 않았다는 것이었다.

"괜히 그러지 마세요. 결혼하지 않고 혼자 사는 데는 반드시 무슨 이유가 있어요."

"아, 그래요?"

"그럼요. 대개는 결혼을 원했으나 무언가를 빌미로 일이 꼬였다고 봐야죠."

"정말 그런가요?"

"대개는 그래요. 손님의 경우에는 일이 어떻게 꼬인 거죠?"

남자는 웃기 시작했다. 억지웃음이 아니라 자연스럽게

터져 나온 웃음이었다. 여자는 처음으로 그가 스스럼없고 꾸밈없는 본연의 모습을 보이고 있다고 느꼈다. 자기 내면의 어떤 비밀스러운 곳으로 그녀가 들어가는 것을 허용하고 있는 듯했다. 그래서 그녀는 자리에서 일어나더니 앞치마를 벗어 식탁에 올려놓았다. 그러고는 도로 앉으면서 남자 쪽으로 몸을 조금 숙인 채로 물었다.

"어땠어요? 그 여자 말이에요, 어땠어요?"

"예뻤어요."

남자는 그러면서 빙그레 웃었다.

"멋진데요. 그래서요?"

"설마 저보고 그 얘기를 다 하라는 건 아니실 테고……."

"아니긴요. 저야 당연히 듣고 싶죠."

남자는 영리한 대답을 찾아내지 못하고 결국 이야기를 시작했다. 그의 어조는 장난스러웠다. 벌써 오래전에 있었던 일이라서 이젠 아픔을 느끼지 않는 듯했다. 여자는 이야기의 한 대목에서 배꼽이 빠지도록 웃었다. 바로 그가 문제의 아가씨에게 사랑을 고백하는 대목이었다. 그는 적지 않은 시간이 흐른 뒤에 마침내 그 아가씨에게 사랑한다고 말했다. 그러고는 아주 진지한 태도로 말없이 셔츠와 바지를 벗었다. 그래서 팬티만 걸친 알몸에 양말을 신고 있는 차림새가 되었다. 신발은 이미 벗은 뒤였다. 아가씨는 그 모습을 보고 웃음보를 터뜨렸다. 그녀는 한참이 지나도록 웃음을 멈추지 못했다. 그러다가 마침내 숨을 가눌 수 있게 되자 험한 말을 내뱉고는 다시 웃음을 터뜨렸다. 남자는 웃으면서 그 이야기를 했지만, 그 순간에는 정말 죽을 것만 같았다고 말했다. 그러고는 정말이지 그건 자기가 겪은 일들 가운데 가장 끔찍한 것이었다고 덧붙였다.

"나는 그녀가 나를 열렬히 사랑하는 줄 알았어요."

"그런데 그게 아니었다는 건가요?"

"모르겠어요. 그렇게 간단한 얘기가 아니에요. 그 여자는 그렇게 단순한 여자가 아니었거든요."

"그 여자는 어쩌면 그냥 신경과민 상태였을 수도 있어요."

"그래요. 어쩌면 팬티와 양말 차림의 남자들 때문에 좋지 않은 일을 겪었는지도 모르죠."

"그래서 결국 어떻게 됐죠?"

"아, 그게…… 이상하게 끝났죠."

남자의 목소리는 참으로 듣기가 좋았다. 그래서 여자는 그와 함께 식당 한복판에서 춤추는 이미지를 다시 떠올렸다. 그녀는 더 나아가 그가 자기를 살짝 끌어안는 장면을 상상했다. 그러고는 멍청한 것 같으니, 하고 스스로를 나무랐다. 그러면서도 남자가 이야기를 계속하지 않으면 자기가 죽어버릴 것 같은 기분을 느꼈다.

"그 일이 어떻게 끝났는지 얘기해주지 않으면 자전거를

타고 마을 진입로로 가서 플라타너스를 들이박고 죽어버릴 거예요."

"절대로 그러시지 못할 겁니다."

"당신은 내가 어떤 사람인지 몰라요."

남자는 빙그레 웃었다. 그 이야기를 하고 싶지 않지만 한편으로는 마음이 조금 동하기도 하는 눈치였다.

"얘기해봐요."

결국 남자는 다시 말문을 열었다.

"그건 일기 사건 때문이었어요. 그녀는 어느 날 문득 일기를 쓰기 시작했죠. 하지만 그건 진짜 일기가 아니었어요. 어떤 것들은 사실이었지만, 그 밖의 많은 것들은 그녀가 지어낸 이야기들이었거든요. 그걸 어떻게 설명해야 할지 모르겠네요. 그녀는 자기가 지어낸 이야기를 가지고 자기가 무엇을 했다거나 우리가 무엇을 했다는 식으로 일기를 썼는데, 그 내용이 매우 놀라웠어요. 우리의 감춰진 면을 적나라하게 이야기했던 것이죠. 아주 나쁜 면까지요. 감춰진 면이라는 게 무엇인지 아시죠?"

"네."

"그녀의 일기에는 그런 종류의 온갖 이야기가 적혀 있었어요. 그녀는 매일같이 글을 썼어요. 그러고는 일기장을 아무 데나 놓아두었죠. 일부러 그랬어요. 내가 읽어주기를 바랐던 것이죠. 그래서 나는 읽었습니다. 그런 다음 일기장을 제자리에 도로 갖다 놓았죠. 우리는 그것을 두고 일절 말을 하지 않았지만 둘 다 알고 있었어요. 얼마 동안 그런 식으로 일이 계속 진행되었습니다. 그건 같이 자거나 성행위를 하는 것보다 대단한 일이었어요. 매우 내밀한 것이었죠. 이해하시겠어요?"

"그럼요."

"나는 우리가 약혼한 사이라도 된 것 같은 기분을 느꼈어요. 그러다가 그날 저녁의 일이 벌어진 거예요. 내가 팬티와 양말 차림으로 그녀를 웃겼던 일 말이에요. 그 뒤로 며칠 동안은 모든 게 평소와 다름없이 흘러갔어요. 그런데 어느 날 아침, 그녀가 레슨을 하러 간 사이에 일기장을 읽어보았더니 내가 떠났다고 씌어 있더군요. 내가 아무 말도 하지 않고 유개트럭을 그대로 둔 채 떠났다는 거예요. 열쇠들을 제자리에 놓아두고 모든 피아노들을 트럭 안에 넣어둔 채로 말입니다. 나는 단박에 이상하다고 느꼈지만 그것을 별로 진지하게 받아들이지 않았죠. 그런데 그 뒤로 며칠이 지나도록 일기에는 내가 어딘가로 사라져서 계속 돌아오지 않는 것으로 되어 있었어요. 급기야는 내가 아주 떠나버렸고 회사에 사표를 냈다고 적어놓았더군요. 요컨대 나는 아무 말도 없이 떠나간 남자가 된 겁니다. 그제야 나는 깨달았어요. 그래서 일기에 씌어 있는 것을 그대로 실행했죠. 그녀가 일러준 길로 떠나고 그녀가 하라는 대로 한 셈입니다. 나는 회사에 사표를 내고 그녀에게 한 마디 말도 없이 아무도 모르는 곳으로 떠났어요. 일은 그렇게 끝난 겁니다."

"그 뒤로 다시는 그녀를 만나지 못했어요?"

"네."

"세상에, 말도 안 돼요."

"솔직히 말하자면 그때 나는 이렇게 생각했어요. 그녀가 장차 어떤 식으로든 다음 단계가 무엇인지 나에게 일러줄 거라고 말입니다. 나는 그녀가 그 모든 것을 통제하고 있으며 조만간 우리가 다시 함께 있게 되리라고 확신했어요. 내가 읽은 일기의 마지막 페이지 다음에 비어 있는 페이지 들이 있었으니 그녀가 거기에 글을 쓸 것이고 나는 그것을 읽게 되리라고 생각했죠. 그녀가 모든 것을 생각해두고 있으니 나는 그저 기다리기만 하면 될 것 같았어요. 하지만 일이 그렇게 돌아가지 않았어요."

"그 뒤로 그녀한테서 아무 소식이 없었나요?"

"없었어요."

"당신을 찾아 돌아다녔지만 찾아내지 못한 것일 수도 있 잖아요."

남자는 싱긋이 웃었다.

"글쎄요."

"왜 글쎄라는 거죠? 당신이 거쳐간 곳에 흔적을 남기지 않았나요? 그 아가씨가 당신을 찾아낼 수 있도록 무언가를 남기지 않았느냐고요."

"모르겠어요. 한 번쯤은 그랬던 것 같아요. 여러 해가 지난 다음에요. 내 부모님 댁에 들렀을 때 그녀를 생각해서 무언가를 남긴 적이 있어요. 만약 그녀가 나를 찾고자 했다면 다른 데는 몰라도 거기는 꼭 들렀을 겁니다."

"무엇을 남겼는데요?"

"나의 모든 삶이요."

"그게 무슨 뜻이죠?"

"설명하자면 너무 길어요."

"설명해봐요."

그러자 남자는 손을 내밀어 여자의 얼굴을 살짝 스치듯 어루만졌다. 그러고는 식탁에 놓인 여자의 손에 자기 손을 올려놓았다.

"정말 긴 이야기예요. 들려달라고 하지 마세요."

여자는 그의 손바닥 아래에 놓인 손을 빼내지 않고 가만히 있었다.

"보아하니 그 아가씨는 당신이 평생토록 사랑할 만한 여자가 결코 아니었던 것 같네요. 아마도 나쁜 물이 든 데다 불감증 비슷한 것을 가진 멍청한 여자일 뿐이었을 거예요. 안 그래요?"

"아뇨, 그런 여자가 아니었어요."

그런 다음 그는 그녀야말로 자기가 평생토록 사랑할 만한 여자였다고 말했다.

"어째서 그렇다는 거죠?"

"나쁜 여자였으니까요. 그 여자는 미치광이 같았고 심술궂었고 완전히 꼬여 있었어요. 하지만 진실했죠. 그 말뜻을 이해하실지 모르겠습니다. 그 여자는 하나의 길과 같았어요. 생뚱맞은 굽이가 자꾸자꾸 나오는 길, 돌아올 것을 전혀 염두에 두지 않고 광막한 벌판으로 내닫는 길, 정확히 어디로 가는지도 모르는 채 달리고 또 달리는 길이었죠."

그는 잠깐 말을 멈추었다.

"가다가 죽는 한이 있어도 가볼 만한 길, 그녀는 그런 길들 가운데 하나였어요."

그들은 손을 맞잡고 그렇게 가만히 있었다. 남자는 무언가 자기 자신에 관한 이야기를 하고 있었다. 그건 정말 아득한 곳에서, 그의 마음 아주 깊은 곳에서 우러나오는 이야기였다.

"나에겐 다른 가능성이 없었어요. 그저 얌전한 아이가 되는 것 말고는요. 그게 바로 나 자신을 구원하는 방식이라는 것을 깨달았던 거죠."

그는 허공에서 무언가를 찾는 것 같은 표정을 지었다.

여자가 말했다.

"어쩌면 그렇지 않을지도 몰라요."

여자는 그의 손바닥 밑에 있던 손을 빼냈다. 그러고는 뒷머리의 컬을 매만졌다. 그 모든 게 조금 멋쩍었다. 기분은 좋은데 왠지 쑥스러웠다. 침묵이 흐르는 가운데 라디오에서는 계속 느린 음악을 내보내고 있었다. 그녀는 정말로 자리에서 일어나 남자에게 춤을 청할까, 하고 생각했다. 그러다가 그런 마음을 억누르기 위해 아무거나 머릿속에 떠오르는 대로 말했다.

"말투가 이상해요. 내 말은 억양이 이상하다는 뜻이에요."

"오랫동안 이탈리아를 떠나 있었어요. 어딘가 모르게 영어의 억양이 조금 남아 있죠."

"영어를 할 줄 아세요?"

"네, 배웠어요."

"전쟁 막바지에 영어를 하는 병사들을 보았어요. 미군 병사들이요. 그들이 말하는 게 무척 마음에 들더군요."

"아름다운 언어죠."

"뭔가를 말해보세요. 영어로."

"무슨 말을 할까요?"

"아무거나, 마음 내키는 대로요."

"*잇스 그레이트 투 비 히어.*"

"멋져요. 다시 말해봐요."

"소 나이스, 유 아 소 나이스, 앤드 잇스 소 그레이트 투 비 히어 위드 유."

여자는 웃으면서 술잔을 들어 한 모금을 마셨다.

"정말 미국 사람 같아요, 아세요? 한 마디 더요. 한 마디 더 해보세요."

남자는 싱긋 웃으며 고개를 가로저었다.

"자, 한 마디 더 해봐요. 딱 한 마디만. 그걸로 끝이에요."

"모르겠어요."

그러고 나서 남자는 *렛 미 키스 유, 앤 홀드 유 인 마이 암*이라고 말했다. 그것은 전쟁 직후에 영국에서 유행했던 노래의 한 소절이었다.

"그게 무슨 뜻이에요?"

"여기가 멋진 곳이라서 기분이 좋다는 뜻이에요."

여자는 웃었다. 그러고는 다시 진지한 표정을 지었다. 하지만 아주 진지한 표정은 아니었다.

"아뇨, 그게 **진짜** 무슨 뜻인지 말해봐요."

남자는 잠깐 생각하다가 말했다.

"당신한테 키스하게 해줘요, 그리고 당신을 내 품에 안게 해줘요."

차분한 목소리로, 그러나 그녀의 눈을 바라보면서 한 말이었다.

여자는 웃었다. 그러고는 무의식적으로 뒤로 물러나며 등받이에 몸을 기댔다.

그런 다음 창문 쪽으로 눈길을 돌렸다가 다시 남자를 바라보며 미소를 지었다.

"과일을 안 드셨네요."

"그렇군요."

"이제 식후주를 드실 때인 것 같군요. 한 잔 하시겠어요?"

"네, 그거 좋죠."

"그럼 술을 가져올게요."

그녀는 자리에서 일어나 스탠드 쪽으로 갔다. 앞치마는 식탁 위에 놓아둔 채로였다. 그녀는 걸어가면서 빠른 손놀림으로 치마의 엉덩이 부분을 쓸어내렸다. 그녀는 어수선해진 마음을 추스르지 못하고 있었다.

그녀는 상표가 붙어 있지 않은 술병과 작은 잔 두 개를 집어 들었다. 술은 투명했다. 그녀는 두 개의 잔에 술을 조금씩 따랐다. 그러고는 남자 쪽으로 눈길을 돌렸다.

"우리가 직접 만든 술이에요. 포도 찌꺼기를 증류해서 만든 특제 그라파죠."

그녀는 술병을 잔들 옆에 내려놓고 그대로 스탠드 뒤에 서 있었다.

그러자 남자는 자리에서 일어나 스탠드 쪽으로 갔다. 홀로 가로지르면서 그는 바지에 달라붙은 빵 부스러기를 털어냈다. 여자는 새삼스럽게 그를 찬찬히 살폈다. 그가 잘생긴 남자인지를 알아보기 위해서였다. 하지만 판단하기가 쉽지 않았다. 얼굴은 늙은 아기 같고 몸은 바싹 여윈 모습이었다. 얼굴에 생긴 주름은 보기가 좋았다. 싱긋 웃을 때의 입매도 그런 대로 멋있었다. 나이가 어떻게 되는지는 도무지 가늠할 수가 없었다. 어쨌거나 전체적으로 깔끔한 인상이었다.

그는 스탠드 앞에 다다라 여자의 맞은편에 팔꿈치를 괴었다. 그러고는 술잔 하나를 들어 올리며 말했다.

"자, 대경주를 위하여."

"대경주를 위하여, 그리고 나와 당신을 위하여."

그들은 서로의 눈을 바라보았다. 그래, 주름이 보기 좋고 눈도 멋있어. 눈동자 색깔은 아니지만 눈가의 **주름**이 보기 좋아.

여자가 말했다.

"이제 주방으로 가는 게 좋겠어요. 사람들이 돌아올 거예요. 바로 들이닥칠지 더 있다가 올지는 모르지만."

"그렇군요."

"더 계시면서 친구분을 기다리실 거죠?"

"네, 아마도요."

그녀는 술병을 가리켰다.

"한 잔 더 하고 싶으시면, 어려워 마시고 드세요."

"고맙습니다."

여자는 생긋 웃어 보이고 몸을 돌려 주방으로 들어갔다.

그녀는 화덕 앞에서 성냥을 찾기 시작했다. 성냥이 들어
있는 앞치마를 식탁에 두고 온 터였다. 심장이 두방망이질
치고 있었다. 그녀는 냄비 뚜껑 하나를 들어 올리고 또 하
나를 들어 올려 보았다. 성냥이 보이지 않았다. 그때 남자
가 주방 안으로 들어오는 것이 보였다. 그는 아무 말 없이
그녀 쪽으로 천천히 다가왔다. 그러더니 바로 그녀 옆에서
걸음을 멈췄다.

여자는 남자 쪽으로 몸을 돌렸다. 남자는 묘한 미소를
지었다.

"괜찮으시다면, 이번에는 팬티와 양말 차림이 되는 것을
삼가겠습니다."

여자는 함박웃음을 지었다. 하지만 상대가 모르게, 마음
속의 아주 깊고도 중요한 곳에서 지은 웃음이었다.

그녀는 남자의 목에 두 팔을 두르고 그의 어깨에 머리를
얹었다. 그는 두 손으로 그녀의 허리를 감쌌다. 그들은 서
로 세게 밀착했다. 여자는 혼미하던 정신이 갑자기 아주
맑아지는 것을 느꼈다. 자기가 원하는 것과 실제로 벌어지
는 일이 정확하게 일치하는 기분이었다.

"여기서는 안 돼요. 여기에서 이러면 남들이 볼 수도 있

어요."

그녀는 남자의 손을 잡고 주방의 한 구석으로 데려갔다. 창문에서 안을 들여다보는 사람의 눈길이 닿지 않는 곳이었다. 그녀는 두 손으로 그의 얼굴을 감싸고 키스를 했다. 두 눈을 감은 채로.

남자는 그녀의 몸을 어루만졌다. 하지만 급할 것이 없다는 듯 손길이 조심스러웠다. 처음엔 젖가슴, 그다음엔 두 다리 사이를 쓰다듬었다. 그들은 이따금 서로를 꼭 껴안았다. 여자는 그때마다 옷에 가려진 남자의 야윈 몸을 느꼈다. 그녀는 남자의 셔츠 속으로 한 손을 밀어 넣었다. 홀에서 느린 음악이 들려오고 있었다. 그녀는 그 음악의 템포에 맞춰 허리를 남자의 몸에 밀착시켰다. 남자의 숨결이 느껴졌다. 그저 조금 빨라진 고른 숨결이었다. 그녀는 그것 이외는 아무것도 생각하지 않았다.

그때 어디선가 둔탁한 소리가 났다. 여자는 즉시 알아차렸다. 누가 식당 문을 연 것이었다. 하지만 그녀는 자기가 먼저 포옹을 풀고 싶지 않았다. 그래서 그냥 가만히 있었다. 문이 도로 닫혔다. 남자도 움직이지 않았다. 그들은 서로 끌어안은 채로 서 있었다. 서로 쓰다듬는 것을 중단했을 뿐이었다. 한 사내가 큰 소리로 물었다.

"아무도 없어요?"

여자는 그게 터무니없는 생각이라는 것을 알고 있었지

만, 정말이지 자기가 먼저 겁을 먹고 싶지는 않았다.

"아무도 없어요?"

여자는 그게 누구의 목소리인지 짐작할 수가 없었다. 발소리가 들려왔다. 밖에서 들어온 사내가 홀을 건너오고 있는 것이었다. 곧이어 라디오 소리가 갑자기 작아졌다. 정적 속에서 사내의 목소리가 다시 울렸다. 아무도 없어요?

그때 여자는 남자가 밀착해 오는 것을 느꼈다. 그는 그녀의 어깨에 머리를 얹으며 바싹 달라붙었다. 우리는 미쳤어, 하고 그녀는 생각했다. 그녀는 한 손으로 남자의 머리털을 헤집었다. 그러다가 아이들에게 뽀뽀를 할 때처럼 머리털에 여러 번 가볍게 입을 맞췄다.

라디오 볼륨이 다시 커졌다. 홀에서 서성이던 사내는 알아들을 수 없는 말을 중얼거렸다. 여자는 사내가 무언가를 알아보기 위해 식탁들 사이로 돌아다니는 모습을 상상했다. 의자 등받이에 걸쳐둔 재킷과 식탁에 올려놓은 앞치마에 생각이 미쳤다. 접시에 담긴 과일도 생각났다. 그때 문이 열리는 소리가 다시 들려왔다. 사내는 식당을 나서기 전에 큰 소리로 다시 말했다.

"이런, 안에 사람이 있는 모양인데 모두 죽은 거야 뭐야?"

그런 다음 문이 도로 닫혔다. 다시 정적이 서렸다. 그저 라디오의 음악 소리가 들릴 뿐이었다.

밖에서 무슨 소리가 나는 듯했다. 오토바이가 출발하면서 내는 소리였을까? 아니, 그보다는 대경주의 행렬이 만들어내는 메아리일 공산이 컸다.

남자는 고개를 들었다. 그들은 서로의 눈을 바라보았다. 이제 무엇을 어떻게 해야 할지 마음을 정해야 했다. 여자는 머릿속이 다시 아침 공기처럼 맑아지는 것을 느꼈다. 그녀는 남자를 어루만지다가 꼭 안아주었다.

남자는 재킷을 다시 입었다. 저녁을 먹었으니 돈을 내야 하는데, 조금 난처한 기분이 들었다. 지갑을 꺼내려고 손동작을 취하고는 있었지만, 조금 전에 벌어진 일을 생각하니 지갑에 손을 댈 수가 없었다. 그가 머뭇거리며 네 번째 시도를 하려는 찰나, 그녀가 웃음을 터뜨렸다. 그녀는 미친 듯이 웃으면서 저속한 농담들이 자꾸 생각난다고 말했다.

그녀가 웃음을 그치고 진지한 표정을 되찾았을 때 남자가 말했다.

"돈을 먼저 낼걸 그랬나 봐요."

"다음번에는 잊지 말고 먼저 내세요."

농담으로 한 말이지만 여자는 다음번이라고 말한 것을 후회했다.

"사고 난 거 보러 간 사람들이 곧 돌아올 텐데, 그때까지 기다리지 않으실래요?"

그녀는 자기 말이 끝나기도 전에 그렇게 말한 것을 또 후회했다. 하지만 그녀는 잘 알고 있었다. 이제는 무언가 적당한 말을 찾아내기가 어려울 것이었다. 그녀는 그것을 알고 있었지만 어찌할 도리가 없었다. 그가 밖으로 나가 어둠 속으로 사라질 때까지 그들은 달걀 위로 걸어가는 기분을 느낄 것이었다.

남자 역시 그것을 알고 있었다. 그래서 이제 정말 가야 겠다고 말했다. 여자는 식당으로 오기로 했다는 친구에 대해서 한 마디도 묻지 않았고, 남자도 그 말을 꺼내지 않았다. 그는 그라파를 한 모금 더 마셨다. 그들은 자가 양조 브랜디들을 놓고 몇 마디 농담을 나눴다. 그때 라디오에서 사고 소식을 보도했다. 레이서 한 사람이 중상을 입고 병원에 입원했다는 것이었다. 커브를 돌던 중에 타이어가 터진 모양이었다. 구경꾼들 중에는 다친 사람이 없으니 불행 중 다행이었다. 기자는 이 사건을 계기로 대경주의 위험성에 관한 논란이 다시 일게 될 거라고 말했다.

"그럼 나는 가볼게요."

"밤이 깊었는데, 이 시간에 어디를 가려고요?"

"아, 괜찮아요. 나는 밤에 걷는 걸 좋아하거든요."

"레이스 행렬이 지나가는 쪽으로 가면, 어딘가로 데려다 줄 사람을 만날 수 있을 거예요."

"네, 봐서 그렇게 할게요."

그들은 문 가까이에 마주 보고 서 있었다.

여자는 한 걸음 다가들더니 스스럼없이 그의 입에 다정하게 입을 맞췄다.

"길을 잃고 헤매지 말아요. 저기 밖에서."

남자는 헤매지 않겠다고 말했다.

그러고 나서 덧붙였다.

"당신은 아주 아름다워요. 내가 깨달은 바를 말하자면, 당신은 더없이 아름다운 여자예요."

여자는 생긋 웃었다.

남자는 문을 열고 나갔다. 문이 도로 닫혔다. 그는 뒤를 돌아보지 않고 멀어져 갔다.

여자는 남자가 식사를 했던 식탁으로 돌아갔다. 식탁에 놓아두었던 앞치마를 허리에 둘렀다. 두 의자를 끌어당겨 식탁에 붙여놓고 남은 빵을 고리바구니에 도로 담았다. 그런 다음 그가 사용한 나이프며 포크며 숟가락과 과일 접시를 거두어 주방으로 돌아갈 채비를 했다. 그러나 그녀의 발길은 창문으로 향했다. 그녀는 주유 펌프 쪽으로 눈길을 주어 이리저리 둘러보았다. 아무도 없었다.

"행운을 빌어요."

그녀는 나직하게 말했다.

남자는 주유소에서 멀리 벗어났다. 불빛이 너무 환하다는 생각이 들었다. 그렇게 환한 것보다는 어슴푸레한 상태가 나을 것 같았다. 처음에는 대경주의 행렬 쪽으로 가볼 생각이었다. 하지만 들판을 훑어가는 자동차 불빛들이 멀리에 보이자 자기가 정말 거기에 가고 싶어 하는 건지 확신이 들지 않았다. 그는 반대쪽으로 발길을 돌렸다. 그때 어둠이 시작되는 길섶에서 누군가를 보았다는 느낌이 들었다. 그는 그쪽으로 가기로 마음을 정했다. 더 가까이 가보니 여관집 딸이 경계석에 앉아 있었다. 소녀는 뾰족구두를 벗어 풀밭에 가지런히 놓아두고 맨발로 땅바닥을 딛고 있었다. 정성스럽게 빗질을 한 머리는 흐트러지지 않았지만 얼굴은 땀에 젖어 조금 번들거렸다.

소녀가 물었다.

"담배 가진 거 있으세요?"

"아니, 미안하지만 난 담배를 피우지 않아."

소녀는 다시 자기 앞의 어둠을 응시하기 시작했다.

그는 소녀에게 물었다.

"혹시 어떤 남자가 여관에서 나와 이쪽으로 지나가지 않았니? 키가 아주 큰 남잔데."

"키가 크고 뚱뚱한 남자요?"

"그래, 아마 그럴 거야."

"조금 취해 있었나요?"

"그건 모르겠는데."

소녀는 문제의 사내가 마음에 들지 않았던 듯 얼굴을 찡그렸다.

"대경주 구경하러 갔어요. 그게 뭔지도 모르고 있었지만, 아무튼 거기로 갔어요."

남자는 몸을 돌려 자동차 불빛들이 지나가는 굽잇길 쪽을 바라보았다. 그러면서 거기에 모여 있는 사람들이며 타이어 밑에서 피어오르는 흙먼지, 윤활유 타는 냄새와 뒤섞여 훅 끼쳐왔다가 금세 흩어지는 가솔린 냄새를 상상했다. 마치 그 자리에 있기라도 한 듯 자동차들이 지나갈 때마다 높아지는 군중의 웅성거림이 들려왔다. 그는 아이들이 어떤 목소리로 자동차 옆구리에 적힌 번호를 외쳐대는지 알고 있었다. 레이서들의 이름을 알려주는 아버지들의 득의양양한 표정도 눈에 선했다. 그는 자동차 레이스의 피로와 공포, 침묵과 소음을 기억하고 있었다. 그 모든 것을 그는 결코 잊을 수 없을 것이었다.

그는 소녀 쪽을 돌아보았다. 소녀가 소리 없이 울고 있었다.

"왜 그래, 무슨 일이 있니?"

소녀는 손등으로 눈물을 훔쳤다. 울음소리는 내지 않았지만 목에 엉긴 울음기 때문에 어깨가 달싹거렸다.

소녀가 말했다.

"모든 게 시시껄렁해요."

남자는 잠시 주위를 둘러보고 나서 다시 소녀를 응시했다.

"그렇게 울면 안 돼."

"모든 게 시시껄렁해요."

"그건 사실이 아냐."

"사실이에요."

남자는 호주머니에서 손수건을 꺼내 소녀에게 내밀었다. 소녀는 고맙다는 말도 없이 손수건을 받아 들고 눈을 닦았다. 울음은 좀처럼 멎지 않았다.

"레이스를 구경하러 가지그러니?"

소녀는 고개를 가로젓고는 손수건에 대고 코를 풀었다.

그러고 나서 자기는 자동차 레이스를 싫어한다고 말했다. 심술이 나서 하는 말이었다.

"무엇이든 다 싫어할 수는 없어."

소녀는 마치 그때서야 남자가 있음을 알아차리기라도 한 것처럼 몸을 돌려 남자를 바라보았다.

"뭐라고 하셨어요?"

"별것 아냐. 무엇이든 다 싫어할 수는 없다고 했어."

소녀는 눈길을 낮추었다. 이미 그에게는 더 이상 관심이 없었다. 아니면 그의 말을 이해하지 못하는 것일 터였다.

남자는 소녀에게 해줄 만한 말을 찾아보았다. 하지만 쉽지 않았다. 젊은이들의 슬픔은 치유할 수가 없고 그들의 고통에는 이유가 없기 때문이었다.

그때 멀리서 자동차 엔진 소리가 들려왔다.

"누가 오는구나."

레이스가 펼쳐지는 도로 쪽에서 웬 자동차의 불빛이 주유소를 향해 매우 빠른 속도로 올라오고 있었다.

소녀는 그쪽을 돌아보며 눈을 깜박였다. 눈물 때문에 앞이 잘 보이지 않기 때문이었다.

남자가 말했다.

"틀림없이 레이스에 참가한 자동차일 게다."

전조등 불빛이 빠르게 다가들고 있었다. 마치 어둠 속에서 구불거리는 뱀의 눈들 같았다.

"어서 가보렴. 기름을 넣으러 오나 본데."

소녀는 벌떡 일어나 자동차가 불빛 속으로 들어와 주유 펌프 앞에 멈춰 서는 것을 보았다. 그러자 구두를 집어 한 손에 들고 길섶을 따라 내닫기 시작했다. 소녀는 달려가면서 머리를 매만지고 있었다. 그렇게 몇 미터를 가다가 문득 걸음을 멈추고 몸을 돌렸다. 소녀는 다른 손에 들고 있던 손수건을 허공으로 들어 올렸다.

남자가 소리쳤다.

"괜찮아, 어서 가."

소녀는 다시 달리기 시작했다.

남자는 멀리서 자동차를 보았다. 눈부시게 아름다운 은빛 재규어였다. 보닛에는 빨간 페인트로 111이라는 번호가 적혀 있었다. 아주 멋진 번호였다. 그는 그 번호가 소녀에게 행운을 가져다주었으면 좋겠다고 생각했다. 소녀는 주유소에 다다라 자동차에 다가갔다. 곧 차문이 열리고 두 레이서가 내렸다. 멀리서 보기에는 우아하게 차려입은 신사들 같았다. 여기서야 알 수가 있나? 하고 그는 생각했다. 어쨌거나 그들이 적절한 말 한 마디만 해준다면, 소녀는 모든 게 시시껄렁하다는 생각을 버리게 될 것이었다. 하지만 그들이 적절한 말을 해주고 싶어 할지 어떨지는 도저히 알 수가 없었다.

　그는 마지막으로 한 번 더 주유소를 건너다본 다음 반대쪽으로 몸을 돌려 어둠을 향해 걷기 시작했다. 길은 곧장 뻗어 나가다가 칠흑 같은 어둠 속으로 사라지고 있었다. 남자는 걸음의 수를 세기 시작했다. 그러다가 111에 이르자 처음부터 다시 세었다. 소녀를 위해서 그러는 것이었다. 때로는 그런 방법이 통하기도 하는 것이다.

　남자는 그로부터 4년 뒤에 남아메리카의 어느 대로변에서 죽었다. 그 길은 이름 모를 곳에 단 하나의 굽이도 없이 수백 킬로에 걸쳐 뻗어 있는 그런 길들 가운데 하나였다. 어디에서 시작하여 어디에서 끝나는지 아무도 모르는 길이었다. 그는 거기에서 살고 있었기에 거기에서 숨을 거두었다.

에 필 로 그

　자루빈과 결혼했다가 홀로 된 엘리자베타 셀레르는 스스로 다짐한 것을 실행에 옮겼다. 이름 모를 곳에 만들어진 열여덟 굽이 서킷, 아마도 아직 사용된 적이 없을 자동차 경주로를 찾아 나선 것이었다. 그녀는 그 서킷을 손금 보듯 환히 알고 있었다. 누가 그것을 그려보라고 하면 언제 어디서든 정확하게 그려 보일 수 있었을 것이다. 실제로 그녀는 이따금 보관할 필요가 없는 편지의 뒷면이나 읽고 있던 책의 마지막 페이지에 심심풀이로 그것을 그려보곤 했다.

　그녀는 엄청난 재산을 보유하고 있었다. 그리고 남들이 짐작조차 할 수 없는 목적을 이루기 위해 돈을 쓰는 것은 그녀의 큰 즐거움이었다. 어딘가에 방치되어 있는 그 서킷에 관한 정보를 얻기 위해 세계 곳곳에서 사람들이 시간을 보내고 있었다. 그녀는 그들에게 줄 수표에 서명을 할 때면, 자기의 재무 상담역들이 못마땅한 표정으로 지켜보는 가운데 행하는 것을 즐겼다. 어느 날 그들 가운데 하나인 네덜란드 출신 상담역이 그 엉뚱한 탐색 작업 때문에 얼마나 많은 비용이 지출되었는지 계산해보겠다며 그녀의 허락을 구했다.

"어디 해보세요."

허락이 떨어지자 네덜란드인은 서류를 펼쳐 들고 어마어마한 수치를 읽어주었다.

엘리자베타 셀레르는 눈도 깜짝하지 않았다. 오히려 한 술 더 떠서 네덜란드인에게 이왕 친절을 베푼 김에 한 가지 일을 더 해달라고 부탁했다. 자기가 파산하기 전에 몇 해 동안 더 탐색을 계속할 수 있는지 계산해보라는 것이었다.

네덜란드인은 반발했다.

"그건 말도 안 됩니다."

"긴말할 것 없이 그냥 계산해봐요. 부탁이에요."

계산해본 결과, 앞으로 대략 182년 정도를 더 탐색할 수 있는 것으로 드러났다.

엘리자베타 셀레르는 확신을 가지고 말했다.

"그전까지는 서킷을 찾아내게 될 거예요."

그녀가 보기에 그 서킷이 정말로 존재한다는 것에는 의심의 여지가 없었다. 그녀는 울티모와 그의 세계를 겪을 만큼 겪어보았기에 울티모 같은 사람들이 개미처럼 참을성이 많고 독수리처럼 결단력이 강하다는 것을 잘 알고 있었다. 그들은 의심이라는 사치스런 성향을 유산으로 물려받지 않았고, 인생에는 단 한 번의 삶과 단 하나의 광기 이외에 다른 것이 있을 수 있다는 생각을 하지 않았다. 그건 누대에 걸쳐 변함없이 이어져 내려온 그들의 성향이었다. 그런 천성을 타고난 사람이 재능과 행운까지 갖추게 되면 자기가 하고 싶어 하는 일을 반드시 이루어내게 될 터였다. 울티모의 어머니가 세 번 접은 도면을 건네주었을 때, 엘리자베타 셀레르는 그것이 울티모라는 젊은이의 덧없는 꿈이 아니라 한 어른의 차분한 결심에서 비롯된 것임을 알아차렸다. 몇 세기 동안 인내심을 잃지 않고 해마다 계절의 어김없는 순환을 믿으며 땅을 일궈온 사람들은 취미나 장난으로 그런 그림을 그리지 않을 것이었다. 터무니없는 상상을 하며 장난을 치는 것과 같은 단점은 그들과 거리가 멀었다. 엘리자베타 셀레르는 확신했다. 울티모는 **먼저** 서킷을 만들고 **그다음에** 그림을 그린 것이었다. 또한 그가 서킷을 그린 것은 **그녀를 위해서**였다.

그렇다면 그녀가 해야 할 일은 그저 인내심을 갖고 서킷을 찾는 것이었다. 그녀는 먼저 미국에서 서킷을 찾아보았다. 미국을 먼저 생각하는 것은 그녀에게 지극히 당연한 일이었다. 이어서 그녀는 남미와 유럽에 사람들을 보냈다. 어느 해엔가는 자신의 고국인 러시아에 밀사를 파견하기도 했다. 부질없이 낭만적인 영감에 사로잡힌 탓이었다. 이따금 그녀에게 보고서가 날아왔다. 상궤를 벗어난 기이한 서킷들, 대도시의 이름 모를 변두리에 반쯤 파괴된 채로 완전히 잊히거나 숨겨진 서킷들에 관한 상세한 보고서들이었다. 그녀는 그것들 하나하나를 꼼꼼하게 호기심까지 느껴가며 검토했다. 그러면서 다른 분야에서 종종 일어나는 일이 서킷 쪽에서도 벌어지고 있음을 깨달았다. 어떤 사람이 직관적으로 떠올린 아이디어가 아무리 기발하고 천재적이라 해도, 세상 전체를 놓고 보면 언제나 똑같은 발상을 한 사람이 쌔고 쌨다는 사실이었다. 개중에는 비슷한 발상에서 출발하여 훨씬 놀라운 변종을 개발해내는 사람도 있을 수 있었다. 한 번은 콜롬비아에 파견된 사람들이 전설적인 드라이버 누볼라리*가 달린 적이 있다는 서킷을 찾아냈다고 알려왔다. 그 서킷은 인공호수로 변해 있었다. 왕년의 경주로가 수심 20미터 아래에 잠겨 물고기들의

---

* 타치오 조르조 누볼라리(1892-1953). 이탈리아의 레이서. 고향이 만토바라서 '일 만토바노 볼란테'(날아다니는 만토바 사람)라는 별명을 얻었다. 세계 자동차 경주 역사에서 가장 위대한 레이서들 가운데 하나로 널리 인정받고 있다. 1932년 시인 가브리엘레 단눈치오는 '세상에서 가장 빠른 사람에게, 가장 느린 동물 드림'이라는 헌사와 함께 그에게 거북 모양의 금 브로치를 선물했다. 이 황금 거북은 그의 마스코트가 되었다.

서식처가 된 것이었다. 그녀는 재미를 느끼며 잠수부들을 보내 그 서킷을 조사하여 그림을 그려 오라고 지시했다. 이 서킷은 열여덟 굽이로 이루어져 있지 않았다. 게다가 울티모가 구상한 서킷에 비하면 아이들의 장난에 지나지 않았다.

그녀의 결론은 간단했다.

"그 서킷은 물속에 그대로 두세요."

울티모의 서킷을 찾는 그녀의 마음은 수집가의 달뜬 집착보다는 깨진 항아리의 조각들을 다시 한데 붙이기 위해 골몰하는 장인의 차분하고 정성스러운 마음을 닮아 있었다. 경쟁자가 있는 것이 아니었기에 조급하게 굴지 않고 찾는 행위 자체를 즐겼다. 그 행위를 통해서 그녀는 여러 해 동안 울티모와 함께 있는 것 같은 기분을 느낄 수 있었다. 운명은 오로지 그런 방식으로만 그녀가 울티모와 함께하는 것을 허락했다. 다른 사람들 같으면 아마도 그런 운명에 반발했을 것이고, 그 실속 없는 부재의 의식儀式을 거행하는 대신 현실을 있는 그대로 받아들이려는 유혹에 굴복하고 말았을 것이다. 사실 서킷을 찾아내는 것보다 울티모를 찾아내는 것이 더 쉬운 일이었을 테지만, 그녀는 단 한순간도 그런 생각을 떠올리지 않았다. 옛날에 그녀는 그가 자기를 위해 해주었으면 하는 일을 일기에 썼고, 그는 그녀가 써놓은 대로 해주었다. 이제는 그녀가 그를 위해서 무언가를 할 차례였다. 울티모가 남겨놓은 그림이 있으니 거기에 그려진 대로 행하면 되는 것이었다. 헤어진 사람들이 다시 만나게 되든 말든 그건 중요하지 않았다. 중요한 것은 서로를 배신하지 않는 것이었다.

엘리자베타 셀레르의 탐색 작업은 19년하고도 석 달 이틀 동안 계속되었다. 그런 뒤에 영국에서 속달 우편물이 날아들었다. 그녀가 제시한 도면과 모든 점에서 일치하는 열여덟 굽이 서킷이 요크셔의 작은 마을 시닝턴의 늪지 한복판에 반쯤 파괴된 채로 감춰져 있다는 소식이 전해진 것이었다. 우편물에는 항공사진이 동봉되어 있었다. 엘리자베타는 사진을 들여다보려고도 하지 않았다. 그녀는 그날 바로 트렁크 일곱 개를 챙겨 길을 떠났다. 하인 세 명과 아우로라라는 이름의 아주 예쁜 아가씨와 이집트 청년 하나가 동행했다. 그녀의 전원주택을 관리하는 여자 집사에게는 언제 돌아올지 모른다고 말했다. 그러면서도 꽃병에 매일 싱싱한 꽃을 꽂아두고 정원 산책로에 낙엽이 쌓이지 않도록 깨끗이 청소하라고 일렀다. 그러고는 뒤도 돌아보지 않고 총총히 집을 나섰다. 그녀는 예순일곱 살이었다. 그 긴 세월 동안 숱한 일을 겪고 그렇게 살아남은 것이었다.

그녀가 고용한 영국의 조사 대행업자는 스트라우스라는 이름의 작고 비쩍 마른 남자였다. 그는 전쟁 직후이던 청년 시절에 동창생과 함께 흥신소를 세웠다. 생긴 것은 멀 쩡한데 행실이 여물지 않았던 동창생은 사무실 금고를 훔쳐서 여직원과 함께 달아났다. 금고나 여직원이나 속이 텅텅 비어 있기는 매한가지였다. 그 뒤로 흥신소 문에는 스트라우스라는 이름만 남게 되었다.

영국에는 자동차 경주용 서킷이 아주 많았다. 오래전부터 속도 규제를 엄격하게 실시해왔기 때문에 도로 레이스가 사라지고 대신 서킷들이 많이 생겨난 것이었다. 따라서 스트라우스는 영국 전역에서 조사를 벌여야 했다. 그는 자동차 경주에 미친 별종 가운데 별종들을 만나고 무수히 허탕을 치면서도 서킷들의 소재를 파악하기 위한 탐문을 계속했다. 그는 자동차를 운전하지 않았고 차를 타면 멀미를 하기가 일쑤였다.

사정이 그러하니 시간을 허비하지 않으려면 탐문을 벌일 때마다 먼저 자기가 찾고 있는 서킷은 열여덟 굽이로 이루어져 있다는 사실을 분명히 알려둘 필요가 있었다.

어느 날 동성애자로 보이는 스코틀랜드의 레이서가 말했다.

"혹시 서킷이 아니라 골프장을 찾는 거 아니오?"

스트라우스는 홀이 열여덟 개 있는 골프장이 아니라 커브가 열여덟 개 있는 서킷을 찾는 거라고 덧붙였다.

서킷들 가운데 일부는 여전히 제구실을 하고 있었지만,

다수는 주차장이나 쓰레기장으로 전락해 있었다. 도시 변두리로 밀려난 영세민들의 주거 단지가 대신 들어섬으로써 서킷은 한낱 추억이 되어버린 경우도 종종 있었다. 스트라우스는 굳이 그럴 필요가 없는 경우에도 자기가 조사한 것을 기록하고 보고서를 꼼꼼히 작성하여 엘리자베타 셀레르의 로마 주소로 보냈다. 그는 그녀와 직접 이야기를 나눈 적이 없었다. 그리고 러시아 출신의 그 부인이 자동차 서킷 하나를 찾아내는 일에 그토록 매달리는 이유에 대해서도 전혀 아는 바가 없었다. 그는 상상력이 빈약한 사람이라서 그저 별쭝맞은 억만장자 하나가 자동차 경주 사업에 뛰어들고 싶어 하는 것이려니 생각했다. 그러던 어느 날 저녁, 취기가 조금 오르자 문득 예술가라는 말이 떠올랐다. 그 부인은 마치 조각가가 나무나 돌로 입체 형상을 만들듯이 서킷들을 조각하는 아방가르드 예술가가 아닐까 하는 생각이 든 것이었다. 비록 '아방가르드' 라는 말이 무슨 뜻인지 정확히 알고 있는 것은 아니었지만.

그가 시닝턴에 다다른 것은 우연히 이루어진 일이었다. 리버풀의 웬 택시기사가 권한 것을 속는 셈치고 그대로 따른 덕이었다. 그 택시기사는 말이 많았고 그가 무슨 일을 하는지 알고 싶어 했다. 스트라우스는 흥신소를 운영한다고 대답했다.

"와, 굉장하군요! 살인자를 찾고 계신가요?"

"아뇨, 서킷을 찾고 있어요."

그러자 택시기사는 공군 조종사로 전쟁에 참가한 사실을 들추고 나섰다. 어느 날 그는 자기가 인생의 낙오자가 아니라 영웅이었던 시절이 하도 그리워서 자기 비행기가 수십 번 이륙했던 활주로에 다시 가보았다. 활주로는 예전 그대로 있었지만 나머지는 딴판으로 달라져 있었다. 웬 사람들이 엉뚱하게도 거기에 서킷과 비슷하게 생긴 트랙을 만들어놓은 것이었다. 스트라우스는 이미 영국 전역을 샅샅이 뒤지고 다닌 터였고, 정기적으로 이탈리아에 보내는 경비 명세서의 타당성을 증명하기 위해 어떻게 둘러대야 할지 모르던 상황이었다. 그는 택시기사에게 물어서 그 활주로가 있는 곳의 이름을 알아냈다.

그가 시닝턴에 도착한 날에는 비가 내리고 북풍이 세차게 불고 있었다. 그는 작은 언덕에 올라가서 사위를 둘러보았다. 이해가 잘 안 되는 일이긴 하지만, 분명 서킷의 자취가 있었다. 그는 무언가를 아는 사람이 있지 않을까 싶어 마을에 가서 물어보았다. 그곳 사람들은 수다 떠는 것을 좋아하지 않았다. 게다가 스트라우스는 겉모습으로 보면 영락없는 형사였다. 그래도 말문을 여는 사람이 있긴 했다. 아닌 게 아니라 여러 해 전에 어떤 정신 나간 남자가 비행장을 사서 다른 것으로 바꾸어놓았다는 것이었다. 스트라우스는 그 정신 나간 남자의 이름을 기억하느냐고 물었다. 한 사내는 그가 이탈리아 사람이라고 했다.

"프리모인가 뭔가 하는 남자였소."

사내는 자신 없는 목소리로 그렇게 알려주었다.

엘리자베타 셸레르는 자동차에서 내려 도보로 계속 나아갔다. 무언가를 볼 수 있으려면 작은 언덕 위로 올라가야 하는 것이었다. 그녀는 스트라우스와 그 지역의 토목기사만 자기를 따라오게 했다. 토목기사는 블룸이라는 멋진 이름을 가진 사람이었다. 날씨는 맑고 햇살이 눈부셨다. 그녀는 눈을 들지 않고 걸어갔다. 깜짝 놀라는 기쁨을 망치고 싶지 않기 때문이었다. 자기가 발견하게 될 것에 대해서 지나친 환상을 품고 있는 것은 아니었다. 하지만 그녀는 알고 있었다. 곧 눈앞에 펼쳐질 지평선이 여러 해 전 울티모가 보았던 바로 그 지평선이라는 것을. 아름다운 그곳에서 무언가 새로운 일이 시작되리라는 것을.

그들은 언덕 꼭대기에 다다라서 벌판 쪽으로 몸을 돌렸다. 잠시 침묵이 흘렀다. 이윽고 토목기사가 사전 조사를 통해 알아낸 것을 말했다.

"이곳은 늪지대입니다. 바보가 아닌 다음에야 누구도 이런 땅에 무언가를 건설할 생각은 하지 않았을 겁니다."

엘리자베타 셸레르는 가타부타 평하는 것을 피했다. 토목기사는 말을 이었다.

"시간이 지나면서 곳곳에 물이 괴었어요. 저기 보이는 수풀 앞쪽은 바닥에 벽돌을 깔아 포장했던 부분입니다. 그 흔적이 아직 남아 있죠. 하지만 흙을 다져 길을 만들어놓았던 곳은 완전히 진창으로 변해버렸어요."

그러고 나서 토목기사는 야트막한 언덕처럼 약간 비탈진 곳을 가리켰다. 거기에는 거뭇한 길의 흔적이 남아 있었다.

"어떤 부분들은 정말 놀랍습니다. 저 야트막한 언덕은 나무로 만든 구조물에 올려놓은 인공 지형입니다. 상태는 좋지 않지만 그런 대로 버티고 있죠."

스트라우스는 그녀 앞으로 한 걸음 다가들었다. 무언가 중요한 얘기를 할 참이었다.

"저는 저 작은 언덕을 보고 확신을 갖게 되었어요. 저것은 그림에 나와 있는 것과 정확하게 일치해요. 사실, 서킷에 저렇게 기복이 있는 경우는 흔치 않죠."

엘리자베타 셀레르는 고개를 끄덕였다. 그러고는 잘 들리지 않는 나직한 목소리로 무어라 말했다.

"뭐라고 하셨지요?"

그녀는 벌판을 계속 응시하면서 말했다.

"하던 얘기 계속하세요."

"몇몇 굽이는 땅을 돋워서 더 높게 만들었던 모양입니다. 그래서 긴 구간이 늪의 수면 아래에 잠겨 있음에도 서킷의 자취를 알아볼 수 있는 것이죠."

토목기사는 길고 완만한 커브를 그리고 있는 하얀 띠를 가리키며 설명했다.

"저기는 바닥에 돌과 자갈을 깔았습니다. 1920년대의 공법이에요. 흙먼지 문제를 해결하기 위한 것이죠. 그냥 기술적인 관점에서만 보면 저건 차를 몰고 달리기가 불가능한 서킷이 아니었을까 싶습니다. 커브가 너무 많고 이렇다 할 리듬이 없어요. 게다가 어떤 구간은 정말 위험해 보여요. 오늘날의 자동차로는 혹시 가능할지 모르지만, 그 시절의 자동차로는 어림도 없었을 겁니다."

토목기사는 옛날 신문을 뒤져보았지만 그 서킷에서 자동차 경주가 열렸다는 증거는 어디에도 없었다고 덧붙였다. 일껏 건설해놓고 시험 주행도 안 해보고 방치했을 공산이 크다는 것이었다. 그런 다음 그는 입을 다물었다.

엘리자베타 셀레르는 앞으로 몇 걸음 나아갔다. 마침내 깊은 정적이 서려들었다. 그녀는 늪의 수면 여기저기에 잠길 듯 말 듯 남아 있는 서킷의 자취를 바라보았다. 그러면서 결국 자기의 생각이 옳았음을 깨달았다. 울티모에 대해서든 자기 자신에 대해서든 그녀의 생각이 맞아떨어진 셈이었다. 그녀는 피아노를 가득 실은 유개트럭을 타고 미국의 도로들을 헤매고 다니던 두 젊은이를 떠올렸다. 그들이 순수하고 강해 보였다. 이제껏 생각했던 것과는 전혀 다른 모습이었다. 그녀는 이제 알고 있었다. 온 세상이 들썽거려 모든 지평선을 어수선하게 만들었지만, 그들의 길은 간명한 외줄기였고 무어라 말할 수 없이 깨끗했다. 많은 사람들은 그것을 한낱 광기로 여겼다. 하지만 그것은 우연의 혼돈에서 뽑아낸 엄정한 몸짓이었고, 둘이서 함께 이루어낸 쾌거였다. 지금 여기에 있는 것에 비할 만한 일은 아무것도 없어. 비로소 세상이 제대로 돌아가는 느낌이야, 하고 그녀는 생각했다.

그녀는 한참이 지나도록 그렇게 바라보고 있었다. 다른 사람들은 볼 수 없는 것들, 오로지 그녀의 눈에만 보이는 것들이 아주 많았다. 그건 마치 세상에서 오직 두 사람만 아는 언어로 쓰인 편지를 읽는 것과 비슷한 일이었다. 이윽고 어디선가 산들바람이 건듯 불어왔다. 그녀는 떠날 때가 되었다고 생각했다. 그래서 울티모의 꿈이 발현된 서킷을 다시 한 번 눈길로 포옹하고 몸을 돌렸다. 두 남자는 자못 엄숙한 표정으로 꼼짝 않고 서 있었다. 그들은 모르고 있었지만, 모든 것을 제자리로 돌리기 위해서는 아직 해야 할 일이 남아 있었다. 엘리자베타 셀레르는 토목기사에게 다가갔다. 그러더니 가방에서 세 번 접은 커다란 종이를 꺼내어 그에게 내밀었다.

"저 망할 놈의 늪에서 물을 빼내고 서킷을 복원하세요. 나는 원래 있던 것과 똑같은 서킷을 원해요."

토목기사는 영국인 특유의 침착성을 지니고 있었고, 최악의 순간에도 그것을 잃은 적이 없다고 자부하는 사람이었다.

"제가 무언가를 잘못 알아들은 게 아닌가 싶습니다."

엘리자베타 셸레르는 마치 별 다섯 개짜리 호텔의 로비에서 토사물 웅덩이를 본 것 같은 표정으로 그를 바라보았다.

"저 서킷을 원상으로 복구하라고 했어요. 석 달의 시간을 주겠어요. 그게 당신이 마지막으로 할 일이 아닌가 싶네요."

조사 대행업자 스트라우스는 자기도 모르게 짧은 탄성과도 같은 외마디 소리를 내질렀다. 그는 오래전부터 젊은 날의 꿈들과 담쌓고 살아왔다. 그러다 보니 산다는 것은 그저 점잖게 최악을 피해 가는 일이 되고 말았다. 그런데 억만장자인 이 러시아 여자의 태도를 보는 순간 그의 내면에서 무어라고 이름조차 붙일 수 없는 어떤 것이 되살아났다. 아마도 그는 그날 저녁 거나하게 취하도록 술을 마신 다음 오래도록 연모해온 맥가번 여사에게 그녀의 엉덩이가 사람을 미치게 한다고 말할 것이었다.

엘리자베타 셸레르는 영국 시골 사람들의 고질적인 태만과 무신경에 관해 촌평을 가하면서 언덕을 내려갔다. 토목기사는 몇 발짝 뒤에서 그녀를 따라갔다. 그는 우려의 뜻을 표명하기 위해 그럴싸한 말을 찾고 있었다. 그들이 자동차 앞에 다다랐을 때, 그는 한껏 용기를 내어 한 마디로 싸잡아서 말했다.

"그건 미친 짓입니다."

"이봐요, 진짜 미친 짓이 어떤 것인지 당신은 짐작도 못할걸요."

엘리자베타 셀레르는 애도의 뜻을 표할 때 사용할 법한 말투로 대답했다.

토목기사는 오기가 나서 속생각을 입 밖에 내었다.

"저런 서킷에서는 아무도 달리지 않을 겁니다."

조사 대행업자 스트라우스는 한 걸음 앞으로 나아갔다. 그녀의 대꾸를 놓치고 싶지 않기 때문이었다.

그녀가 말했다.

"내가 달리면 돼요."

그 공사에는 엄청난 비용이 들었고 6개월하고도 27일이 걸렸다. 예상보다 훨씬 오래 걸린 것이지만, 토목기사 블룸은 그보다 빨리 끝내는 것이 인간적으로 불가능하다는 것을 입증하는 데 성공했다. 슈퍼맨을 고용한다면 또 모르죠, 하고 그는 사족을 달았다. 자기 딴에는 농담이라고, 그것도 제법 괜찮은 농담이라고 생각하면서 한 말이었다.

엘리자베타 셀레르는 서킷에서 32마일 떨어진 곳에 있

는 고급 호텔을 임시 거처로 삼고 거기에서 일절 나오지 않았다. 공사 현장을 보고 싶어 하지도 않았고, 인근에 적잖이 흩어져 있는 관광지에도 관심을 보이지 않았다. 그저 호텔 정원에서 산책을 하거나 버들가지로 엮은 안락의자를 베란다에 내놓고 앉아서 조용히 허공을 바라보며 하루하루를 보내고 있었다. 안락의자에 앉아 있을 때면 두 손을 무릎에 올려놓고 인도산 비단 숄로 가린 다음 아무도 모르게 슈베르트를 연주하며 즐거움을 느끼곤 했다.

그녀는 꼭대기 층에 있는 스위트룸을 자기가 데려온 젊은 남녀와 함께 쓰고 있었다. 호텔 종업원들은 당연히 그런 삼각관계를 곱지 않은 눈으로 보았다. 하지만 엘리자베타 셀레르의 팁이 엄청난 위력을 발휘하여 처음 몇 주일이 지난 뒤에는 호텔 내부에서도 마을에서도 풍기문란의 기준을 놓고 놀라우리만치 유연한 태도를 보였다. 비록 말투는 무뚝뚝하지만 행동거지가 우아하고 우울한 기색이 전혀 없는 이 노부인을 모두가 좋아하게 되었다. 많은 사람들은 그녀가 사업차 거기에 와 있는 것이라고 확신했다. 서킷 옆에 대규모 카지노가 들어서리라는 소문도 돌았다. 하지만 낮에 공사장 철책에 바싹 붙어 서서 현장을 엿본 노인들은 그녀가 늪에서 보물을 찾고 있는 게 아닐까 하고 의심을 품었다. 어찌 보면 진실과 동떨어진 생각은 아니었다. 어느 날 조사 대행업자 스트라우스가 그녀에게 말했다.

"저는 그 서킷을 찾아낸 사람이니까 저한테는 말씀해주셔도 되지 않을까요? 굽이가 너무 많고 복잡해서 아무도 달릴 수 없는 서킷에 왜 그토록 관심이 많으신 거죠?"

"그건 한낱 서킷이 아니라 한 사람의 삶이에요."

스트라우스는 상상력도 빈약하고 낙천주의적인 기질도 부족해서 그런 귀띔을 듣고도 무언가 짚이는 바가 없었다.

"한 사람의 삶이라고요?"

엘리자베타 셀레르는 에두르지 않고 자초지종을 모두 이야기하고 싶은 유혹을 잠깐 느꼈다. 그에게 한 사람의 열정이 얼마나 대단할 수 있는지 한 사람의 운명이 얼마나 복잡할 수 있는지 말해줌으로써 그 남자의 길들여진 영혼을 능멸하겠다는 고약한 충동이 문득 고개를 든 것이었다. 하지만 그녀는 자신의 주제넘은 추정을 즉시 후회했다. 그러고는 연인들은 누구나 사랑은 자기들만 하는 것으로 생각하지만 어떤 사랑도 유일하지 않다는 사실을 기억하려고 애썼다. 쉽지는 않았지만 그녀는 그렇게 마음을 다스리고 나서 말했다.

"내가 그 말 했던가요? 당신은 미국 여배우 글로리아 스완슨을 빼닮았어요."

1969년 5월 7일, 아침식사 시간에 토목기사 블룸이 그녀의 식탁 앞에 나타나서 독기가 조금 배어 있는 말투로 서킷이 준비되었다고 알렸다. 엘리자베타 셀레르는 토스트에 버터를 바르던 중이었다. 그녀는 나이프를 내려놓고 눈을 들어 토목기사를 바라보았다. 마음이 짠했다. 그는 무언가를 건설하기 위해 노새처럼 일했지만 그것이 무엇인지 끝내 모를 것이었다.

"블룸 기사님, 당신한테 사과를 해야겠어요."

블룸은 고개를 조금 숙였다.

"내가 종종 당신한테 쓸데없이 신랄하게 굴었어요. 그것을 후회한다고 말할 수는 없지만, 내가 아무런 이유 없이 경박하게 처신했던 것은 분명해요. 그래도 내가 당신을 매우 고맙게 여기고 있다는 것은 알아줘요."

블룸은 다시 고개를 숙였다.

"당신은 내 인생에서 가장 아름다운 날들 가운데 하나를 선물하는 거예요."

그녀는 그게 딱 맞아떨어지는 말이 아니라는 것을 즉시 알아차리고 덧붙였다.

"하지만 기술자가 보기에는 **선물한다**는 말이 별로 적절하지 않겠군요."

그녀는 평소와 다름없이 낮 시간을 보냈다. 저녁에는 혼자 거실에 남아 가방에서 가죽으로 장정된 낡은 일기장을 꺼냈다. 제본이 느슨하게 풀려서 종이 몇 장이 비어져 나와 있었다. 그녀는 참을성 있게 그것들을 가지런히 바로잡았다. 그런 다음 처음부터 끝까지 차근차근 읽어 나갔다. 마지막 줄에 다다르자 일기장을 덮고 밤의 정적 속에서 한 동안 생각에 잠겼다. 그러다가 책상에 가서 펜을 집어 들고 일기장의 비어 있는 페이지를 펼친 다음 글을 쓰기 시작했다. 그렇게 몇 시간 동안 고치거나 지우는 법도 없이 그냥 머릿속에 떠오르는 대로 써내려 갔다. 내가 이 이야기를 얼마나 오래전부터 쓰고 싶어 했던가, 하고 그녀는 생각했다. 눈에 행복한 피로감이 몰려올 즈음에는 벌써 새벽 두 시가 되어 있었다. 그녀는 빙그레 웃으며 한 줄을 더 쓴 다음 일기장을 덮어 다시 가방에 넣어두었다. 그러고는 옷도 갈아입지 않고 안락의자에 앉은 채로 잠이 들었다. 새벽빛에 잠이 깨자 그녀는 소리 없이 나갈 채비를 하기로 했다. 침실에서 자고 있는 두 젊은이를 깨우지 않기 위해서였다. 그녀는 몸을 씻고 화장을 한 다음 이런 때에 입으려고 집에서 챙겨온 우아한 옷을 입었다. 이 옷의 재단은 남성적이었다. 쓰임새를 생각해서 그렇게 재단한 것이지만, 그 화려함과 대담함은 이브닝드레스 못지않았다. 그녀는 가만가만 객실을 나온 다음, 아침식사를 제공하는 식당으로 가서 다른 것은 생각이 없으니 카페라테나 한 잔 달라고 했다. 식당에는 프랑스인 커플밖에 없었다. 그들은 영국식 마멀레이드가 최고라는 주장을 놓고 토론을 벌이고 있었다.

호텔을 나서자 스트라우스가 그녀를 기다리고 있었다. 옷을 근사하게 입고 머리에 포마드를 잔뜩 바른 차림이었다. 그녀는 그가 머리에 젤라틴 한 사발을 뒤집어쓴 글로리아 스원슨 같다고 생각했다.

이날을 너무나 오랫동안 준비해온 터라 그녀는 어느 것 하나 빠뜨리지 않았다. 당연한 얘기지만 그녀는 직접 자동차를 운전할 생각이 없었다. 그렇다면 자기 자가용 운전기사에게 자동차를 맡기는 방법이 있었지만, 그것 또한 적절치 않다는 생각이 들었다. 그녀는 한동안 진짜 레이싱 드라이버를 염두에 두었다. 그러다가 서킷이 이상하다며 이러쿵저러쿵 군말을 늘어놓을 것에 생각이 미쳤다. 결국 그녀는 테스트 드라이버를 선택했다. 젊은 테스트 드라이버, 그리고 가능하다면 못난이가 아닌 남자를 구해달라는 게 그녀의 주문이었다. 스트라우스는 그런 남자를 구해주었다. 자동차에 대해서도 그녀는 아무거나 선택하면 안 된다고 생각했다. 신식 자동차들은 직관적으로 배제했다. 이를테면 **스타일**의 관점에서 어울리지 않으리라 확신한 것이었다. 그녀는 울티모가 특정 모델에 대한 선호를 내비친 적이 있는지 기억해보려고 애썼다. 하지만 그녀가 기억해 낸 것은 울티모가 자동차를 거의 거들떠보지 않았다는 사실이었다. 그는 길들의 아름다움에 비하면 자동차들이란 그저 부차적인 요소일 뿐이라고 생각했다. 그리하여 결국 그녀가 선택한 것은 재규어 XK120이었다. 그것은 매우 아름다운 2인승 오픈카였다. 그녀는 이 자동차를 1950년에 구입했다. 마음을 다잡고 이제 막 새로운 삶을 살기 시작하던 무렵의 일이었다. 남들 눈에는 터무니없는 짓으로 비쳤을지 모르지만, 그녀에게는 꼭 해야 할 것 같은 일들이 몇 가지 있었다. 미치광이들이 벌이는 자동차 경주에 참가하는 것도 그중 하나였다. 그녀는 이탈리아에서 열리던 '천 마일 레이스'라는 경주에 출전하고 싶었다. 그것은 프로 레이서들뿐만 아니라 아마추어들도 참가할 수 있는 경주였다. 게다가 경주로는 일상적으로 차들이 달리는 일반 도로였다. 그녀는 재규어를 구입하고 러시아 출신의 신사한 사람을 동승자로 선택했다. 그는 그녀처럼 배우자를 잃고 혼자 지내는 처지였고 왕년에 운동선수로 활약한 사람이었다. 결국 그 도전은 그녀에게 큰 기쁨을 안겨주었다. 그래서 경주에 참가한 것을 기념하는 뜻으로 자동차를 계속 보유하기로 했다. 이 자동차는 은색이었다. 보닛과 양쪽 옆면에는 빨간색으로 번호가 적혀 있었다. 111이라는 멋진 번호였다. 그녀는 언젠가 때가 되면 울티모의 서킷을 위해 이 차가 필요하리라고 생각했다. 서킷 복원 공사가 한창일 때, 그녀는 이탈리아에 연락하여 재규어를 배편으로 보내라고 지시했다. 그 재규어가 그날 아침 화려하고 번쩍거리는 자태로 거기 출발선에 대기하고 있었다. 운전석에는 예의 테스트 드라이버가 앉아 있었다. 바퀴를 반짝반짝 빛내며 가만히 서 있는 자동차를 바라보면서 그녀는 속으로 탄성을 질렀다. 정말 훌륭해, 하고.

그녀는 스트라우스와 블룸에게 멀찌감치 물러나라고 이른 다음 재규어 쪽으로 갔다. 증인도 없고 관중도 없었다. 그녀가 단호하게 요구한 결과였다. 그녀는 드라이버에게 손짓을 보냈다. 자기가 스스로 차에 오를 테니 그냥 운전석에 앉아 있으라는 뜻이었다. 그녀는 빨간 가죽을 씌운 빈 좌석에 앉은 뒤에 문을 닫았다. 문 닫히는 소리가 기분 좋게 들렸다. 영국의 꼼꼼한 기술이 보장하는 부드러운 금속성이었다. 그녀는 드라이버를 돌아보았다.

"눈부시게 아름다운 날이군요. 안 그래요?"

"영국에 있는 것 같지가 않습니다."

"젊은이는 어디에서 왔죠?"

"프랑스에서 왔습니다. 남부 지방에서요."

"아주 멋진 곳이죠."

"네, 여사님."

엘리자베타 셀레르는 그를 찬찬히 살펴보았다. 스트라우스에게 고마운 생각이 들었다. 괜찮은 사람을 구해주었으니 말이다.

"테스트 드라이버라던데."

"네, 여사님."

"그게 어떤 직업이죠?"

젊은이는 어깨를 으쓱 들먹였다.

"그냥 하나의 직업이죠. 여느 직업과 다를 게 없어요."

"그렇군요. 하지만 정확히 무슨 일을 하는 거죠?"

"자동차를 운전합니다. 보통은 자동차 한 대가 죽을 때까지 혹독하게 몰아대죠. 시험용 자동차를 타고 수천 킬로미터를 달리면서 무슨 일이 벌어지는지를 낱낱이 기록해요. 그러다가 자동차가 죽으면 일을 끝내죠."

"별로 신명나는 일은 아니구먼."

"경우에 따라 달라요. 자동차 공장 쪽이 더 고약하죠."

"그렇군요."

그 이름 없는 땅의 한복판에서 들리는 것은 그들의 목소리뿐이었다. 지붕이 없는 텅 빈 대성당에 들어와 있는 것만 같았다.

"우리가 무엇을 할 건지 얘기 들었죠?"

"네, 들었습니다."

"요약해서 말해봐요."

"출발해서 서킷을 돌고, 여사님이 원하실 때 멈추는 겁니다."

"좋아요. 시험 주행은 이미 했죠?"

"몇 바퀴 돌아봤습니다. 조금 이상하던데요. 서킷 같지가 않아요."

"서킷 같지가 않다고요?"

"그보다는 어떤 그림처럼 느껴져요. 마치 누가 들판에 무언가를 그려놓은 것 같아요."

"그렇군요."

"여사님은 아세요? 누가 이것을 만들었는지, 왜 만들었는지."

엘리자베타 셀레르는 잠시 망설이며 젊은이를 빤히 바라보았다. 눈동자가 검고 입매가 아름다운 청년이었다. 긴 얘기를 하기에는 너무 늦었다는 게 유감스러웠다.

"몰라요."

그러자 젊은이는 어떻게 달리기를 원하는지 그녀에게 물었다. 그냥 코스 전체를 죽 달리기만 하면 되는 것인지 아니면 진짜 자동차 경주를 하는 것처럼 빠르게 달려야 하는지를 알고자 하는 것이었다. 그녀는 되도록 빨리 달리되 자기가 신호를 보내면 멈추라고 일렀다. 젊은이는 알겠다고 고갯짓을 하더니 다시 한 마디를 덧붙였다.

"미리 말씀 드리지만 이건 서킷치고는 별로 안전하지 않습니다. 고속으로 달리면 더더욱 그러하죠."

"만약 내가 편안하기를 바랐다면 집에서 종이접기를 하고 있었을 거예요."

"좋습니다. 이제 출발할까요?"

"잠깐만."

엘리자베타 셀레르는 눈을 감고 울티모의 모습을 상상하려고 애썼다. 아주 오래전 어느 날 자기가 건설한 서킷의 출발선에서 운전대를 잡고 앉아 있는 울티모. 들판의 정적을 깨며 공회전하는 엔진 소리. 증인도 구경꾼도 없이, 전 생애를 증류하여 만든 열여덟 굽이 서킷을 홀로 마주하고 있는 남자.

안녕, 울티모. 시간이 꽤 걸리기는 했지만 나 여기에 왔어. 그동안 당신이 남겨준 도면을 연구했어. 그래서 이 서킷을 손금 보듯 훤히 알게 되었지. 당신은 각각의 굽이에 대해서 설명을 달아놓았어. 나는 그것들을 달달 외울 수 있을 것 같아. 모든 게 잘될 거야. 당신이 원했던 대로 나는 당신의 삶 속으로 빠져들어 가겠지. 날씨가 맑아서 실수할 가능성은 전혀 없어.

그녀는 눈을 도로 떴다.

"이제 출발해도 돼요."

서곡도 없었고 딱히 시작이라 할 만한 것도 없었다. 자동차는 즉시 고속 주행 상태로 진입했다. 그러자 서킷의 폭이 팽팽한 신경처럼 좁아지고 자동차 바퀴들은 그 위를 아슬아슬하게 달리는 듯했다. 직선 주로가 끝나는 지점에서 엘리자베타 셀레르는 일이 시작되기도 전에 끝나 버리는 게 아닐까 하고 생각했다. 자기들이 제멋대로 날아가는 발사체처럼 들판에서 박살이 날 것만 같았다. 하지만 기적이라도 일어난 것처럼 재규어는 왼쪽으로 길게 굽은 좁다란 곡선 주로에 들어섰다. 그녀는 죽은 듯이 정신을 깜빡 잃었다. 재규어가 굽잇길을 질주하고 있을 때, 그녀는 자기가 울티모의 첫 글자 U의 뱃속에서 다시 살아나고 있음을 가까스로 알아차렸다. 그 U는 울티모의 어머니 플로랑스가 아들의 보물 상자에 빨간 펜으로 써놓았던 글자와 똑같은 모양이었다. 사실 엘리자베타는 느긋하고 차분한 마음으로 서킷을 주파할 수 있으리라 예상했다. 자기가 알고 있는 대로 서킷이 펼쳐지는 것을 보면서 사물과 묘사의 일치를 확인하는 지적인 즐거움 같은 것을 느낄 수 있으리라 기대했다. 하지만 그녀는 속도를 미처 생각하지 못했다. 실제로 달려보니 모든 게 너무나 세차고 빠르고 느닷없고 후끈하고 아슬아슬했다. 무언가를 이성적으로 따져볼 겨를도 없이 벅찬 감동이 몰려왔다. 그녀는 마치 심연으로 떨어지듯 거의 숨도 쉬지 않고 이 굽이에서 저 굽이로 옮겨갔다. 그러면서 자기가 울티모의 삶을 읽고 있는 것이 아니라 맹렬한 리듬으로 살고 있음을 깨달았다. 눈앞에 펼쳐지는 것들은 모두 그녀가 이미 알고 있는 것들이었다. 하지만 자동차가 그녀의 뇌보다 빨리 달리고 언제나 앞서가기 때문에 그녀는 매번 깜짝깜짝 놀라고 가슴에 충격을 받았다. 그녀는 격렬한 탱고의 리듬에 스텝을 맞추듯 구불 구불한 타르소 고개를 올라갔다. 소년 울티모의 마음을 사 로잡았던 어느 아름다운 여인의 기다란 목선을 따라 내려 갈 때는 아연한 기분을 느꼈고, 전사한 아들을 찾는 늙은 수학자의 이마를 닮은 부드러운 굽잇길을 달릴 때는 숨을 한 차례 길게 들이마셨다. 피아세베네 둔덕에서 붕 떠오르 던 순간에는 자기도 모르게 고함을 질렀다. 그러면서 땅을 박차고 허공으로 솟구칠 때 침착하게 자기 이름을 소리쳐 부르는 것의 의미를 깨달았다. 울티모를 자기 아버지가 입 원한 병원으로 이끌었던 기다란 직선 도로를 달릴 때는 잠 시나마 모든 것이 제대로 통제되고 있다는 느낌을 받았다. 하지만 S자를 길게 늘여놓은 듯한 굽잇길에서는 다시 숨이 턱 막히는 기분이 들었다. 이 굽이는 울티모가 참담한 후 퇴의 와중에서 손에 넣은 포크의 모양을 본뜬 것이었다. 그는 자기가 참가한 전쟁을 상징하는 유일한 굽이로 그 포 크의 윤곽선을 선택했다. 이어서 엘리자베타는 동물들의 등이며 설핏한 미소며 석양을 나타내는 굽이들을 통과했 다. 굽이치는 강줄기며 안락의자의 쿠션이며 소년 울티모 가 처음으로 보았던 자동차며 그 안에 타고 있던 여인도 보았다. 그런 다음 어떤 배의 용골과 미국의 밤하늘에 뜬 달과 템스 강에 부는 바람 때문에 불룩해진 돛을 닮은 굽 이들도 돌았다. 그녀는 총구를 빠져나간 총알처럼 상상을 초월하는 속도로 내달렸다. 그러다가 마지막 굽이를 마주하게 되었다. 울티모가 그린 도면에서는 이 굽이가 단 하나의 단어로 설명되어 있었다. 그 단어는 바로 '엘리자베타'였다. 그녀는 도면을 보면서 스스로에게 묻고 또 물었다. 그토록 정연하고 비개성적인 곡선과 자기 사이에 어떤 공통점이 있는가 하고. 자동차는 완만한 비탈면을 오르다가 원심력에 이끌린 채 포물선 곡면에 네 바퀴를 매단 형국으로 곡예를 벌였다. 엘리자베타는 두 눈으로 그것을 보고서야 겨우 깨달았다. 느닷없이 자기를 덮쳐오는 어떤 것이 느껴졌고 그것이 무엇인지도 알 것 같았다. 그녀는 자신의 모든 무게가 스러져가는 것을 느꼈다. 땅에서 떨어지지 않고도 날아가는 것 같은 기분이 들었다. 숨을 쉬기가 불가능했다. 하지만 그녀는 빙그레 웃으면서 아주 나직하게 말했다.

"바보, 멍청이."

그러고 나서 그녀는 굽잇길이 처음 출발했던 곧은길로 이어지고 있음을 알아차렸다. 곡선이 그토록 부드럽게 직선 속으로 녹아드는 건 삶에서는 생각조차 할 수 없는 일이었다. 곧이어 그녀는 울티모가 겪은 격정의 순간을 다시 보았다. 군 비행장의 활주로에서 다른 포로들이 지켜보는 가운데 적군 병사들에게 뭇매를 맞는 장면, 모든 것이 다시 시작되었던 바로 그 장면이었다. 그녀는 정지 신호를

보내지 않았다. 재규어는 다시 직선 구간을 통과하여 U자
모양의 굽이로 나아갔다. 울티모의 보물 상자에 빨간색으
로 써놓았던 U자를 닮은 굽이, 참담한 불행을 딛고 위안을
느끼게 하는 굽이로.

자동차는 한동안 서킷을 계속 돌았다. 어떤 시곗바늘도
그 시간을 재지 않았다. 엘리자베타는 출발선을 몇 번 보
았는지 세지 않았다. 하지만 그녀는 울티모가 자기에게 그
토록 자주 설명하려고 했던 일이 벌어지고 있음을 차츰 깨
달았다. 각각의 굽이가 점차 논리를 초월한 질서 속으로,
단 하나의 몸짓으로 녹아들고 있다는 느낌이 들었다. 그녀
는 자기 내부에서 오로지 자신만을 위해 존재하는 동그라
미를 발견했다. 빠르게 달리고 또 달리는 가운데 단순한
고리 하나가 완성된 것이었다. 그녀는 비로소 생각했다.
모든 삶은 무한한 혼돈이며 그것을 단 하나의 완전한 형상
으로 표현해낸다는 것은 더없이 정교한 예술이라는 것을.
그리고 그녀는 깨달았다. 책들을 읽으면서, 아이들의 눈매
나 들판에 홀로 선 나무들을 보면서 우리가 무엇에 감동하
는지.
울티모가 남긴 그림의 비밀에 도달했음을 깨닫고 그녀
는 눈을 감았다. 울티모의 두 눈이 보였다. 그녀는 미소를
지었다. 그런 다음 자동차를 운전하는 청년의 팔에 손을

었었다. 자동차는 마치 그때까지 저를 휘몰아대던 보이지 않는 힘에서 놓여난 듯 속도를 늦췄다. 그래도 달리던 기세가 남아서 두 굽이를 더 달렸다. 그렇게 옛날 자동차처럼 느리게 달리고 있으니 굽이들이 그냥 커브로만 보였다. 자동차는 직선 주로에 다다라서 멈췄다.

청년은 엔진을 껐다.

영원히 사라진 것만 같았던 정적이 되돌아왔다.

엘리자베타 셀레르는 바람과 속도 때문에 흐트러진 옷매무새를 고쳤다.

"잘했어요."

"고맙습니다."

"아주 훌륭했어요."

그녀는 재규어에서 내려 언덕 위에서 기다리고 있는 두 남자를 향해 느린 걸음으로 나아갔다. 그녀는 갑자기 피곤한 기색을 드러냈다. 무언가를 결정하지 못하고 주저하는 것 같기도 했다. 그녀 자신도 그 점을 의식하고 있었다. 하지만 평소와 다른 모습을 보이고 싶지는 않았다. 그녀는 생각에 잠긴 채로 천천히 언덕을 올라갔다. 울티모를 품에 안고 싶었다. 그를 만지고 그의 몸을 느끼고 싶었다. 울티모에 대해서 그토록 간절한 욕망을 느끼는 것은 처음 있는 일이었다. 그건 아무래도 상관없어, 내가 원하는 것은 오로지 그것뿐이야. 내가 잃어버린 것, 나는 그것을 갖고 싶어, 하고 그녀는 생각했다.

엘리자베타 셀레르는 토목기사 블룸 앞에 다다라서도 걸음을 멈추지 않았다. 그녀는 계속 걸어가면서 서킷 쪽을 가리키더니 단호한 어조로 그저 이렇게만 말했다.

"저것을 부숴버리세요."

토목기사 블룸은 그 여섯 달 동안 딴사람처럼 달라져 있었다.

"여사님 뜻대로 하겠습니다."

엘리자베타 셀레르는 11년 뒤에 스위스의 어느 호숫가에서 죽었다. 세상에는 한 외과의사가 대지의 상처를 치료할 양으로 그려놓은 것 같은 호수들, 우리에게 평화를 주는지 고통을 주는지 정녕 아무도 알 수 없는 호수들이 있다. 엘리자베타 셀레르는 그런 호수의 가장자리에서 살다가 거기에서 숨을 거두었다.

作가 후기

  아주 예리한 이들, 누구보다 호기심이 강한 이들을 위해 이 대목에서 한 가지 설명이 필요할 듯하다. 내가 쓴 다른 책들에서와 마찬가지로, 이 소설에서 다루고 있는 역사적인 정보들은 거의 언제나 사실과 일치한다. 적어도 내 바람은 그러하다. 그러나 역사적 사실에 상상을 가미해서 변주한 것들이 공존한다. 나는 그런 것들을 여기저기에 흩어 놓는 것이 좋겠다고 생각했다. 예를 들어, '이탈라' 자동차 이야기는 대체로 사실에 충실하다. 그러나 가르디니라는 인물은 자동차 산업을 개척한 여러 선구자들을 한 몸에 아우름으로써 결국 가상의 인물이 되었다. 소설의 도입부에 해당하는 '서곡'은 실제로 열렸던 자동차 경주를 다루고 있지만, 대회 이튿날 세상에 퍼져나가기 시작하여 그 경주를 하나의 전설로 만드는 데 기여한 여러 이야기를 한데 모아놓은 것이기도 하다. 카포레토 전투와 관련해서는 어느 것 하나 지어내지 않았다. 여기에서는 사실이 허구를 능가하기 때문이다. 시닝턴 공군 기지는 존재한 적이 없는 가상의 공간이다. 하지만 그와 비슷하게 평화 시에 자동차 서킷으로 바뀐 비행장들이 많았다. 한편 피아노 제조 회사 스타인웨이 앤드 선스는 실제로 피아노가 피아놀라에 밀릴 거라고 생각한 적이 있고, 그래서 정말로 피아노 레슨 교사들을 파견하여 고객들의 가정을 순회하게 하는 방안을 구상했다. 하지만 그 시기가 엘리자베타가 활동하던 때와 일치하는지, 그 일이 소설에 묘사된 것과 같은 방식으로 이루어졌는지에 대해서는 단언할 수가 없다. 역사적 사실에 상상을 가미한 경우는 이상에서 말한 것 말고도 더 있다. 하지만 중요한 것은 이 소설에서 다루고 있는 역사의 성격을 이해하는 일이다. 내가 이야기하는 역사는 '히스토리 채널'에서 볼 수 있는 역사보다는 조금 덜 사실적이고, 《백년의 고독》에서 접할 수 있는 이야기보다는 훨씬 더 사실적이다. (따지고 보면, 역사적 사실에 충실한 것과 순전한 허구 사이의 경계가 항상 분명한 것은 아니다. 때로는 그 경계선이 초현실주의적인 굴곡을 보이기도 한다. 나는 《비단》이라는 소설을 쓸 때 주인공들이 살아가는 작은 도시의 이름을 지어냈다. 어떤 지도에서 찾아낸 두 지명을 결합하여 '라빌디외'라는 이름을 만들어낸 것이다. 그 뒤로 몇 해가 지나서 프랑스 남부에 있는 작은 면의 면장이 나에게 편지를 보냈다. 그 면의 이름은 라빌디외였다. 면장이 편지에서 설명한 바에 따르면, 내 소설에 나오는 것처럼 19세기에 그곳 사람들은 누에를 치면서 살았다고 한다. 그는 면에서 새로 세운 도서관의 개관식에 나를 초대했다. 나는 당연히 그곳에 갔고, 거기에서 보낸 하루를 위대하고도 아름다운 날로 기억하고 있다. 또 한 번은 이런 일도 있었다. 영국의 어느 여성 독자가 주장하기를, 내 소설 《오케아노스 바다》에 나오는 한 인물이 오래전에 실종된 자기 여동생과 비슷하다고 했다. 그녀는 내가 자기 여동생을 만나고 나서 소설에 여동생의 이야기를 썼으리라고 확신했다. 그래서 여동생을 찾도록 자기를 도와줄 수 있느냐고 내게 물어왔다. 그런 경우에는 답장을 쓰기가 만만치 않다. 때로는 몇 주일이 걸릴 수도 있는 일이다.)

여동생 이야기가 나온 김에 한 가지를 더 말하고 싶다. 이 책의 인세 가운데 5퍼센트는 내 몫이 아니라 '오즈의 집'이라는 갓 생겨난 단체의 몫이다. 이 단체의 회원들은 중병이나 난치병을 앓고 있는 아이들과 그 가족들을 보살핀다. 그러면서 인생의 가혹한 시기를 살아가야 하는 그들 모두가 너무 비인간적인 상황에 내몰리지 않도록 도와주기 위한 방법들을 강구하고 있다. 이 단체에 관해서 더 자세히 알고 싶은 이들은 다음 사이트를 방문해보시기 바란다. www.casaoz.org

나 혼자였다면, 나는 중병을 앓는 아이들이 존재한다는
사실조차 알고 싶어 하지 않았을 것이다. 알고 나면 너무
나 무섭고 괴로우니까 차라리 모르고 사는 쪽을 선택하지
않았을까? 그런데 '오즈의 집'을 설립한 사람들 중에 내
누이가 있다. 누이는 그런 문제를 겪었기에 사정을 잘 안
다. 타조처럼 모래에 머리를 파묻고 있던 나는 누이에게
설복되어 고개를 들게 되었다. 나는 어떤 아픔을 겪어본
사람이 똑같은 아픔을 겪는 남을 치료한다고 하면 대체로
그를 신뢰한다. 우울증을 앓아본 정신분석가, 습관성 유산
을 경험한 산부인과 의사, 그런 사람들 말이다. 사정이 그
러했기에 '오즈의 집'을 돕는 것이 내게는 좋은 생각으로
보였다. 더 무슨 말을 하랴.

바리코의 세계, 그 서늘한 환희

그가 걷는 길이 빛난다

현대 이탈리아 문학을 논하면서 알레산드로 바리코를 뺄수는 없다. 움베르토 에코나 안드레아 카밀레리 같은 앞선세대의 작가들만큼이나 세계적인 명성을 누리고 있다 해서 하는 말이 아니다. 그가 걸어가는 길이 특별하다. 인생의 문제에 특별하게 대응한 사람들의 이야기를 독특한 방식으로 들려준다. 그 시도는 매번 새롭고 매번 독자들의열띤 호응을 얻는다. 그가 글을 쓰는 방식, 그가 독자들과소통하는 방식에 주목해야 할 이유다.

알레산드로 바리코는 1958년 이탈리아의 토리노에서 태어났다. 청소년기는 가톨릭 사제들의 영향을 받으며 종교적인 분위기에서 보냈다. 대학에서 철학과 문학을 공부했고,

그와 동시에 음악원에 다녔다. 1980년 철학자이자 음악가인 아도르노와 프랑크푸르트 학파에 관한 학위 논문을 써서 철학과 음악을 아우르는 글쓰기를 처음으로 선보였고, 음악원에서 피아노 분야의 학위를 받았다. 이후 몇 해 동안 광고회사에서 카피라이터로 일하다가 언론계로 진출하여, 이탈리아의 유력 일간지 〈라 레푸블리카〉에서 음악 평론가로, 〈라 스탐파〉에서 문화 시평가로 활동했다. 이 시기에 로시니에 관한 음악 에세이 《달아나는 정령》(1988), 그리고 음악과 현대 사회의 문제들이 맺고 있는 관계를 해부한 《헤겔의 영혼과 위스콘신의 젖소들》(1992)을 발표하여 이탈리아 음악계와 지식인 사회에 신선한 충격을 주었다.

청소년 시절부터 음악을 연주하듯 이야기를 들려주는 경지를 꿈꾸어오던 바리코는 1991년 소설 《분노의 성》을 발표하면서 그 꿈을 현실로 만들어가기 시작한다. 당시 이탈리아 문학계에는 1970년대를 휩쓴 빙하의 찬 기운이 아직 남아 있었고, 과거에 관한 개인적인 증언이나 회고가 주류를 이루고 있었다. 신세대 작가들은 소설에 큰 기대를 걸지 않았고, 이야기를 들려주는 순수한 기쁨을 추구하며 글을 쓰는 작가들은 드물었다. 《분노의 성》은 바로크적이면서도 생기가 넘쳤고, 기이하고도 매력적인 인물들의 이야기로 이루어진 작은 은하와 같았다. 이 인물들은 저마다 묘한 빛의 족적을 남겼고 평론가들과 독자들은 그 족적을 좇으며 탄성을 올렸다. 이 소설은 캄피엘로상의 결선에 오르며 평단의 주목을 받았다(1995년에는 프랑스에 번역되어 메디시스 외국문학상을 받았고, 그로써 바리코는 앞서 이 상을 받은 밀란 쿤데라, 훌리오 코르타사르, 움베르토 에코, 안토니오 타부키, 폴 오스터 등의 계보를 이어 프랑스인들이 가장 주목하는 세계 작가의 반열에 올랐다). 1993년 바리코는 새로운 서사 기법이 돋보이는 두 번째 소설 《오케아노스 바다》를 출간하여 비아레조상과 팔라초 알 보스코상을 받았고, 이탈리아 젊은 세대의 열광적인 지지를 받는 컬트 작가가 되었다.

1993년은 바리코가 '라이3' TV에서 〈사랑은 하나의 단검〉이라는 음악 프로그램의 진행을 맡으면서 대중이 주목하는 문화 길잡이로 나선 해이기도 하다. 철학적인 통찰력과 음악에 대한 식견을 바탕으로 시청자들을 오페라의 세계로 안내하는 역할을 훌륭하게 수행한 덕에 그는 이듬해에 〈피크윅, 읽기와 쓰기에 관하여〉라는 문학 프로그램을 진행하게 된다. 이 프로그램에서 바리코는 자기가 엿본 문학의 마법을 시청자에게 전하며 뜨거운 호응을 얻었다. 방송이 나간 다음날이면 수천 또는 수만의 독자들이 그가 소개한 책을 구하기 위해 서점으로 달려갔다.

바리코는 베를루스코니가 집권한 뒤에 방송계를 떠나기로 결심했다. 1996년 세 번째 소설 《비단》을 출간했을 때는 극장에 수많은 청중을 모아 놓고 작품 전체를 낭송하는 이채로운 행사를 벌여 세상을 깜짝 놀라게 했다. 로마의 한 극장, 젊은 여배우가 무대에 등장한다. 의자 하나와 물병 하나만 놓인 소박한 무대에서 여배우는 백여 쪽짜리 소설 《비단》을 읽어나간다. 간결하고도 지적인 문체로, 보석을 깎듯 섬세하고 정확하게 쓰인 소설이다. 낭독이 끝나자 텍스트의 매력에 사로잡힌 청중은 작가를 만나기 위해 극장의 배우 출입구로 몰려간다. 하지만 늘 청바지만 입고 다니는 바리코는 이미 한쪽 어깨에 배낭을 둘러멘 채 표표히 극장을 떠난 뒤다. 이 소설은 11년 뒤 〈레드 바이올린〉의 감독 프랑수아 지라르에 의해 〈실크〉라는 영화로 각색된다.
1999년에 발표한 네 번째 소설 《시티》역시 끝없이 혁신을 추구하는 바리코의 면모를 잘 보여준다. 하나의 도시를 닮은 작품, '이야기들이 동네가 되고 인물들이 거리가 되는' 작품을 만들겠다는 발상도 참신하고, 이야기 속에 다른 이야기가 들어가는 액자소설의 전통을 새로운 방식으로 되살린 점도 눈여겨볼 만하다. 또한 작가가 프랑스의 2인조 밴드 '에르'의 반주에 맞춰 텍스트를 낭송하는 '시티 리딩 프로젝트'를 통해 독자들을 만나고 그 결과를 CD와 삽화를 곁들인 책에 담았다는 점도 많은 것을 생각하게 한다. 그는 음악을 작곡하듯 소설을 쓰고 무대에 올라가 소설을 낭송한다. 이런 소통 방식에서 그만큼 성공을 거둔 사례를 찾아볼 수 있을까? 그는 2003년 이라크 전쟁이 터진 뒤에는 이런 경험을 살려 호메로스의 《일리아스》를 현대 이탈리아어로 다시 쓰고 독자 대중 앞에서 낭송했다. 간단한 해설을 곁들인 이 낭송을 듣기 위해 극장을 찾아온 청중이 10만여 명에 달했다. 고전을 현대에 되살리려는 이 놀라운 시도는 나중에 《호메로스, 일리아스》라는 책으로 남았다. 2005년 바리코는 여섯 번째 소설 《이런 이야기》를 발표했다. 뒤에서 더 자세하게 살펴볼 이 작품은 음악과 문학의 결합이 돋보이는 수작이다. 여러 악기가 어우러져 교향곡이나 협주곡을 연주하듯 여러 목소리가 성조를 바꿔가며 한 시대와 몇몇 인물을 이야기한다. 이탈리아 언론의 보도에 따르면 모토 레이서 발렌티노 로시의 아름다운 질주를 보면서 작품을 구상한 모양이지만, 모토 레이싱에 관한 소설이 아니라 자동차와 세계대전, 이상적인 자동차 경주용 서킷을 만들어내는 한 남자의 특별한 삶과 사랑에 관한 소설이다. 여러 화자가 이야기를 이어가는 서사 기법은 현대문학에서 종종 나타나지만, 이 작품처럼 여러 목소리가 서로 다른 악기로 연주되는 악장들처럼 분명한 색깔과 리듬을 보여주면서 하나의 교향곡을 완성해가는 경우는 흔치 않다. 속도와 모험을 찬양하는 금관악기가 미래주의적인 서막을 열면, 가장 중요한 주제를 실은 목가풍의 악장과 전쟁에 관한 진지한 성찰로 주제를 발전시키는 묵직한 악장이 이어지고, 짐짓 짓궂은 체하는 발랄한 피아노곡과 놀라운 반전을 선사하는 차분한 변주가 흐른 뒤에 형제간의 우애를 그리는 느린 푸가가 간주곡처럼 끼어든다. 그다음엔 통속성을 짙게 풍기는 음악이 인연의 맺고 풀리는 양상을 보여주고 쓸쓸하고도 장엄한 에필로그가 흐르면서 소설이 마무리된다. 바리코가 추구하는 음악적 글쓰기의 양상을 잘 보여주는 작품이다.

바리코는 2009년에 나온 소설 《엠마오》에서 부활한 예수를 알아보지 못한 제자들의 테마(루카복음 24장)를 다룬다. 이 소설의 남자 주인공 네 명은 가톨릭 신앙 안에서 자라난 반듯한 젊은이들이다. 그들은 작은 악단을 이루어 일요 미사에 참석하기도 하고 매주 양로원에 가서 봉사활동을 하기도 한다. 그러나 이들 앞에 아름답고 자유롭고 관능적인 젊은 여자 안드레아가 나타났을 때 이들의 고난이 시작된다. 이들이 저마다 다른 운명을 겪는 양상을 보여주면서 바리코는 젊은이들에게 권한다. 어른이 되기를 기다리기보다 마음껏 보고 듣고 말하고 질문하고 느끼라고. 엠마오의 제자들처럼 예수를 알아보지 못하는 실수를 범하지 말고 젊은 날을 온전하게 살아가라고.

2011년에 나온 《미스터 귄》과 그 이듬해에 나온 《새벽에 세 번》도 바리코의 독창적인 발상과 흔치 않은 서사 기법을 보여준다. 《미스터 귄》은 런던에 사는 43세의 유명 작가가 창작을 중단하고 새로운 삶을 살기로 결심한 뒤에 겪는 고뇌와 시련을 이야기한다. 인물의 초상을 그림이 아니라 글로 나타내는 일을 하다가 갑자기 실종되는 사건을 다룬 이 작품은 스릴러 기법과 시적인 문체의 결합이라는 특이한 매력을 발산한다. 《새벽에 세 번》은 어느 날 새벽에 호텔에서 만난 세 쌍의 인물들이 대화를 통해 서로를 알아가는 이야기를 담고 있다.

바리코는 연극과 영화에도 깊은 관심을 갖고 참여했다. 1994년에는 배우 에우제니오 알레그리와 연출가 가브리엘레 바치스를 위해 모노드라마 《노베첸토》를 썼다. 작가 스스로 '진짜 희곡과 큰 소리로 낭독할 만한 이야기의 중간쯤' 된다고 말한 이 작품은 연극으로 대성공을 거두었을 뿐만 아니라, 1998년 주세페 토르나토레 감독의 영화 〈피아니스트의 전설〉로 각색되어 전세계 영화 팬들의 깊은 관심을 모았다. 1997년에 바리코는 연출가 바치스와 함께 재즈 연주를 닮은 특이한 연극 〈토템: 읽기, 쓰기, 수업〉을 무대에 올렸다. 이듬해에 '라이2' TV를 통해 방영되기도 했던 이 연극은 한 권의 책으로 엮이고 비디오테이프로 제작되었다. 2008년에 바리코는 직접 시나리오를 쓰고 감독까지 맡아 베토벤 9번 교향곡에 관한 영화 〈스물한 번째 강의〉를 만들었다. 비록 대중의 관심을 끄는 데는 실패했지만, 음악 애호가들은 이 영화를 아주 진지하고 의미심장한 작품으로 받아들였다.

소설가 바리코는 문예창작 교육과 신문 칼럼을 통해 좋은 책을 소개하는 활동에도 남다른 관심과 열정을 쏟는다. 그는 몇몇 문우와 함께 1994년 토리노에 '홀든 학교'라는 문예창작 학교를 설립했고, 20년 넘게 이 학교를 이끌어오면서 젊은이들에게 서사 기법을 가르친다. 2011년에는 앞선 10년 동안 읽은 좋은 책 50권을 소개한다는 취지로 〈라 레푸블리카〉를 통해 일주일에 한 번씩 서평을 발표했다. 리처드 브라우티건, 크리스타 볼프, 데이브 에거스, 쿠르치오 말라파르테, 호르헤 루이스 보르헤스, 로베르토 볼라뇨, 이언 매큐언 등의 작품을 이탈리아 독자들에게 널리 알린 이 글들은 2013년 《세계에 관한 어떤 관념》이라는 책으로 출간되었다.

소설가 바리코는 음악학자이자 피아노 연주자일 뿐만 아니라 축구 애호가이기도 하다. 그는 이탈리아 작가들의 축구팀을 창설했다. 열렬한 축구광이었던 아르헨티나 작가의 이름을 따서 '오스발도 소리아노 축구 클럽'이라는 이름이 붙은 이 팀에서 바리코는 등번호 10번를 달고 미드필더로 활약했다.

알레산드로 바리코는 '느린 사람'을 자처한다. "서른 살에 글을 쓰기 시작했고 마흔 살에 결혼했으며 마흔한 살에 첫아들을 얻었다. 열네 살 때에는 열 살짜리 소년이었다." 바리코 자신의 말이다. 이야기를 들려주는 새로운 방식을 계속 선보이고 독자들과 소통하는 다양한 방식을 개척해온 작가가 그렇게 말하니 조금 뜻밖이다. 그가 열어가는 새로운 길이 '느림'에서 나온다는 역설이 느껴지기도 한다.

첫 소설 《분노의 성》에서 《노베첸토》와 《이런 이야기》를 거쳐 최근작에 이르기까지 바리코는 매번 특이하고 참신했다. 문체가 풍부하고 재능이 다채롭다는 점을 들어 카를로 에밀리오 가다의 문체 실험을 떠올리는 평자들도 있었고, 익살과 풍자에 대한 뛰어난 감각이나 섬세하고 미묘한 유머를 높이 사면서 이탈로 칼비노를 연상하는 평자들도 있었다. 하지만 이탈리아의 젊은 세대가 그에게 열광하고 유럽 독자들이 뜨겁게 호응하는 데에는 이전의 대가들과는 다른 바리코만의 매력이 작용하고 있을 것이다. 그는 이야기를 들려주는 소박한 기쁨에서 출발하여 작곡가가 음악을 만들듯 다양한 목소리를 여러 가지 방식으로 결합하여 울림이 풍부한 세계를 구축한다. 그의 소설은 대개 언어로 만들어진 음악이다. 그는 종종 무대에 올라가 자기 소설을 낭송한다. 이 낭송을 듣기 위해 수많은 청중이 모여드는 것을 보면 그의 텍스트에는 특별한 음악성이 있는 게 분명하다.

인생의 큰 고비에서 자기 운명을 예감하고 꿋꿋하고도 발랄하게 운명을 감내해가는 인물들을 자주 그린다는 점도 바리코 소설의 놀라운 매력이다. 인간의 삶은 유한하고 덧없다. 반면에 세계는 광대하고 무한하고 경이롭고 무시무시하다. 인생과 세계의 그런 대비를 바리코만큼 아름다운 음악으로 표현할 수 있는 작가는 많지 않으리라.

알레산드로 바리코의 문학 실험은 늘 대중의 폭넓은 지지를 받는다는 점에서 연구해볼 가치가 충분하다. 그의 새로운 시도는 앞으로도 계속 나타날 것이다. 우리가 그를 주목하는 이유, 그를 본격적으로 소개하고자 하는 이유가 여기에 있다. 그의 소설은 우리에게 색다른 기쁨과 감동을 준다. 굳이 평론을 참고하지 않더라도 여러 가지 점에서 새롭다는 것을 느낄 수 있으리라 생각한다. 그가 걷는 길이 빛나는 데에는 분명 그럴 만한 이유가 있다.

인연, 그리고 내 몫의 삶을 살기

《이런 이야기》를 읽는 방식은 다양하다. 이탈리아와 유럽의 신문에 실린 서평들이 그것을 말해준다. 자동차 산업의 초창기와 랠리에 초점을 두는 사람이 있는가 하면, 카포레토 전투에 관한 성찰에 대부분의 지면을 할애하는 사람도 있다. 아버지 리베로와 아들 울티모의 삶과 꿈을 비교하는 일에 열의를 보이는 평자가 있는가 하면, 울티모와 엘리자베타의 관계를 중요하게 다루는 평자도 있다. 어떤 이는 피아노와 자동피아노 이야기에 흥미를 느끼고 어떤 이는 자동차 경주용 서킷에 깊은 관심을 보인다. 이 소설을 하나의 교향곡에 빗대면서 음악과 문체의 문제를 부각시키는 이도 있다. 어느 서평에나 각자의 관심사와 인생의 문제가 조금씩은 반영되어 있는 듯하다.

나는 먼저 인연에 주목한다. 인물들의 만남과 헤어짐이 모두 흥미롭다. 자동차 경주에 열광하는 담브로시오 백작이 울티모네 가족과 만나는 장면은 정겹고, 그들의 우정은 흐뭇하며 감춰진 사랑과 뜻하지 않은 이별은 가슴을 철렁하게 한다. 전쟁터에서 만난 울티모와 두 전우의 형제애는 실감을 주고 막판에 벌어진 카비리아의 배신과 도주는 세상사의 비정함을 일깨운다. 울티모와 엘리자베타의 어설픈 사랑은 안쓰럽고 기약 없는 이별은 허전하다. 활주로를 함께 걷는 울티모 형제의 우애는 은근하고 든든하다. 고향 마을의 술집에서 울티모와 여주인이 맺는 짧은 관계는 자연스럽고도 덧없다. 엘리자베타와 울티모 부모의 만남은 조용하고도 깊은 여운을 남긴다.

바리코는 인연의 고리를 잘 엮어간다. 때로는 길게 때로는 짧게, 사람과 사람이 어떻게 만나고 어떻게 헤어지는지 보여준다. 인연은 인물들의 삶을 좌우한다. 인연을 통해 운명이 드러나고 삶의 방향이 정해지기도 한다. 인생의 길과 꿈을 다루는 소설인 만큼 누구를 만나느냐가 중요할 수밖에 없다.

그렇다고 주인공 울티모가 인연의 사슬에 매인다는 얘기
는 아니다. 그는 '기억에서 지워버리기'라는 방식을 통해
악연의 고리를 스스로 끊는다. 그를 배신한 친구는 원한의
대상이 아니라 그냥 존재하지 않는 사람으로 바뀐다. 그래
서 그는 나쁜 인연에 휘둘리지 않고 자기의 꿈을 실현하는
방향으로 꿋꿋하게 나아간다.

이 소설에서 무엇보다 내 마음을 끄는 것은 운명의 자각과
꿈의 실현이라는 테마이다. 주인공 울티모는 소년 시절에
부모와 담브로시오 백작을 따라 자동차 경주를 구경하러
갔다가 운명의 현현을 경험한다. 기다리던 자동차들이 도
로에 나타났지만 울티모는 그것을 제대로 보지 못했다.
'아이의 시선은 길, 오로지 길에만 쏠려 있었다. 아이는 길
이 금속 괴물들을 어떻게 맞이하는지, 어떻게 괴물들의 냄
새를 맡고 어떻게 삼켜버리는지 관찰하고 있었다. 길은 자
동차들을 하나씩 맞아들여 자신의 부동성으로 그것들의
폭력에 맞섰다. 길은 혼돈에 맞서는 규칙, 우연을 굴복시
키는 질서, 급류를 길들이는 강바닥, 무한을 헤아리기 위
한 유한의 수였다.' 그런 이치를 터득한 울티모의 마음속
에는 '이미 하나의 인생이 새겨져 있는 것'이다. 그 뒤로도
길에 관한 깨달음을 유도하는 신비로운 계기는 계속 찾아
온다. 안개가 자욱한 토리노에서 아버지와 함께 어떤 블록

을 빙빙 돌던 때에는 '출발점으로 되돌아가는 도정의 순수함'을 생각하면서 '오로지 자기 자신으로 이끄는 여정만이 아름답다'는 것을 깨닫는다. 자동차 경주에 참가했다가 부상당한 아버지를 만나기 위해 오토바이를 타고 들녘 한복판으로 곧게 난 길을 질주하던 때에는 '곧게 뻗은 길은 비할 데 없이 아름다워. 이 직선에서 온갖 곡선과 위험한 굽이들이 갈려나가지. 그러면서 관대하고도 올바른 질서가 만들어지는 거야. 길들은 그런 것을 할 수 있지만 인생에는 그런 것이 존재하지 않아. 사람들의 마음은 곧게 나아가지 않아. 마음의 행로에는 질서가 없어.' 하고 혼잣말을 한다. 카포레토에서 포로가 되어 적국의 활주로에서 노역을 하던 날에는 '길의 이데아, 내가 꿈꾼 적이 있는 모든 것의 뼈대, 내가 생각한 적이 있는 모든 것의 극치'가 거기 들판의 공터에 조각되어 있음을 알아차린다.

그렇듯 울티모는 길을 보면서, 또는 길을 걷거나 달리면서 자기 인생의 의미를 깨닫고 도로 하나를 건설하리라는 꿈을 가슴에 품는다. 그 길은 아무도 상상해본 적이 없는 길, 시작하는 곳에서 끝나는 길, 사람들이 걸어다니는 길이 아니라 일종의 경주로, 세상 어디로도 통하지 않고 자기 자신에게로 통하는 길, 지상의 모든 길을 하나로 아우른 길, 언젠가 길을 떠난 사람이라면 누구나 다다르기를 꿈꾸는 곳이다. 울티모는 그 길을 직접 설계하고 오랫동안 작업을 하면서 자기 인생의 한 굽이 한 굽이를 거기에 담는다. 서산에 지는 해의 곡선이나 어떤 미소의 주름까지 '모든 것이 특별한 땅이 되고 영원한 그림이 되고 고스란한 자취'가 된다.

울티모에게 '금빛 그늘'이 서려 있듯, 우리 모두에게도 자기만의 빛과 기운이 있을 것이다. 《이런 이야기》는 어떤 계기를 통해 자기가 무엇을 하기 위해 태어났는지를 깨닫고 그 운명을 끝까지 밀고 가는 사람의 이야기이다. 아버지 리베로와 아들 울티모가 20년 가까운 시차를 두고 엘리자베타에게 똑같은 말을 한다. '사람들이 오래 사는 것 같아도 사실은 안 그래. 사람들이 진정으로 사는 시간은 그 긴 세월의 작은 부분일 뿐이야. 다시 말해서 작기가 무엇을 위해 태어났는지를 알고 그것을 성공적으로 해내는 시기에 사람들은 행복해. 나머지 세월은 기다리거나 추억하는 시간이야. 기다리거나 추억하는 때에는 슬프지도 행복하지도 않아. 슬퍼 보이기는 하지. 하지만 그건 그저 기다리고 있거나 추억하고 있기 때문이야. 기다리는 사람들은 슬프지 않아. 추억하는 사람들도 마찬가지야. 그들은 그냥 멀리 있는 것뿐이야.' 울티모가 어떻게 인연의 상처나 시대의 고난을 겪으며 꿈을 실현하는 쪽으로 나아갈 수 있었는지 짐작하게 하는 말이다. 부모에게 닥친 불행이나 친구의 배신이나 포로수용소의 삶은 운명을 예감케 하는 계기가 되고 그의 꿈을 견고하게 만들어준다. 엘리자베타가 이별을 요구할 때도 그는 순순히 받아들인다. 자기 몫의 삶을 살아야 한다는 것을 알기에 인연에 매이지 않는 것이다.

《이런 이야기》는 꿈의 실현과 삶의 환희를 노래한다. 그러나 이 환희는 차분하고 때로 서늘하다. 만남과 헤어짐에 끈적거림이 없다. 실존의 본질에 다가가기 위해 군더더기를 배제하고 삶의 정곡을 찌른다. 그래서 우리는 주인공의 삶을 보며 우리 자신에게 질문을 던진다. 나는 진정으로 무엇을 꿈꾸는가? 나는 내 몫의 삶을 살고 있는가?

_이세욱